W0215566

Zum Buch:

Als die schwangere Emily herausfindet, dass ihr Mann Peter noch mit einer zweiten Frau ein Kind bekommt, zerplatzt ihr Traum von einer heilen Familie. Peters Geliebte Leonie war bislang davon ausgegangen, seine feste Freundin zu sein, und ist nicht minder schockiert. Umgehend setzen beide Frauen Peter vor die Tür. Doch nun sind sie allein, und das in der empfindlichsten Phase ihres Lebens. Obwohl sie unterschiedlicher nicht sein könnten, beschließen sie, sich zusammenzutun, um während der Schwangerschaften aufeinander achtzugeben. Überrascht stellen sie dabei fest, wie sehr sie aufeinander bauen können. Und dass eine heile Familie manchmal auch nur aus der besten Freundin bestehen kann.

Zur Autorin:

Liane Mars schreibt seit Jahren Liebes- und Fantasyromane mit viel Romantik, skurrilen Orten und zauberhaften Heldinnen. Sie liebt überraschende Wendungen und wechselt gerne von düsteren Geheimnissen zu Dialogen zum Schmunzeln – Wohlfühlbücher, die einen fesseln und die Zeit vergessen lassen. Sie kommt aus dem Ruhrpott, mag das Sauerland sehr und natürlich Kaffee. Zusammen mit ihrem Mann, ihren Kindern und ihrem Hund lebt sie in Schwerte.

Lieferbare Titel:

Ein Kater für zwei Herzen
Der Apfel fällt recht weit vom Stamm

Liane Mars

Doppelt oder nichts, sagt das Glück

Roman

HarperCollins

1. Auflage 2021
Originalausgabe
© 2021 by HarperCollins in der
Verlagsgruppe HarperCollins Deutschland GmbH, Hamburg
Umschlaggestaltung von FAVORITBUERO, München
Umschlagabbildung von GoodStudio, Amanita Silvicora, Oliver Hoffmann,
Ann in the Uk, graphixmania / Shutterstock
Gesetzt aus der Stempel Garamond
von GGP Media GmbH, Pößneck
Druck und Bindung von CPI books GmbH, Leck
Printed in Germany
ISBN 978-3-7499-0230-9
www.harpercollins.de

Klimaneutral
Druckprodukt
ClimatePartner.com/15109-2009-1001

MIX
Papier
FSC FSC® C083411

Für alle Hebammen und Geburtshelfer.
Danke, dass es euch gibt.
Für alle Schwangeren. Bald ist es so weit.
Für alle Eltern. Es ist alles nur eine Phase.
Und ganz besonders für die Männer und Frauen
mit unerfülltem Kinderwunsch. Ihr seid nicht allein.

Die heile Welt

EMILY

Seit gut zehn Minuten starrte Emily auf ihren Computerbildschirm. Sollte sie sich jetzt absichtlich diesen Virus herunterladen oder nicht? Sie wusste, dass ihr Vorhaben lächerlich war – und mehr als schräg. Aber ihr Ehemann Peter war seit drei Tagen nicht nach Hause gekommen, und sie war einsam. So einsam, dass sie auf wirklich bekloppte Ideen kam.

Tu es einfach, dachte sie grimmig. Sekunden später hatte ihr Zeigefinger auf die Maus geklickt und den Virus freigesetzt. Ihre Anti-Schadsoftware blinkte sofort hektisch auf, rief ihr eine Warnung nach der nächsten zu. Zufrieden löschte sie ihren Browserverlauf, verwischte sämtliche weitere Spuren und nahm ihr Handy in die Hand. Erst als das Freizeichen ertönte, entspannte sie sich.

Sie hatte es getan. Jetzt gab es kein Zurück mehr.

»Emily«, begrüßte sie nur wenig später eine warmherzige, freundliche Männerstimme. »Von Ihnen habe ich aber schon lange nichts mehr gehört.«

Weil ich mich selbst auf Entzug gesetzt habe, dachte Emily

still. Ihre kleine Schwärmerei für den smarten Computerspezialisten hatte aufhören müssen. Dringend. Besonders nachdem ihr Schwangerschaftstest endlich das ersehnte Ergebnis geliefert hatte. Von diesem Tag an hatte sie seine Nummer nicht mehr gewählt. Aber heute ... Heute war sie schwach geworden.

Andere Leute aßen Schokolade, wenn sie unglücklich waren. Emily fing sich absichtlich einen Computervirus ein, um mit ihrem Fachmann darüber zu fachsimpeln.

»Hallo? Emily? Sind Sie noch dran?«

Emily blinzelte, um sich in die Wirklichkeit zurückzuholen. Sie hatte nie verstanden, warum er sie mit ihrem Vornamen ansprach und weiterhin siezte. Peinlicherweise hatte sie diese Eigenheit total süß gefunden und schweigend akzeptiert. »Ja, ich bin noch dran. Ich ... also ... Mir ist da ein kleines Unglück passiert. Ein Virus. Sie wissen schon.«

»Ich kenne niemanden, der so unglücklich herumklickt wie Sie.« Torsten Flocke seufzte tief auf, aber Emily konnte sein Lächeln in der Stimme hören. Ihr Herz flatterte sofort in der Brust, während in ihrem Kopf sämtliche Alarmglocken losbimmelten.

Du bist verheiratet. Du bekommst ein Kind. Du solltest nur für Peter schwärmen.

Sie wusste, dass ihr Handeln falsch war. Betrog sie Peter schon allein mit diesem Anruf? Vielleicht. Womöglich. Auf der anderen Seite redete sie doch nur mit dem Spezialisten. Das tat ja niemandem weh. Gut. Vor einem Jahr war Torsten Flocke ab und zu auch mal vorbeigekommen, aber das war rein geschäftlich gewesen. Emily hatte sehr darauf geachtet, nicht mit ihm zu flirten. Aber ein wenig bewundern und insgeheim anschmachten war nicht verboten. Oder?

Nach der dritten Fehlgeburt im Anschluss an die zweite künstliche Befruchtung war es ihr schlecht gegangen. Sehr schlecht. Sie war in ein so tiefes Loch gefallen, dass sie keine Ahnung hatte, wie sie sich daraus hätte allein befreien sollen. Peter war nicht da gewesen und ihre Brüder eine schlechte Option, um über solch intime Frauenangelegenheiten zu sprechen. Torsten war in dieser Zeit ihre Rettungsleine zur Außenwelt gewesen. Da er keine Ahnung hatte, was los war, hatte er sie ganz normal behandelt und nicht wie ein rohes Ei. Er hatte ihr neue Projekte vorgeschlagen und sich zusammen mit ihr voller Eifer hineingestürzt.

Er hatte sie gerettet, ohne das zu wissen.

»Ich könnte in etwa einer halben Stunde bei Ihnen sein«, sagte Torsten in diesem Moment.

Emily erstarrte. Mit dieser Entwicklung hatte sie nicht gerechnet. Normalerweise telefonierten sie nur, und Torsten übernahm von seinem Computer aus die Kontrolle über ihren Laptop. Ihr hätte es auch schon völlig gereicht, seiner Stimme zu lauschen. Seinem Atmen. Selbst der Cursor war irgendwie sexy, wenn er ihn bewegte. Aber dass er vorbeikommen wollte – das war …

»Sehr gerne«, unterbrach sie ihre wilden Gedanken. »Ich setze Kaffee auf, wenn Sie mögen?«

»Super. Bis gleich.«

Dann legte Torsten einfach auf und überließ Emily der absoluten Stille in ihrem Zimmer. Sie starrte ihr Handy noch einen Moment an, bis sie es zurück neben ihren Laptop legte. Er kam zu ihr. Gleich. Beinahe sofort.

In Panik sprang sie auf. Sie trug nur einen Jogginganzug, und ihre Haare waren nicht frisiert, von ihrem ungeschminkten Gesicht mit dem Schlafsand in den Augenrändern ganz zu schweigen. Und ihre Wohnung … nein. Die war in Ordnung. Sie war eigentlich immer picobello aufgeräumt, immerhin könnte jederzeit Besuch vorbeikommen. Nur dass seit Wochen niemand zu Besuch gekommen war.

Wieso nur war sie in diese verflixte Stadt gezogen? Heiligenhafen war wunderschön, aber sie kannte hier niemanden und kam einfach nicht an die Einheimischen heran. Wann immer sie endlich jemanden getroffen hatte, den sie mochte, stellte der sich nur allzu schnell als Tourist heraus. Es war mühselig und einsam. Vor allem, weil sie die ersten drei Monate kaum aus dem Haus hatte gehen können. Die Schwangerschaftsübelkeit hatte sie im Griff gehabt.

Lagerkoller. So hatte es Peter irgendwann genannt. Er hatte den Begriff auf sich selbst bezogen, was natürlich lächerlich war. Er hatte Lagerkoller? Sie war es schließlich gewesen, die monatelang nicht das Haus hatte verlassen können.

Sie seufzte. Nein. An Peter wollte sie jetzt nicht denken. Das war eine Sache für sich. Um sich abzulenken, zog sie sich zum ersten Mal seit drei Tagen ein schickes Kleid an, kämmte sich die Haare und legte einen Hauch Make-up auf. Nicht so viel, dass es auffiel, aber genug, um frischer auszusehen.

Anschließend kochte sie Kaffee und legte Musik auf, die sie aber sofort wieder ausstellte. Zu albern. Nicht, dass Torsten noch dachte, sie wolle ihn verführen. Hastig räumte sie alle Kerzen im Raum fort und hängte sogar das filigrane Herz an der Wand ab. Sicher war sicher. Oder doch nicht? Jetzt sah die Stelle so kahl aus.

Sie war gerade dabei, ein neues, völlig unverfängliches Bild aufzuhängen, als es klingelte. Augenblicklich ließ sie alles stehen und liegen, eilte zur Tür und riss sie regelrecht auf.

Und da stand er. Torsten Flocke. Seine Haare waren seit ihrem letzten Treffen gewachsen und standen wirr zu Berge. Emily mochte dieses wilde Aussehen. Das war unkonventionell und sah so ganz anders aus als Peters sorgsam gekämmte Frisur. Ihr Ehemann hätte sich auch niemals einen Vollbart wachsen lassen. Torsten stand das ausgesprochen gut. Er sah dadurch hippiemäßig und unabhängig aus. Statt Anzug und

Krawatte trug er Jeans und Holzfällerhemd. Das verdeckte auch seine kleinen Rettungsringe an den Hüften, die Emily aus irgendeinem Grund anziehender fand als jedes Sixpack.

Das müssen die Hormone sein. Sie dachte völlig irre Sachen.

Torsten lächelte so warm wie immer, allerdings verrutschte der Ausdruck ein ganz klein wenig, als sein Blick auf ihren sich sanft rundenden Bauch fiel. »Sie sind schwanger?«, rief er.

»Ja, im sechsten Monat. Darf ich vorstellen? Mein kleiner Schatz.« Sie legte die Hände auf ihren Bauch, als wolle sie ihr Baby umarmen. Oder beschützen. Dabei bemerkte sie, wie sie dunkelrot anlief. Wieso nur war ihr die Schwangerschaft auf einmal peinlich?

Ihr Baby bemerkte ihre Unruhe und protestierte auf seine Weise: Es trat einmal fest gegen die Bauchwand. Da es noch winzig klein war, spürte Emily den Tritt lediglich als kleines Flattern in ihrem Inneren. Sofort wurde sie ruhiger. Wann immer sie die Bewegung ihres Kindes spürte, schwappte eine Welle der Erleichterung über sie. Kein Wunder nach all dem Drama, um schwanger zu werden.

»Herzlichen Glückwunsch, Emily. Sie sehen ganz zauberhaft aus, wenn ich das so sagen darf«, sagte Torsten unvermittelt. »Ihnen steht das Baby sehr gut.« Er wackelte lustig mit den Augenbrauen und entlockte Emily auf diese Weise ein Lächeln. Die seltsame Stimmung verflog so schnell, wie sie gekommen war. »Im sechsten Monat? Dann wird das Baby ja ein ... Lassen Sie mich kurz rechnen ... ein Augustbaby!«

»Nein, es kommt im September, um genau zu sein, am zehnten.« Emily lachte, als sie Torstens Verwirrung bemerkte. »Ich weiß, ich weiß. Die meisten rechnen immer mit neun Monaten Schwangerschaft, aber so einfach ist es nicht. Ich bin vierzig Wochen schwanger, ausgehend vom Tag meiner letzten Periode. Bis zum Eisprung war ich aber eigentlich noch nicht schwanger, und bis ich es wusste, sind wieder zwei Wochen vergangen – quasi ein ganzer Monat, in dem ich noch nicht wusste, dass ich schwanger bin. Gerechnet wird aber trotzdem mit den vierzig Wochen, also zehn Monaten, allerdings nach dem Mondkalender.« Sie stockte, als sich Torstens Gesichtsausdruck seltsam veränderte. »Zu viele Informationen?«

»Also bei dem Wort Periode ist mein Hirn ausgestiegen. Zehnter September? Den Tag werde ich mir merken.«

Emily spürte, wie sie knallrot anlief. Ups. Zum Glück schien Torsten das nicht weiter tragisch zu finden. Er trat an ihr vorbei, zog völlig selbstverständlich seine Schuhe aus und lief auf rot-orange geringelten Socken zu ihrem Arbeitsbereich im hinteren Teil des Wohnzimmers. Emily hatte darauf bestanden, ihren zart geschwungenen Schreibtisch an genau dieser Stelle aufzubauen. Von dort konnte sie direkt auf das ruhig daliegende Meer, den Strand und die Möwen blicken. Es war Ende April, und die Sonne strahlte an einem wunderbar blauen Himmel zu ihnen herab.

In der Ferne zog ein Kutter am Horizont vorbei, und ein einsamer Kitesurfer versuchte sein Glück mit den lauen Winden. Noch weiter Richtung Naturschutzgebiet Graswarder sah sie einen Angler im Meer stehen. Sein Anblick war ihr mittlerweile mehr als vertraut. Der alte Mann stand ständig an dieser Stelle und fischte. Ob er jemals etwas gefangen hatte? Sie bezweifelte, dass Angeln an dieser Stelle überhaupt erlaubt war.

Ab und zu liefen Touristen an ihrem Haus vorüber. Die meisten waren auf dem Weg ins Naturschutzgebiet und dabei ganz entzückt von den historischen Strandvillen auf dem Graswarder. Die Halbinsel war ein schmaler Landstrich, der sich parallel zum Festland bis weit in die Ostsee erstreckte. Hier gab es die berühmten Salzwiesen, umgeben von feinen Sandstränden und endlosen Dünen.

Emily liebte diese Umgebung. Wo konnte sie besser kreativ sein als an diesem naturbelassenen Ort? Es war, als sei ihr neues Zuhause aus der Zeit gefallen.

Torsten unterbrach ihren Gedanken, indem er sich mit Schwung auf ihren auf alt getrimmten Arbeitssessel setzte und den Laptop aufklappte. Da Emily meist an den verschiedensten Orten arbeitete, war sie nie zu einem PC-Tower übergegangen. Sie musste in Bewegung sein, um kreativ zu denken. Sobald sie jedoch einen Plan von ihrem nächsten Blogpost hatte, kehrte sie an ihren Schreibtisch zurück. Ihr absoluter Lieblingsplatz. Besonders, wenn ihr hübscher Computerspezialist daran saß.

»Ich habe natürlich Ihren Blog verfolgt«, nahm Torsten das Gespräch auf, während er wie wild auf der Tastatur rumhämmerte. »Da erwähnen Sie Ihre Schwangerschaft mit keinem Wort.«

War das ein Vorwurf? Irrte sie sich, oder wirkte Torsten tatsächlich ein wenig konsterniert? Beinahe getroffen. Seltsam ... oder ... oh, nein! Er war doch nicht etwa ein Kinderhasser? Konnte sie sich derart in ihm geirrt haben?

»Ich hatte Angst, dass doch noch etwas schiefgeht. Und dann erschien mir kein Wort der Welt passend für mein kleines Wunder«, erzählte Emily. Sie zog sich einen ihrer Lesesessel heran und setzte sich dicht neben Torsten. Zu spät bemerkte sie, dass das zu aufdringlich erscheinen könnte, und versuchte, unauffällig nach hinten zu rutschen. Die Stuhlbeine knarzten laut über den Boden. *Wie peinlich!* »Ich habe aber an die zwanzig Posts über die Schwangerschaft fertiggestellt. Sie sind nur noch nicht veröffentlicht. Ich traue mich einfach nicht«, sagte sie mit hochrotem Kopf, um ihn abzulenken.

Torsten hörte mit seiner wilden Herumklickerei auf und sah sie an. »Darf ich mir die Posts gleich mal anschauen?«, fragte er. »Eine unabhängige Meinung könnte ganz hilfreich sein. So wie damals, als Sie über Ihren Hausumbau schreiben wollten.«

Wieder spürte Emily, wie sie rot wurde. Seine Frage war ihr unangenehm und äußerst willkommen zugleich. Sie freute sich darüber. Peter interessierte sich nicht für ihren Blog. Für ihn war das reine Spielerei. Ein Hobby, um der Langeweile als Hausfrau zu entkommen. »Such dir einen richtig Job«, sagte er stets grob, sobald sie zu viel darüber sprach. Früher war das anders gewesen. Früher hatte er sie unterstützt und ihr geholfen, wann immer es ging. Doch das war lange her.

»Ich wollte Ihnen nicht zu nahe treten. Bitte entschuldigen Sie meine dreiste Frage«, sagte Torsten zerknirscht.

»Nein«, beeilte sich Emily zu sagen. »Ich freue mich über Ihr Interesse.« Bevor sie es sich anders überlegen konnte, hatte sie sich vorgebeugt und ihren Blog aufgerufen. Zwei Klicks später rollten ihre vorbereiteten Posts über den Bildschirm. »Ist mein Blog durch den Virus gefährdet?«, fragte sie besorgt.

»Nein. Das ist kein sonderlich bedrohlicher Virus. Er ist schon so gut wie ausradiert. Allerdings sollten Sie sich dringend um Ihre Suchmaschinenoptimierung kümmern. Sie erinnern sich an meinen Crashkurs? Sie haben bereits jetzt gute Klickzahlen, aber das könnte noch viel mehr sein. Ihr Onpage-SEO ist Kraut und Rüben und Ihr Offpage-SEO gar nicht vorhanden. Sie sollten …«

Emily hörte nicht mehr zu, sondern sah nur fasziniert Torstens Lippen zu. Sie waren schlank und schmal. Perfekt geschwungen. Und was sie an klugen Dingen hervorbrachten. Torsten war so schlau und so smart und …

»Ich hole Kaffee«, unterbrach sie ihn abrupt und sprang hektisch auf.

Torsten lachte dunkel und sexy. »Sorry. Ihre Ohren müssen bluten. Ich und meine Fachwörter. Wenn Sie es erlauben, kümmere ich mich mal ein bisschen um Ihren Blog.«

»Tun Sie sich keinen Zwang an. Sie dürfen gerne Ihre Fachwörter über meinem Blog ausschütten. Hauptsache, ich erkenne ihn danach noch wieder. Ich …« Ihr Handy klingelte. Automatisch nahm sie es vom Schreibtisch und ging ran. Es war Peter.

»Hey, Schatz. Sorry, dass ich mich erst jetzt melde, aber heute Abend komme ich nicht heim. Die Konferenz ist zwar vorbei, doch ich bin echt platt und schaffe die Strecke nicht zurück. Ich bleib noch eine Nacht und fahre dann in der Früh direkt zur Arbeit. Wir sehen uns morgen Abend, ja?«

Emily spürte, wie die Einsamkeit wie ein Tsunami heranrollte. Sie schluckte, um den sich sofort bildenden Kloß in der Kehle zu vertreiben. »Okay«, sagte sie schwach.

»Und am Samstag schaff' ich es auch nicht zu diesem komischen Gebärkurs. Mein Chef hat mich dazu verdonnert, mit einem wichtigen Kunden golfen zu gehen. Ich soll ihn ein wenig bespaßen. Ist das sehr schlimm?«

»Nein. Ich … Ich hab den Schwangerschaftsvorbereitungskurs für Paare ohnehin storniert.«

Eine Pause entstand. »Okay … wieso das denn?«

»Weil du ohnehin nicht mit mir hingehen würdest und ich keine Lust hatte, als einzige Schwangere ohne Partner zwischen lauter glücklichen Paaren zu sitzen. Ich hab mir jetzt einen Kurs nur für angehende Mamas gebucht, und im Übrigen ist dieser Gebärkurs keineswegs komisch. Er ist wichtig. Für mich und dein ungeborenes Kind. Aber geh du ruhig golfen …« Ihre Stimme brach, und sie spürte, dass ihr Tränen in die Augen schossen. Verflixte Hormone!

Torsten hatte mittlerweile aufgehört, sich mit dem Computer zu beschäftigen. Er sah besorgt zu ihr und zog eine einzelne Augenbraue in die Höhe. Automatisch konzentrierte sich Emily auf diesen schiefen Ausdruck in seinem Gesicht und wurde ruhiger.

»Was ist mit dem Kinderbettchen?«, sprach sie mit fester, vorwurfsvoller Stimme ins Telefon. »Das steht noch immer halb zusammengebaut im Zimmer rum. Du wolltest es schon letzten Samstag fertig zusammenzimmern: Ich kann nicht weiter dekorieren, solange es nicht steht. Und der Schrank ist noch immer verpackt.« Sie wusste, dass dieser Themenwechsel albern war, doch seit Tagen ging sie ins Kinderzimmer hinein und starrte fassungslos das Chaos an. Ein Sinnbild für ihre Beziehung. Peter war nun einmal, wie er war. Sie würde ihn nicht ändern, sondern musste damit leben.

»Ach, Schatz, du bist doch erst im sechsten Monat. Dafür haben wir noch massig Zeit. Das Baby kommt doch erst im September. Ich kümmere mich Sonntag drum. Versprochen. Es tut mir leid, dass ich momentan so wenig Zeit für dich habe«, sagte Peter zerknirscht. »Ich gelobe Besserung. Wirklich! Morgen Abend bin ich wieder bei dir. Dann können wir in Ruhe über alles reden. Ich muss jetzt auflegen. Bis morgen.«

»Bis morgen«, sagte Emily, ließ das Handy sinken und schaute zu Boden.

»Es ist völlig normal, dass Männer panische Angst vor Gebärkursen haben«, sagte Torsten vorsichtig. »Seien Sie nachsichtig mit Ihrem Mann. Mir läuft es bei der Bezeichnung ebenfalls eiskalt den Rücken runter. Das klingt schon ziemlich speziell.«

»Es ist ja auch ein Geburtsvorbereitungskurs und kein Gebärkurs. Wir lernen da richtiges Atmen, Kinderpflege, besuchen verschiedene Kreißsäle und … Ach, ist ja auch egal. Peter geht eh nicht mit mir hin. Das muss ich wohl allein machen. Genau wie das Aufbauen des Kinderbettchens.«

Torsten stand auf. So abrupt und plötzlich, dass Emily zusammenzuckte. Entschlossen krempelte er seine Ärmel hoch. »Wo?«

»Wo, was?«

»Wo ist das Bettchen?«

»Sie werden bestimmt nicht das Kinderbett zusammenbauen. Das wäre mir unangenehm.«

»Muss es nicht sein. Ich mache das gerne für meine Lieblingskundin. Also? Wo?«

Emily überlegte und wägte ihre Möglichkeiten ab. War es klug, sein Angebot anzunehmen? Vermutlich nicht. Auf der anderen Seite belastete es sie sehr, das Bettchen Tag für Tag in seinen Einzelteilen zu sehen. Sie hatte panische Angst, dass es niemals fertig werden würde. Nachts träumte sie sogar davon. Es übertrug sich auf ihre gesamte Stimmung. Auf ihren Alltag. War es da nicht besser, etwas gegen das dunkle Gefühl zu tun?

Entschlossen führte sie Torsten in das Zimmerchen, in das ihr kleines Baby bald einziehen durfte. Die Wickelkommode stand noch in einen Karton verpackt in der Ecke, genau wie der Schrank. Nur das Bett war halb zusammengezimmert. Überall lag Werkzeug herum.

Peter hatte angefangen, es aufzubauen, und zwischendurch die Lust daran verloren. Emily hatte sich bemüht, es selbst fertigzustellen, doch sie verstand nicht, was ihr Mann da veranstaltet hatte. Letztlich hatte sie aufgeben müssen.

Der Typ ist voll die Lusche, hörte sie in Gedanken ihren Bruder Jonathan brummen. Er hatte Peter von Anfang an nicht gemocht, im Gegensatz zu ihren anderen beiden Brüdern. Die hatten sich zumindest bemüht, ihn in der Familie willkommen zu heißen. Leider war Peter einfach zu anders. Vielleicht hatte sie ihn sich gerade deswegen ausgesucht: weil er das Gegenteil von ihrer Familie war. Gesetzt, gediegen, verkopft.

Torsten nahm sich die Bedienungsanleitung, studierte sie eingehend und begann dann, Einzelteile zusammenzuschrauben. Emily beobachtete ihn eine Weile, bis ihr etwas auffiel.

»Sie haben keine Ahnung, was Sie da tun, oder?«, fragte sie schließlich.

Torsten ließ die zwei Bretter sinken, die er gerade in der Hand hielt, und sah sie an. »Ich bin Computerspezialist, und sosehr ich mich auch gegen das Klischee wehre: Ich bin ein echter Nerd. Gebrauchsanleitungen lese ich gerne, aber bei der praktischen Umsetzung – da hört es bei mir auf.« Er hielt den Schraubenzieher in die Höhe und wackelte damit herum. »Mit diesem Teil kann ich in etwa so gut umgehen wie Sie mit einem Antivirenprogramm.«

Die beiden starrten sich kurz an. Dann begannen sie zeitgleich zu lachen. »Geben Sie mal her«, sagte Emily. »Sie sagen mir, was ich womit zusammenbauen muss. Dann wird das schon werden.«

Torsten nickte. Auf einmal sah er sehr ernst aus. »Genau. Das wird schon werden.« Er lächelte, woraufhin Emilys Herz abermals verrutschte. Diesmal ließ sie das Gefühl zu und schämte sich nur ein klein wenig dafür.

LEONIE

Sie starrte seit etwa fünf Minuten wie betäubt die prunkvolle Einladungskarte ihrer Mutter Karin an. Sie war in einem handtellergroßen Päckchen angekommen, das schon allein eine Augenweide war. Mit Goldornamenten verziert stand dort Leonies Name mitsamt Adresse. In dem Päckchen befanden sich goldenes Seidenpapier, Rosenblätter und eine filigrane Karte, natürlich mit hübschen Bändern zusammengehalten. Wer verschickte so etwas?

Leonie hatte es noch immer nicht gewagt, die Karte aus dem Karton zu nehmen und zu lesen. Ihr reichte schon die Überschrift. *Hochzeitseinladung.* Oh, Mann. Womit hatte sie das schon wieder verdient?

»Bring es hinter dich«, flüsterte sie sich selbst zu. Normalerweise war sie stets die Erste, die sich traute, Herausforderungen anzunehmen. Das war schon immer so gewesen. Doch sobald ihre Eltern ins Spiel kamen, verwandelte sie sich in ein ängstliches, graues Mäuschen.

Mit einem Ruck zog sie die kunstvolle Karte hervor und öffnete sie. *Urks!* Es war eine Klappkarte. Goldener Flitter wirbelte auf, und ein Datum formte sich in 3-D-Optik. Sofort wurden Leonies Augen riesig.

Nein! Nein, nein, nein! Das hat Mama nicht gewagt!

Ihr Handy klingelte. Sie musste gar nicht sehen, wer anrief. Sie wusste es auch so. Widerstrebend drückte sie auf Lautsprecher.

»Hast du sie schon geöffnet?«, fragte ihre Mama aufgeregt und klang dabei wie ein kleines Kind vor einem Eisladen.

»Du willst mich doch verarschen«, brachte Leonie schwach hervor. »Erstens ist das knapp zwei Wochen vor meinem Entbindungstermin und zweitens … Mama! Da heiratet Papa schon.«

»Oh«, hauchte ihre Mutter scheinheilig. »Bist du denn schon so weit fortgeschritten mit deiner … äh … Schwangerschaft?«

Sie sprach das letzte Wort wie ein Schimpfwort aus. Ihre Mutter fand alles, was körperliche Veränderungen betraf, ekelig. Das galt sowohl für sprießende Pickel auf der Nase als auch für wachsende Babys in Bäuchen. Wie sie jemals selbst ein Kind hatte bekommen können, war Leonie bis heute ein Rätsel.

»Ich bin gerade in den sechsten Monat gekommen, um genau zu sein, kommt am siebzehnten September mein Baby. Also ja, ich bin so weit fortgeschritten«, sagte Leonie genervt. Wut war gut. Daran konnte sie sich festhalten, um dieses verrückte Gespräch zu überleben. »Aber das ist nicht einmal das Schlimmste. Wieso, in aller Welt, nimmst du denselben Hochzeitstermin wie Papa? Das Jahr hat dreihundertfünfundsechzig Tage. Hättest du dir nicht einen anderen aussuchen können als den vierten September?« Leonie war immer lauter geworden. So laut, dass ihre Sekretärin aufstand und mit einem mahnenden Blick die offene Tür schloss, die Leonies Büro vom Vorzimmer und dem Großraumbüro der restlichen Mitarbeiter trennte. Wenn die Chefin so drauf war, sollte das besser unbemerkt bleiben.

»Wir wollten unbedingt im Hotel Gezeiten in Kiel heiraten, und die hatten nur noch diesen einen Termin frei. Da waren wir machtlos.«

Leonie erstarrte. Nein! Das war doch nicht ihr Ernst. Heiratete nicht ihr Vater in demselben Hotel?

Leonie kniff sich mit den Fingern in den Nasenrücken und atmete tief durch. Ihre Mutter war mal wieder in ihrem Element. Wann immer sie konnte, wischte sie ihrem Vater eins aus. Das war auch der Grund, weshalb sich Leonie immer weiter von ihren Eltern entfernt hatte. Sie wäre sonst wahnsinnig geworden. Schon als Kind war sie Knautschzone, Vermittlerin und Abfangjäger ihrer Eltern gewesen. Sie hatten sich teilweise mit so heftigen Mitteln bekriegt, dass es schon kriminell wurde.

»Ich komme nicht«, sagte Leonie spontan.

»Was? Warum nicht?«

»Weil ich da vielleicht mein Kind bekomme. Ich werde schreiend im Kreißsaal rumliegen und deine Enkelin aus meiner Vagina pressen. Ergo werde ich sehr beschäftigt sein.« Sie hatte es absichtlich so bildhaft ausgedrückt, um ihre Mutter zu verunsichern. Schade, dass Leonie nicht sehen konnte, wie diese grün anlief.

Ihre Bürotür ging auf, und Peter kam herein. Niemand sonst wagte es, sie auf solch ruppige Weise zu stören. Peter hingegen hatte das noch nie gejuckt, und gerade das hatte sie von Anfang an an ihm gemocht. Er wusste, was er wollte.

Er zog fragend eine Augenbraue hoch, stolzierte wie selbstverständlich zu ihrem Schreibtisch und zog ihr die Karte aus den Händen. Als er erkannte, was los war, wurden seine Augen groß.

Oh ja, dachte Leonie bitter. Da baut sich gerade ein Sturm auf. Ein riesengroßer Monsterorkan.

Peter schob ihr kommentarlos sein Handy zu, auf dem eine Nachricht von ihrem Vater zu sehen war. *Ich bring die Alte um*, las Leonie. Na, prima. Ihr Papa hatte also schon von Mamas Vernichtungsschlag gehört.

»Ich muss Schluss machen«, sagte Leonie zu ihrer Mutter.

»Wag es nicht, mich einfach abzuwürgen. Du kannst doch nicht einfach sagen, dass du zu der Hochzeit deiner eigenen Mutter nicht kommen möchtest, und dann auflegen. So etwas gehört sich nicht, vor allem nicht als Trauzeugin. So habe ich dich nicht erzogen.«

»Stimmt, hast du nicht. Das hat Papa für dich erledigt. Du darfst ihm gerne dafür danken. Ich schreib dir später.« Hastig klickte sie auf Auflegen und warf ihr Handy so heftig auf die Schreibtischplatte, dass es darüber rutschte und auf der anderen Seite zu Boden segelte. Peter bückte sich fürsorglich und hob es für sie auf.

»Deine Eltern sind echt schräg«, sagte er amüsiert.

»Schräg? Sie sind die Hölle! Warum schreibt dir Papa überhaupt Nachrichten? Und woher weiß er von Mamas Hochzeitsplanungen?« Sie riss die Augen auf. »Nein! Die Hexe hat ihn eingeladen.«

Peter nickte bedächtig. »Angeblich als Friedensangebot. Um das Kriegsbeil zu begraben.«

Leonie stöhnte laut und legte die Hände über die Augen. »Oh, Gott! Und ich dachte schon, der anstehende Gebärkurs sei das Schlimmste in meinem momentanen Dasein.«

Dann erst wurde ihr bewusst, was ihre Mutter zwischen den Zeilen erwähnt hatte. Hatte sie etwa »Trauzeugin« gesagt? Auf keinen Fall.

Peter umrundete den Schreibtisch, trat hinter ihren Stuhl und massierte ihr sanft den Nacken. Dabei gab er ihr einen Kuss auf den Scheitel, was einen wohligen Schauer auslöste, der ihr durch den gesamten Körper fuhr. Augenblicklich wurde sie ruhiger. Diese Reaktion konnte nur Peter auslösen. Er ganz allein. Niemand sonst war in der Lage, ihr Temperament auf diese subtile Weise zu bändigen.

»Es wird alles gut werden«, flüsterte er ihr ins Ohr, woraufhin sich all die kleinen Härchen in ihrem Nacken aufstellten. Ein wunderbares Gefühl.

Sie drehte ihren Kopf, und seine Lippen strichen zart über ihre Wange. Ihr Herzschlag beschleunigte sich, genau wie ihre Atmung. Als sie sich jedoch noch weiter ihm zuwenden wollte, stieß ihr Bauch schmerzhaft gegen den Schreibtisch. *Verdammt.* Diese Unbeweglichkeit wurde immer schlimmer.

Wenn sie sich vorstellte, dass sie noch über vier Monate vor sich hatte, fragte sie sich langsam, wie dick ihr Bauch noch werden sollte. Sie hatte ja jetzt schon den Eindruck zu platzen.

Nur die Tritte störten sie nicht. Wann immer Mia kräftig rotierte, musste Leonie lächeln. Es war ein unbeschreiblich schönes Gefühl. Einzigartig.

»Es heißt im übrigen Schwangerschaftsvorbereitungskurs, Schatz. Nicht Gebärkurs«, sagte Peter mit einem schelmischen Grinsen. Leonie schmolz sofort dahin. »Das hat mir ein Vögelchen gezwitschert.«

»Ich nenn' es, wie ich will. Gebärkurs klingt viel passender. Nach Leid und Pein, Blut und ekligem Zeug.« Sie seufzte tief. »Vielleicht geh ich einfach nicht hin«, grübelte sie laut. »So ein Kaiserschnitt wäre doch ganz nett. Schnipp. Schnapp. Fertig. Am besten am vierten September, sodass ich auf keinen Fall zu diesen bekloppten Hochzeiten gehen muss.«

Sie schnappte sich ihr Handy und sah in einem alten Chatverlauf mit ihrem Vater nach. Verdammt. Ja. Er heiratete ebenfalls im Hotel Gezeiten, nur in einem anderen Saal. Stöhnend knallte sie ihren Kopf auf die Tischplatte. »Die werden mich rammdösig machen«, prophezeite sie.

»Oh, ja! Das werden sie, aber vielleicht lenkt dich das auch von deiner abnormen Panik vor sämtlichen Schwangerschaftsvorbereitungen ab. Du schaffst das, Schatz. Ich glaube fest an dich. Und wer weiß? Wenn du Glück hast, platzt deine Fruchtblase direkt beim Ja-Wort, und du kannst laut und völlig legal ›Nein, stopp‹ rufen.«

»Spinner«, sagte Leonie liebevoll und genoss das warme Gefühl in ihrem Inneren. All die Jahre über hatte sie nicht zugelassen, so zu fühlen. Sie hatte sich nicht verlieben wollen. Niemals! Doch dann war es passiert, und sie war vollkommen machtlos gewesen. An manchen Tagen bekam sie Angst davor, wie sehr sie diese Zweisamkeit genoss. Was, wenn ihre Beziehung mit Peter genauso in die Brüche ging wie die Ehe ihrer Eltern? Was, wenn ihr Kind ähnlich wie sie zwischen Vater und Mutter hin- und hergerissen werden würde? Wenn sie sich so hassten, dass kein vernünftiges Wort mehr möglich war?

Nein, dachte sie. Nicht mit Peter. Er und sie – sie waren das perfekte Paar. Da überlebte sie sogar diesen verflixten Gebärkurs.

Der Geburtsvorbereitungskurs

EMILY

»Hallo, ich bin Emily, achtundzwanzig Jahre jung und im sechsten Monat schwanger. Mein Mann Peter und ich lassen uns überraschen, ob es ein Junge oder ein Mädchen wird. Hauptsache gesund. Von diesem Kurs erwarte ich mehr Informationen über die Geburt, Tipps zur besseren Vorbereitung und hoffentlich neue, großartige Bekanntschaften.« Emily lächelte gewinnend in die Runde und freute sich über das freundliche Hallo der anderen Schwangeren und das Nicken der Leiterin. Ja, es war die richtige Entscheidung gewesen, den Geburtsvorbereitungskurs am Morgen zu nehmen. Hier waren Ehemänner verboten, sodass die Frauen unter sich waren. Peter wäre ohnehin nicht mitgekommen. Da hätte sie noch so lange auf ihn einreden können.

Allein der gestrige Abend hatte ihr gereicht. Peter war fürchterlich beleidigt gewesen, als er das aufgebaute Bettchen gesehen hatte. Das sei seine Aufgabe gewesen, hatte er geschimpft. Klar. Als ob.

Emily war immerhin so klug gewesen, ihm nicht zu sagen,

mit wem sie es aufgebaut hatte. Das hätte nur Ärger gegeben. Also hatte sie seine übertriebene Entrüstung ignoriert und war duschen gegangen. Wenn er so drauf war, half kein Reden. Der kurze Besuch ihres Mannes hatte also nicht geholfen, ihrer Einsamkeit zu entfliehen. Daher setzte sie jetzt all ihre Hoffnung in diesen Kurs.

War das albern? Vielleicht. Aber langsam war Emily ratlos, wie sie ihr Leben wieder in den Griff bekommen sollte. Vor allem, weil sie schon anfing, das Antreffen ihres Ehemannes zu Hause als *Besuch* zu bezeichnen. In Gedanken schüttelte Emily über sich selbst den Kopf. Es war wirklich höchste Zeit, dass sich etwas änderte.

Es musste doch möglich sein, Freundinnen in Heiligenhafen zu finden! Sie wollte dazugehören, Mitglied einer Gruppe sein. In ihrer alten Heimat in Münster war das kein Problem gewesen. Aber in Heiligenhafen fühlte sie sich wie eine Ente zwischen lauter Schwänen. Ihr ältester Bruder war der Meinung, das sei Peters Einfluss. »Der isoliert dich«, hatte er geschimpft. Emily ließ ihn in dem Glauben, wusste es aber besser. Nicht Peter isolierte sie. Das war ihre eigene Schuld. Doch damit war jetzt Schluss. Projekt »Freundinnen gewinnen« war gestartet.

Der Anfang war schon mal vielversprechend. Die Kursleiterin erwiderte Emilys Lächeln warm und überaus freundlich. Das war gut. Sehr gut. »Willkommen, Emily. Wir freuen uns, dich …«

Rumms. Die Tür wurde aufgestoßen und donnerte derart gegen die Wand, dass alle Anwesenden erschrocken zusammenzuckten. Im Türrahmen erschien eine große, schlanke Frau mit kugelrundem Bauch. In der Hand hielt sie einen Coffee-to-go-Becher, an ihrem Arm baumelte eine sündhaft teure Gucci-Handtasche, und sie trug derart hohe Pumps, dass sie für eine Schwangere definitiv verboten gehörten.

Sie hatte pechschwarzes Haar, dunkle, mit Kajal umrahmte Augen und das Auftreten einer Person, die wusste, was sie wollte. Emily kannte solche Frauen nur zu gut und hütete sich in der Regel davor, mit ihnen ins Gespräch zu kommen. Neben ihnen kam sie sich noch unbedeutender vor als ohnehin schon. Sie führten ihr vor Augen, was sie niemals sein konnte: eine selbstbewusste Geschäftsfrau, die Eindruck hinterließ. Vor allem bei Männern.

»Ist das hier der Gebärkurs der Hebammenschule?«, fragte der Neuankömmling. Für eine Frau hatte sie eine ungewöhnlich tiefe, raue Stimme.

»Wenn du den Geburtsvorbereitungskurs meinst, dann ja. Komm rein«, sagte die Kursleiterin verblüffend höflich. Wahrscheinlich war sie genau wie der Rest der Anwesenden eingeschüchtert von der imposanten Erscheinung und wollte keinen Ärger provozieren. »Aber die Schuhe musst du ausziehen«, fügte sie nach einer kurzen Pause hinzu. »Die kannst du draußen abstellen. Wegen des Teppichbodens …«

Die Neue musterte den flauschigen, sandfarbenen Teppich mit eher zweifelnder Miene, fügte sich aber mit einem leisen Seufzer. Sie hantierte eine Weile herum und wusste nicht so recht, wohin mit ihrem Kaffee, der überdimensionalen Handtasche und ihrem weiten schwarzen Mantel.

Endlich. Die hochgewachsene Frau hatte die hohen Hacken von den Füßen geschüttelt und kam mit großen Schritten zurück in den Raum stolziert.

»Neben Emily ist noch ein Platz frei«, sagte die Leiterin.

Emily zog sofort den Kopf ein, als sie die Blicke der Schwarzhaarigen auf sich spürte. Sie meinte, so etwas wie »Das hat mir gerade noch gefehlt« zu hören, war sich aber nicht sicher. Sofort spürte sie, wie ihr die Hitze in die Wangen schoss. Ihr sah man immer sofort an, was sie fühlte. Sobald sie nervös war, wurde sie rot. Wie unangenehm.

Die Neue durchquerte den kleinen Sitzkreis und kam zu ihr herüber. Die rötliche Morgensonne verlieh ihren dunklen Haaren einen unheimlichen Schimmer. Zum Glück war die Atmosphäre sonst freundlich, der Raum hell und luftig. Der Kurs fand im obersten Stock eines großen Hotels statt, sodass sie quasi über der Stadt thronten. Dank eines riesigen Panoramafensters blickten die Kursteilnehmerinnen über den Strand bis zum Meer. Links von ihnen erstreckte sich die futuristisch anmutende Seebrücke, die im Zickzack bis in die Ostsee hineinführte.

Unter normalen Umständen hätte Emily die Aussicht genossen, doch momentan war ihre Aufmerksamkeit anderweitig gefesselt. Von der schwarzhaarigen Frau.

»Wir sind gerade dabei, uns vorzustellen. Emily hat das schon getan. Dann bist du wohl an der Reihe«, sagte die Leiterin und nickte der Neuen aufmunternd zu.

Die hatte sich derweil mühsam auf der Yoga-Matte zurechtgeruckelt. Emily musste zugeben, dass es für Schwangere angenehmere Positionen gab, als auf dem Boden im Schneidersitz zu hocken. Die meisten Frauen des Kurses hatten das einfach so hingenommen. Der Neuankömmling hingegen nicht.

»Hilfe! Ich zahle fast hundert Euro für diesen Kurs, und da habt ihr nicht mal einen Stuhl für mich?«, schnaufte sie genervt. Sie trug einen recht kurzen Rock, der ihr beim Versuch, sich hinzusetzen, bedrohlich weit hinaufrutschte. Emily fand ihr Outfit außerordentlich schick, war aber froh über ihre eigene bequeme Sportkleidung.

»Wir wollen in diesem Kurs unseren Körper erkunden. Das geht nicht auf Stühlen«, erklärte die Leiterin noch immer mit einem Lächeln, doch es wirkte jetzt deutlich kühler. »Ich bin Annette, Hebamme seit neun Jahren, Mutter von vier Kindern und die Leiterin des Kurses. Stell dich doch einfach mal kurz vor, sodass wir uns besser unterhalten können.«

»Okay … Also ich bin Leonie. Sorry fürs Zuspätkommen.« Zum ersten Mal lächelte sie, und Emily musste zugeben, dass sie dadurch viel sympathischer wirkte. Vielleicht hatte der erste Eindruck ja doch getrogen.

Leonie. Ein schöner Name. Sie hätte ihre Tochter gerne so genannt – falls es denn ein Mädchen wurde –, doch Peter war seltsamerweise strikt dagegen gewesen. Er hatte sich sogar regelrecht gegen den Namen gewehrt.

»Beim nächsten Mal darfst du uns gerne einen veganen, glutenfreien Kuchen als Entschädigung für dein Zuspätkommen mitbringen«, sagte die Leiterin. »Erzähl noch ein bisschen mehr über dich.«

Leonies Lächeln verrutschte. Offenbar war sie sich nicht sicher, ob Annette scherzte. »Ich mag Kaffee, schön schwarz ohne Milch«, erklärte sie zögernd und grüßte mit ihrem Becher in die Runde. »Und … äh … Ich wohne hier in Heiligenhafen.«

Damit hatte sie wohl alles gesagt, denn sie nickte zufrieden und nahm einen Schluck aus ihrem Coffee-to-go-Becher. Emily war sprachlos. Das war die seltsamste Vorstellung, die sie je gehört hatte. Welche Schwangere stellte sich mit einem schwarzen Kaffee in der Hand vor und erwähnte noch nicht einmal ihr Baby im Bauch? In einem Schwangerschaftskurs? Unglaublich.

Auch Annette wirkte konsterniert und ließ Leonie nicht vom Haken. »Und dein Baby? Was ist damit? Erzähl doch mal – gerne auch von deinen Erwartungen an den Kurs und deinen Wünschen für die Zukunft.«

Leonie wurde rot. Offenbar wurde ihr nun bewusst, wie ihr Auftreten wirken musste. »Oh, das Baby«, sagte sie hastig. »Ja, also … Das hier drin ist Mia. Sie war eigentlich nicht geplant, aber jetzt ist es halt so. Sie wächst seit sechs Monaten vor sich hin, hat mich in den ersten drei Monaten seeehr oft kotzen lassen, wobei ich das viel zu spät als Schwangerschaftshinweis erkannt habe, und liegt seit etwa einem Monat recht unbequem auf meiner Milz oder was da auch immer so unangenehm ziept. Mein Geburtstermin ist der siebzehnte September, aber das halte ich ohnehin alles für Hexerei. Das Baby kommt, wenn es kommt. Was ich mir von dem Kurs erhoffe? Ich bin hier, um mich zu informieren und mir ein paar Tipps zu holen, wie ich die nächsten Monate überstehen soll und wie ich Mia ohne großes Gemetzel aus mir rausbekomme. Dabei schwanke ich noch zwischen natürlicher Geburt und Kaiserschnitt.«

Gegen ihren Willen war Emily fasziniert von dieser Frau. In ihrer Welt waren Leonies Ansichten recht ungewöhnlich. Zumindest sprach das niemand in der Öffentlichkeit so deutlich aus. Frauen, die einen Kaiserschnitt bevorzugten, verschwiegen das meist. Nichts wurde derart heiß diskutiert wie die Fragen nach der Art des Gebärens, des Stillens oder wie das Baby schlafen sollte. Scheinbar jeder, ob Mann oder Frau, hatte da eine feste Meinung. Zumindest empfand Emily es so. Sie hatte schnell gelernt, dass es besser war, regelkonform zu denken. Abweichungen in diesem Bereich wurden nur schwer akzeptiert.

Kein Wunder, dass der gesamte Kurs irritiert reagierte. Die Stille lastete schwer auf Emilys Nerven, und sie spürte, dass sich gerade ein Konflikt aufbaute. Ein Konflikt in ihrer heilen Welt. Das musste sie unbedingt verhindern.

»Mia soll die Kleine heißen?«, platzte Emily daher heraus und lenkte die Aufmerksamkeit von Leonie auf sich. »Das ist ein sehr schöner Name. Oder ist das nur der Arbeitstitel?«

»Arbeitstitel?«

»So wie Klaus-Peter, Motte oder Krümelchen. Viele nennen ihr kleines Wunder so, um den Namen nicht zu verraten.«

»Warum sollte ich den nicht sagen? Spätestens bei der Geburt erfahren ihn doch eh alle. Da kann ich jetzt schon mal damit anfangen.«

»Aber viele Familien diskutieren dann mit dir, ob der Name wirklich schön ist oder ob es nicht einen besseren gibt. Ist das Kind da, ist der Name gesetzt, und jeder findet ihn wunderbar – egal, wie ungewöhnlich er ist. Und was machst du, wenn es ein Junge wird?«

»Dann heißt er Markus. Aber in dem Fall würde meinem kleinen Sohn etwas Entscheidendes fehlen, was ich für ihn wirklich nicht hoffe.«

»Ärzte können sich beim Ultraschall auch mal irren.«

»Ein Bluttest aber weniger. Ich traue eher einer hochmodernen DNA-Analyse als einem verpixelten grauen Bildschirmausschnitt. Jetzt kann ich sicher sein, dass meine Mia nicht doch ein Milan wird.«

Emily gab auf. Mit Leonie zu diskutieren war zu anstrengend. Sie dachte einfach zu anders als sie. »Jedenfalls ist Mia ein schöner Name«, wiederholte Emily lahm und sah Annette bittend an, damit die das Gespräch wieder an sich nahm.

Die verstand die stumme Aufforderung sofort. »Ich denke, wir werden hier viele deiner Vorurteile widerlegen können, Leonie«, sagte sie. »Die natürliche Geburt ist einem Kaiserschnitt stets vorzuziehen, und mit der richtigen Vorbereitung wird es auch kein Gemetzel. Wichtig ist nur, sich darauf einzulassen. Das Gleiche gilt für das Stillen.«

»Ja, was das angeht«, hob Leonie an, doch Emily gab ihr rasch einen Rippenstoß. Es gab Dinge, die durfte man nicht öffentlich infrage stellen. Das Thema Stillen gehörte dazu.

Leonie warf Emily einen fragenden Blick zu. Sie verstand die Welt nicht mehr. Emily wartete, bis Annettes Aufmerksamkeit zur nächsten Mutter gewandert war, dann flüsterte sie ihr zu: »Egal, was du zum Thema Stillen zu sagen hast:

Behalt es für dich. Mit Annette sitzt eine Stillberaterin der La Leche Liga vor dir.«

»La Leche Liga? Was zur Hölle ist das denn?«, entgegnete Leonie entsetzt. »Klingt wie eine Straßengang.«

Emily musste grinsen. Straßengang? Wie kam Leonie denn auf so etwas? In jedem Ratgeber wurde diese Liga mindestens einmal erwähnt. Oder konnte es sein … War es möglich … Hatte Leonie bisher etwa kein einziges Buch übers Kinderkriegen gelesen? Nein! So jemanden gab es nicht. Zumindest nicht in Emilys Welt.

»Diese Mütter helfen dir bei Stillproben«, erklärte Emily leise und fand mit einem Mal Gefallen an ihrer neuen Rolle der Lehrerin. In Gedanken notierte sie sich diese merkwürdige Begegnung als potenziellen neuen Blogbeitrag. Vielleicht konnte Leonie ihr ja doch nützlich werden. Sie dachte an Torstens Worte. Ihr Blog lief gut. Richtig gut. Und damit das so blieb, musste sie regelmäßig Content liefern. Das bedeutete aber auch, aus ihren alten Strukturen auszubrechen und sich auf Neues einlassen. Nur dadurch blieb man interessant. Um jedoch über Leonie berichten zu können, musste die erst einmal diese Stunde überleben, ohne gelyncht zu werden. Zeit, die Dame mal aufzuklären. »Wenn du dir nicht direkt eine Menge Feinde machen willst, bist du als Schwangere eine Stillbefürworterin. Sonst hast du sofort ganz viel Gegenwind. Aber keine Sorge: Ich habe Zeit und werde dir helfen. Wie Annette schon sagte: Ich bin Emily. Freut mich, dich kennenzulernen.«

LEONIE

Sie war in ihrem ganz persönlichen Horrorfilm gefangen. All ihre Vorurteile über Geburtsvorbereitungskurse waren innerhalb von fünf Minuten bestätigt worden. Ach, was sagte sie da? In zwei! Zugegeben, es war nicht besonders clever von ihr gewesen, zu spät zu kommen. Das war nie ein guter Einstieg in ein Seminar. Aber das Folgende überstieg all ihre Befürchtungen.

Wieso nur hatte Leonie sich von Peter dazu überreden lassen, diesen verflixten Kurs zu belegen? Ihr Bauchgefühl hatte sie eindringlich gewarnt. Sie passte nicht hierher und stach hervor wie ein Pfau unter Graugränsen. Fehlte ihr tatsächlich das berühmte Muttergen? Wieso nur konnte sie nicht einfach die Klappe halten und sich entspannt berieseln lassen? Stattdessen ging sie direkt auf Konfrontationskurs mit der Leiterin.

Eins stand fest: Sollte sie noch einmal ungeplant schwanger werden, würde Peter sich der Horde Übermuttis stellen müssen. Dann konnte er sich gerne mit der La Leche Liga herumplagen.

»Nachdem wir uns jetzt allesamt vorgestellt haben, wollen wir uns gegenseitig noch ein bisschen besser kennenlernen«, erklärte die Hebamme nun. »Findet euch doch bitte zu Paaren zusammen und interviewt eure Nachbarin. Thema eurer Fragen ist: euer kleines Wunder.«

Ich schwöre dir, wenn du Mia noch einmal »mein kleines Wunder« nennst, erwürge ich dich, dachte Leonie grimmig.

Sie wandte sich nach links in der Hoffnung, dort eine normalere Gesprächspartnerin zu finden, doch sie blickte lediglich auf die Heizung. Zur rechten saß jedoch … Ach, verdammt! Da war ihr ja sogar die Heizung lieber.

»Leonie.« Emily lächelte scheinheilig. »Wie schön, dass wir zwei uns noch näher kennenlernen können.« Sie log so eindeutig, dass Leonie beinahe mit den Augen gerollt hätte. Sie waren in etwa so kompatibel wie die ISS mit der Titanic.

Aber es half ja alles nichts. Leonie musste da durch. Also los. »Freust du dich auf dein kleines Wunder?«, fragte sie vorsichtig und hoffte, keinen Seelenstriptease einer unbekannten Mutter ertragen zu müssen.

»Und wie. Aber ich habe auch Sorge, dass wir es nicht rechtzeitig ins Krankenhaus schaffen und …«

»Stopp«, rief Leonie und hob hastig die Hände. »Bitte überschütte mich nicht mit deinen Ängsten. Das ist wie eine ansteckende Krankheit: Kaum hört man davon, juckt es einen überall. Können wir nicht kurz über was anderes als Babys reden?«

»Aber dafür sind wir doch hier. Um über Babys zu reden. Ich dachte, hier wäre der richtige Ort dafür. Mein Mann will davon nichts hören.«

»Er redet mit dir nicht übers Kind?« Ohne es zu wollen, rollte sofort eine Welle des Mitgefühls heran. Seit Leonies Hormonhaushalt völlig durcheinandergeraten war, passierte ihr das ständig. Früher wäre ihr Emily so was von egal gewesen. Aber jetzt …

»Doch, ab und zu schon. Aber von Ängsten oder Unsicherheiten will er nichts hören. Ich vermute, er hat einfach selbst Panik und will das nicht zugeben. Wobei er schon seltsam reagiert hat, als ich ihm gesagt habe, ich sei schwanger. Als hätte ich ihm in den Magen geboxt. Dabei war das Baby durchaus geplant gewesen. Es hat nur länger gedauert als gedacht. Wie hat denn dein Mann reagiert? Wo es doch ungeplant gewesen ist.«

»Ich hab ihm drei Schnäpse hingestellt, hab es ihm gesagt und gewartet, bis er alle Schnäpse runtergespült hat. Danach war Peter leicht grün im Gesicht, hat sich aber gefreut.«

»Oh, dein Mann heißt Peter? Meiner auch. Da haben wir ja wenigstens eine Gemeinsamkeit.«

Ja, dachte Leonie bei sich. Bei dieser Gemeinsamkeit würde es vermutlich auch bleiben. »Mein Peter und ich sind nicht verheiratet. Als Scheidungskind hat man dazu wohl eine andere Einstellung. Ich war so froh, als sich meine Eltern endlich getrennt haben. Allerdings heiraten sie jetzt beide neue Partner. Das ist schon seltsam für mich.« Sie atmete tief durch, um das ungute Kribbeln in ihrer Magengegend auszublenden. Wann immer das Gespräch auf ihre Mutter kam, wurde ihr komisch. Da war sogar noch das Thema Gebären besser. Gleichzeitig fragte sie sich, warum sie Emily überhaupt solche privaten Dinge über sich erzählte. Das tat sie sonst nie. Emily hatte jedoch etwas an sich, das sie zum Reden verleitete. Etwas Vertrauenerweckendes, Freundliches.

»Also schön, Emily«, sagte Leonie ihrem Instinkt folgend. Vielleicht war es doch an der Zeit, sich ein wenig zu öffnen. Sonst überstand sie diesen Kurs niemals. »Du darfst mir was über deine Ängste erzählen. Schieß los!«

»Nein. Das will ich jetzt nicht mehr. Du hast recht. Das ist zu bedrückend. Lass uns lieber über etwas Positives reden.« Emily überlegte eine Weile, dann hellte sich ihr Gesicht auf, als ihr ein Thema einfiel. »Meine Beleghebamme wird jetzt Annette. Sie hat mir letzte Woche zugesagt. Zum Glück. Ich hatte schon Angst, keine mehr zu bekommen, denn die meisten begleiten kaum noch Geburten, sondern machen nur die Vor- und die Nachsorge. Ich bin so glücklich. Wie sieht es bei dir aus?«

»Äh …«, brachte Leonie schwach hervor. »Was zur Hölle ist eine Beleghebamme?«

Schockiert riss Emily die Augen auf. »Das ist deine Hebamme, die dich während der gesamten Geburt begleitet. Die ganze Zeit.«

»Die ganze Zeit? Wer will denn so was? Wenn ich Höllenqualen durchleide, will ich dabei nicht die ganze Zeit beobachtet werden. Das ist ja grässlich. Ich will gefälligst meine Ruhe.«

»Das ist nicht grässlich. Sie unterstützt dich und hilft dir. Das Tolle ist, dass du sie schon vorher kennengelernt hast. Sie kennt deine Bedürfnisse.«

»Aber ich kenne doch nicht mal selbst meine Bedürfnisse. Das ist schließlich meine erste Geburt. Deine etwa nicht?«

Emily runzelte die Stirn. Zum ersten Mal erahnte Leonie einen Hauch von Gereiztheit an ihrem Gegenüber. Aha. Dieses winzige Persönchen mit den blonden Engelslocken, den strahlend blauen Husky-Augen und den süßen Sommersprossen konnte also auch ärgerlich werden. Interessant. »Doch, das ist meine erste Geburt. Gerade deshalb ist es doch so wichtig, gut vorbereitet zu sein.«

Ein Kaiserschnitt, dachte Leonie sofort. Man gebe mir einen Kaiserschnitt. Dieses Gespräch wurde immer seltsamer. Gleich darauf erstarrte Leonie. Da schlich sich etwas in Emilys Augen, das sie beunruhigte. Ein seltsamer Ausdruck. Als sei ihr Gegenüber auf der Jagd …

»Sag bloß, du hast noch keine Hebamme«, flüsterte Emily, als müsse sie den Teufel persönlich aus ihr herausexorzieren.

»Äh … nein. Im Krankenhaus sind doch welche. Reicht das nicht?«

Man konnte den Ausdruck in Emilys Augen nur noch als pures Entsetzen bezeichnen. »Leonie, das ist doch nicht dein Ernst. Ich habe mich schon in der dreizehnten Woche um eine

Hebamme bemüht und da kaum noch eine bekommen. Sie helfen dir nach der Geburt, wiegen dein Baby, zeigen dir das Stillen und stehen dir mit Rat und Tat zur Seite. Es gibt leider nur noch viel zu wenige von ihnen. Schrecklich, dabei ist das ein so wichtiger Beruf.«

Das zweifelte Leonie auch keineswegs an. Es tat ihr ja wirklich leid für alle Hebammen, aber … »In der dreizehnten Woche hatte ich noch keine Ahnung, dass ich schwanger bin. Ich weiß das erst seit zwei Monaten.«

Jetzt schlug Emily ernsthaft die Hand vor den Mund. Der Schock über diese Nachricht zeichnete sich deutlich in ihrem Gesicht ab. Sofort zog sich Leonies Magen zusammen. Sie hatte diese Reaktion schon oft gesehen, und sie tat noch immer weh. Ja, zugegeben. Mit den heutigen Möglichkeiten der Verhütung sollten solche Unfälle nicht geschehen, doch Mia war das Ergebnis einer lang anhaltenden Magen-Darm-Erkrankung. Wobei … Rückblickend war sie vermutlich DIE Magen-Darm-Erkrankung gewesen. Die typische Morgenübelkeit hatte Leonie schlicht falsch eingeordnet.

Okay. Genug gegrübelt, ermahnte Leonie sich selbst. Sie mochte die am schlechtesten vorbereitete Schwangere dieses Kurses sein, aber sie würde sich nicht wie eine Vollversagerin behandeln lassen. Vor Wut schossen ihr unvermittelt die Tränen in die Augen. Verdammte Hormone.

»Oh, Liebes. Nicht weinen. Wir werden das gemeinsam schaffen«, flüsterte Emily gerührt und zog sie ungefragt in die Arme. Leonie hing da wie ein nasser Sack und fragte sich, wie diese Wendung zustande gekommen war. Konnte dieser Tag noch verrückter werden?

Ja, er konnte.

Nachdem Emily und sie ein wenig miteinander geweint hatten und dafür von der Leiterin sogar getätschelt worden waren, ging es mit einfachen Atemübungen weiter. Die sorgten dafür, dass sich Leonies flatternde Nerven wieder beruhigten. Sport erdete sie. Sport beruhigte. Das war schon immer so gewesen. Wenn man denn diese Art der Bewegung Sport nennen durfte.

»Stellt euch vor, ihr zupft mit euren Schamlippen Blümchen von einer Wiese. Ihr müsst euch zunächst weeeit öffnen, um die Blume aufzunehmen. Jetzt verschließt ihr euch wieder, zupft die Knospe ab und hebt sie in die Höhe. Genau so, meine Damen.«

Leonies Ohren bluteten von dem, was sie da hörte. Sie warf einen verzweifelten Blick in die Runde, doch die meisten waren konzentriert bei der Sache. Nur Emily schmunzelte vor sich hin.

Nachdem sie die halbe imaginäre Wiese leergezupft hatten, bekam Annette mit ihnen Erbarmen. Sie läutete das Ende der Sitzung ein, stoppte die hinausstürmenden Schwangeren aber im letzten Moment. »Nächste Woche ist Männertag. Das ist das einzige Mal, dass die werdenden Väter mitkommen dürfen. Sie sollten das auch tun, um all ihre Fragen und Ängste zu äußern. Bis dahin solltet ihr eure Übungen zu Hause weitermachen, denn nur ein guter Beckenboden trägt euch sicher durch eine problemfreie Schwangerschaft.«

Nie im Leben bring ich Peter mit in diesen Kurs, dachte Leonie. Der bekommt davon das Trauma seines Lebens. Hastig überholte sie die anderen beim Hinausgehen, schlüpfte in ihre hohen Pumps und wollte aus dem Flur stürmen, ehe alle anderen Frauen ihn vollends verstopften, als ihr Handy in der Handtasche wild bimmelte. Sie warf einen Blick darauf, und schon war ihr klar: Dieser Tag war gelaufen. Obwohl sie noch umgeben von all den anderen Müttern war, ging sie ran. Diesen Anruf durfte sie nicht aufschieben. Damit machte sie es nur noch schlimmer.

»Ruf die Furie zurück«, giftete ihre Halbschwester Monika sie umgehend an.

»Es freut mich auch, dich zu hören, Monika«, antwortete Leonie betont freundlich. »Ich nehme an, du redest von meiner Mutter?«

»Genau die. Karin hat doch mit purer Absicht ihren Hochzeitstag auf den von Papa gelegt. Was soll das? Seit der Bekanntgabe bekomme ich empörte Anrufe von sämtlichen gemeinsamen Freunden. Ich bin Papas Trauzeugin, und als solche verlange ich: Stopp sie!«

Leonie blieb abrupt stehen. Oh Gott. Monika war Papas Trauzeugin. Dieser Tag wurde tatsächlich immer gruseliger. Da nahm sie lieber Peter mit zum Gebärkurs, als dass sie zu dieser Hochzeit erschien.

»Ich versuche es«, murmelte sie defensiv. »Aber sie zu stoppen ist schwierig. Außerdem ist der Tag generell für mich ungünstig.«

»Wieso?«

»Weil ich etwa eine Woche später mein Kind bekomme.«

Monika atmete zischend ein. »Leonie, dafür können wir nichts. Du weißt erst seit zwei Monaten von dieser Geburt. Wir planen die Hochzeit schon seit einem halben Jahr.«

»Ja, aber ihr könnt den Termin verschieben. Ich nicht«, erwiderte Leonie jetzt doch hitzig. Innerhalb von Sekunden hatten sie sich derart in der Wolle, dass Leonie schließlich einfach auflegte. Dann erst bemerkte sie ihren rebellierenden Organismus.

Ihr Herz schlug viel zu schnell, und ihr war schwindelig. Verdammt. Ausgerechnet jetzt, wo sie so dringend all ihre Kräfte brauchte, machte ihr der Körper einen Strich durch die Rechnung. Um sich vor all den anderen Frauen keine Blöße zu geben, schlich sie um die Ecke und setzte sich auf eine Wartebank vor den Aufzügen.

Tief durchatmen, dachte sie. Sie schloss die Augen, um sich besser konzentrieren zu können. Der Anruf hatte sie mehr aufgeregt, als er sollte. Das Ziehen in ihrem Bauch wurde heftiger. Eine typische Reaktion, wenn sie gestresst war. Vor der Schwangerschaft hätte sie so ein Gespräch mit einem Wink abgetan. Jetzt aber brachte es sie komplett aus der Fassung.

Sie vernahm das typische Quietschen von Turnschuhen auf Linoleumfußboden. Die anderen verließen den Gang. Es wurde ruhiger.

Noch zweimal atmete Leonie tief ein und aus und stellte fest, dass die Übungen der Hebamme ihr dabei halfen, sich zu beruhigen. Wer hätte gedacht, dass es tatsächlich wirkte, wenn man sich auf sich selbst besann? Erst als ihr Herz nicht mehr wie das eines verschreckten Vögelchens flatterte, schlug sie die Augen wieder auf und quiekte vor Schreck. Emily stand direkt vor ihr und musterte sie mit stechendem Blick.

»Du bist grün im Gesicht«, sagte sie mit ihrer glockenhellen Stimme. »Alles okay?«

»Klar«, log Leonie und stand abrupt auf. Sofort war das Ziehen in ihrem Bauch zurück. Hatte sie sich den Magen verdorben? »Ich musste mich nur kurz setzen. Ui.« Ihr wurde schwindelig.

Hastig griff Emily nach ihrem Arm und stabilisierte sie. Leonie war das furchtbar unangenehm, doch leider blieb ihr nichts anderes übrig, als sich helfen zu lassen.

»Annette«, rief Emily in der gleichen Sekunde. »Annette? Kannst du mal kommen?«

»Pscht. Bist du verrückt? Ich bin froh, der Irren entkommen zu sein.«

»Diese Irre hat mehr Ahnung von Schwangerschaften als so mancher Arzt. Du siehst nicht gut aus, und sie kann dir helfen. Punkt. Jetzt zick nicht rum.«

Wow. Und so was musste sie sich von einer Elfe sagen lassen.

Leonies Handy brummte erneut. Sie warf einen raschen Blick aufs Display und spürte, wie ihr das Adrenalin erneut durch die Adern schoss. Ihre Mutter rief an. Natürlich. Wahrscheinlich hatte Monika direkt bei ihr durchgeklingelt und sie zur Schnecke gemacht.

»Vergiss deine Mama«, sagte Emily, die offenbar die Anzeige auf dem Display gelesen hatte. Sie nahm ihr erstaunlich vehement das Handy aus der Hand und warf es achtlos in Leonies Tasche. »Egal, was in deiner Familie gerade los ist: Du musst dich jetzt um dein Baby kümmern. Annette. Gut, dass du da bist.«

Annette war im Laufschritt zu ihnen geeilt und blieb vor ihnen stehen. Sie sah Leonie nur einmal kurz ins Gesicht, dann schnappte sie sich bereits ungefragt ihr Handgelenk und blickte auf die Uhr. »Hast du mit Schwangerschaftskomplikationen zu kämpfen?«, fragte sie mit ruhiger Stimme.

»Meine Schwangerschaft IST die Komplikation.«

Der Blick, der sie jetzt traf, war eisig. »Jetzt sei mal ernst, Leonie. Du magst hier ja einen auf tough machen, aber ich kenne Frauen wie dich. Lass mich raten: Du arbeitest fünfzig Stunden die Woche, hast eigentlich keine Zeit für eine Schwangerschaft und den Ausdruck ›Schwangersein ist keine Krankheit‹ zu deinem neuen Lebensmotto erkoren.«

»Und sie hat familiäre Probleme«, warf Emily wenig hilfreich ein.

»Hat dir dein Arzt schon mal Bettruhe angedroht?«, fragte Annette.

Leonie zog den Kopf ein. *Einmal? Mindestens schon viermal.* »Mir geht es gut«, sagte sie schwach.

»Emily? Kannst du Leonie zu ihrem Frauenarzt begleiten? Wenn du dich weigerst, Leonie, rufe ich direkt den Notruf.

Ich würde dich ja selbst untersuchen, aber da du das vermutlich nicht zulassen wirst, sag ich es dir so: Du hast Wehen, meine Liebe. Ich brauche dir ja wohl nicht zu erklären, was das für dich und dein Baby im sechsten Monat bedeutet. Also los. Es ist wirklich dringend.«

Der Schuss vor den Bug

EMILY

Leonie saß wie eine Statue auf dem ungemütlichen Stuhl im Wartezimmer und rührte sich nicht. Sie war blass und noch immer leicht grün im Gesicht. Emily bemühte sich, sie nicht die ganze Zeit anzustarren.

Wie seltsam diese Situation war.

Ganz unvermittelt war sie die Retterin in der Not geworden. Ihre Brüder wären stolz auf sie gewesen. Die waren die fleischgewordenen Helden des Alltags – Emily hingegen normalerweise die graue Maus, die gerettet werden musste. Eigentlich hätte sie gedacht, dass sie sich bei ihrer Heldentat besser fühlen würde. Mutiger. Leider hatte sie hauptsächlich Angst um Mia.

»Es wird alles gut«, sagte sie vorsichtig zu Leonie. Sie warteten jetzt schon seit einer Stunde darauf, den Arzt zu sehen. Leonie hatte zunächst an den Wehenschreiber gemusst. Das allein hatte bereits endlos gedauert.

Emily wollte sich nicht beschweren, aber so langsam war sie müde und erschöpft. Die letzte Woche war emotional aufregend gewesen, von diesem Tag ganz zu schweigen. Leonie allein zu lassen, fiel ihr jedoch nicht im Traum ein.

»Hast du deinen Peter erreicht?«, wechselte sie das Thema.

»Ja. Er kommt heute Abend zu mir. Im Moment ist er noch unterwegs.«

Emily seufzte tief. »Was ist das nur mit den Männern? Wenn ich ein Kerl wäre, würde ich sofort alles stehen und liegen lassen und zu meiner Frau eilen.«

»Dem Baby geht es gut, Emily. Jetzt dramatisier nicht so. Selbst die Arzthelferin hat mit Blick auf den Wehenschreiber gesagt, dass es kein Notfall ist. Warum sollte ich Peter deswegen aus dem Meeting holen?«

Emily biss sich auf die Lippen, um nichts Spitzes zu erwidern. Sie fand, dass sich die Männer viel zu wichtig mit ihren Jobs nahmen. Was war ein verpasstes Meeting schon im Vergleich zu der bedrohten Gesundheit eines Babys? Aber sie sah ein, dass Leonie in diesem Punkt nicht mit sich reden lassen würde.

»Wohnst du schon lange in Heiligenhafen?«, lenkte sie ab.

»Nein. Ich bin erst vor Kurzem hierhergezogen. Ich wurde vor knapp einem Jahr nach Heiligenhafen versetzt. Ein Glücksfall, vor allem jetzt, wo ich schwanger bin. Jetzt wohnen wir viel näher beieinander.«

»Näher beieinander? Was meinst du denn damit? Lebt ihr etwa nicht zusammen?«

Leonie schüttelte den Kopf. »Nein. Ich habe zeit meines Lebens allein gewohnt. Ein Baby, eine gemeinsame Wohnung … Das wäre zu viel Umstellung auf einmal gewesen. Ich wäre verrückt geworden. Peter hat unter der Woche noch seine Junggesellenbude und übernachtet am Wochenende bei mir. Das funktioniert sehr gut. Jetzt schau nicht so schockiert. Für uns passt dieses System. Jeder braucht seine Freiheiten. Du etwa nicht?«

Ich hab zu viel davon, dachte Emily traurig. »Ich mag es, meinen Mann um mich zu haben. Ohne ihn fühlt sich die Wohnung so leer an. Mein Peter ist aber in der Woche viel unterwegs, sodass wir uns häufig nicht sehen. Am Wochenende fährt er gern auf Golfturniere und übernachtet dann im Hotel. Gerade an einem Samstagabend vermisse ich ihn sehr.«

»Das kann ich gut verstehen. Am Wochenende will man ja schon was zusammen machen. Mein Peter hasst zum Glück golfen. Wir machen eher Wellness oder gehen ins Theater und so. Aber das klappt auch nicht immer. Ich … aaah … scheiße!«

»Was? Was ist los?« Alarmiert sprang Emily von ihrem Stuhl auf.

»Diese Magenschmerzen bringen mich um.«

»Leonie.« Ohne es zu wollen, musste Emily lachen. »Das sind keine Magenschmerzen. Du hast Wehen. Hast du es immer noch nicht kapiert?«

Endlich wurde Leonie aufgerufen. Emily blieb allein zurück. Sie beschäftigte sich damit, durch das große Fenster des Wartezimmers den Passanten in der Fußgängerzone zuzusehen. Im Hintergrund sah sie die Masten der Boote im Jachthafen. Sie wippten auf und ab. Eine beruhigende Bewegung.

Zum bestimmt fünften Mal nahm sie ihr Handy in die Hand. Keine Nachricht von Peter. Er fragte eigentlich nie, wie es ihr ging. Keine Nachrichten sind gute Nachrichten. Das war seine Einstellung. Dann aber bemerkte sie, dass sie eine Mail von Torsten bekommen hatte. Aufgeregt öffnete sie sie.

Liebe Emily, Ihre Posts sind richtig gut. Ich hab mal ein paar Blogs mit ähnlichen Themen recherchiert, mit denen Sie sich verlinken könnten. Der Virus ist Geschichte und Ihr Blog jetzt auf dem neuesten Stand. Haben Sie mal darüber nachgedacht, mit dem Schreiben Geld zu verdienen? Ich kenne da ein paar Leute, die Ihnen helfen würden. Der Blog hat schon jetzt hohe Zugriffszahlen, daraus könnten wir was machen. Wollen wir da mal drüber reden? Rufen Sie mich an. Ich bin jederzeit für Sie erreichbar. Ihr Torsten.

Ihr Torsten. Die zwei Worte ließen Emilys Magen wie wild kribbeln. Sie drückte ihr Handy an die Brust, als sei die Mail auf dem Display ein Liebesbrief. Dann wurde ihr klar, was sie da tat, und schob es erschrocken von sich.

Nein. So etwas durfte sie nicht tun. Sie ging zu weit. Emotional und gedanklich. Das war vollkommen falsch und gefährdete ihre Ehe.

Sie hatte auch gar keine Zeit für solche Eskapaden. Da wuchs ein Baby in ihr heran, das all ihre Aufmerksamkeit benötigte. Leonies Zustand sollte ihr Warnung genug sein: Ganz plötzlich konnte sich alles ändern. Aus einer vorher unkomplizierten Schwangerschaft wurde ein Krankheitsfall.

Das musste sie vermeiden.

Kein Stress. Keine Dramen. Das hieß ganz klar, Torsten aus ihrem Leben zu verbannen und sich wieder mehr auf Peter zu konzentrieren. Sie mussten einander wieder näherkommen, um diese komplizierte Zeit gut zu überstehen. Wann waren sie so auseinandergedriftet?

Entschlossen schrieb Emily ihrem Mann eine Nachricht, an der sie die nächsten fünfzehn Minuten herumfeilte. Es durfte nicht zu ruppig und nicht zu freundlich klingen, sonst kam die Botschaft nicht bei Peter an.

Wir müssen reden. Heute Abend. Ich koche für uns. Und merk dir schon mal nächste Woche Mittwoch. Da werden wir zusammen zum Schwangerschaftsvorbereitungskurs gehen. Keine Ausreden. Du kommst mit!

Ja, das sollte er kapieren. Zufrieden wollte sie ihr Handy ausschalten, da bemerkte sie vier neue Nachrichten im Familienchat. Ihre Brüder waren wieder fleißig gewesen und hatten sie mit Fragen bombardiert.

Was macht denn unser kleiner Neffe?, fragte Jonathan.

Nichte, schrieb Johan.

Leute, egal, was es wird, Hauptsache gesund, schlichtete Jona.

Deswegen frage ich doch, antwortete Jonathan.

Hey, alle zusammen, textete Jo.

Wie immer verfluchte Emily ihre Eltern in solchen Momenten, ihren Brüdern so ähnliche Namen verpasst zu haben. JoJoJoJo. Sie hatten es sich wirklich leicht gemacht. Je länger der Name, desto älter der Junge. Das war schon reichlich schräg. Aber es passte zu ihnen. Die Jungs traten meist als eine Einheit auf. Wenigstens war sie keine Johanna geworden. Das hätte das Chaos perfekt gemacht.

Emily seufzte tief. Ihre Brüder wollten so verzweifelt an ihrem Leben teilnehmen, aber für sie war es schwierig, sie mit einzubeziehen. Egal, was sie jetzt schrieb, sie würden sie doch nur mit weiteren Fragen bombardieren. Vor allem fürchtete sie sich vor neugierigen Erkundigungen nach Peter. Um ehrlich zu sein, war sie auch nach Heiligenhafen gezogen, um ihren Brüdern zu entkommen. Wenn sie noch länger in deren Nähe gelebt hätte, wären die vielen kritischen Nachfragen irgendwann auf Nährboden gestoßen.

Ist Peter schon wieder nicht da? Wo ist er? Soll ich ihn mal anrufen und nachfragen, was los ist? Können wir vermitteln?

Allein bei diesen Überlegungen sträubten sich Emily die Nackenhärchen. Ihre Brüder waren wie Pitbulls, die nicht mehr losließen, sobald sie sich an etwas festgebissen hatten. Ihr oberstes Ziel war, Emily zu beschützen. Dabei hatten sie es nur allzu häufig völlig übertrieben.

Leute! Meinem Bauchzwerg geht es gut. Beruhigt euch, schrieb sie nun in den Familienchat und schickte ihnen ein altes Ultraschallbild, das sie schon einige Male geteilt hatte. Die vier hatten nur nie bemerkt, dass es immer dasselbe war. Die Reaktionen kamen prompt.

Der ist so ultrasüß.

Eindeutig Papas Nase.

Hauptsache nicht deine Nase.

Selber Nase.

Das war der Moment, wo Emily den Chat wie viele Male zuvor auf stumm schaltete. Das sollte sie mit Torstens Chat wohl auch tun. Damit sie gar nicht erst in Versuchung kam. Nein! Sie sollte seine Nummer komplett löschen. Sie war gerade dabei, genau das zu tun, als Leonie zu ihr ins Wartezimmer zurückkam. Sie sah müde, aber erleichtert aus.

»Alles gut. Ich soll mich mehr schonen. Der Arzt hat mich für den Rest der Woche krankgeschrieben und mich ermahnt, es ruhiger angehen zu lassen.«

»Waren es denn Wehen?«

Leonie nickte. Ihr war das Thema eindeutig unangenehm. »Keine Bauchschmerzen«, gab sie zu.

Emily lachte leise. »Du hast echt kein Körpergefühl. Komm! Ich bringe dich nach Hause.«

Sie hätte schwören können, dass Leonie protestieren wollte, doch sie fügte sich. Erst als sie im Auto saßen, wirkte sie wieder etwas selbstsicherer. Sie schüttelte sich, als müsse sie das schlechte Gefühl loswerden.

»Ich hab meinem Peter eine Nachricht geschrieben, dass er gefälligst nächste Woche zum Kurs mitkommen muss«, sagte Emily unvermittelt. Sie wollte gar nicht erst zulassen, dass eine unangenehme Stille aufkam.

»Ich überlege, ob ich da überhaupt noch hingehe«, brummte Leonie. »Geschweige denn, dass ich meinen Peter dahin schleife.«

Emily drückte so plötzlich auf die Bremse, dass Leonie zum zweiten Mal an diesem Tag erschrocken quietschte. »Tu das nicht«, sagte Emily streng zu ihrer Beifahrerin. »Lehn nicht im Vorfeld ab, was dir helfen könnte. Sei offen für

Neues. Und wenn du den Kurs nicht magst, dann sieh es doch so: Er zwingt dich für eine Stunde in der Woche dazu, dich auf dein Baby zu konzentrieren, und zur absoluten Ruhe. Und Ruhe – das kannst du nicht wegdiskutieren – brauchst du dringend. Sonst geht das doch noch schief mit dir und dem Stress. Also geh für Mia hin.«

»Hilfe! Du kannst ja richtig streng werden.«

»Glaub mir. Ich kann noch viel mehr. Stille Wasser sind tief.« Emily seufzte. »Entschuldige. Ich sollte meinen Frust nicht an dir auslassen.«

»Was ist denn im Wartezimmer passiert?«

»Nicht viel. Mir ist nur klargeworden, dass Peter und ich dringender miteinander reden müssen als gedacht. Das macht mir eine Heidenangst. Aber was fasele ich da? Du hast ganz andere Sorgen. Ich sollte dich damit nicht belästigen.«

LEONIE

Sie wollte Emily nicht mögen. Wirklich nicht. Und trotzdem musste sie zugeben, dass diese Frau durchaus ihre faszinierenden Seiten hatte. Auf den ersten Blick wirkte sie beinahe einfältig und schüchtern, doch das war sie nicht. Warum sie sich nach außen hin so verhielt, war Leonie ein Rätsel. Aber gut. Wer war sie, so etwas zu kritisieren? Jeder hatte mit seinen eigenen Dämonen zu kämpfen. Bei ihr war einer davon ihre Mutter.

Emily hatte sie vor ihrer Haustür abgesetzt und ihr zum Abschied zugewinkt. Leonie ahnte, dass Emily gerne ihre Telefonnummer gehabt hätte. Sie hatte auf der Autofahrt regelrecht einsam und verloren gewirkt. Leonie hatte so getan, als sei ihr das entgangen. Das Letzte, was sie jetzt noch gebrauchen konnte, war eine aufdringliche Pseudo-Freundin. Sie hatte genug Bekanntschaften. Da brauchte sie nicht noch eine aus dem Schwangerschaftsmilieu.

Leonie hörte in Gedanken Peter schimpfen: *Jetzt sei nicht wieder so misstrauisch. Lass dich doch mal drauf ein. Lern Leute kennen. Du musst sie ja nicht gleich heiraten.*

»Hoffentlich wirst du offener als deine Mama«, sagte Leonie zu ihrem Bauch. Erst dann bemerkte sie, was sie da getan hatte. Sie hatte noch nie mit Mia geredet. Noch nie. Hatte Emilys Einstellung etwa schon auf sie abgefärbt? Sie schauderte.

Sobald sie in ihrer Wohnung war, schüttelte sie ihre hohen Schuhe von den Füßen und atmete tief durch. Sie liebte ihre Penthouse-Suite abgöttisch. Von hier aus konnte man über den ganzen Jachthafen blicken. Sie kostete jeden Monat ein Vermögen, aber das war es ihr wert. Dass sie einen ähnlichen Lebensstil wie ihre Eltern angenommen hatte, verdrängte sie. Auch die hatten stets die größten Autos, das schönste Haus und die besten Kleider tragen wollen und waren dadurch zu Konkurrenten geworden. Wer verdiente mehr? Wer arbeitete härter? Wer ergatterte die angesehenste Position? Dass ihre Tochter dabei auf der Strecke geblieben war, hatten sie überhaupt nicht registriert.

Als Kind hatte sich Leonie geschworen, niemals so zu werden wie ihre Eltern, doch die Realität hatte sie eines Besseren belehrt: Ehrgeiz steckte ihr im Blut, genau wie das Erklimmen der Karriereleiter.

Die vermutlich jetzt erst mal auf Eis liegt, dachte sie grimmig. Sie plante zwar, so schnell wie möglich nach der Geburt wieder arbeiten zu gehen, machte sich aber dennoch keine Illusionen. Eine Sechzigstundenwoche mit Baby würde schwierig werden.

Während sie sich ein großes Glas Apfelsaft eingoss, rief sie Peter an. Sie hatte nicht viel Hoffnung, dass er ans Telefon gehen würde, doch sie irrte sich. Er nahm nach dem fünften Klingeln ab.

»Ist alles in Ordnung mit euch?«, fragte er und klang dabei furchtbar gehetzt.

»Ja. Falscher Alarm, aber ich muss jetzt kürzertreten. Irgendwas mit Muttermundschwäche und Vorwehen wegen zu viel Stress. Ich erspare dir die Details, aber es läuft auf eine Sache hinaus: Wenn ich so weitermache, könnte Mia zu früh kommen. Das wollen wir ja beide nicht. Nicht wahr? Kommst du heute Abend vorbei? Auf den Schreck brauche ich eine Umarmung.«

Die Pause war lang und sehr aussagekräftig. Peter seufzte tief. »Liebling, es tut mir so leid. Aber ich fürchte, ich kann nicht. Das Meeting wird bis in den späten Abend gehen, und danach muss ich das alles noch aufbereiten. Ich komme morgen vorbei. Versprochen. Kannst du mir verzeihen?«

Natürlich konnte Leonie das. Niemand wusste so gut wie sie, wie stressig der Job als Unternehmensberater war. Überstunden waren da ganz einfach Pflichtprogramm. Trotzdem gab es ihr einen Stich ins Herz.

Sei nicht albern, schalt sie sich. Diesen Floh hatte ihr eindeutig Emily ins Ohr gesetzt. Ohne ihre Ausführungen, dass Babys wichtiger als Meetings wären, hätte ihr Peters Absage überhaupt nichts ausgemacht. Da hatte sie den Beweis: Emily war nicht gut für sie. Sie bedrohte ihre Lebenseinstellung.

»Kein Problem«, würgte sie hervor. »Ich gehe ohnehin früh ins Bett. Mach dir keine Sorgen.« Für etwa drei Sekunden überlegte sie, ob sie Peter wegen des Partnertages beim

Gebärkurs fragen sollte. Dann verwarf sie den Gedanken. Sie wollte ihn nicht unnötig quälen. Es reichte, dass sie sich selbst quälte.

»Ich liebe dich«, sagte sie einem plötzlichen emotionalen Ausbruch folgend.

»Ich dich auch. Es wird alles gut werden, Leonie. Zusammen werden wir das Kind schon schaukeln.«

Sie nickte, ohne dass Peter das sehen konnte, und legte mit Tränen in den Augen auf. Sie benahm sich furchtbar albern. Aber jetzt, wo sie zum Nichtstun verdonnert worden war, spürte sie plötzlich, wie sehr sie Peter vermisste. Ja, verdammt. Sie wollte ihn hier haben. Wenn er bei ihr war, fühlte sie sich sicher. Mit ihm konnte sie alles schaffen. Selbst ein Baby zur Welt bringen.

Sie zwang sich zur Ruhe, setzte sich mit ihrem Glas Saft vor den Fernseher und zappte durch die Kanäle. Dabei überlegte sie, wie sie den Tag rumkriegen konnte. Das war schwierig, ohne das Haus zu verlassen. In ihrem Freundeskreis war es üblich, sich in Bars oder Cafés zu treffen. Eigentlich hatte sie noch nie jemand zu Hause besucht. Sie wollte jetzt nicht damit anfangen.

»Wir haben gerne unsere Ruhe«, sagte Leonie zu Mia und legte zum ersten Mal vorsichtig die Hand auf den Bauch, um ganz gezielt nach ihrer Tochter zu spüren. Die Tritte wurden mit jedem Tag deutlicher, und sie hatte sie noch nie wirklich in Ruhe ausgekostet. »Papa kommt morgen zu uns, und Mama entspannt sich jetzt. Wir passen auf dich auf. Versprochen. Und Emily … Die meiden wir in Zukunft. Die setzt uns nämlich Flöhe ins Ohr, die gar nicht gut für uns sind.«

Die Wahrheit hinter der Lüge

EMILY

»Jetzt komm schon. Mach keinen auf Dramaqueen.« Peter saß steif vor Emily am Tisch und starrte sie über den Tellerrand hinweg an. »Du weißt, dass ich viel arbeite. Das habe ich schon immer getan. Warum ist das auf einmal ein Problem?«

»Weil ich nicht alleinerziehend mit Mann sein will. Darum! Mir ist heute klargeworden, dass ich dich brauche. Dass ich nicht allein durch diese Schwangerschaft gehen will. Du musst dich mehr einbringen. Mir helfen.«

Mit einem Klirren warf Peter die Gabel auf den Teller. Er fuhr sich mit der Hand über das Gesicht und seufzte tief. »Geht es noch immer um das Kinderbettchen, das ich nicht aufgebaut habe?«

»Nein. Das Kinderbettchen ist nur ein kleiner Teil des Problems. Ich sag ja auch nicht, dass wir ab sofort jede Sekunde zusammen verbringen müssen. Aber so, wie es jetzt ist, geht es nicht weiter.«

»Hast du wieder mit deinen Brüdern telefoniert?«

»Lass meine Brüder aus dem Spiel. Die haben nichts mit unseren momentanen Problemen zu tun.«

»Aber sie sind auch nicht gerade hilfreich. Sie zündeln, Emily. Das haben sie schon immer getan.«

Emily seufzte in Gedanken tief auf. Wann immer sie sich stritten, brachte Peter irgendwann ihre Brüder mit ins Feld. Es stimmte ja: Die vier hatten sich in der Vergangenheit viel zu oft eingemischt, aber in diesem Fall waren sie unschuldig. Vollkommen. »Ich liebe dich, Peter. Und genau deshalb sage ich das so deutlich: Ich bin einsam.«

»Dann such dir Freunde. Du hast dich nie wirklich bemüht, in Heiligenhafen Anschluss zu finden.«

Emily schluckte die aufsteigenden Tränen hinunter und zwang sich, einen Schluck Wasser zu trinken. Er hat deine Liebesbekundung nicht erwidert, dachte sie bitter. Das war heftig. Sofort war ihre Kehle wie zugeschnürt und ihr Magen vor Sorge wie versteinert. Jonathan hatte immer gesagt, dass Peter nicht gut für sie war. Er fand ihn zu steif. Zu lieblos. Hatte er am Ende wirklich recht?

Nein. Ihre Mutter hatte ihn gemocht. Sofort. Und ihre Mutter war, was Menschenkenntnis anging, einfach unschlagbar gewesen. Doch leider war sie nicht mehr da, um Leonie zu unterstützen. Sie hatte ein Loch hinterlassen, das niemand auffüllen konnte. Schon gar nicht ihre Brüder.

Konzentrier dich, dachte sie streng. Du musst jetzt erst mal das Streitgespräch hinter dich bringen. Doch mit einem Schlag war sie furchtbar müde. Sie hatte keine Kraft mehr, sich zu zanken. Also schwieg sie, doch das war auch nicht besser.

Gerade, als sie dachte, sie könne es nicht mehr aushalten, stand Peter auf und verließ den Raum. Vor Schreck konnte Emily kaum noch atmen. Wohin wollte er? Verließ er sie? War sie zu weit gegangen? Nein. Uff. Er kam zurück. Aber was hielt er da in der Hand?

Emily sah genauer hin. Waren das Blumen? Ja. Ein ganzer Strauß sonnengelbe Gerbera. Ihre Lieblingsblumen. Sofort verging die Panik, und etwas anderes machte sich in ihr breit: pure Erleichterung und echte Freude.

Peter sank vor ihr auf die Knie und nahm ihre Hand. »Ich weiß, dass ich in letzter Zeit nicht viel hier war«, sagte er sanft. »Das tut mir auch sehr leid. Ich gelobe Besserung, aber gib mir bitte noch einen Monat, ja? Mir steht das Wasser bis zum Hals. Ich flehe dich an: Unterstütz mich, indem du noch ein wenig Geduld mit mir hast. Kannst du das tun? Ich liebe dich auch und freue mich auf unser Baby.«

Die Tränen, die jetzt über Emilys Wangen rollten, waren Freudentränen. Sie ließ sich vom Stuhl in Peters ausgebreitete Arme fallen und lachte, als sie ihn umriss und mit ihm gemeinsam auf dem Boden landete. Sie fiel weich. So wie sonst auch. Er fing sie immer auf. Wenn auch später, als gut für beide war.

»In Ordnung«, hauchte sie und küsste ihn sanft auf den Mund. »Ich höre auf zu meckern. Aber was die Sache mit dem Schwangerschaftskurs angeht, lasse ich nicht mit mir reden. Da musst du mit.«

Peter verdrehte gespielt dramatisch die Augen. »Na gut«, gab er nach. »Wenn ich muss, dann gehe ich.«

»Du musst«, bestätigte Emily und begann so breit zu grinsen, dass ihre Wangen schmerzten. Wie gut, dass sie sich ausgesprochen hatten. Das war die richtige Entscheidung gewesen. Und Torsten – den würde sie definitiv für immer aus ihrem Handyspeicher löschen.

An diesem Abend genoss sie zum ersten Mal seit Langem den Sonnenuntergang am Meer. Sie hatte ihren heißgeliebten Tee mit nach draußen genommen, saß auf einer Picknickdecke am Strand und ließ den Kandiszucker in ihrer Tasse vom heißen Wasser knacken. Sogar Peter gesellte sich nach kurzer Zeit dazu, legte seine Arme um sie und hielt sie fest.

So fühlte sich Leben an. Endlich konnte sie wieder durchatmen.

Ihr Herz hüpfte vor Freude, als sie schließlich auch noch ihren Angler entdeckte. Allein seine Anwesenheit tröstete Emily. Sie winkte ihm kurz aus der Entfernung zu und nippte dabei an ihrem Tee.

In den letzten Wochen hatte sie keinen Blick für die Schönheit ihrer Umgebung gehabt. Es war, als sei sie in ein dunkles Loch gefallen. Wie gut, dass sie in letzter Sekunde wieder hinausgekrabbelt war.

Alles würde gut werden. Das spürte Emily einfach. Peter war bei ihr. Ihr Anker in dieser neuen Welt. Das sich sanft wellende Meer und die Sonne, die in einem glutroten Feuerball am Horizont im Wasser versank, erdeten sie zusätzlich. Der Wind ließ das Dünengras leise rascheln, und es roch noch nach Sonne und den Salzwiesen um sie herum.

Zwar wohnte sie noch nicht lange in Heiligenhafen, doch sie hatte längst ihr Herz an diesen Fleck Erde verloren. Nie im Leben konnte sie sich vorstellen, noch einmal umzuziehen. Dazu trug natürlich auch die fantastische Villa bei, die sie bereits bei der ersten Besichtigung fasziniert hatte. Sie hatte das Haus einfach kaufen müssen und Peter angefleht, es sich zumindest anzusehen. Nur zwei Monate später waren sie eingezogen. Keinen Moment zu früh, denn ab diesem Moment war Emily schwangerschaftsbedingt zu geschwächt gewesen, um auch nur vor die Tür zu gehen. Hätte sie in einer Stadtwohnung leben müssen, wäre sie vermutlich verrückt geworden. Doch mit dem Meer direkt vor der Terrassentür hatte sie die schreckliche Zeit einigermaßen überstanden. Sie wollte niemals wieder von hier fortgehen. Das stand fest.

Genießerisch schloss sie die Augen und lehnte den Kopf gegen Peters Schulter, atmete tief durch. Sie musste dringend wieder mit Yoga am Morgen beginnen. Nichts war schöner, als den feinen Sand unter den Füßen zu spüren und sich eins mit der Natur zu fühlen.

Sie hatte sich mit Peter ausgesprochen, sie bekam ihr absolutes Wunschkind und lebte an einem Ort, an dem andere Urlaub machten. Was sollte da noch schiefgehen?

Peter hielt Wort, wenn auch murrend. Mittwochmorgen saß er wie versprochen neben Emily auf der Yogamatte beim Geburtsvorbereitungskurs und sah sich hilfesuchend im Raum um. Er fühlte sich mehr als unwohl.

»Peter, jetzt entspann dich mal«, sagte Emily genervt und knuffte ihren Mann in die Seite. Als Antwort warf der nur der Ausgangstür einen verzweifelten Blick zu.

»Ich versuche mich ja zu entspannen, Liebling, aber das hier ist deine Welt. Nicht meine«, sagte er gequält.

Cool bleiben, dachte Emily und atmete tief durch. Sie hatte geahnt, dass es schwierig werden würde, Peter hierherzuschleifen. Er war einfach nicht der Typ Mann, der sich mit Frauenthemen auseinandersetzen konnte. Alles, was mit diesen Dingen zu tun hatte, war ihm unangenehm.

Neidisch blickte sie auf zwei Frauen ihr direkt gegenüber. Ihre Männer wirkten keineswegs so, als wollten sie sofort die Flucht ergreifen. Vielmehr unterhielten sie sich angeregt über die Vor- und Nachteile zweier Kreißsäle, die sie gemeinsam angeschaut hatten. Emily war bei allen Besichtigungen allein gewesen. Peter hatte arbeiten müssen. Dass sie in Wirklichkeit schon lange eine Hausgeburt plante, behielt sie für sich. Diese Information würden seine Nerven nicht verkraften.

Zum Glück war Emily nicht die Einzige mit einem sich genierenden Mann. Sie hatte drei Leidensgenossinnen, die ihre Männer ebenfalls zur Ruhe ermahnen mussten. Hoffentlich kam die Kursleiterin bald.

Auch Leonie fehlte noch. Hatte sie den Kurs geschmissen?

Emily traute es ihr durchaus zu. Sie hatte nicht wirklich in diese Welt gepasst. Das war natürlich sehr schade, zumal Emily den Eindruck gehabt hatte, dass sie sich nähergekommen waren. Oder war Emily mal wieder übers Ziel hinausgeschossen und hatte sie vergrault? Sie wusste, dass sie manchmal übereifrig war, was die Freundinnensuche anging.

Vielleicht kommt Leonie ja wieder zu spät, dachte Emily hoffnungsvoll und drückte die Daumen. Sie wollte wirklich gerne wissen, wie es der kleinen Mia ging. Erst jetzt fiel ihr auf, dass sie Peter gar nichts von ihrem kleinen Abenteuer mit Leonie erzählt hatte. Die letzten Tage waren so seltsam verlaufen. Erst die Aussprache mit ihm, und dann hatte sich Peter wirklich bemüht, sich mehr einzubringen. Er hatte sogar die Lampe im Kinderzimmer angebracht.

Endlich kam Annette herein. Sie lächelte in die Runde, setzte sich an ihren üblichen Platz vorne an der Schrankwand und begrüßte sie feierlich. Dann kam sie direkt zur Sache. »Ich freue mich, so viele Männer zu sehen. Es ehrt euch, dass ihr euch über die Geburt informieren wollt.«

Rumms. Die Tür ging auf, und Leonie kam hereingeschneit. Statt eines Coffee-to-go-Bechers hielt sie eine eindeutig gekaufte Kuchenpackung in der Hand.

»Sorry, Leute. Ich weiß, ich weiß, ich bin wieder zu spät dran, aber ich war mir nicht sicher, ob Annette die Sache mit dem ›Bring einen Kuchen mit als Entschädigung fürs Zuspätkommen‹ ernst gemeint hat. Zur Sicherheit hab ich einen gekauft und komme beim nächsten Mal pünktlich. Natürlich wieder mit Ku…« Sie unterbrach sich, als sie Emily erblickte.

Ein erfreuter Ausdruck huschte über ihr Gesicht. So erfreut, dass es Emily irritierte. Oder … Moment. Leonie sah gar nicht sie an, sondern jemanden schräg hinter ihr.

»Peter! Du bist ja doch noch gekommen. Aber woher weißt du denn von diesem Kurs? Ich hab dir extra nichts gesagt, um dir den Partnertag zu ersparen. Nicht bös gemeint, Annette, aber dieser Kurs gehört leider nicht zu meiner Lieblingsbeschäftigung.«

Langsam drehte sich Emily zu ihrem Ehemann um, der soeben erbleichte. Und zwar vollständig. Da war kein Tröpfchen Blut mehr in seinem Gesicht. Nur Schock und vollkommene Ungläubigkeit.

»Leonie ... Was ... Was machst du denn hier?«, stotterte er mit seltsam tonloser Stimme.

Emilys Körper reagierte schneller als ihr Verstand. All ihre Armhärchen stellten sich mit einem Schlag auf, ihr Magen zog sich zusammen. Sofort schoss ein bitterer Geschmack in ihre Kehle.

»Wie, was mache ich hier?«, hörte sie Leonie sagen. »Ich hab auf dich gehört und den verflixten Mutti-Kurs doch noch belegt. Aber statt am Wochenende gehe ich jetzt mittwochs. Hab ich das vergessen, dir zu erzählen? Aber ... Was machst du hier, wenn du nichts von diesem Kurs weißt?«

In Peters Gesicht trat ein eindeutig gehetzter Ausdruck. Wie ein Reh, das vor die Flinte des Jägers gelaufen war. Er starrte Leonie noch einen Moment an, dann richtete er den Blick auf Emily.

Genau, dachte Emily. Schau mich an und erklär es mir. Sie bewegte sich noch immer nicht. Stattdessen flehte sie Peter lautlos an: *Bitte, Peter, das hier muss ein Missverständnis sein. Klär es auf!*

Die Stille zog sich dahin. Gefühlt endlos, bis Annette sich einmischte. »Peter ist mit seiner Ehefrau hier – wegen des Männertages. Leonie, hast du das vergessen? Wo ist denn dein Partner?«

Leonie stand noch immer wie erstarrt im Eingang, den gekauften Kuchen in der Hand. »Nein«, sagte sie mechanisch. »Den Tag hab ich nicht vergessen.« Dann veränderte sich etwas in ihrem Gesichtsausdruck. Aus der Verwirrung wurde Erkenntnis, dann Wut. »Peter«, flüsterte sie fassungslos. Ihr Blick wanderte zu Emily, die sich vor Angst nicht mehr bewegen konnte.

Nein, dachte sie verzweifelt. Sag es nicht!

»Du hast einen Peter«, erklärte Leonie tonlos. »Und ich hab einen Peter. Unsere Gemeinsamkeit. Bloß ist es nicht nur derselbe Name. Es ist auch derselbe Mann.«

Die beiden Frauen starrten sich an. Reglos. Fassungslos. Emily konnte vor Schreck kaum atmen, anders als Leonie. Die nahm jetzt wieder Peter ins Visier.

»Du hast eine Ehefrau?«, fragte sie scharf.

»Leonie«, hob Peter an. »Ich kann das erklären. Ich …«

»Du Scheißkerl hast eine EHEFRAU?«, brüllte Leonie. »Eine schwangere Ehefrau?«

Peter war mittlerweile aufgestanden, um Leonie auf Augenhöhe begegnen zu können. Emily saß hingegen weiterhin und fühlte sich, als hätte man ihr eine Plastiktüte über den Kopf gestülpt. Sie hörte alles nur dumpf. Wie unter Wasser. Blicklos starrte sie auf einen Fleck am Boden.

Peter. Leonie. Sie kannten sich eindeutig. Und Leonie war schwanger. Schwanger! Bitte, dachte Emily verzweifelt. Lass das nur einen schlechten Scherz sein. Es musste eine andere Erklärung geben als die, die auf der Hand lag.

»Bitte, Leonie«, flehte Peter in der Sekunde. »Wir sollten das draußen besprechen. Wie zivilisierte Leute.«

»Zivilisiert? Erzähl mir hier nichts von zivilisiert. Wenn du mit Emily hier bist und sie deine Ehefrau ist, dann erklär mir mal ganz fix, warum du zeitgleich eine schwangere Freundin und eine schwangere Ehefrau hast.« Da war er. Der eine Satz, den Emily gefürchtet hatte. Sie waren beide schwanger. Von Peter.

Nein, nein, nein, dachte Emily immer wieder und zog den

Kopf ein. Das war ein Albtraum, aus dem sie ganz schnell aufwachen musste. Verzweifelt zwickte sie sich in den Arm. *Wach auf!* Doch sie wachte nicht auf. Das hier war Realität.

Eine Realität, in der Leonie sie nun unbarmherzig fragte: »Emily, hast du davon gewusst?«

Emily brauchte all ihre Kraft, um hochzublicken. Das taube Gefühl kroch tiefer in ihre Knochen, sodass sie sich gar nicht mehr rühren konnte. Sie spürte, dass ihre Welt ins Wanken geriet. Dass ihre Blase des Glücks zu zerplatzen drohte. Sie wollte das nicht. Sie wollte die Blase behalten und weiterhin darin leben. Doch als sie in Leonies vor Zorn funkelnde Augen blickte, wusste sie, es war unmöglich. Leonie würde nicht zulassen, dass sie die Wahrheit ignorierte.

Peter machte einen Schritt an Emily vorbei, um auf Leonie zuzugehen. Im Raum war es mittlerweile mucksmäuschenstill geworden. Alle Anwesenden beobachteten fasziniert das Spektakel, das sich ihnen so unerwartet offenbarte.

»Wow. Ich dachte ja, der Geburtsvorbereitungskurs würde langweilig werden«, flüsterte ein Typ rechts von Emily leise ins Ohr seiner Frau. »So kann man sich irren.«

Emily hatte keine Kraft, um ihm einen bösen Blick zuzuwerfen. Sie hatte für nichts mehr Kraft. Sie sah lediglich dabei zu, wie sich Peter von ihr entfernte. Wie er zu der anderen Frau eilte.

Die andere Frau. Leonie. Hatte sich Peter wirklich eine Geliebte genommen und die auch noch geschwängert? Und dann ausgerechnet Leonie, die so ganz anders war als Emily?

Peter hatte Leonie beinahe erreicht und hob die Hände. Wollte sie berühren. Das war zu viel für die temperamentvolle Leonie. Sie ließ ihre Gucci-Handtasche fallen, riss blitzschnell den Deckel von der Kuchenpackung auf und warf das vor Sahne und Zucker nur so glänzende Teil in Peters Gesicht, dass es klatschte. Annette griff zeitgleich in die Szene ein und zog Peter vehement zurück, wodurch der Kuchen im halben Raum verteilt wurde. Und als wäre das noch nicht schlimm genug, fing Emily so laut an zu schreien, wie sie konnte.

Sie schrie und schrie und schrie.

Die restlichen Schwangeren kamen fluchtartig auf die Beine und brachten sich vor den herumfliegenden Kuchenstücken in Sicherheit. Einige hielten sich die Ohren zu, um Emilys Gekreische auszublenden. Leonie hatte sich mittlerweile nach den Resten des Zuckergusses gebückt und bewarf Peter damit – zusammen mit den schlimmsten Flüchen dieser Welt.

Ein werdender Vater mit muskelbepackten tätowierten Armen erwiderte die Flüche nicht minder fantasievoll und stellte sich schützend vor seine Frau. Annette tat das Gleiche für Emily. Sie fing ein Stück Zuckerguss mit dem Hinterkopf ab und beugte sich zu Emily herunter. »Emily, hör auf zu schreien!«

Doch Emily hörte nicht auf. Sie konnte nicht.

Mein Baby, dachte sie lediglich. Was wird jetzt aus meinem Baby? Es wird ein Scheidungskind. Daraufhin schrie sie noch lauter. Vor Entsetzen, Wut und Angst.

Der Lärm im Raum schwoll noch weiter an, weil alle zusätzlich durcheinanderredeten. Leonies Flüche gesellten sich hinzu. Sie schnappte sich eine Handvoll Flyer, um Peter damit zu bombardieren. Emily zog den Kopf ein, doch dieser schreckliche langgezogene Schrei aus ihrer Kehle verhallte nicht.

»Schluss jetzt«, überbrüllte plötzlich eine Frauenstimme alles. »Es reicht. Alle hinsetzen, verdammt. Sofort!« Das war Annette.

Emily hätte niemals gedacht, dass die so ruhige und eher zurückhaltend wirkende Kursleiterin derart dominant werden konnte. Doch bei ihren Worten setzte sich selbst der wie ein Bierkutscher fluchende Typ mit den vielen Tattoos auf seinen Hosenboden. Und endlich verstummte auch dieser grässliche Schrei in Emily. Eine Totenstille trat ein. Einzig Leonie stand noch, den Flyerständer in den Händen haltend.

»Wehe, du schmeißt den«, drohte Annette ihr. Sie hatte sich abermals zwischen Peter und Leonie gestellt. Eine lebendige Abwehrmauer aus Entschlossenheit. »Der war teuer. Meinen Teppich habt ihr schon versaut. Das reicht für einen Tag.«

Emily sah zu Leonie und bemerkte irritierenderweise als Erstes, dass Leonies Frisur noch immer perfekt saß. Kein Härchen hatte sich aus ihrem strengen Zopf gelöst. Keine Klammer war verrutscht. Selbst ihr Make-up sah aus wie gerade aufgetragen. Emily hingegen hatte bestimmt Ähnlichkeit mit einem Aquarellgemälde. Ihr Mascara war nicht wasserfest und garantiert ihren Tränen zum Opfer gefallen. Warum nur hatte sie sich ausgerechnet heute hübsch gemacht?

»Setz dich hin, Leonie«, drohte Annette.

Die Angesprochene zögerte kurz, folgte dann aber dem Befehl und ließ sich an Ort und Stelle auf dem Fußboden nieder. Peter saß bereits in einer riesigen Matsche aus Kuchenteig, Sahne und Marzipan. Er und Leonie starrten einander an, ließen sich nicht aus den Augen. Ein Stich ging durch Emilys Herz. Peter hatte sich nur auf Leonie konzentriert. Was mit Emily geschah, war ihm offenbar völlig egal.

Der Klumpen in ihrem Magen zog sich noch fester zusammen, genau wie ihre Kehle. Ein Kribbeln setzte in ihren Füßen und Händen ein. Als würde eine Armee an Krabbelkäfern sie überrennen. Atmen, dachte Emily panisch. Du musst atmen.

»Annette? Ich glaube, wir brauchen hier deine Hilfe«, meldete sich die Schwangere, die direkt neben Emily hockte. Erst jetzt bemerkte Emily, dass sie ihr einen Arm auf die Schulter gelegt hatte.

Annette warf einen drohenden Blick Richtung Leonie. »Sitz«, befahl sie ihr, als sei sie ein Hund. Erst dann drehte sie sich zu Emily um.

Was immer sie sah, beunruhigte sie. Mit zwei Schritten war sie bei ihr und nahm ihre Hand. »Liebes, ich fürchte, du hast eine Panikattacke. Hast du so was schon mal gehabt?«

Emily brachte ein schwaches Kopfschütteln zustande.

»Du hast den Eindruck zu ersticken, nicht wahr? Das liegt daran, dass du nicht richtig ausatmest. Keine Angst, du stirbst nicht. Das musst du dir jetzt ganz klarmachen. Du stirbst nicht, aber wir müssen was dagegen tun. Du.« Annette blickte auf und sah Richtung Tür. »Tattootyp, hol leicht gekühltes Wasser. Los! Und wir Übrigen atmen jetzt mal alle gemeinsam. Das beruhigt die ganze Situation. Emily, jedes Mal, wenn du einatmest, drückst du ganz fest meine Hand. Beim Ausatmen lässt du los. Einatmen, drücken, ausatmen, loslassen.«

Emily war die ganze Situation furchtbar peinlich. Vor allem, weil jetzt alle gemeinsam mit ihr atmeten. Ein und aus. Ein und aus. Doch es half. Allmählich spürte sie, wie der Griff um ihren Brustkorb lockerer wurde. Sie sah auch wieder klarer. Das Kribbeln verschwand.

Der Tattootyp war mit einem Becher Wasser zurück und drückte es ihr mit lang ausgestrecktem Arm in die Hand, um nur ja nicht in ihre Nähe zu kommen. Sie nahm langsam ein, zwei Schlucke. Das Wasser belebte sie tatsächlich und regulierte weiter ihre Atmung. Dadurch fand sie endlich die Kraft, Peter anzusehen.

»Ist es wahr?«, fragte sie leise. »Ist Leonie deine Geliebte?«

Peter saß wie ein Häuflein Elend zwischen ihnen und blickte von einer zur anderen. Schließlich nickte er. Schweigend. Emily fühlte sich, als hätte man ihr in den Magen geboxt.

»Ich bin nicht deine Geliebte, du Arsch. Wir sind seit über einem Jahr zusammen«, mischte sich Leonie ein. »Ich bin deine Freundin. Und nein, Emily. Ich habe von dir nichts gewusst. Rein gar nichts. Sonst hätte ich so was wie mit dem Kuchen schon viel eher abgezogen. Dann hätte ich aber statt Kuchen Teer und Federn genommen. Du Mistkerl.«

»Achte auf deine Wortwahl, Leonie. Hier sind Babys anwesend«, ging Annette dazwischen. »Die hören zwar nur undeutlich eure Magengeräusche, aber trotzdem … Wir sollten uns jetzt mal alle beruhigen und dann überlegen, wie wir die Situation in den Griff bekommen – ohne dass der Raum noch weiter verwüstet wird.«

LEONIE

In den Griff bekommen? Leonie bezweifelte, dass das möglich war. Wie sollte man eine solche Vollkatastrophe in den Griff bekommen?

Peter hatte eine Ehefrau. Daran gab es nichts zu diskutieren. Emily saß zusammengesunken da, das Make-up hoffnungslos verlaufen, den Kopf gesenkt. Auch sie hatte der Schock über Peters Doppelleben hart getroffen, allerdings ging sie komplett anders damit um. Anstatt wie Leonie zu fluchen und mit Sachen um sich zu werfen, hyperventilierte sie und weinte dicke Krokodilstränen.

Nein. Leonie wollte lieber wüten und sich wie ein Höhlenmensch benehmen. Das war immer noch besser, als zu weinen. Doch zu ihrem Entsetzen bekam sie auf einmal auch kaum noch Luft. Sie wehrte sich gegen dieses Gefühl der Schwäche. Nein. Sie war stark und tough und cool. Sie würde nicht wie Emily zu Boden sinken. Doch je mehr Zeit verrann, desto klarer wurde ihr: Peter war ein Fremdgeher der schlimmsten Sorte. Ausgerechnet Peter, den sie als den konservativsten, steifsten und versnobtesten Menschen der ganzen Nation eingestuft hatte. Warum sie sich Hals über Kopf in ihn verliebt hatte, war ihr ohnehin schleierhaft gewesen. Er und sie … Das passte überhaupt nicht. Bislang hatte sie eher auf die Machotypen mit dem Bad-Boy-Image gestanden.

Vielleicht war das auch die Erklärung. Sie hatte unterbewusst gespürt, was für eine miese Ratte Peter wirklich war. Männer sind kacke, dachte Leonie dumpf. Sieh es ein. Wenigstens bekommst du ein Mädchen.

Der Gedanke ließ sie innerlich erbeben. Oh, Gott. Sie bekam ein Baby. Sie, die nie Kinder hatte haben wollen. Mit Peter an der Seite hatte sie sich eingeredet, es schaffen zu können. Aber jetzt … Jetzt brach alles zusammen.

Nein! Du darfst dich nicht stressen, dachte Leonie vehement. Atme mit. Atme einfach mit. Also lauschte sie Annettes Worten und schaffte es auf diese Weise, sich zu beruhigen. Sie gab es ungern zu, aber die Hebamme wusste, was sie tat. Sie hatte die Situation in erstaunlich kurzer Zeit entschärft und dabei Emily vor einem möglichen Krankenhausbesuch bewahrt. Außerdem hatte sie sich wie eine Heldin zwischen die feindlichen Linien gestellt. Es war mutig gewesen, sich zwischen Leonie und das Objekt ihres wilden Zorns zu begeben. Das taten nur sehr, sehr couragierte Leute. Oder sehr, sehr dumme. Doch Annette war nicht dumm. Ganz und gar nicht.

Ich muss hier raus, war Leonies nächster Gedanke. Sie hielt es keine Sekunde länger in diesem Raum aus. Die Blicke der anderen gingen ihr durch und durch. Sie stand zwar gerne im Mittelpunkt, aber nicht so. Mitleidsblicke – wie sie die hasste.

Abrupt stand Leonie auf, drehte sich um und verließ möglichst aufrecht den Raum. Dass sie voller Kuchenflecke war und keine Schuhe trug, war ihr egal. Sie bückte sich nicht einmal im Flur, um ihre Pumps mitzunehmen. Nur weg hier. Zum Glück baumelte ihre Handtasche noch an ihrem Arm.

»Leonie, warte«, rief ihr Peter hinterher, doch sie ignorierte ihn. Hastig stürmte sie in den Fahrstuhl und fand ihn zum Glück leer vor. Während sie gegen die Tränen ankämpfte, drückte sie auf den Knopf fürs Erdgeschoss. Noch nie war sie so dankbar, dass sich eine Tür vor ihrer Nase mit einem sanften Pling schloss.

Nicht durchdrehen, dachte sie die gesamte Fahrt nach unten. Kaum hatte sich die verchromte Tür wieder geöffnet, durchquerte sie die Lobby. Hier war deutlich mehr los. Eine ältere Dame musterte Leonie schockiert, doch ein Blick in ihr Gesicht reichte, um sich diskret abzuwenden.

Wie in Trance schaffte Leonie es hinaus auf den Bürgersteig. Die Luft war kühl und roch nach Meer. Salzig und ein wenig schlickig. Leonie atmete tief durch und fühlte sich sofort etwas besser. Der Geruch nach zuckrigem Kuchen und Verzweiflung verschwand aus ihrer Nase. Ihr Magen hörte auf zu rumoren.

Und jetzt?

Ratlos blieb Leonie stehen, sah nach rechts und links. Warum nur hatte sie ihre Schuhe liegen gelassen? Sie konnte unmöglich barfuß herumlaufen.

Doch, dachte sie grimmig, das kannst du. Entschlossen stapfte sie Richtung Meer. Eine Runde Strandlaufen. Vielleicht beruhigte sie das so weit, dass sie wieder einen klaren Gedanken fassen konnte. Doch sobald sie auch nur im Ansatz an Peter dachte, stolperte ihr Herz vor Entsetzen.

So also sah der Abgrund aus. Ihr Leben war ruiniert. Vollständig.

Normalerweise war Leonie nicht der Typ, der sein Herz ausschüttete. Einzig Peter hatte sie alles von sich erzählt. Er kannte sie und ihre persönlichsten Probleme. Er war ihr Vertrauter geworden. Ihr Rettungsanker. Und nun derjenige, der sie am schlimmsten verletzt hatte.

Auf einmal hörte sie jemanden hinter sich rufen. »Leonie, warte! Lass uns miteinander reden.«

Sie erstarrte sofort. Die Stimme erkannte sie unter Tausenden. Peter. Er war ihr gefolgt. Langsam drehte sie sich um. Tatsache. Peter kam ihr hinterhergestolpert und trug dabei nur Socken. Auch er hatte sich keine Zeit genommen, Schuhe anzuziehen.

Hau ihm eine rein. Schwangere dürfen so was, schoss es ihr durch den Kopf. *Schieb es auf die Hormone.*

Instinktiv straffte sie sich. Sie war noch nie einer Konfrontation aus dem Weg gegangen und würde jetzt auch nicht damit anfangen. Immerhin war sie Leonie Kuhnert, eine Sandkastenlegende in der Eifel, woher sie ursprünglich stammte. Herrin der Baumhäuser, mehrfache Weinfestkönigin, legendäre Schützenkönigin und knallharte Geschäftsfrau. Sie würde Peter zur Schnecke machen.

Sie beobachtete ihn, wie er ins Straucheln geriet und beinahe der Länge nach in den Sand fiel. Dabei klammerte sie sich mit aller Kraft an den Zorn, der bis gerade eben noch in ihrem Inneren gelodert hatte. Doch leider verblasste er und machte Verzweiflung Platz, zusammen mit einer klammheimlichen Hoffnung. Peter war ihr gefolgt.

Selbst wenn er gerade nicht so richtig nach ihrem Peter aussah. Sein sonst tadellos sitzender Anzug war verrutscht und dreckig, von seinen durchweichten Socken ganz zu schweigen. Selbst seine Frisur saß nicht so perfekt wie sonst. Bevor er auch nur den Mund aufmachte, riss Leonie das Gespräch an sich. Es war immer wichtig, die Oberhand zu behalten, den ersten Zug zu machen. Mittlerweile war ihre Wut auch wieder zurück. Heiß und lodernd und unerbittlich.

»Du hast eine Ehefrau«, brüllte sie ihn an. »Wag es ja nicht, auch nur noch ein Wort mit mir wechseln zu wollen.«

»Aber …«

»Kein Aber. Über ›Aber‹ sind wir längst hinaus. Ich sollte dich verklagen. Wegen seelischer Grausamkeit und Stalking. Verschwinde!«

»Aber …«

»Was hast du dir eigentlich gedacht, als du zwei Frauen gleichzeitig geschwängert hast? ›Mensch, bin ich ein toller Hecht‹ oder ›Ein Hoch auf mein Supersperma‹?«

»Nein, ich …«

»Du weißt genau, was ich von Fremdgängern halte. Verdammt. Ich habe dir immer und immer wieder erzählt, wie sehr ich unter den Affären meiner Mama gelitten habe. Wie schrecklich ich es gefunden habe, was sie Papa angetan hat. Und was machst du? Du hörst dir das alles an, tröstest mich und hintergehst mich gleichzeitig auf die niederträchtigste Weise, die man sich ausdenken kann. Du trägst noch nicht mal einen Ehering, also erzähl mir nicht, dass du das nicht geplant hast.«

»Leonie, du …«

»Ich habe ja gewusst, dass manche Männer mit dem Schwanz denken, aber ich dachte, du wärst über den Höhlenmensch-Status hinaus. Was für ein Irrtum. Wolltest du auf Nummer sicher gehen, um dich garantiert fortzupflanzen? Nach dem Motto: ›Doppelt hält besser‹?«

»Nein, ich …«

»Jetzt sag nicht, es gibt noch eine dritte.«

»Was? Wie kommst du …«

»Aller guten Dinge sind drei. Sagt man doch. Bei dir halte ich mittlerweile alles für möglich.«

»Leonie, du …«

»Dumm nur, dass Mia ein Mädchen wird. Da wird es wohl nichts mit dem Stammhalter. Ach, warte. Stimmt! Du hast ja noch Chancen bei Emily. Wie gut, dass du gleich zwei Eisen im Feuer hast.«

»Nein. Verdammt, Leonie, ich …«

»Unterbrich mich gefälligst nicht.«

»Aber …«

»Weiß das eigentlich deine Mutter? Nein, bestimmt nicht. Ich denke, ich sollte mal meine zukünftige Nicht-mehr-Schwiegermama darüber in Kenntnis setzen, was für ein mieser Drecksack ihr Goldjunge ist.« Leonie zückte ihr Handy.

»Bitte, Leonie …«

»Oder warte! Ich könnte auch eine Mail an all unsere gemeinsamen Projektpartner senden. Betreff: Sie brauchen Supersperma für zwei Babys auf einen Streich? Dann holen Sie sich Tipps bei Peter Neurad ab.« Leonie öffnete ernsthaft ihr Mailfach und hätte womöglich den dümmsten Fehler ihres Lebens begangen, wenn Peter nicht eingegriffen hätte.

»Ich liebe dich«, sagte er schlicht und nahm Leonie damit jeglichen Wind aus den Segeln.

Sie starrte eine ganze Weile auf ihr Handy, bis sie ihn endlich ansah. Dieser treue Hundeblick. Die braunen, so freundlich wirkenden Bernhardineraugen. Die dunklen, ordentlich gekämmten Locken, die ihm stets etwas Jungenhaftes verliehen. Charmant. Anziehend, wie Leonie fand. Und augenscheinlich ein riesengroßer Arsch. Warum nur schlug ihr Herz trotzdem so viel schneller? Warum nur vollführte es Purzelbäume? Sie sollte ihn dringend weiter anschreien. Ihn hassen.

»Hast du das Emily auch gesagt, bevor du mich verfolgt hast?«, entgegnete Leonie kühl.

Peter hatte den Anstand, rot anzulaufen. Etwas, das sie bei ihm noch nie gesehen hatte. Hastig schüttelte er den Kopf.

»Das zwischen Emily und mir ist kompliziert. Unsere Ehe ... unsere Liebe ...«

»Das zwischen uns DREIEN ist kompliziert«, korrigierte Leonie. »Und verschon mich mit deinem ›Wir haben uns auseinandergelebt‹-Scheiß. Das ist weder Emily noch mir gegenüber fair. Du hast Mist gebaut. Und zwar so richtig.« Möglichst würdevoll drehte sie sich um und blickte zum Meer. Der Anblick gab ihr Kraft und Trost. Der Drang nach Rache war verebbt, und sie sah wieder klarer. »Du solltest zu Emily gehen und dich um sie kümmern. Ich ... Ich muss nachdenken. Sobald ich weiß, wie es weitergehen kann, melde ich mich bei dir.«

Ohne ihn noch eines weiteren Blickes zu würdigen, lief sie los, den Strand entlang. Ihr Baby trat sie ungewöhnlich heftig. So heftig, dass es beinahe wehtat. War das normal im sechsten Monat? Leonie wusste es nicht, schließlich war das ihre erste Schwangerschaft. Sie musste nur weiter. Sich ausruhen. Dann würde sich auch Mia beruhigen.

Peter war zurückgeblieben und starrte ihr hinterher. Ein letztes Mal drehte sie sich um, sah ihn an. Sofort kribbelte es tief in ihrem Magen. Verdammt. Sie vermisste ihn jetzt schon.

»Ich melde mich, wenn Mia da ist«, rief sie Peter zu.

»Leonie, tu mir das nicht an. Lass uns reden. Ich liebe dich, und ich liebe unsere Tochter. Lass uns gemeinsam eine Lösung finden.«

»Es gibt keine. Leb wohl, Peter. Und kümmer dich gefälligst um Emily. Die sah gar nicht gut aus.« Mit Tränen in den Augen drehte sich Leonie um und verfluchte sich für ihre Entscheidung. Sie tat weh. Wie die Hölle. Und trotzdem war sie die einzig richtige. Eine Dreiecksbeziehung war schon ohne Schwangerschaft schwierig genug. Mit einer einzigen Schwangerschaft wurde es kompliziert. Aber mit zwei Schwangerschaften? Das konnte nur in einer Vollkatastrophe enden.

Sie schaffte zwei weitere Schritte, bevor sie keine Luft mehr bekam. Verunsichert blieb sie stehen, horchte in sich hinein. Der Schmerz in ihrem Magen war heftiger geworden und fühlte sich nicht mehr wie Liebeskummer an. Oder war es gar nicht ihr Magen? Sie war sich nicht ganz sicher. Da. Aua! Schon wieder.

Instinktiv krümmte sie sich zusammen, um dem Ziehen entgegenzuwirken. Mia trat und strampelte gegen ihre Bauchdecke. Wehrte sich gegen was auch immer. Etwas hatte sie in Aufregung versetzt.

Und dann erkannte Leonie es mit Entsetzen. Das waren keine Magenschmerzen. Das waren Vorwehen. Erneut! Diesmal waren sie noch heftiger. Noch schlimmer als zuvor. Sofort dachte sie an die Warnung des Arztes. Sie durfte sich nicht aufregen. Das war ungesund.

Sie drehte sich zu Peter um, wollte ihn zurückrufen, aber er war bereits gegangen. Warum nur hörte der Mann ausgerechnet im ungünstigsten Moment auf sie?

Tiiief einatmen, dachte Leonie und kämpfte mit ihrer Panik. Das hört bestimmt gleich auf.

Aber es hörte nicht auf. Stattdessen wurde es immer schlimmer. Unschlüssig sah sie sich um, aber so früh am Morgen war der Strand noch unbelebt, die Einkaufsstraße schrecklich weit weg.

Sollte sie den Notruf wählen? Nein. Dafür war es nicht schlimm genug. Erst mal setzen. Das würde das Baby bestimmt beruhigen. Sie watschelte bis zu einem Steinhaufen und ließ sich auf einem abgeflachten großen Stein nieder. Mia protestierte auf ihre Weise, indem sie noch fester gegen die Bauchdecke trat.

Okay. Das war eine doofe Idee gewesen. In dieser Position konnte Leonie den Schmerz nicht wegatmen. Sie wollte wieder aufstehen, doch ihr Körper versagte ihr den Dienst. Sie hatte keine Kraft, sich hochzustemmen. Ihre Beine fühlten sich wie Pudding an, und ihre Arme zitterten. Ihr Bauch zog sich abermals zusammen. Also doch der Notruf. Entschlossen zog sie ihr Handy hervor, aber die nächste Wehe war so heftig, dass sie sich krümmen musste. Ihr Handy purzelte in den Sand. Bevor sie es erreichen konnte, war eine Welle herangeschwappt und schwemmte es mit einem seltsamen Geräusch halb unter den Stein, auf dem sie saß.

Jetzt war es definitiv an der Zeit, Panik zu bekommen. Leonie saß hier fest. Gestrandet wie ein Wal. Ohne Aussicht auf Rettung. Und ihr Baby machte Anstalten, auf die Welt zu kommen.

Ihr war absolut klar, dass das für Mia tödlich ausgehen konnte. In dieser Sekunde war Leonie alles egal. Sie brüllte um Hilfe. So laut und so verzweifelt wie noch nie in ihrem Leben.

Gegen die Welle angehen

EMILY

Sie musste hier raus. Sofort! Die guten Ratschläge der Hebamme und die beruhigenden Worte der anderen hörte sie längst nicht mehr. Stattdessen war sie nur noch auf den Ausgang fokussiert. Auf die Tür, durch die erst Leonie und danach Peter verschwunden war.

Peter. Er hatte sie wirklich zurückgelassen. Statt sich um sie zu kümmern, war er seiner Geliebten hinterhergelaufen. Das tat mehr weh, als sie es jemals in Wort fassen konnte. Es fühlte sich an wie ein zweiter Betrug, ausgeführt vor den Augen aller Menschen um sie herum.

Mechanisch stand Emily auf und murmelte etwas, das sie selbst nicht verstand. Annette wollte sie aufhalten, doch sie schüttelte sie ab wie eine lästige Fliege. Raus hier. Sofort!

Sie schaffte es in den Flur und sah ihre Turnschuhe neben zwei sündhaft teuren Stilettos stehen. Rasch zog sie sie an und zögerte. Die High Heels gehörten Leonie, ihrer … Ja was war sie eigentlich? Ihrer Konkurrentin? Ihrer größten Feindin? Ihrer Leidensgenossin?

Was immer sie war: Emily war gerade nicht gut auf sie zu sprechen. Bevor sie näher darüber nachgedacht hatte, trug sie die Stilettos bereits Richtung Ausgang. Sie hatte keine Ahnung, was sie mit ihnen anfangen sollte, aber fürs Erste war es ein gutes Gefühl, sie zu entführen.

»Emily, warte doch!« Das war Annette, die ihr auf den Gang gefolgt war. »Lass uns in Ruhe über die Situation reden.«

»Ich versenke jetzt Stilettos im Meer«, brüllte Emily zurück. »Danach können wir meinetwegen reden.«

Sie erkannte sich selbst nicht, wie sie wie eine rachsüchtige Göttin den Fahrstuhl nahm und dabei mit den Absätzen der Stilettos wütend den Knopf für das Erdgeschoss drückte. Dabei knirschte sie vor Anspannung mit den Zähnen. Wut war gut. Wut war besser als Panik oder Trauer. Daran musste sie festhalten. So lange … bis sie Peter unten im Foyer entdeckte.

Er wirkte völlig konfus. Seine sonst so tadellos sitzende Frisur war seltsam zerstrubbelt, von seinem Blick ganz zu schweigen. Als er seine Frau erblickte, blieb er sofort stehen.

»Emily«, sagte er.

»Komm mir nicht mit Emily«, unterbrach sie ihn, machte einen Bogen um seine Gestalt und hielt auf die Tür zu.

»Emily, warte doch bitte.« Er stellte sich ihr in den Weg und versuchte, sie anzufassen. Drohend hob Emily die hochhackigen Schuhe in ihren Händen.

»Lass mich in Ruhe«, sagte sie langsam und ärgerte sich über die Tränen, die ihr die Wangen hinunterliefen. Sie wollte die toughe Frau sein, die über den Dingen stand. Stattdessen zitterte sie vor Verzweiflung.

Peter und sie starrten einander lange an. Sie kannten sich so gut. Seit so vielen Jahren. Emily wusste genau, was ihr Ehemann gleich sagen und versuchen würde. Er würde ihr Argumente und Entschuldigungen vortragen. Erklärungen und

Zusammenhänge. Er würde an ihre Vernunft appellieren und kluge Dinge vor ihr ausbreiten. Er würde sie überreden, ihm zu verzeihen.

Vermutlich würde sie das auch tun. Für ihr gemeinsames Baby. Ihre erträumte Zukunft. Ihr Leben als Familie. Momentan jedoch wollte sie ihm einfach böse sein und dumme Dinge tun.

»Später«, murmelte sie kraftlos. »Lass uns später reden.«

Peter spürte, dass er einen Teilsieg davongetragen hatte. Er nickte und trat zur Seite, damit sie passieren konnte. Für Emily fühlte es sich wie eine Niederlage an. Als hätte sie schon jetzt kapituliert, obwohl der Streit noch nicht begonnen hatte. Ein Streit, den sie ohnehin nicht führen wollte.

Sie hasste Unfrieden. Noch mehr als Fremdgänger.

Erschöpft trottete sie Richtung Strand. Den Sand unter ihren Füßen spürte sie kaum, dafür waren ihr Leonies Schuhe in ihren Händen überdeutlich bewusst. Das Gewicht machte ihr aus irgendeinem Grund Mut und entfachte erneut ihren tief in sich lodernden Zorn. Peters Argumenten mochte sie nichts entgegenzusetzen haben, aber sie konnte wenigstens diese verflixten Schuhe symbolisch …

Ein Schrei wehte zu ihr heran. Seltsam schrill und voller Hysterie. Erstaunt blieb Emily stehen. Horchte. Um Peter und allen anderen Menschen auszuweichen, hatte sie nicht den Hauptstrand angesteuert, sondern eine etwas entlegenere Ecke. Hier war eigentlich niemand.

Da erklang er wieder. Der Schrei einer Frau. Sofort beschleunigte sich Emilys Herzschlag. Da war jemand in höchster Not.

»Wo sind Sie?«, brüllte sie Richtung Meer und suchte panisch das Wasser mit den Blicken ab. Nichts von einer Schwimmerin in Not zu sehen.

»Hier!«

Das kam von weiter entfernt. Der Strand war an dieser Stelle dicht mit Strandhafer bewachsen, sodass Emily die Sicht versperrt war.

»Ich komme«, brüllte sie zurück, ließ die High Heels in den Sand fallen und stolperte so schnell es ging los. Das Meer rollte zu ihrer Linken sanft gegen den Strand. In weiter Entfernung kamen die historischen Strandhäuser im Naturschutzgebiet Graswarder in Sicht. Aber von einer Frau in Not war nichts zu sehen.

»Ich finde Sie nicht«, rief Leonie verzweifelt.

»Hier!«

Endlich konnte sie die Stimme lokalisieren. Sie gehörte eindeutig zu einer Frau. Vage kam sie ihr bekannt vor, doch sie hatte keine Zeit, darüber nachzudenken. Sie stolperte um die sanfte Rechtsbiegung des Strandes …

Und erstarrte in der Bewegung.

Leonie saß leichenblass auf einem großen Granitstein, der die dahinterliegenden Häuser vor Hochwasser und Wellen schützen sollte. Das Meer umspülte den Bereich in regelmäßigen Abständen, sodass sie bereits nasse Füße bekommen hatte.

»Leonie?«, fragte Emily ungläubig. »Was machst du hier?«

Die Angesprochene verzog das Gesicht. »Ich wollte das Meer genießen, aber etwas stimmt nicht. Ich glaube, ich hab wieder Wehen.«

Emily lief vorsichtig näher. »Wie schlimm ist es denn?«

»Keine Ahnung. Wie schlimm werden die denn?«

Die Antwort darauf wusste Emily leider nicht, erinnerte sich aber noch an ein paar schlaue Sprüche aus den vielen Fachbüchern, die sie über Geburten gelesen hatte. »Solange sie nicht regelmäßig kommen, müssen wir uns keine Sorgen machen.«

»Sie kommen regelmäßig. So regelmäßig, dass ich nicht aufstehen kann.«

»Das ist …« Emily hatte eigentlich ›schlecht‹ sagen wollen, unterbrach sich aber noch rechtzeitig. Panikmache half hier auch nicht weiter. »… nicht weiter dramatisch«, schloss sie lahm.

Leonie warf ihr einen giftigen Blick zu. »Nicht dramatisch? Ich hocke hier seit … aaah! Tut das weh!« Sie krümmte sich vor Schmerzen und drohte vom Stein zu fallen. Hastig griff Emily nach ihrem Arm und stabilisierte sie. Mit zitternden Fingern zog sie ihr Handy hervor.

»Was tust du?«, fragte Leonie erschrocken.

»Ich rufe den Notdienst.«

»Nein. Auf keinen Fall. Die stecken mich ins Krankenhaus und behalten mich bis zum Ende der Geburt da.«

»Jetzt rede keinen Stuss. Du brauchst Hilfe. Sofort.« Emily zögerte. Sofort war in Heiligenhafen bei der Geburtshilfe so eine Sache. Die Fahrt bis zur nächsten Geburtsklinik in Eutin dauerte fast fünfundvierzig Minuten. Wenn sie Leonie ansah, bekam sie Zweifel. Schaffte sie das? Kurzerhand rief sie eine andere Nummer an und drückte die Daumen, dass jemand abnahm.

»Annette«, rief sie erleichtert, sobald sie die Stimme der Hebamme hörte. »Hier Emily.«

»Emily. Gott sei Dank. Ich mache mir solche Sorgen um dich. Wo bist du? Wo steckt Leonie?«

»Leonie sitzt vor mir am Strand und hat vermutlich wieder Wehen. Wir brauchen deine professionelle Meinung. Kannst du kommen?«

Annette zögerte nicht eine Sekunde. »Wo seid ihr genau? Ich komme mit dem Auto hin.«

Emily beschrieb es ihr. Sie einigten sich darauf, dass die beiden Schwangeren es bis zum Graswarderweg die Dünen hinauf schaffen würden und Annette sie dort einsammeln konnte. Leonie hockte weiterhin völlig verkrampft auf dem Stein und warf Emily immer wieder böse Blicke zu.

»Was?«, fragte Emily genervt, sobald sie aufgelegt hatte.

»Annette? Da wäre mir das Krankenhaus ja fast noch lieber.«

»Jetzt sei keine Zicke. Annette versteht was von ihrem Job. Los jetzt. Hoch mit dir.«

Emily versuchte, Leonie hochzuziehen, doch die drehte sich hastig zurück. »Mein Handy liegt unter dem Stein da. Ohne können wir nicht gehen.«

»Ernsthaft? Dein Handy ist dir gerade wichtiger als deine vorzeitigen Wehen? Okay, okay, beruhig dich. Ich hole es ja schon.« Grummelnd bückte sich Emily und brauchte wertvolle Zeit, um den gesuchten Gegenstand zu finden. »Na, ob du das jemals wieder in Gang bekommst? Können wir jetzt gehen?«

Sie konnten. Emily stützte Leonie bei ihrem wackeligen Gang über den Sand. »Wir müssen ein kleines Stück zurück. Hinter der Kurve können wir problemlos durch die Dünen zur Straße gelangen.«

Sie schwankten und taumelten eher, als dass sie gingen, kamen aber erstaunlich gut voran. Emily entdeckte die Schuhe, die sie hatte fallen lassen, und bückte sich, um sie aufzuheben.

»Sind das meine?«, fragte Leonie irritiert.

»Ja.«

»Warum hast du die mitgenommen? Hast du mich etwa gesucht?«

Emily überlegte kurz zu lügen, entschied sich dann aber doch für die Wahrheit. »Ich wollte sie im Meer versenken.«

Leonie verharrte, als sie das hörte. Die beiden Frauen sahen sich schweigend an, während ihnen der Meereswind die Haare ins Gesicht peitschte. War das ein amüsiertes Lächeln rund um Leonies Mundwinkel? Emily war sich nicht ganz sicher.

»Was haben dir denn meine Schuhe getan?«, fragte sie nach einer kleinen Pause.

»Die waren nur Stellvertreter. Mein Zorn richtet sich eigentlich gegen jemand anderen.«

Leonie zog eine Augenbraue in die Höhe. »Gegen mich?«

»Klar. Du hast mir meinen Mann ausgespannt und dich von ihm schwängern lassen. Glaub mir. Wir zwei müssen dringend miteinander reden.«

Leonie musterte die Schuhe in Emilys Händen und seufzte leise. »Du darfst sie gerne ins Meer pfeffern, wenn es dir dann besser geht. Allerdings weise ich dich darauf hin, dass sie immens teuer waren.«

Niemand – weder Emily noch Leonie – hatte wirklich damit gerechnet, was nun geschah. Unter normalen Umständen hätte die stets korrekte und gefasste Emily die Schuhe an die Besitzerin zurückgegeben und sich vermutlich noch für ihre abstruse Idee entschuldigt. Doch das hier waren keine normalen Umstände. Mit einem durchdringenden Schrei, der aus den Tiefen ihrer Brust hervorschoss, drehte sich Emily um, rannte zu den schäumenden Wellen und warf den rechten Schuh so weit sie konnte ins Wasser. Er kam etwa zwei Meter weit und plumpste noch vor dem Meer in den Strand. Das hielt Emily aber nicht davon ab, auch noch den zweiten Schuh zu werfen. Der kam etwas weiter, sodass eine Welle zumindest am Absatz leckte.

»Was für ein Wurf«, merkte Leonie voller Sarkasmus an.

Emily starrte den Schuh an, den Rücken der anderen Frau zugewandt. Tief durchatmen, dachte sie und war erstaunt, wie viel besser es ihr trotz des eher miserablen Ergebnisses ging. Rebellin zu sein, musste sie erst noch üben.

Der Schrei in ihrem Inneren war trotzdem verstummt, genau wie das Gefühl, innerlich zu ersticken. Wie immer half es ihr, eine Mission, eine Aufgabe zu haben. Das lenkte sie von ihren eigenen Problemen ab und sorgte dafür, dass sie funktionierte. Womöglich würde der Zusammenbruch später umso heftiger erfolgen, aber zunächst klammerte sich Emily an die Rettungsleine, die ihr Leonie unwissend zugeworfen hatte: Ihr zu helfen sorgte dafür, dass sie nicht durchdrehte. Selbst wenn Leonie eigentlich die letzte Person auf Erden war, die sie sehen wollte. Leider gab es sonst keinen Menschen in der Nähe, mit dem sich Emily hätte ablenken können.

Sie schritt aufs Meer zu, bückte sich, pflückte die Schuhe vom Boden und kehrte zu Leonie zurück. Die bemühte sich eindeutig um eine neutrale Miene. »Besser?«, fragte sie vorsichtig. »Oder willst du mir noch eine reinhauen?«

»Gewalt ist unter meiner Würde. Außerdem leidest du schon genug. Komm jetzt. Wir müssen dich zur Hebamme bringen.«

LEONIE

Annette untersuchte sie noch auf der Rückbank ihres Autos. Zum Glück waren momentan kaum Touristen oder einheimische Vogelbeobachter unterwegs, sodass sie keine Zuschauer hatten.

Zunächst war das Leonie furchtbar unangenehm gewesen, aber sie sah ein, dass es nicht anders ging. Womöglich war Eile geboten. Sie gab es ungern zu, doch sobald sie sich in den Händen der Hebamme befand, fühlte sie sich gleich viel besser. Die Schmerzen kamen ihr erträglicher vor, die Panik verebbte.

»Du hast tatsächlich Vorwehen«, stellte Annette nach einer Weile fest. »Zum Glück aber keine heftigen.«

»Keine heftigen?«, rief Leonie entsetzt. »Ich dachte, es reißt mich entzwei.«

»Das lag daran, dass du gegen jede Welle angekämpft hast.«

»Welle?«

»Ja, ich sage lieber Welle statt Wehe. Wehe klingt so, als sei die Geburt etwas Schlimmes. Das ist es nicht. Es ist etwas völlig Natürliches, und wer mit der Welle schwimmt statt dagegen, hat es deutlich leichter. Ich sehe aber ein, dass das bei deinem Naturell schwierig zu begreifen ist.«

Die beiden sahen sich giftig an. Was wollte Annette denn bitte damit andeuten?

Emily räusperte sich und beendete das stumme Blickduell. »Was heißt das denn jetzt konkret?«

»Leonie muss ins Krankenhaus und Wehenhemmer bekommen, sonst macht sich Mia zu früh auf den Weg.«

Da war er. Der Name ihrer Tochter. Sofort verrauchte Leonies Zorn auf die Hebamme und machte Respekt Platz. Annette hatte sich gemerkt, wie ihr Baby heißen sollte. Diesmal blieb Leonie gelassen, als sie den finsteren Blick der Hebamme auf sich spürte.

»Deine Tochter wird nicht in den nächsten Tagen auf die Welt kommen, aber eine Frühgeburt lässt sich nicht aufhalten, wenn nicht sofort etwas dagegen unternommen wird. In der wievielten Woche bist du?«

»In der zweiundzwanzigsten.« Der bezeichnende Blick zwischen Emily und Annette gefiel Leonie gar nicht. »Was?«

»Wir müssen die Wehen aufhalten. Wenn Mia jetzt kommt, hat sie so gut wie keine Chance. Das ist zu früh. Also los! Du musst nach Eutin ins Krankenhaus.« Annette warf einen Blick auf ihre Uhr und fluchte. »Verflixt. Die Teilnehmerinnen meines nächsten Kurses warten vermutlich schon auf mich und wundern sich. Ich muss denen schnell noch absagen, bevor ich dich fahren kann. Das bedeutet …«

»Ich kann das machen«, unterbrach Emily sie.

Leonie wollte protestieren, doch dann kam die nächste Wehe, die sie veratmen musste.

»Nicht so verkrampfen, Leonie. Sieh die Welle nicht als Feind an. Atme tief durch und entspann dich, sonst wird es nur schlimmer«, riet ihr Annette. Dann sah sie Emily nachdenklich an. »Denkst du, du schaffst das?«

»Klar. Ich bin hier nicht diejenige mit Wehen. Mir geht es gut.«

Die Hebamme gab sich geschlagen und zwang Leonie nur wenig später auf den Vordersitz. Emily kletterte hinten in den Wagen, dann fuhren sie recht umständlich wieder zurück zum Yachthafen, wo Emily ihr Auto stehen hatte.

»Ich sollte trotzdem mitkommen«, murmelte Annette und trommelte dabei nervös mit dem Zeigefinger auf dem Lenkrad herum.

»Wir schaffen das, Annette. Mach dir keine Sorgen. Ich bin eine gute Autofahrerin.«

»Das meinte ich nicht. Die Sache zwischen Leonie und dir … Na ja … Es ist schließlich ziemlich kompliziert. Meinst du nicht, jemand anderes sollte Leonie fahren?«

»Das geht schon. Außerdem muss ich das machen.«

»Was? Wieso?« Leonie drehte sich halb im Sitz, um Emily sehen zu können. »Niemand zwingt dich.«

»Glaub mir. Meine Gründe sind weit weniger samariterhaft, als du denkst. Dich zu fahren lenkt mich von diesem ganzen Mist ab und sorgt dafür, dass ich nicht wieder anfange zu schreien.«

»Bitte«, warf Annette rasch ein. »Nicht wieder dieser irre Schrei.«

Emily nickte mit finsterer Miene. »Außerdem ist Mia die

Halbschwester von meinem Baby. Punkt. Das mag uns nicht gefallen, aber es ist eben so. Natürlich werde ich dir helfen. Dafür ist … dafür ist Fa…«

»Sag jetzt nicht Familie. So weit sind wir noch lange nicht, und vermutlich werden wir es nie sein«, ging Leonie dazwischen. Allein der Gedanke gruselte sie. Sie hatte schon genug mit ihren Eltern, einer wütenden Halbschwester und dem daraus resultierenden Familienkrieg zu tun. Da konnte sie unmöglich noch eine weitere Komplikation in ihrem näheren Umfeld ertragen. Nein. Emily und sie würden sich so gut es ging aus dem Weg gehen müssen.

Emilys Augen füllten sich mit Tränen, doch sie blieb hart. »Ich fahre dich. Ob es dir gefällt oder nicht.«

Da gab Leonie auf. Zumindest für den Moment musste sie einsehen, dass sie Hilfe brauchte. Sie musste jetzt an Mia denken. Das war wichtiger als ihre Befindlichkeit.

Annette brachte sie zu Emilys Wagen und verabschiedete sich dann. Emily und Leonie machten sich auf den Weg ins Krankenhaus. Die Fahrt nach Eutin war noch schlimmer als befürchtet. Leonie hatte Schmerzen und bemühte sich gleichzeitig, sich das nicht so anmerken zu lassen. Die Hebamme hatte ihr das Gefühl gegeben, sich anzustellen. War das so? Steigerte sie sich in jede Wehe hinein?

Alles, was mit der Schwangerschaft zu tun hatte, entglitt ihr allmählich. Sie hatte das Gefühl, nichts mehr unter Kontrolle zu haben. Die Angst um ihre Tochter, der Verrat ihres Partners und ihr schmerzender Körper ließen sie straucheln. In ihrem Job galt sie als knallharte Geschäftsfrau, in ihrem Privatleben hingegen ging sie unter. Wie hatte nur alles dermaßen schiefgehen können?

Leonie war nicht nach Reden zumute. Was hätte sie auch zu Emily sagen sollen? Sie war momentan die letzte Frau, die sie sehen wollte. Trotzdem war sie hier.

»Bist du eigentlich immer so ein Gutmensch?«, fragte Leonie nach gut zehn Minuten frostigen Schweigens.

»Bist du immer so eine Zicke?«, entgegnete Emily.

»Nein. Nur, wenn mein Körper von Wehen geplagt wird, der Vater meines ungeborenen Kindes sich als Betrüger und meine schwangere Nebenbuhlerin sich als Heldin herausstellt. Das verhagelt mir durchaus die Laune. Von der Angst um Mia mal ganz abgesehen.«

»Glaubst du etwa, mir gefällt die Situation?«

»Garantiert nicht. Deshalb irritiert es mich auch so, dass du mich jetzt fährst.«

»Hier geht es nicht um dich oder um mich, sondern um Mia. Wie sieht es aus mit den Wehen?«

Leonie horchte in sich hinein. Seit sie im warmen Auto saß und sich in Sicherheit wusste, waren die Wehen auf ein erträgliches Maß abgeebbt.

»Es geht mir viel besser«, stellte sie erstaunt fest. »Dreh um, Emily. Ich glaube, das war falscher Alarm.«

Die sonst so sittsame Emily zeigte ihr ernsthaft ein Vögelchen. »Annette hat gesagt, du musst ins Krankenhaus.«

»Und was Annette sagt, ist natürlich Gesetz.«

»Ich vertraue ihr. Was du im Übrigen auch tun solltest. Wenn du nicht derart damit beschäftigt wärst, dich gegen schlauere Leute durchzusetzen, würdest du das auch tun. Im Übrigen sind wir jetzt da.« Sie deutete auf das Schild, das Eutins Stadtgrenze markierte. »Annette hat dich auch schon angekündigt.«

Na, prima. Seufzend ergab sich Leonie in ihr Schicksal und bemühte sich, ihre Nervosität nicht zu deutlich zu zeigen. Ein letztes Mal warf sie einen Blick auf ihr Handy, das sie nach dem unfreiwilligen Bad im Meer erst vor Kurzem mit angehaltenem Atem eingeschaltet hatte. Es funktionierte erstaunlicherweise einwandfrei. Zum Glück. Ohne hätte sie sich noch verletzlicher gefühlt. Eventuell hatte Peter, der Verräter, ja geschrieben? Nicht, dass es sie interessierte, und doch … Aus irgendeinem Grund war er der Einzige, mit dem sie in dieser Situation hätte sprechen wollen.

Was sie stattdessen lesen musste, trieb ihren Puls gleich wieder ins Nirvana. Eine Mail von ihrer Mutter mit einem gigantischen Anhang.

Liebe Leonie,
hiermit schicke ich dir die Adressen sämtlicher Hochzeitsgäste. Als meine Trauzeugin solltest du natürlich das Programm koordinieren. Das geht am besten, wenn du alle Kontaktdaten hast. Falls du eine Junggesellinnenparty für mich planst: Die infrage kommenden Damen habe ich gelb in der Excel-Liste markiert. Die roten wären die Nachrücker. Mögliche Locations habe ich auch schon rausgesucht. Ich weiß ja, dass sich deine Gedanken gerade um andere Dinge drehen. Da wollte ich dir ein wenig Arbeit abnehmen.
Wenn du ein hübsches Feuerwerk für die Hochzeit machen möchtest, solltest du dich beeilen. Monika hat etwas Ähnliches vor (hat mir eine Spionin im inneren Kreis verraten, aber pssst!). Nicht, dass sie uns den besten Feuerwerker vor der Nase wegschnappt.
Einen groben Zeitplan habe ich dir ebenfalls angehängt. Viel Vergnügen damit.

Bussi. Deine Mama

Leonie bekam gar nicht mit, dass Emily parkte. Ungläubig musste sie sich immer und immer wieder die skurrilste Mail des Jahres durchlesen. Ihre Mutter hatte sie nicht einmal gefragt, ob sie Trauzeugin sein wollte. Sie war einfach davon ausgegangen, dass sie dieses Amt übernehmen und sich dabei auch noch geehrt fühlen würde.

Was für ein Irrtum.

Natürlich hatte sich Leonie immer heimlich die Anerkennung ihrer Mutter gewünscht. Vor etwa einem Jahr hätte sie sich womöglich wirklich gefreut, doch jetzt sah das alles anders aus.

Sie konnte sich nichts Schlimmeres vorstellen, als erneut zwischen die Fronten zu geraten. Vor allem angesichts der Tatsache, dass sie sowohl für ihren Vater als auch für ihre Mutter ein bedrückendes Geheimnis bewahren musste. Ein Geheimnis, das es ihr unmöglich machte, die fröhliche Trauzeugin zu spielen.

»Alles in Ordnung?«, riss Emily sie aus ihren finsteren Gedanken.

Leonie zuckte vor Schreck zusammen und steckte dann rasch ihr Handy zurück in die Handtasche. »Nur ein kleines Familiendrama«, sagte sie ausweichend. »Aber das muss warten.«

Emily nickte bestätigend und half ihr dann aus dem Auto. Leonie fühlte sich, als hätte sie ein LKW überfahren. Die Wehen waren zwar … Nein. Aua. Sie waren noch da. Leicht gebückt folgte sie Emily zur Geburtenstation und gruselte sich bei jedem Schritt vor der Untersuchung. Was kam nun auf sie zu? Wie schlimm war es wirklich? Wie peinlich konnte es werden?

»Du kannst gerne wieder fahren«, sagte Leonie, kaum dass sie die Anmeldung erreicht hatten. »Das dauert jetzt bestimmt ewig. Ich nehme mir ein Taxi zurück.«

In der Sekunde, in der sie das gesagt hatte, sah sie pure Panik in Emilys Augen aufblitzen. So heftig, dass sie es nicht ignorieren konnte. »Fängst du gleich wieder wie eine Irre an zu schreien?«, fragte sie alarmiert.

»Ich … nein … ich … kann jetzt nicht fahren. Was soll ich dann machen? Wo soll ich hin? Was ist mit Peter? Was … ich …«

Ach, scheiße. Jetzt hyperventiliert die schon wieder. »Tiiief durchatmen, Emily«, sagte Leonie und überlegte, ob sie eine Krankenschwester zu Hilfe rufen sollte.

Emily schien ihren Blick richtig gedeutet zu haben. »Schick mich einfach nicht weg, okay? Dann dreh ich auch nicht durch. Frag nicht, warum. Akzeptier das einfach, und sieh es als Win-win-Situation. Du hast eine Fahrgelegenheit zurück, und ich muss mich noch nicht … dem Abgrund stellen.«

Oookay, dachte Leonie. Die ist ja noch bekloppter als gedacht. Aber gut. Jeder ging anders mit Problemen um. »Alles klar. Dann setz dich einfach ins Wartezimmer.«

Emily hörte abrupt auf mit ihrer hektischen Atmerei, richtete sich auf und stolzierte hocherhobenen Hauptes zum Wartebereich. Leonie sah ihr verwirrt hinterher und meldete sich danach im Sekretariat an, nur um anschließend mit einer Kladde zum Ausfüllen zu Emily geschickt zu werden. Die saß dort kerzengerade auf dem ungemütlichen Plastikstuhl, die Handtasche akkurat auf den Knien, die Beine sittsam übereinandergeschlagen. Ein Bild der perfekten Südstaatenschönheit, wenn sie denn aus den USA stammen würde. Zum ersten Mal ahnte Leonie, was Peter an seiner Frau gefunden hatte. Emily hatte etwas Zurückhaltendes, Nettes und gleichzeitig Interessantes an sich.

Leonie verschob den Gedanken auf später, setzte sich hin und füllte die vielen Fragebögen aus. Sie war gerade beim Unterschreiben, als eine Ärztin in den ansonsten leeren Wartebereich kam.

»Frau Kuhnert?« Sie sah Emily erwartungsvoll an.

»Das bin ich.« Leonie stand rasch auf.

»Ah, okay. Entschuldigung. Ich bin Doktor Marten und

würde Sie dann jetzt untersuchen. Wenn Sie wollen, darf Ihre Begleiterin gerne mit.«

»Nein, bloß nicht«, riefen Emily und Leonie gleichzeitig.

Die Ärztin blinzelte überrascht. »Niemand zwingt Sie. Ich dachte nur, Sie wären vielleicht Verwandte oder Freundinnen.«

»Wir sind nur Leidensgenossinnen«, erklärte Leonie und folgte der Ärztin rasch in einen Behandlungsraum. Kaum dass sie die Liege gesehen hatte, schlug ihr Herz gleich viel schneller.

Die Ärztin war bereits im Krisenmodus, befragte sie eingehend nach vorherigen Komplikationen, blätterte in dem ausgefüllten Fragebogen und legte danach los. Während der gesamten Untersuchungszeit ließ Leonie die Frau niemals aus den Augen. Sie versuchte an jeder einzelnen Reaktion abzulesen, wie schlimm es um Mia stand, doch so richtig schlau wurde sie nicht daraus.

»Wir müssen Sie vorerst hierbehalten«, kam schließlich die bittere Diagnose. »Sie haben definitiv Wehen, die sich langfristig auch auf den Muttermund auswirken werden. Dagegen müssen wir umgehend vorgehen. Vor allem brauchen Sie Ruhe, Ruhe und noch mal Ruhe.«

»Was genau wollen Sie mir sagen?«, fragte Leonie tonlos.

»Sie müssen erst einmal eine ganze Weile liegen. Danach sehen wir weiter.«

Leonie fühlte sich erneut, als habe man ihr kräftig in den Magen geboxt. »Liegen? Sie meinen, ich darf gar nicht aufstehen?«

»Vorerst nicht. Es kann sein, dass Sie nach einem Monat wieder aufstehen dürfen, vermutlich eher nach zweien. Das hängt aber ganz davon ab, wie gut Sie jetzt mitarbeiten. Ruhe fängt nicht nur damit an, dass der Körper liegt. Auch der Geist muss sich eine Auszeit nehmen.«

Sie hatte es bereits geahnt, aber es zu hören war noch mal schlimmer. »Ich mag keine Krankenhäuser«, sagte Leonie leise.

»Wer mag die schon?«, entgegnete die Ärztin mit einem schrägen Grinsen. »Aber keine Sorge. Sobald sich die Situation entspannt hat, schicken wir Sie ohnehin nach Hause. Zu Hause ist es doch am schönsten.«

Genau, dachte sie bitter, zu Hause ist es am schönsten. Vor allem, wenn man nur liegen durfte. Sie sparte sich den Hinweis, dass sie ganz alleine lebte. Keine Familie in der Nähe, keine Freunde, keine Verwandten.

Nur eine Mutter und ein Vater, die sich gegenseitig bekriegten.

Und ein Kindsvater, der sich nicht kümmern konnte, weil sie ihn in den Wind geschossen hatte.

Wohin mit dem gestrandeten Wal?

EMILY

Leonie kam und kam nicht zurück. Schließlich fragte Emily bei der Information nach, wo man ihr erstaunt mitteilte, dass die Patientin bereits auf ihrem Zimmer liegen würde. Hatte sich Leonie etwa an ihr vorübergeschlichen, ohne ihr Bescheid zu geben? Oder hatte sie schlicht vergessen, Emily zu informieren?

Sofort spürte sie, wie eine Welle aus Panik heranrollte. Ihre Aufgabe. Die war plötzlich weg. Leonie lag sicher verwahrt im Krankenhaus, und es gab für Emily keinen Grund mehr hierzubleiben. Sie …

Sie musste sich wohl oder übel ihren eigenen Problemen stellen.

Nur mit Aufbietung all ihrer Kraft schaffte sie den Weg zum Auto. Im Schneckentempo fuhr sie den Weg allein zurück. Dabei musste sie etwa alle fünf Kilometer am Straßenrand halten, um zu weinen. Ihr Leben, wie sie es gekannt und sich erträumt hatte, gab es nicht mehr. Noch immer war ihr die volle Tragweite kaum bewusst, und sie stemmte sich gegen den Sog aus Panik und Verzweiflung. Sie konnte die volle Erkenntnis nur in kleinen Dosen ertragen.

Als sie bei ihrem nächsten Zwischenstopp auf ihr Handy sah, fand sie fünf Nachrichten und sechs verpasste Anrufe von Peter vor. Offenbar begann er sich Sorgen zu machen. Gut so, dachte Emily bitter und schauderte, als ihr klar wurde, was noch vor ihr lag. Sie musste sich Peter stellen, sobald sie ihre Wohnung betrat. Oder war er bei Leonie untergekommen?

Nein. Leonie hatte ihr erzählt, dass sie alleine wohnen würde. Peter würde aller Wahrscheinlichkeit nach zu Hause auf Emily warten. Und dann?

Emily weinte daraufhin noch heftiger und malte sich die verschiedensten Szenarien aus, was sie tun könnte. Sämtliche seiner Sachen aus dem Fenster zu werfen wäre schick. Das sah im Fernsehen immer so schön drastisch aus. Vasen und Teller nach ihm schmeißen – auch eine schöne Variante. Sie könnte ihn anbrüllen, verfluchen und ihn nach draußen schieben, um ihm dramatisch die Tür vor der Nase zuzuknallen. Ja, das würde ihr gefallen.

Letztlich wusste sie aber, dass es auf eins hinauslief: Sie würde weinen und er auf sie einreden, bis sie schließlich einknickte und ihm verzieh. Wie erbärmlich.

In dieser Sekunde war der Wunsch, mit jemandem über ihr Problem zu sprechen, übermächtig. Beinahe hätte sie einen ihrer vier Brüder angerufen, doch was sollte das bringen? Ihre Brüder waren mit Peter noch nie warm geworden. Am wenigsten Jonathan. Er hatte Peter schon nach der ersten Begegnung als ›geleckt und aalglatt‹ bezeichnet. Dass Emily ihn eines Tages heiraten würde, hatte da noch keiner erwartet. Es war der erste Bruch in der ansonsten perfekten Geschwisterbeziehung gewesen. Jonathan war einmal zu oft zu ehrlich gewesen. Johan hatte dann in die gleiche Kerbe gehauen und damit alles nur noch schlimmer gemacht. Sie hatten ihre harte Wortwahl niemals wiederholt, doch der Schaden war angerichtet. Emily hatte von da an gewusst, was ihre zwei ältesten Brüder von ihrem Mann hielten.

Jona und Jo waren am Anfang zurückhaltender gewesen. Sie hatten Peter mit Wohlwollen empfangen und sich wirklich bemüht, ihn kennenzulernen. Mit dem Ergebnis, dass der sich regelrecht ausgehorcht gefühlt hatte. Das hatte zu so manchem Familienstreit geführt und war auf der Hochzeit in Form einer katastrophalen Rede eskaliert. Jonathan hatte Peter ganz offen mit Schusswaffengebrauch gedroht, sollte er jemals die Gefühle seiner kleinen Schwester verletzen. Johan hatte wenig verklausuliert ausgeführt, dass er Peter eher für die zweite Wahl hielt, und Jona hatte den bösen Satz zitiert: Drum prüfe, wer sich ewig bindet, ob sich nicht was Bessres findet. Was Jo noch gesagt hätte, wollte Emily lieber gar nicht wissen. Sie war mit aller Vehemenz dazwischengegangen und hatte weitere Reden verboten.

Das Ärgerliche war: Ihre Brüder hatten mit ihren Befürchtungen recht gehabt. Peter war ein Arsch.

Natürlich hätte sie auch eine ihrer vielen Freundinnen anrufen können. Sie war in ihrer Heimat beliebt gewesen und hatte sporadisch den Kontakt gehalten. Auch mit den ehemaligen Kolleginnen schrieb sie regelmäßig, doch diese Situation war außergewöhnlich. Das wäre ein Anruf der epischen Sorte. Ein Anruf, der jeden erschüttern würde.

Also doch einen ihrer Brüder. Aber wer?

Letztlich rief sie Jo an. Er war der Verschwiegenste von allen. Leider war er auch der Wortkargste von allen. Wenigstens wird er dir keine dummen Ratschläge geben, dachte Emily.

»Emily. Hey«, ging Jo in seiner typisch kurzgefassten Art und Weise ran.

»Hey. Wie geht's?«

»Gut. Und dir?«

Emily seufzte. Das konnte ja heiter werden. Wie kam sie denn auf die Idee, ausgerechnet Jo anzurufen? Mit ihm war ein Telefonat in etwa so spaßig wie eine Zahnarztbehandlung.

»Ganz okay«, sagte sie dennoch vorsichtig und holte tief Luft, um ihm ihr Herz auszuschütten. Da krähte eine andere Stimme in den Hörer.

»Emily. Lieblingsschwester. Scheiße, lange nichts mehr von dir gehört. Jo, mach mal laut. Nein. Mach mal Video an.«

Emily erstarrte. Bitte nicht, dachte sie panisch, doch zu spät. Ein Videoanruf trudelte ein. Einen Moment überlegte sie, ihn einfach zu ignorieren, doch letztlich nahm sie ihn doch an.

Ein Johlen begrüßte sie, und für einen Moment sah sie nur Jonas unverwechselbares breite Grinsen. »Schwesterchen! Du bist es wirklich. Live und in Farbe, wobei du ein bisschen blass um die Nase bist.«

Emily sah ihren Anblick als kleines Fensterchen rechts oben und konnte ihm nur beipflichten. Sie sah schrecklich mitgenommen aus.

»Die Schwangerschaft ist im Moment recht anstrengend«, log sie. »Der Bauchzwerg hat wieder einen Wachstumsschub.«

»Der muss ja auch groß und stark werden wie seine Onkel. Apropos! Johan ist auch hier. Sag Hallo, Johan!«

Emily sah ein undeutliches Winken auf dem Bildschirm. »Jonathan etwa auch?«, fragte sie und bemühte sich, nicht allzu gequält zu klingen.

»Ne, der hat noch Schicht und erschreckt Jugendliche beim Jointrauchen. Was ein richtiger Streifenbulle eben so tut.«

»Und was macht ihr alle bei Jo? Hab ich was verpasst?«

»Fußballabend. Wir zocken eine Runde. Dabei vermissen wir dich ganz schrecklich als Schiedsrichterin. Langsam eskaliert das hier.«

Das konnte sich Emily vorstellen. Schon als Sechsjährige hatte sie die undankbare Aufgabe gehabt, die ewigen Streitereien zwischen ihren Brüdern zu schlichten. Vielleicht stammte daher ihr Hang, Unstimmigkeiten sofort im Keim zu ersticken.

»Ich wäre jetzt auch gerne bei euch«, sagte Emily. Erstaunt stellte sie fest, dass das tatsächlich stimmte. Sie vermisste ihre Brüder schrecklich, obwohl sie gleichzeitig froh über den räumlichen Abstand war. Nicht auszudenken, wenn …

»Ey, Jungs. Macht mal Pause. Irgendwas hat Emily, das sie nicht sagen will. Die ruft sonst nie einfach so an.«

Verdammt. Sie hatte Johans detektivische Fähigkeiten unterschätzt. Als Zollbeamter roch er Ärger schon von Weitem. Jona reagierte erschreckend schnell und stoppte das noch laufende Spiel auf der Playstation, die Emily im Hintergrund sehen konnte. Gleich darauf versammelten sich die drei so dicht um den Bildschirm, dass sie hauptsächlich Nasen sah.

»Was ist los, Schwesterchen?«

»Nichts. Ich wollte nur kurz Hallo sagen.« Zu ihrem Schrecken bemerkte sie, dass sie rot anlief. Wie immer, wenn sie log.

»Klar. Erzähl das Oma, vielleicht glaubt die dir das ja. Wir kennen dich zu gut. Ist wirklich alles gut mit deinem Kleinen?«

»Ja, natürlich.«

»Klarer Fall. Dann muss was mit Peter sein«, schlussfolgerte Johan blitzschnell.

»Ich wusste es«, zischte Jona.

»Ruhe«, brummte Jo. »Lasst Emily reden.«

Eine unangenehme Pause trat ein, in der sie einander schweigend anstarrten. Sag was, dachte Emily panisch. Die steigen sonst ins Auto und kommen her.

»Peter hat nie Zeit für mich. Ich bin einsam«, platzte sie

heraus. Es war besser, mit einer Halbwahrheit herauszuplatzen, an der sich die Brüder festbeißen konnten, als die bittere Realität vor ihnen auszubreiten.

»Ich wusste es«, zischte Johan. »Dein Umzug nach Heiligenhafen war einfach nur bescheuert. Das musste ja schiefgehen.«

»Ich mag Heiligenhafen«, widersprach Emily schwach. »Außerdem …«

»Sollen wir kommen? Sollen wir mit Peter reden?«, unterbrach Jona ihre Ausführungen.

»Nein.«

»Wir kommen. Wie lange brauchen wir nach Heiligenhafen? Jo?«

»Etwa vier Stunden.«

»Nehmen wir deinen Wagen?«

»Nee, deiner ist größer. Wann hat Jonathan denn dienstfrei?«

»Warte. Ich frag ihn mal …«

»Nein. Schluss. Ihr kommt nicht hierher«, brüllte Emily panisch ins Handy.

»Klar kommen wir.«

»Worauf du einen lassen kannst.«

»Nein! Jungs. Ernsthaft. Das ist genau der Grund, warum ich euch nie etwas erzähle und euch so selten anrufe. Ihr reagiert ständig komplett über.«

»Wir machen uns doch nur Sorgen um dich, Schwesterchen.«

Jo und Jona nickten zu Johans Satz.

»Das ist echt lieb von euch, aber völlig unnötig. Ich wollte eigentlich nur ein bisschen jammern. Dampf ablassen. Es geht mir schon viel besser. Tolles Gespräch, wirklich. Ihr müsst nicht kommen. Ich … muss jetzt auflegen. Hab euch lieb. Tschüss.« Hastig unterbrach Emily das Telefonat und stöhnte laut auf, als ihr klar wurde, was sie getan hatte. Sie hatte die

Pitbull-Gang aufgescheucht. Wenn die hier aufliefen, war sie geliefert.

Mit einem Fluch knallte sie den Kopf auf das Lenkrad und zuckte erschrocken zusammen, als sie dadurch die Hupe auslöste. Das brachte sie jedoch wenigstens wieder zur Besinnung.

Ihre Brüder mussten warten. Die kamen frühestens in vier bis fünf Stunden hier an, falls sie wirklich aufbrachen. In seltenen Ausnahmen kamen sie zur Vernunft. Bitte, dachte sie, bitte lass das diesmal der Fall sein. Nein. Ihre Brüder waren das kleinste Problem. Sie hatte ein viel größeres, und das hieß Peter. Sie musste sich ihm stellen. Jetzt!

Seufzend startete Emily den Wagen und fuhr diesmal ohne Zwischenstopp zu ihrer Villa direkt am Meer.

Das Haus war 1905 erbaut und bis heute mehrfach saniert worden. Die letzten zwei Sturmfluten 2017 und 2019 hatten dem Fundament schwer zugesetzt. Riesige Steinblöcke schützten nun die denkmalgeschützte Fassade, doch darüber hinaus hatte Peter tief in die Tasche greifen müssen, um es zu renovieren.

Die meisten Villenbesitzer lebten nicht das ganze Jahr auf dem Graswarder. Sie vermieteten die reetgedeckten Häuser an Touristen und kamen nur in der Nebensaison selbst hierher. Eigentlich waren Emily und Peter zusammen mit dem einsamen Angler die Einzigen, die sich dauerhaft hier niedergelassen hatten.

Peters Auto parkte im Carport. Er war also wirklich zu Hause. Blicklos starrte Emily durch die Windschutzscheibe auf die hell erleuchteten Fenster und fragte sich, wie sie das Gespräch anpacken sollte.

Ihr Handy piepte.

Du hast Glück. Wir bleiben in der Homebase. Familiensitzung ASAP. AWOL nicht drin. Wir melden uns.

Uff. Da war sie noch mal einer Katastrophe entkommen, selbst wenn sie eine Weile brauchte, um Jonas kryptische Nachricht im Militärjargon zu verstehen. *Familiensitzung so schnell wie möglich. Unerlaubte Abwesenheit nicht drin.*

Okay. Ein Problem nach dem nächsten. Emily atmete tief ein, um sich zu beruhigen, und legte instinktiv die Hand auf ihren Bauch. »Deine Onkel sind wir zunächst los. Dann wollen wir mal Papa einheizen«, sagte sie zu ihrem Baby. Sie hatte die Autotür noch nicht ganz geöffnet, da stand Peter bereits in der Haustür.

»Ich bin so froh, dass du endlich da bist. Wo bist du denn gewesen?«, fragte er.

Im ersten Moment wollte Emily antworten, aber dann wurde ihr klar, dass sie die Wahrheit über ihren Verbleib in den letzten Stunden in Erklärungsnöte bringen würde. Außerdem ging ihn das gar nichts an. Sie war schließlich bei der Frau gewesen, mit der er sie seit Monaten betrogen hatte.

Schweigend trat sie an ihm vorüber, zog im Hausflur ihre Schuhe aus und ging ins Wohnzimmer, um aus dem riesigen Panoramafenster zu blicken. Peter war ihr natürlich gefolgt und stand nun dicht hinter ihr.

»Emily …«, setzte er an.

Sie atmete tief durch und drehte sich zu ihm um. »Wag es jetzt ja nicht, mir deine Erklärungen aufzutischen. Ich will sie nicht hören. Wir werden uns unterhalten, aber bestimmt nicht heute. Fürs Erste gehe ich ins Bett. Du wirst auf der Couch schlafen. Für die nächsten achtzehn Jahre.«

Sie warf ihm einen möglichst finsteren Blick zu, machte einen Bogen um ihn und knallte die Schlafzimmertür hinter sich zu. Danach warf sie sich aufs Bett und ließ zu, dass die Traurigkeit sie übermannte. Sie weinte, bis sie vor Erschöpfung einschlief.

LEONIE

»Bitte, was? Wie lange soll ich liegen?«

»Mindestens einen Monat, eher zwei.«

»Hier? Im Krankenhaus? In diesem Bett?«

»Nicht unbedingt. Wir sind optimistisch, dass sich Ihre Wehentätigkeit legen wird. Sie sprechen gut auf die Medikamente an.«

»Heißt?«

»Sie dürfen nach Hause, sobald Sie keine Wehen mehr haben.«

»Aber auch daheim muss ich liegen?«

»Jetzt haben wir uns verstanden.«

Nein. Leonie hatte den Eindruck, nichts verstanden zu haben. Im Gegenteil. Sie verstand die Welt nicht mehr. Noch vor drei Tagen war sie die glücklichste Frau auf Erden gewesen. Sie hatte den Eindruck gehabt, ihr Leben voll im Griff zu haben. Mal abgesehen von den verflixten Hochzeiten ihrer Eltern lief alles richtig gut.

Und jetzt das.

Reiß dich zusammen, dachte sie streng. Energisch atmete sie ein, doch an ihrer unangenehmen Position konnte sie nichts ändern. Die Ärztin stand vor ihrem Bett und sah sie von oben herab an. Sie selbst war zum Liegen verdammt. Für … *Mein Gott.* Allein der Gedanke ließ Leonie erschaudern.

»Was genau heißt denn liegen?«, fragte sie schließlich nach. »Duschen, Müll rausbringen, ein bisschen Haushalt sollte doch drin sein.«

Die Ärztin blickte sie eine Weile an und legte sich ihre nächsten Worte eindeutig im Kopf zurecht. Leonie ahnte Schlimmstes. »Solange die Wehentätigkeit so stark bleibt, dürfen Sie nicht mal auf die Toilette. Sobald wir das im Griff haben, dürfen Sie kurz aufs Klo gehen oder von der Couch ins Bett umsiedeln. Das war es dann aber auch. Deshalb heißt es ja auch ›strenge Bettruhe‹.«

Die Frau ist verrückt geworden, dachte Leonie panisch. »Aber … Ich lebe allein.«

»Oh.«

Allein dieser Laut ging Leonie durch Mark und Bein. Er fasste in einem einzigen kurzen Geräusch zusammen, in welcher Klemme Leonie steckte.

»In dem Fall müssen wir noch mal über eine Entlassung nachdenken«, sagte die Ärztin ernst. »Sie brauchen Hilfe. Ohne wird es nicht gehen. Sie dürfen nicht einkaufen gehen, kochen, Wäsche machen. Von den alltäglichen Dingen wie sich mal eben ein Wasser holen oder schnell mal unter die Dusche ganz abgesehen. Natürlich gibt es Haushaltshilfen, aber auch darüber hinaus benötigen Sie zusätzliche Unterstützung. Was ist denn mit Ihrer Familie?«

»Die heiraten.«

Da die Ärztin sie verwirrt ansah, fühlte sich Leonie genötigt, es zu erklären.

»Meine Eltern heiraten getrennt voneinander neue Lebenspartner. Im selben Monat, am selben Tag und auch im selben Hotel. Mama und Papa sind voll damit ausgelastet, sich gegenseitig das Leben zur Hölle zu machen.«

»Freunde? Andere Verwandte?« Der nächste Vorschlag kam deutlich vorsichtiger: »Der Kindsvater?«

»Ich lebe in dieser Gegend noch nicht so lange, und meine Verwandten … Da bleibe ich lieber im Krankenhaus. Einen Kindsvater gibt es nicht.« Es war das erste Mal, dass Leonie das so deutlich aussprach. Es nahm ihr für einen Moment den Atem, doch sie kämpfte gegen das Gefühl an. Du packst das, dachte sie grimmig und wechselte gegenüber der Ärztin die Taktik. »Ich finde eine Lösung. Machen Sie sich keine Sorgen.«

Die Ärztin nickte. »Gut. Zunächst müssen Ihre Wehen nachlassen. Bis dahin vergeht bestimmt noch einige Zeit.« Ein letzter prüfender Blick, dann ließ sie Leonie mit ihrer Panik und ihrer Verzweiflung allein.

»Scheiße«, sagte sie leise in Richtung Mia. »Da sitzen wir jetzt aber in der Patsche.«

Eine Person in ihrem Leben gab es, die alles stehen und liegen lassen würde, um ihr zu Hilfe zu eilen. Ihre älteste Jugendfreundin Nicole. Leider konnte sie die nur in bestimmten Dosen ertragen. Länger als zwei Tage am Stück ging einfach nicht – dazu waren sie zu unterschiedlich. Nicole würde sie in den Wahnsinn treiben. Nein. Das war keine Option.

Aber was dann?

Die nächsten Stunden überlegte Leonie hin und her, kam aber auf keine Lösung. Schließlich sammelte sie ihren gesamten Mut zusammen und rief ihren Vater an. Rainer war der liebste Mensch auf Erden, solange er nicht auf ihre Mutter traf. Mit vierzehn war Leonie bei ihm eingezogen und hatte es nie bereut. Obwohl sie auf einem kleinen Hausboot hatte wohnen müssen.

»Leonie. Ich hatte mich schon gefragt, wann du dich meldest. Das mit der Hochzeitseinladung deiner Mutter war ja wohl der Hammer, die Hexe«, begrüßte sie Rainer.

»Papa«, sagte Leonie mahnend.

»Ja, ich weiß. Ich soll so etwas nicht sagen. Entschuldige. Trotzdem bleibt es eine Tatsache. Karin ist eine Hexe.«

Leonie kniff sich kräftig in den Nasenrücken, um nicht durchzudrehen. Eine Weile hörte sie sich das Geschimpfe ihres Vaters an, dann unterbrach sie ihn. »Papa, ich liege im Krankenhaus.«

»Was? Wo? Wieso? Weshalb sagst du das erst jetzt?«

»Weil du vorher zu beschäftigt damit gewesen bist, meine Mutter zu verfluchen. Papa. Ich brauche deine Hilfe.«

»Immer. Sofort. Wohin soll ich kommen?«

Wenn du wüsstest, dachte Leonie. »Ich habe Wehen und darf einen Monat lang nur noch liegen. Jedes Aufstehen könnte gefährlich werden. Ich brauche also Hilfe im Alltag. Könntest du bei mir einziehen? Für vier Wochen? Alternativ … Vielleicht könnte ich auch zu dir kommen.«

Das nun folgende Schweigen sagte alles. Es war endlos. Und endlos. Und noch endloser.

»Leonie«, brachte ihr Vater schließlich hervor. »Wie stellst du dir das vor? Ich muss arbeiten. So ein Restaurant läuft nicht von allein.«

»Melde dich krank, nimm Urlaub, denk dir was aus. Du hast dein Leben lang nie Urlaub genommen. Außerdem bist du der Chef. Du kannst dir so lange Urlaub nehmen, wie du willst.«

»Genau. Ich bin der Chef. Ich kann unmöglich einen Monat lang wegbleiben. Da müssen Einkäufe geplant, Dienstpläne geschrieben und die Stammkundschaft bei Laune gehalten werden.«

»Dann komme ich zu dir nach Kiel. Es reicht ja, wenn du mir morgens ein paar Sachen ans Bett stellst und nach acht Stunden wieder nach mir siehst.«

»Liebes. Von mir aus wirklich gerne, aber ich glaube nicht, dass Brigitte davon begeistert sein wird. Ihr zwei seid wie Hund und Katz. Wie wollt ihr zusammen unter einem Dach wohnen?«

»Ich könnte auf dein Hausboot ausweichen.«

»Das liegt beinahe eine Stunde von unserem neuen Haus in

Schönberg entfernt. Wir wohnen nicht mehr direkt in Kiel, schon vergessen? Ich müsste einen Monat lang zu dir auf das Boot ziehen und Brigitte mit den ganzen Hochzeitsvorbereitungen allein lassen.«

Verdammt. Die Hochzeit hatte Leonie glatt vergessen.

»Was ist denn mit Peter? Kann der nicht bei dir einziehen?«

Erschrocken stellte Leonie fest, dass sie sich auf diese erwartbare Frage keine Antwort überlegt hatte. Sie konnte unmöglich die Wahrheit sagen. »Der kann nicht«, sagte sie lahm.

»Was soll das denn heißen?«, ging ihr Vater verständlicherweise an die Decke. »Der hat zu können.«

»Papa. Ich muss jetzt auflegen. Mama ruft gerade an. Vielleicht nimmt die mich ja auf.« Die Lüge war gemein, hatte aber durchaus Aussicht auf Erfolg. Es konnte gut sein, dass ihr Vater nur deshalb umschwenkte, um ihre Mutter nicht als Heldin dastehen zu lassen.

Doch nein. Sie hatte Pech.

»Das wäre natürlich auch eine gute Lösung«, sagte ihr Vater hastig. »Ich liebe dich. Pass auf dich auf.« Schon hatte er aufgelegt.

Leonie war fassungslos und total überrascht. Wenn selbst ihr heißgeliebter Vater auf diese Weise reagierte, was würde ihre Mutter dann sagen?

Die nächsten zwei Stunden tippte sie immer wieder die Kontaktdaten ihrer Mutter an, starrte auf die Handynummer und wählte sie dann doch nicht. Es war einfach unmöglich. Ganz davon abgesehen, dass auch ihre Mutter eine Hochzeit plante und bestimmt keine Zeit hatte – Leonie und sie verstanden sich schlicht nicht. Darüber hinaus konnte sie sich nicht vorstellen, jemals derart in ihrer Schuld zu stehen. Als Pflegerin war ihre Mutter die absolute Fehlbesetzung. Ihre Zimmerpflanzen überlebten nur wegen der Putzfrau. Wie sollte so jemand Leonie versorgen?

»Wir brauchen eine andere Lösung«, sagte sie zu Mia. Es gab immer einen Ausweg. Sie musste ihn nur finden. Ihr ganzes Leben hatte aus Kämpfen bestanden, und Leonie hatte früh gelernt, sich nur auf sich selbst zu verlassen. Genau das würde sie jetzt wieder tun. Sie würde allein klarkommen.

Gemeinsam einsam

EMILY

Die nächste Woche verbrachte Emily wie in einem dunklen Nebel. Abends verschanzte sie sich in ihrem Schlafzimmer und schloss ab, damit Peter nicht reinkommen konnte. Mehrmals stand er vor der verschlossenen Tür und redete auf sie ein. Sie war daraufhin ins angrenzende Bad gegangen und hatte die Dusche angestellt, um seine Worte nicht hören zu müssen.

Natürlich war ihr klar, dass sie ihm nicht ewig aus dem Weg gehen konnte. Sie lebten gemeinsam in einem Haus, waren ein Ehepaar und würden bald ein Kind zusammen großziehen. Sie mussten sich zusammenraufen. Irgendwie. Doch wie sollte sie ihm seinen Betrug jemals verzeihen? Oder sollte sie ihn doch einfach rausschmeißen?

Zum Glück war Peter weiterhin ein Arbeitstier. Er war tagsüber fast elf Stunden fort, sodass sie in der Zeit ihr Heim für sich hatte. Leider verging die Zeit wie zäher Sirup. Nichts machte ihr Spaß, auf nichts konnte sie sich konzentrieren. Selbst die Goldfische im Aquarium schienen ein ereignisreicheres Leben zu haben als sie.

Sie steckte fest – und zwar in der tiefsten Krise ihres Lebens.

Noch nicht einmal die vielen Strandspaziergänge konnten sie aufmuntern. Stundenlang starrte sie aufs Wasser, beobachtete Vögel, ging bis zur Promenade und auf die Seebrücke hinaus. Normalerweise liebte sie das Gefühl, über Wasser zu laufen. Auf den vielen Holzbänken auf der Brücke konnte sie eigentlich herrlich entspannen und sich dabei dem Meer und den Wellen so nahe wie nirgendwo fühlen. Doch in letzter Zeit funktioniert es leider nicht.

Selbst die westlich von Heiligenhafen gelegene Steilküste brachte sie nicht auf andere Gedanken. Sonst kam sie sich an dieser Stelle wie in einer anderen Welt vor. Das Meer war dort wilder als an den Touristenstränden, die dramatischen Klippen und die zerklüfteten Steine waren jedes Mal aufs Neue ein besonderes Erlebnis, und den Sonnenuntergang an diesem Ort zu beobachten war noch spektakulärer und einprägsamer. Doch Emily schien es, als würde ihr Leben im Moment genauso zerschellen wie die rauschenden Wellen an den Klippen. Das deprimierte sie zusätzlich, sodass sie die Steilküste fortan mied und lieber die sanft auf und ab hüpfenden Boote im Binnenhafen ihres Städtchens beobachtete. Das schonte die Nerven. Doch egal, wo sie sich befand: Sie entdeckte keine Lösung für ihre unglückliche Situation.

Zu gerne hätte sie sich jemandem anvertraut, nur wusste sie nicht wem. Es würden ihr doch sowieso alle raten, Peter in den Wind zu schießen. Aber sie musste doch an ihr Kind denken. An die vielen Konsequenzen, die daraus resultierten, wenn sie Peter verließ. Sie wollte keine alleinerziehende Mutter ohne Haus und ohne Job sein. Sie würde ihr Heim, Heiligenhafen, das Meer und ihren Rückzugsort aufgeben müssen.

Ihr geplantes Leben.

Nein. Sie musste sich dazu überwinden, Peter zu verzeihen. Wie sie das jedoch schaffen sollte, war ihr schleierhaft.

Erschwerend kam hinzu, dass ihre Brüder Lunte gerochen hatten. Jeden Tag bekam sie besorgte Textnachrichten, in denen mindestens einer von ihnen ankündigte, zu ihr zu kommen. Zum Glück hatte bislang keiner der vier Urlaub bekommen. Ihr war jedoch klar, dass sie ihre Hinhaltetaktik nicht lange durchhalten konnte. Entweder sie redete endlich mit Peter und kam wieder auf die Beine, oder ihre Brüder standen vor der Tür und dann … nein. Darüber wollte sie lieber nicht nachdenken.

Eines Nachts reichte es Emily schließlich. Sie lag schlaflos im Bett, wälzte die immer gleichen Probleme und beschloss, endlich aktiv zu werden. Sonst würde sie platzen. Den Plan hatte sie bereits seit vielen Tagen in sich getragen. Jetzt formte er sich mit aller Klarheit in ihrem Kopf, und endlich begrüßte sie die verrückte Idee und stand auf, um sie in die Tat umzusetzen. Hoffentlich ging es ihr danach besser.

Sie schlich sich ins Gästezimmer, wo Peter schlief. Dann fotografierte sie seine sämtlichen Bankkarten, nahm sich heimlich seine Schuhe, seine Lieblingskrawatte auf dem Stuhl, sein Aftershave und das Sockenpaar, das er am häufigsten trug. Anschließend holte sie ihre Nähsachen und schritt zur Tat. Im Moment musste sie leise sein, um ihn nicht zu wecken. Aber sobald er aus dem Haus war, würde sie ihre alte Nähmaschine herausholen und sich rächen.

In kleinen, minimalen Dosen. Ganz ihrem Naturell entsprechend.

Emily brauchte eine Woche, um ihren Plan umzusetzen. Damit er funktionierte, musste sie sorgfältig arbeiten und ihre Taten gut verstecken. Tatsächlich ging es ihr in dieser Zeit deutlich besser. Sie hatte den Eindruck, zumindest etwas zu tun, um ihre Ehre wiederherzustellen. Aber wohin sie mit ihrem Leben wollte, wusste sie dadurch trotzdem noch nicht.

Die Antwort erhielt sie, als sie in der darauffolgenden Nacht von Mia, Leonies kleiner Tochter, träumte. Es war eigentlich nur ein kurzer Traum. Ein Baby im Bauch, das seine Händchen hilfesuchend in Emilys Richtung ausstreckte. Es hätte auch gut ihr eigenes sein können, doch als Emily aus dem Schlaf hochschreckte, war ihr klar: Das Kind in ihrem Traum war Leonies Baby, und es brauchte ihre Hilfe. Emily durfte sich nicht nur auf ihre Wut gegenüber Peter versteifen. Das sah ihr überhaupt nicht ähnlich. Sie war schließlich schon immer eine hilfsbereite, empathische Person gewesen. Das wiederum hieß: Sie musste herausfinden, wie es Leonie und Mia ging.

Am nächsten Morgen, nachdem Peter aus dem Haus war, holte sie ihr Handy ans Bett und suchte die Nummer vom Krankenhaus heraus, ehe sie es sich anders überlegen konnte. Als sie das erste Freizeichen hörte, begann ihr Herz schneller zu schlagen. Was sollte sie tun, wenn Leonie sie gar nicht sprechen wollte?

Eine Dame in der Zentrale meldete sich. »Was kann ich für Sie tun?«, fragte sie freundlich.

»Ich möchte gerne mit Leonie …« *Verdammt. Wie hieß sie doch gleich mit Nachnamen? Denk nach, denk nach.* »… mit Leonie Kuhnert sprechen.« Mit angehaltenem Atem hörte Emily zu, wie die Empfangsdame auf ihre Tastatur einhämmerte.

»Leonie Kuhnert?«

»Ja, genau. Sie müsste auf der Gynäkologie liegen.«

»Da muss ich Sie enttäuschen. Eine Leonie Kuhnert gibt es bei uns nicht mehr. Laut meinen Unterlagen ist sie vor drei Tagen gegangen.«

»Sie wurde entlassen?«, fragte Emily erstaunt.

Die Dame zögerte eine Spur zu lange und sagte etwas kryptisch: »So kann man das auch sagen.«

Emily brauchte nicht lange, um zu verstehen. »Sie hat sich selbst entlassen?«, rief sie ins Handy. »Ich … Ich muss auflegen. Danke für die Auskunft.«

Mit einem Satz war Emily aus dem Bett, putzte sich die Zähne, wusch sich, zog sich an und war nur Minuten später bei ihrem Auto. Ihr Baby beschwerte sich über die Hektik mit einem zarten Tritt, schlummerte dann aber wieder ein. Solange Emily in Bewegung war, wurde es in den Schlaf gewiegt. Kaum lag sie, ging das Toben los.

Emily fuhr ungewöhnlich schnell für ihre Verhältnisse, huschte sogar noch bei Gelb über die Ampel und hielt wenig später vor Leonies Wohnung. Erst als sie den Motor ausstellte, wurde ihr bewusst, was sie hier tat. Sie atmete tief durch und überlegte, wie sie am klügsten vorgehen sollte, als sie einen Lieferservice neben sich parken sah. Ein junger Mann stieg pfeifend aus und ging auf das Haus zu, wo Leonie wohnte. Er hatte einen Schlüssel in der Hand und öffnete die Tür.

Emily reagierte vollkommen spontan. Sie stürzte regelrecht aus dem Auto und fing die zufallende Haustür gerade noch auf, bevor sie einrasten konnte. Der Mann hatte nichts bemerkt und stieg noch immer pfeifend die Treppe hinauf.

Und jetzt? Ratlos warf Emily einen Blick auf die Briefkästen im Flur. Es war ein Fünfparteienhaus. Leonies Name stand auf dem Kasten ganz unten. Hieß das jetzt, dass das die Wohnung ganz oben war? Entschlossen lief Emily los und bemühte sich, möglichst leise zu sein. Zum Glück waren die Wohnungstüren beschriftet. Im ersten und zweiten Stock wurde sie nicht fündig. Mittlerweile war das Pfeifen verstummt. Der Mann hatte vermutlich sein Ziel erreicht.

Als Emily im obersten Stockwerk des Wohnhauses angekommen war, musste sie erst einmal pausieren. Die vielen Treppen im schwangeren Zustand hinaufzustapfen hatte sie erschöpft. Auf dieser Etage gab es nur eine einzige Wohnung, und da, endlich, entdeckte sie den erhofften Namen an der Türklingel. Leonie wohnte hier tatsächlich.

Sie lauschte und hörte Stimmen. Ein Mann unterhielt sich mit eher polternder Stimme mit einer leise antwortenden Frau. Vermutlich Leonie. Zögernd trat Emily näher und wollte klingeln. Da wurde die Tür aufgerissen, und jemand rannte beinahe in sie hinein. Es war der pfeifende Typ, dem sie heimlich in das Haus gefolgt war.

»Hups«, brachte er heraus. »Entschuldigung. Ich hab Sie nicht gesehen.«

»Nicht schlimm.« Emily trat zur Seite, damit der Fremde passieren konnte. Erst jetzt bemerkte sie, dass er ein Käppi mit der Aufschrift *Schnellgeliefert.de* trug. Strähniges Haar lugte darunter hervor. Unter seinem Arm klemmte eine Isolierbox.

»Sie ist heute echt schlecht gelaunt«, raunte ihr der Typ noch zu, bevor er die Treppe wieder hinunterpolterte. Er hatte praktischerweise die Tür sperrangelweit offen gelassen.

»Hey«, erklang es aus dem Inneren der Wohnung. »Verdammt noch mal. Du musst die Tür zumachen.«

Emily erkannte Leonies wutentbrannte Stimme sofort und hätte beinahe einen Rückzieher gemacht. Schließlich gab sie sich aber doch einen Ruck, trat ein und zog die Tür ins Schloss.

Vermutlich lauschte Leonie, denn die nächste Frage klang eher ängstlich. »Ist da wer?«

»Ja«, sagte Emily nach einer kleinen Pause. »Ich bin's. Wo bist du?«

»Wer ist denn ›Ich bin's‹?«

Ein Fluch folgte, der Emily den Kopf einziehen ließ. Wenigstens hatte sie jetzt herausgefunden, aus welcher Richtung Leonies Stimme kam. Sie betrat ein riesiges Wohnzimmer im superstylischen Minimal-Stil. Alles war in Weiß und Chrom gehalten. Riesige Panoramafenster gaben einen wunderschönen Blick über die gesamte Bucht mitsamt Jachthafen und Naturschutzgebiet frei. Es war, als schwebe man über den Wellen. Direkt an das Wohnzimmer schloss sich die riesige offene Küche an. Selbstverständlich ebenfalls verchromt und so steril, als habe darin noch nie jemand gekocht.

Emily hielt auf die einzige Tür zu, die sie sah. Vermutlich ging es dort zum Schlafzimmer. Gleich darauf hörte sie einen noch deftigeren Fluch, gefolgt von ihrem Namen.

»Emily, bist du das? Verdammt, was machst du hier?« Leonie klang so verärgert, dass Emilys Mut beinahe verpuffte. Zum Glück aber nur beinahe. Kaum hatte sie Leonies Schlafzimmer betreten, vergaß sie ihre Unsicherheit vollkommen.

Der Raum war Chaos pur. Ein riesiger Fernseher versperrte seitlich die Sicht auf das Meer. Er stand auf einem bedenklich schmalen Höckerchen, das dafür eindeutig nicht gemacht war. Schräg gegenüber gab es ein gewaltiges King-Size-Bett, das von so vielen Kommoden umzingelt war, dass es beinahe unterging. Darauf stapelten sich Zeitschriften, Bücher, Teller, Tassen und Essen in verschiedenen Tupperdosen. Eine Mikrowelle stand links neben dem Bett, genau wie eine Kaffeemaschine und ein Wasserkocher. Die Kabel führten quer durch den Raum und verschwanden hinter einer Tür. Vermutlich ging es dort ins Bad.

Fassungslos bestaunte Emily das Durcheinander und entdeckte erst dann die beinahe winzig wirkende Leonie in dem überdimensionalen Bett. Ein wahrer Kissenberg türmte sich hinter ihr auf, allerdings nutzte Leonie ihn nicht als Stütze.

Vielmehr lag sie flach auf der Matratze und funkelte Emily von unten her böse an.

»Jetzt schau nicht so entsetzt. Ich hatte leider keine Zeit zum Aufräumen«, sagte sie sarkastisch. »Mit Besuch, der sich selbst reinlässt, hatte ich nicht gerechnet.«

Emily war noch immer sprachlos, begriff aber allmählich die Situation. »Du wurdest zum Dauerliegen verdonnert«, schlussfolgerte sie schließlich.

»Bravo. Du bist ja doch nicht so doof, wie du gerade guckst.«

Emily überging die fiese Bemerkung und trat ans Bett – oder vielmehr versuchte sie es. Leonie hatte sich derart mit Kommoden verbarrikadiert, dass das gar nicht so einfach war.

»Was zur Hölle machst du hier?«, fragte Emily ungläubig.

»Das fragst du ausgerechnet mich? Das hier ist meine Wohnung. Was machst DU hier?«

»Ich wollte nach dir sehen. Als die im Krankenhaus gesagt haben, dass du dich selbst entlassen hast, war ich beunruhigt.«

Leonies Gesicht verdunkelte sich. »Die haben dir solch eine Auskunft gegeben? Fällt das nicht unter Datenschutz?«, grummelte sie schlecht gelaunt. Sie verschränkte die Arme. Eine eindeutig abwehrende Haltung. »Du brauchst dir keine Sorgen zu machen. Ich komme klar.«

»Das sieht mir aber nicht so aus. Ist das ein Gartenschlauch, der quer durch das Zimmer führt? Was machst du denn damit?«

»Ich hab keinen Lieferservice gefunden, der mir die Wasserkästen hier hoch schleppt. Laut meinem Arzt muss ich aber viel trinken. Also hab ich den Klempner geholt, und der hat mir die Leitung vom Waschbecken hierher gezogen. Sieht nicht schön aus, ist aber praktisch.« Leonie demonstrierte es ihr. Ohne aufstehen zu müssen, füllte sie sich mit dem Gartenschlauch Wasser in ein Glas.

Als Emily das sah, begriff sie auch den Aufbau der Kommoden. Links von Leonie lagen die wichtigsten Toilettenartikel: Von der Waschschüssel zur Zahnbürste bis zu Handtüchern stapelte sich dort alles Mögliche. Daneben war der Bereich fürs Frühstück samt brummendem Kühlschrank, Müslischüsseln und Kaffeevollautomat. Rechts war vermutlich die Snackarea mit Wassergläsern und Schokoriegeln, die sich direkt an den Hi-Fi-Bereich anschloss. Hier lagen der Laptop mit verschiedensten Kopfhörern, ein Handy, ein E-Book-Reader und Zeitschriften.

Leonie nickte zufrieden. »Ich hab alles im Griff. Du kannst also wieder gehen.«

»Leonie. Das kann doch nicht dein Ernst sein. Wie lange willst du das denn durchziehen?«

»Einen Monat. Wenn es schlecht läuft, vielleicht zwei.«

»Zwei Mo… Du bist ja verrückt.«

»Nicht verrückt, nur zu allem entschlossen. Mehrere Wochen im Krankenhaus zu verbringen ist keine Option für mich. Da organisiere ich lieber mein Leben ein wenig um und bleibe die Zeit in meinem eigenen Bett. Ich habe alles geplant. Morgens kommt der Brötchenlieferant und bringt mir belegte Brote für Frühstück und Mittagessen. Wenn ich sonst noch was brauche, besorgt er mir das auch. Am Abend bestelle ich bei dem Restaurant meines Vertrauens. Gegen einen kleinen Aufpreis kocht der Koch für mich besonders gesund und abwechslungsreich. Auch die bringen mir das Essen direkt ans Bett. Das Einzige, das ich dafür tun musste, war, den Schlüsseldienst zu rufen, der mir zusätzliche Schlüssel für die Lieferanten hat anfertigen lassen. Du siehst also: Du musst dir keine Sorgen machen. Es ist alles paletti.«

»Alles paletti? Du haust mutterseelenallein in deinem Bett. Das ist … Mir fehlen die Worte.«

»Jetzt reg dich nicht auf. Mir geht es gut und Mia auch. Das ist doch das Wichtigste.«

»Was haben die Ärzte denn gesagt?«

»Dass ich liegen soll.«

»Ja, ich weiß. Aber wie ernst ist es? Musst du Medikamente nehmen? Brauchst du spezielle Behandlungen? Hast du …«

»Atme mal tief durch, Emily. Irgendwie finde ich es ja ganz süß, dass du plötzlich in meinem Schlafzimmer auftauchst, aber ein wenig schräg ist das schon. Müsstest du nicht um mich einen großen Bogen machen? Mich verfluchen? Rachepläne schmieden?«

»So was würde ich nie tun. Wenn eine Frau in Not meine Hilfe braucht, werde ich sie ihr nicht verweigern.«

»Selbst wenn diese Frau nicht länger in Not ist und es gerne hätte, wenn du ihr die vermeintliche Hilfe verweigerst?«

Emily kniff die Augen zusammen und wählte ihre nächsten Worte mit Bedacht. »Du trägst die Halbschwester meines ungeborenen Kindes unter deinem Herzen. Das verbindet uns, ob du das nun willst oder nicht.«

»Ich sehe das anders.«

»Ist mir aber egal.«

»Mir aber nicht.«

»Mir aber trotzdem egal.«

Die beiden maßen sich mit Blicken, und zu Emilys Überraschung war es Leonie, die zuerst wegsah. Sie drehte sich mit einem tiefen Seufzen auf den Rücken und starrte die schneeweiß gestrichene Decke an.

»Ich hab jetzt keinen Nerv, mich mit dir zu streiten. Die Situation ist auch so schon seltsam genug. Könntest du jetzt endlich gehen?«

»Nein.«

In dieser Sekunde formte sich in Emilys Kopf ein Plan. So verrückt und völlig irrsinnig, dass er tatsächlich Sinn ergab. Oder doch nicht?

Sie verstand selbst nicht, wieso sie hier war. Warum sie sich

Leonie aufdrängte, obwohl die das gar nicht wollte. Und schon gar nicht konnte sie begreifen, was sie gleich im Begriff war vorzuschlagen.

Aber verflixt noch eins. Sie wusste ganz genau, dass Leonies und ihr Leben für immer miteinander verwoben waren. Vermutlich wäre es einfacher gewesen, wenn Emily einfach wieder gegangen wäre und Leonie ihrem Schicksal überlassen hätte. Vielleicht hätten sie es geschafft, sich für den Rest ihrer Leben irgendwie aus dem Weg zu gehen. Doch das war für Emily keine Option.

Emily liebte ihre Brüder. Sie trieben sie zwar regelmäßig in den Wahnsinn, aber sie waren gerade nach dem Tod ihrer Eltern ihr Fels in der Brandung gewesen. Sie würden sie ihr ganzes Leben begleiten. So war das eben mit Geschwistern. Selbst wenn man sich auf den Geist ging: Da war immer dieses feste Band, das niemand zerschneiden konnte.

Sie war es ihrem ungeborenen Kind schuldig, für seine Schwester zu kämpfen. Selbst wenn sie damit ihr Leben komplett auf den Kopf stellen würde.

LEONIE

»Nein«, sagte Emily und starrte Leonie so seltsam an, dass es ihr unheimlich wurde. War sie verrückt geworden?

Leonie wünschte sich einerseits nichts sehnlicher, als dass Emily einfach ging und sie in ihrem Elend allein ließ. Andererseits war sie auch die erste Person, mit der sie seit einer Woche richtig sprechen konnte. Die Essenslieferanten brachten kaum ein Wort hervor und fühlten sich in der Umgebung nicht wohl. Die Pflegerin vom Amt befand sich im Dauerstress und hatte keine Zeit, und die Reinigungskraft war noch wortkarger als Leonies zukünftiger Stiefvater.

Trotzdem musste Emily gehen. So schnell es ging.

»Ich möchte weder deine Hilfe noch dein Mitleid. Also geh jetzt bitte«, sagte sie daher mit möglichst fester Stimme.

Da verschränkte Emily doch tatsächlich die Arme vor der Brust und schüttelte trotzig den Kopf. »Nein. Erst überlegen wir uns eine Alternative.«

»Ich überlege mir schon seit Tagen Alternativen. Das hier IST die Alternative. Ich komme klar, also geh.« Diesmal ließ sie absichtlich das Wort ›Bitte‹ weg.

»Ich habe aber einen besseren Vorschlag.«

»Ach, ja? Und der wäre?«

Emily zögerte. So lange, dass Leonie ganz nervös wurde.

»Jetzt spuck schon aus.«

»Mein Plan wird dir nicht gefallen.«

»Dann vergiss ihn gleich wieder.«

»Aber er wird dir den Arsch retten.«

»Jetzt bin ich doch neugierig.«

Emily holte tief Luft. »Ich schmeiße Peter aus dem Haus, und du ziehst bei mir ein«, ließ sie die Bombe platzen und setzte hastig hinterher: »Ich bin ohnehin die meiste Zeit allein. Da kann ich mich auch um dich kümmern.«

Jetzt ist sie komplett irre geworden, dachte Leonie. Das mit Peter musste den letzten Rest gesunden Menschenverstand in ihrem Hirn pulverisiert haben. »Das ist das Dümmste, das ich je gehört habe.«

»Nein. Es ist die beste Alternative für dich und dein Baby.«

»Ach, ja? Wo ist der Haken?«

»Es gibt keinen Haken. Ich will dir einfach nur helfen.«

»Niemand will einem anderen ›einfach nur helfen‹. Es gibt immer einen Haken. Der hier muss eine ganze Harpune sein. Ich ziehe auf keinen Fall bei dir ein. Wie kommst du nur auf solche Ideen?«

»Wir sitzen in demselben Boot, und das geht gerade unter. Wir sind beide einsam, schwanger und wurden von dem Kindsvater betrogen. Für unsere ungeborenen Kinder müssen wir tapfer sein. Deine Situation ist dramatisch, Leonie. Du brauchst Hilfe. Also nimm sie an, selbst wenn sie von mir kommt.«

»Bist du Mutter Teresa, oder was?«

»Ich bin nur Emily, die dir einen Rettungsring hinwirft. Also greif danach.«

»Nein. Vergiss es. Auf keinen Fall. Und jetzt geh gefälligst.«

Leonie hatte mit abermaligem Protest gerechnet, doch der blieb aus. Emily wirkte mit einem Mal vollkommen erschöpft. Als könne sie keine Sekunde länger mehr kämpfen.

»Ich kann dich nicht zu deinem Glück zwingen«, sagte sie leise.

»Glück? Glaub mir: Ich verhindere hier den größten Fehler deines Lebens. Wobei … der war vermutlich, Peter zu heiraten. Ja, schon gut. Das war gemein, aber du musst zugeben, dass dein Vorschlag schon reichlich skurril ist. Ich bin deine Nebenbuhlerin. Die Frau, mit der dich dein Mann betrogen hat.«

»Du wusstest aber nichts davon, genau wie ich. Das meine ich damit, wenn ich sage, dass wir in demselben Boot sitzen.«

»Dann lass uns jede für sich untergehen. Vielleicht schafft es ja zumindest eine von uns ans rettende Ufer. Glaub mir. Bei uns gilt nicht das Motto: Gemeinsam sind wir stark, sondern: Zusammen saufen wir ab. Also tu uns beiden den Gefallen und geh. Und bei aller Liebe: Vergiss diese absolute Schnapsidee.«

Leonie sah genau, dass Emily aufgab. Mit trauriger Miene nickte sie. Bevor sie jedoch ging, zog sie sich einen der vielen Notizblöcke auf Leonies Ablagefläche heran und schrieb ihre Handynummer plus Adresse darauf. »Du kannst mich jederzeit erreichen. Ruf an, wenn du Hilfe brauchst.«

Niemals, dachte Leonie, wollte jedoch nicht wieder Öl ins Feuer gießen. Daher nickte sie lediglich und wartete darauf, dass die Haustür hinter Emily ins Schloss fiel. Erst dann ließ sie es zu, durchzuatmen.

Sie sollte bei Emily einziehen? Bestimmt nicht. Obwohl sie zugeben musste, dass ihr die Zeit allein in ihrer Wohnung mehr zusetzte als erwartet. Dabei hatte sie gedacht, sie hätte alles ganz gut im Griff. Aber war das wirklich so? Wie sollte sie noch wochenlang auf diese Weise überleben, ohne verrückt zu werden? Die Einsamkeit fraß sie bereits auf. Sie war abgeschnitten von ihrem alten Leben, und das neue machte ihr eine Heidenangst.

Ihr Handy vibrierte und klapperte dabei laut über die Kommode. Weil Peter jede Stunde anrief, hatte sie es auf stumm geschaltet. Ihn zu blockieren, brachte sie nicht über sich. Es war tröstlich, dass sich zumindest ein Mensch auf dieser Welt Sorgen um sie machte. Wobei … Das stimmte nicht so ganz. Es waren zwei. Ausgerechnet Emily hatte sich in der fixen Idee festgebissen, Leonie helfen zu wollen.

Peter war auch schon mindestens zehnmal hier gewesen und hatte gegen die Tür gehämmert. Anders als Emily hatte er bislang aber kein Glück gehabt. Was für ein unfassbarer Zufall, dass Peters Frau ausgerechnet mit dem Lieferjungen in die Wohnung gekommen war. Hoffentlich fand Peter diesen Trick niemals heraus.

Die nächsten Stunden bedauerte sie sich selbst, versuchte sich abzulenken und bemühte sich um eine positivere Einstellung. Sie arbeitete ein bisschen, schlief darüber ein, wurde vom Mittagslieferanten geweckt und döste danach weiter. So verging der Tag, genau wie der darauffolgende. Nächte und Tage verschwammen ineinander.

»Leonie, mach auf. Sonst breche ich das Schloss auf.« Peter. Er hämmerte gegen die Tür. Er hatte es offenbar bis in den Hausflur geschafft und stand jetzt vor ihrer Wohnung. »Leonie! Ich weiß, dass du da bist. Ich habe deine Nachbarin getroffen, und die sagt, du würdest seit Tagen die Wohnung nicht verlassen. Bei der Arbeit hast du dich krank gemeldet. Sagt zumindest die Personalabteilung. Was ist los? Sprich mit mir. Komm schon, Leonie! Lass uns reden!«

Leonie zog sich die Bettdecke bis zur Nase und starrte durch die offene Schlafzimmertür zur Haustür. Zehn Meter trennten sie von Peter. Zehn Meter, die schrecklich wehtaten.

Es gab in ihrem Leben nur eine Person, von der sie Hilfe anstandslos angenommen hatte. Das war genau dieser Mann, der jetzt vor ihrer Tür stand. Doch die Zeiten hatten sich geändert. Sie musste stark sein.

»Verschwinde«, brüllte sie los und erschreckte sich damit selbst. Ihre Stimme bebte vor Wut und Frust. »Ich will dich nie wieder sehen. Wag es ja nicht, meiner Tür was zuleide zu tun, sonst rufe ich die Polizei. Du hast hier nichts mehr zu suchen. Hörst du? Nichts mehr.«

»Mia ist auch meine Tochter. Du kannst mich nicht aus deinem Leben verbannen.«

»Ach ja? Und ob ich das kann. Ich werde dir das Leben zur Hölle machen, wenn du mich nicht in Ruhe lässt. Mia und ich kommen sehr gut ohne dich klar.«

Das nun folgende Seufzen von Peter war so laut, dass sie es sogar bis zu ihrem Bett hörte. »Bitte, Leonie. Sei doch nicht so.«

Das reichte. Leonie hielt nichts mehr in ihrem Bett. Sie stürmte durch das Zimmer, ignorierte den sofort einsetzenden Schwindel, schnappte sich ein noch nie benutztes Hackebeil aus der Küche und riss die Wohnungstür auf. Mit erhobener Waffe stand sie da – im Nachthemd, mit zerzausten Haaren, ungeschminkt und barfuß. Doch das war ihr egal.

»Verschwinde«, wiederholte sie, am ganzen Körper bebend. »Und komm niemals wieder. Sonst vergesse ich mich endgültig, und ein Unglück passiert.«

Peter wich vor ihr zurück und starrte sie entsetzt an. Das lag vermutlich zum einen am Hackebeil in ihren Händen und zum anderen an ihrem Aussehen. Wobei ... Er sah auch nicht wie er selbst aus. Seine Frisur war platt und zusammengefallen, was sie so an ihm noch nie gesehen hatte. Er roch auch anders. Muffiger als sonst. Und sein Hemd saß schlechter, obwohl sie es schon tausendmal an ihm gesehen hatte. Als sei es verzogen. Lag das an Peters leicht veränderter Haltung? Er hielt sich nicht wie sonst kerzengerade, sondern leicht geduckt. Als erwarte er Schläge.

Sein Blick war jedoch genauso wach wie immer. »Bist du krank?«, fragte er alarmiert. »Ist was mit Mia passiert?«

»Natürlich sind wir krank. Krank vor Kummer. Du hast uns einen beinahe tödlichen Schlag unter die Gürtellinie versetzt. Das müssen wir erst einmal verdauen, doch dazu brauchen wir dich nicht. Wir brauchen dich nie wieder. Also verschwinde und lass uns in Ruhe. Wir gehen dich nichts mehr an.« Mit diesen Worten schmetterte sie die Tür direkt vor seiner Nase zu. Der Knall bebte durchs ganze Treppenhaus.

Leonie hörte, wie Peter sich vor der Tür bewegte. Ein leises Geräusch ertönte. Legte er die Hand aufs Holz? Leonie unterdrückte mit Mühe den Drang, durch den Türspion zu linsen. Stattdessen lauschte sie mit angehaltenem Atem. Endlich erklang der ersehnte Laut. Peter ging die Treppe hinunter.

Langsam und schleppend. Wie ein alter Mann. Wie jemand, der vernichtend geschlagen worden war und aufgeben musste.

Erst als sich Leonie sicher war, dass er das Haus verlassen hatte, rührte sie sich wieder. Sie ließ sich an Ort und Stelle auf den Boden sinken und weinte. Sie weinte wie noch nie in ihrem Leben. Mia reagierte darauf, indem sie fest gegen ihren Bauch trat, strampelte und vermutlich Pirouetten drehte. Das brachte Leonie zur Besinnung.

Sie war aufgestanden. War sogar gerannt. Sie hatte ein Beil geschwungen und sich fürchterlich aufgeregt. Sie hatte Mia in Gefahr gebracht.

Noch immer weinend rappelte sie sich auf und schlich zu ihrem Bett zurück. Dabei horchte sie ängstlich in sich hinein. Hatte sie ihrem Kind geschadet? War sie selbst schuld an einer möglichen Katastrophe? Würde sie sich das jemals verzeihen können?

Sie hielt inne.

Nein! Sie war nie eine der Frauen gewesen, die in Selbstmitleid badeten. Ihr Blick fiel auf die vielen vollgeheulten Taschentücher. Auf das zerwühlte Bett, das von unruhigen Albträumen erzählte. Auf das Schminktäschchen, das sie seit Tagen nicht angerührt hatte.

Leonie drehte durch. Sie wurde zu einem Etwas, das sie nicht leiden konnte. Sie … Sie brauchte Hilfe.

Mit zitternden Fingern nahm sie ihr Handy und wählte eine Nummer, die sie selbst überraschte. Noch verrückter war das, was anschließend aus ihrem Mund kam.

»Emily? Kannst du mich holen kommen? Ich glaube, ich werde wahnsinnig. Ich glaube, ich … Peter war da. Ich hab ihn angebrüllt. Ich bin aufgestanden. Ich …«

»Ich bin unterwegs.«

Im Märchenschloss bei Emily

EMILY

Endlich hatte sie Peters Koffer gefunden. Sie zog die zwei größten hervor, schmiss seine Kleider, Toilettenartikel und Krimskrams hinein, zerrte sie vor die Tür und pappte ein riesiges Schild daran. *Ab sofort Peter-freie Zone für die nächsten Wochen* stand darauf.

Das war die Lösung. Solange Emily ihm nicht verzeihen konnte, musste er ihr aus dem Weg gehen. Das war er ihr zumindest schuldig. Sie wollte außerdem Leonie kennenlernen und verstehen, was Peter an ihr gefunden hatte. Was hatte sie, was er bei Emily vermisste? Warum war er mit Leonie fremdgegangen? Was machte diese Beziehung aus?

Wenn Emily Antworten auf diese Fragen fand, konnte sie vielleicht ihre Ehe retten. Dass sie das wollte, da war sie sich mittlerweile sicher. Ohne Peter war sie aufgeschmissen. Ohne Peter brach ihr Lebensplan zusammen.

Sie hatte sich so sehr darauf gefreut, sich ganz auf ihr Kind konzentrieren zu können. Hausfrau, Mutter und Ehefrau zu sein. Dabei wollte sie nebenbei ihre Selbstständigkeit vorantreiben und sich als Bloggerin ausprobieren. Solch eine Gelegenheit kam womöglich niemals wieder. Ohne Ehemann würde sie sich allerdings relativ zügig einen geregelten Job suchen müssen. Sie würde zwischen die Mühlen der Arbeitswelt und der Kinderbetreuung und womöglich sogar in einen Sorgerechtsstreit geraten. Allein der Gedanke daran blockierte sie. Das Klügste wäre, sich einfach mit Peter zusammenzuraufen, damit nicht alles zusammenbrach. Um das zu erreichen, musste sie ihn allerdings zunächst aus ihrem Leben verbannen und Leonie kennenlernen. Sie brauchte Klarheit. Sonst wurde sie noch verrückt.

Nach einer kurzen Denkpause nagelte sie mit ihrem kleinen Glitzerhammer zwei Holzbretter an Wand und Tür. Dass sie sowohl Wand als auch Tür beschädigte, war ihr dabei vollkommen egal. An beide Bretter kam jeweils eine Öse, durch die sie ein gewaltiges Vorhängeschloss zog. Das sah wild aus und hielt vermutlich keinem ernsthaften Eindringungsversuch stand, war aber symbolisch äußerst wirksam. Peter hatte hier nichts mehr zu suchen. Zur Sicherheit zog sie noch zwei Absperrbänder quer über die Haustür.

Für all das hatte sie nicht mehr als sieben Minuten gebraucht. Wenn sie einmal in Fahrt war, kam sie einer Naturgewalt gleich. Nun setzte Emily sich gerade ins Auto, als sie Peter die Straße entlangfahren sah. Entschlossen gab sie Gas, hielt mit quietschenden Reifen neben ihm an und brüllte ihm durchs offene Fenster zu: »Geh ins Hotel. Wir reden in drei Wochen. Bis dahin hast du hier nichts mehr verloren, du Schuft.«

Anschließend trat sie das Gaspedal komplett durch und fuhr schlingernd und mit quietschenden Reifen weiter. Dabei sang sie laut »Highway to hell« und stimmte danach »Ich find dich Scheiße, so richtig scheiße« an. Ihr war klar, dass sie hysterisch reagierte, aber zum ersten Mal seit Tagen fühlte sie sich nicht mehr scheintot. Sie hatte eine Aufgabe zu erledigen. Und was für eine.

Entschlossen umklammerte sie das Lenkrad fester. Das war der Moment, in dem ihr Telefon erneut klingelte.

»Lass mich in Ruhe, Peter«, brüllte sie, kaum dass sie das Gespräch über die Lautsprecheranlage angenommen hatte.

Eine kurze Pause folgte, dann sagte jemand vorsichtig: »Äh, hier ist Torsten Flocke. Ich schätze, mein Anruf kommt gerade etwas ungelegen?«

»Oh, Torsten. Du bist es.« Vor lauter Aufregung vergaß Emily glatt, den von ihr sonst so sorgsam gehüteten Abstand zu wahren. »Ich bin gerade im Auto und muss dringend etwas erledigen, aber telefonieren sollte gehen.«

»Okay …« Torsten klang nicht überzeugt. Er schien zu lauschen, denn einen Moment war es still in der Leitung. »Waren das quietschende Reifen? Etwa DEINE quietschenden Reifen?«

»Ignorier einfach das Quietschen und erzähl mir … hey! Nicht einschlafen, du Schnecke.« Emily drückte auf die Hupe, um das vor ihr fahrende Auto zum Beschleunigen zu animieren. Vermutlich Touristen. Normalerweise hatte sie stets Verständnis für Leute, die die Umgebung genießen wollten, doch momentan war Eile geboten. Sie hatte eine Mission zu erfüllen.

»Ich glaube, ich rufe später noch mal an.«

»Das wird dir nichts bringen. Ich werde in nächster Zeit sehr beschäftigt sein. Also? Was ist los?«

»Ich habe mir deine Posts über die Schwangerschaft mal genauer angesehen. Die haben Potenzial.«

»Aber?«

»Meine recht oberflächliche Marktanalyse hat mir gezeigt, dass das Segment extrem heiß umkämpft ist. Du bräuchtest … Hilfe. Emily, fahr langsamer! Was immer du da tust, es klingt schlimm, dem Hupen und Motorgeheul nach zu beurteilen.«

Tatsächlich bretterte Emily gerade durch die Innenstadt. Dabei ignorierte sie sämtliche Geschwindigkeitsbeschränkungen und wurde selbst dann nicht langsamer, als sie an einer am Rand parkenden Polizeistreife vorüberbrauste.

»Mist«, fluchte sie.

»Was?«

Nur Sekunden später hörten sie beide Sirenen aufheulen. »Bitte fahren Sie rechts ran«, quakte eine Männerstimme durch ein Megafon.

»Polizeistreife«, erklärte Emily überflüssigerweise. »Ich muss mal kurz halten. Bleib in der Leitung, während ich das regele.« Sie bremste ab und ließ ergeben das Fenster herunter, als ein finster dreinschauender Polizist neben ihre Autotür trat.

»Sie wissen, warum wir Sie angehalten haben?«

»Ich bin zu schnell gefahren, aber das ist ein Notfall.«

»Das hören wir ständig. Was war denn so dringend, dass Sie andere Verkehrsteilnehmer in Gefahr bringen mussten?«

Da sprudelte es einfach aus Emily heraus. Ihrer Familie, ihren Freunden, selbst ihrem Goldfisch hatte sie nichts von dem Drama in ihrem Leben berichten können. Doch dieser Polizist sah so vertrauenerweckend und würdevoll aus, dass sie es ihm einfach erzählen musste. Sie weinte dabei auch nur ein wenig und fasste die Ereignisse sogar in beinahe logischer Reihenfolge zusammen. »Jedenfalls muss ich Leonie jetzt abholen, damit sie keine Frühgeburt erleidet«, sagte sie am Ende völlig erschöpft.

Der Polizist starrte sie einen Moment einfach nur an, dann schüttelte er langsam den Kopf. »Wenn das eine Ausrede war, dann die wirrste und längste, die ich je gehört habe.«

»Das war alles wahr.«

Der Mann musterte sie so eingehend, dass sich Emily regelrecht durchleuchtet fühlte. Sein Blick wanderte zu ihrem rundlichen Bauch und wieder zurück in ihr Gesicht. »Fahren

Sie vorsichtiger. Sie tragen doppelte Verantwortung. Ich belasse es bei einer Verwarnung. Peter heißt Ihr Mann? Peter Neurad?«

Emily nickte und sah irritiert, wie sich die Miene des Polizisten verfinsterte. »Ich werde mir diesen Namen merken«, brummte er. »Sie können weiterfahren, aber langsam. Klar?«

»Klar.« Emily ließ hastig das Fenster hoch und fädelte sich mit Schwung in den fließenden Verkehr ein, kaum dass der Polizist zu seinem Wagen zurückgekehrt war. Erst dann erinnerte sie sich daran, dass sie sittsam fahren musste, und reduzierte die Geschwindigkeit. Ihr Herz schlug viel zu schnell. Trotzdem fühlte sie sich wie eine Heldin, die einer drohenden Gefahr entkommen war.

»Mensch, Emily. Warum sagst du nicht gleich, dass bei dir die Bude brennt«, ertönte es da aus ihren Lautsprechern. »Das mit dem neuen Blog kann echt warten.«

Vor Schreck quiekte sie laut auf und machte einen gefährlichen Schlenker Richtung Gegenfahrbahn. *Verdammt.* Dass Torsten noch in der Leitung war, hatte sie komplett vergessen.

»Mein Leben ist grad etwas konfus«, brachte sie schließlich hervor.

»Das glaub ich dir. Kann ich etwas für dich tun?«

Emily überlegte. Du könntest mich in den Arm nehmen und niemals wieder loslassen, dachte sie in einem Anflug von Panik darüber, zu vereinsamen. Gleichzeitig schüttelte sie den Kopf, um den Gedanken loszuwerden. »Ich muss da alleine durch, fürchte ich.«

»Okay, aber … na ja …«

»Was?«

»Also deine Geschichte … Das wäre definitiv ein Alleinstellungsmerkmal. Wenn du die bisherigen Posts ein bisschen aufmöbelst, sie persönlicher gestaltest und dabei deine mehr als ungewöhnliche Lebenssituation darlegst, dann könnte dein Blog durch die Decke gehen. Erfahrung hast du ja genug in dem Bereich.«

Emily runzelte die Stirn und dachte über Torstens Vorschlag nach. Dadurch wäre sie beinahe an Leonies Haus vorbeigefahren und stoppte mit quietschenden Reifen. Ein Hupkonzert ertönte hinter ihr, das sie geflissentlich ignorierte.

»Das muss ich mir erst überlegen«, sagte sie nach gut einer Minute, in der sie einfach nur mitten auf der Straße gestanden und vor sich hin gestarrt hatte.

»Das verstehe ich. Mach das. Lass dir Zeit. Und Emily?«

»Ja?«

»Ruf an. Wann immer du jemanden brauchst, um ein Kinderbett zusammenzuzimmern, einen Computervirus zu verbannen oder du einfach nur Redebedarf hast. Meine Nummer hast du.«

»Du bist mein IT-Spezialist, nicht mein Psychiater«, wandte Emily ein.

Torsten lachte. »Ist das nicht beinahe das Gleiche?«

»Stimmt auch wieder.« Emily zögerte. Dann sprach sie es doch aus: »Danke für das Angebot, Torsten. Du glaubst gar nicht, wie viel mir das bedeutet.«

»Dann scheu dich nicht, es auch zu nutzen. Im Ernst. Ruf an.«

»Okay.«

Mit einem warmen Gefühl im Magen verabschiedete sich Emily von Torsten, parkte das Auto halbwegs ordentlich in eine viel zu enge Parklücke und klingelte danach Sturm bei Leonie. Nur wenig später ertönte der Summer, und sie eilte die Treppen hinauf. Oben angekommen, musste sie sich erst einmal auf die oberste Stufe setzen und ihren Puls herunterfahren. Mit Babybauch die Stockwerke hochzuhetzen war dann doch zu viel gewesen. In der Zwischenzeit ging die Wohnungstür auf.

»Bist du geflogen?«, fragte Leonie irritiert.

»Nein, aber zu schnell gefahren. Die Polizei hat zum Glück noch mal ein Auge zugedrückt.« Stöhnend stand Emily auf und rieb ihren Bauch. Sie war mittlerweile in der sechsundzwanzigsten Schwangerschaftswoche. Bis zur vierzigsten war es noch lang, und sie fühlte sich jetzt schon wie ein Wal. »Können wir?«

»Ich habe nichts gepackt und sollte mich auch wieder hinlegen.«

»Logisch. Nicht aufstehen. Ich verstehe. Keine Sorge. Ich bin Weltmeisterin im Packen.« Sie folgte Leonie in die Wohnung, dirigierte sie auf die Couch und holte danach Taschen und Koffer. Dabei ignorierte sie das stetige Brummen in ihrer Hosentasche. Peter rief nun schon zum dritten Mal an.

Wie sich herausstellte, war Leonie als vielfach verreisende Geschäftsfrau sehr gut sortiert. Ihre Toilettenartikel hatte sie ohnehin bereits an ihrem Bett versammelt, genau wie ihr technisches Rüstzeug. Emily brauchte die Sachen eigentlich nur in eine Tasche zu schieben. Auch mit der Bekleidung waren sie schnell durch. Leonie benötigte nur die bequemsten Umstandskleider. Die waren schnell eingepackt.

»Soll ich noch deine Blumen gießen?«, fragte Emily nach nur zehn Minuten Kofferpacken.

»Welche Blumen? Die sind alle künstlich. Ich lasse die Dinger immer qualvoll verenden. Daher hab ich keine echten.«

Kurz fragte sich Emily, wie man ohne Blumen im Leben glücklich sein konnte. Für sie waren Zimmerpflanzen ein Muss. Ohne konnte sie kaum atmen und fühlte sich unwohl. Emily hütete sich jedoch, das laut auszusprechen.

»Dann mal los«, sagte sie zu Leonie. »Nur noch ein paar Minuten trennen dich von deinem Wellnessurlaub.«

»Sag das nicht so komisch. Das macht mir Angst.«

Emily grinste breit, schleppte Tasche und Koffer die Treppen hinunter und wartete dann auf Leonie, die wenig später wie eine alte Frau aus dem Haus trat. Sie sah schrecklich mitgenommen aus. Die sonst so streng frisierten Haare waren strubbelig, der Jogger musste uralt sein und war viel zu groß, von den tiefen Ringen unter den Augen mal ganz abgesehen. Es war amtlich. Leonie brauchte Hilfe.

Emily unterdrückte rasch das aufsteigende Triumphgefühl. Sie wusste, dass sie einen gefährlichen Hang zum Beglucken hatte. Jona nannte dieses Phänomen das Mutter-Teresa-Gen.

Leonie setzte sich langsam ins Auto und schnallte sich an. »Ich glaube, ich habe jetzt alles geregelt. Die Brötchen hab ich abbestellt, der Ersatzschlüssel liegt bei meiner Nachbarin, um Pflanzen muss sich niemand kümmern, und Tiere habe ich auch nicht.« Sie warf Emily einen warnenden Blick zu. »Lass mich meinen Entschluss bitte nicht bereuen.«

»Auf keinen Fall. Ich werde mich gut um dich und Mia kümmern. Glaub mir. Gemeinsam werden wir viel Spaß haben.« Das ›Hoffentlich‹, das ihr auf der Zunge lag, sprach sie lieber nicht laut aus. Auch sie hatte ihre Zweifel an ihrem Arrangement, doch für einen Rückzieher war es nun zu spät.

LEONIE

Emilys Haus entpuppte sich als kleines, aber sehr charmantes Strandhaus in wunderschöner Lage. Es war eine der Villen direkt am Meer von Heiligenhafen, um die sich jeder riss. Der Strand gehörte quasi zum Vorgarten. Auch Leonie hatte von solch einem Heim geträumt, sich dann aber doch für ihre moderne Penthouse-Wohnung entschieden. So eine Umgebung passte einfach besser zu ihr.

Hastig verdrängte sie den Gedanken, dass auch Peter in diesem Haus wohnte. Er hatte ihre luftige Suite immer bewundert und ihren Einrichtungsstil gelobt. Zu sich eingeladen hatte er sie nie. Kein Wunder. Sie wäre sofort misstrauisch geworden, wenn sie dieses Haus am Meer gesehen hätte. Es schrie geradezu nach Familie.

Emily parkte ihr Auto im Carport und war schon draußen, bevor Leonie den Blick vom Haus wenden konnte. Die andere Frau hüpfte wie ein junges Reh um den Wagen herum und hielt ihr zuvorkommend die Beifahrertür auf. Leonie ignorierte die hilfreich hingestreckte Hand und stieg allein aus. Das fehlte noch, dass man ihr wie eine alte Dame aus dem Auto helfen musste. Sie war nur schwanger, nicht scheintot.

Als sie das Flatterband an der Eingangstür bemerkte, zog sie eine Augenbraue in die Höhe. »Was ist das?«, fragte sie irritiert.

»Das ist die Warnung für Peter gewesen. Er soll sich fernhalten.«

»Du hast ihm aber doch nichts von mir erzählt, oder?«

»Wo denkst du hin? Dazu war erstens keine Zeit, und zweitens wären wir ihn dann nie losgeworden. Was meinst du, wie er reagiert, wenn er von unserem Plan erfährt? Da wäre ein Herzinfarkt vorprogrammiert. Komm. Du musst dich dringend hinlegen und zur Ruhe kommen.«

Deutlich langsamer folgte Leonie Emily Richtung Haus und staunte nicht schlecht, als sie das Vorhängeschloss und die seltsame Konstruktion an Wand und Tür bemerkte.

»Ich hatte noch keine Zeit, die Schlösser auszutauschen. Daher musste ich mir behelfen«, erklärte Emily auf Leonies fragenden Blick hin. Sie schloss erst das Vorhängeschloss und danach die Haustür auf, trat ein und deutete eine Verbeugung an. »Willkommen bei Familie …« Sie unterbrach sich und setzte neu an. »Willkommen in meinem Haus«, sagte sie lahm.

»Du hast Peters Familiennamen angenommen, nicht wahr?«, fragte Leonie bitter.

Emily nickte lediglich. Das Thema Peter und Familie war heikel. Allein dieser kleine Moment zeigte, wie fragil ihr Vorhaben war. Es konnte sie beide schmerzhaft in die Knie zwingen.

Leonie trat trotzdem ein und betete, nicht den Fehler ihres Lebens begangen zu haben. Kaum war sie drin, wollte sie schnell wieder weg. Sie war in einem Shabby-Chic-Albtraum gefangen. In einem Mädchentraum aus weißem Holz, pastelligen Farbtönen, alten Erbstücken aus Omas Zeiten und verschnörkelten Ornamenten. Die Dielen am Boden waren vermutlich auf alt getrimmt, obwohl sie es nicht waren, genau wie die mit Spitze verzierte Chaiselongue und die fluffige Couch im Wohnzimmer. Überall türmten sich verzierte Kissen. An den Stuckdecken hingen ziselierte Kronleuchter. Die Fenster bestanden aus vielen einzelnen kleinen Glasscheiben, und vor dem größten Fenster mit Blick auf den Strand gab es eine gemütliche Sitzbank mit noch mehr Kissen, dazu passenden Decken und … War das Häkelwolle?

Leonie konnte nicht verhindern, dass ihr ein Laut aus purer Fassungslosigkeit, Entsetzen und Abneigung gegen diesen Kitsch entwich. »Was zur Hölle …«, setzte sie an, unterbrach ihre Ausführungen aber noch rechtzeitig, bevor sie ihre Gastgeberin schon vor Beginn ihrer gemeinsamen Reise verprellte.

Emily hielt bereits auf das weiße Plüschmonster zu und deutete darauf. »Leg dich erst mal hin. Ich hole die Koffer und Taschen, danach richte ich dir dein Gästezimmer ein.« Sie verzog das Gesicht. »Ich weiß, dass dein Zuhause das komplette Gegenteil von meinem ist. Ich stehe auf den Landhausstil und verdiene mir damit ein kleines Taschengeld.«

»Wie verdient man denn mit absichtlich verkratzten, zerschrammten Flohmarktmöbeln Geld?«, fragte Leonie entsetzt, setzte sich aber immerhin brav auf die Couch.

»In das Geheimnis weihe ich dich später ein. Möchtest du einen Tee?«

»Wird der mir in einer Tasse mit rosafarbenen Blümchen serviert?«

»Ich hab auch Tassen mit zartblauen Herzchen, wenn dir das lieber ist.«

Emily sagte das so selbstverständlich, dass sich Leonie nicht sicher war, ob sie scherzte. »Ein Wasser wäre nett«, gab sie sich geschlagen, sonst gab Emily vermutlich nie Ruhe.

Ihre neue Gastgeberin nickte vergnügt und wuselte davon. Das gab Leonie die Gelegenheit, sich umzusehen. Im ersten Moment hatte sie der Einrichtungsstil erschlagen, doch jetzt, wo sie alles eingehender betrachtete, musste sie zugeben, dass die Möbel zusammenpassten. Für ihren Geschmack wirkte es zu überladen, aber durchaus hübsch – wenn man denn auf so etwas stand.

Sie versuchte für ein paar Sekunden, sich Peter in dieser Umgebung vorzustellen. Vergebens. Kein Wunder, dass er so viel Zeit im Büro verbringt, dachte sie und schämte sich sofort für diesen fiesen Gedanken. Sie musste offen für Neues sein. Sich auf Emily einlassen. Sonst stand sie auf verlorenem Posten.

Emily riss sie aus ihren Gedanken, indem sie ihr ein angelaufenes Glas und einen abgegriffen wirkenden Krug auf den seltsam rustikal wirkenden Holztisch stellte. Kurz bevor sie wieder verschwand, zündete sie noch die drei Kerzen in dem Messingkerzenständer auf dem Beistelltischchen neben der Couch an und raunte ihr ein »Entspann dich« zu.

»Lass wenigstens die Räucherstäbchen aus«, bat Leonie entkräftet.

Emily lachte, als sei das ein Witz gewesen, was keineswegs der Fall gewesen war. Schon war sie aus der Haustür gehüpft.

Ich muss für Nicole ein Foto machen, dachte Leonie. Das glaubt die mir sonst nie. Verkrampft trank sie einen Schluck Wasser aus dem ziselierten Glas und musste zugeben, dass sie sich tatsächlich entspannte. Der Kerzenschein wirkte beruhigend auf sie, genau wie die kleinen Lichterketten, die gegenüber vom durchaus hübsch gekachelten Kamin aufgehängt waren. Das Prunkstück des Raums war ein auf alt getrimmter Buffetschrank in Antikweiß mit kleinen Schubfächern. Er war das einzige Möbelstück an der seitlichen Wand, sodass er gut zur Geltung kam.

»Scheiße«, murmelte Leonie. »Wo bin ich bloß gelandet?«

Einzig der Bereich ganz rechts hatte eine andere Ausstrahlung. Hier stand ein schlichter, natürlich ebenfalls auf alt gemachter Schreibtisch ganz ohne Dekoration. Darauf lag ein schlichter weißer Laptop. Er schrie geradezu nach Emily. Dahinter schloss sich eine gewaltige Bücherwand an, in der die Bücher farblich aufeinander abgestimmt auf ihre Leser warteten.

Emily polterte wieder in den Raum und verschwand nur Sekunden später hinter einer angrenzenden Tür. Sie ließ sie offen stehen, sodass Leonie den Hals recken und hineinsehen konnte. Das Gästezimmer. Viel erkannte sie nicht. Sie konnte nur hoffen, dass es etwas weniger dekoriert war.

Emily rumorte dort eine ganze Weile herum, bevor sie wieder zurückkam, sich in der Küche ein Glas holte und zu Leonie setzte. Die wusste zum ersten Mal in ihrem Leben nicht so recht, wie sie ein Gespräch beginnen sollte. Normalerweise war sie diejenige, die den Takt angab und die Themen lenkte. Es war ungewohnt, die Rolle abgeben zu müssen. Sie war in Emilys Refugium – als Notfall, den es zu umsorgen galt.

»Ich muss nicht wie eine räudige, fast totgefahrene Katze aufgepäppelt werden«, stellte Leonie schließlich klar.

»Kein Grund, gleich in den Angriffsmodus zu gehen.«

»Das tue ich nicht. Es war mir nur ein Anliegen, meine …« Leonie unterbrach sich. Ja, was hatte sie denn eigentlich sagen wollen?

»Deinen Standpunkt zu untermauern? Leonie, entspann dich mal und bleib locker.«

»Das ist schwierig in meiner Lage. Du … Das … Und das da … Na ja …« Hilflos deutete sie erst auf Emily, danach auf den ganzen Raum und wedelte schließlich entkräftet mit den Händen. »Ich weiß gerade echt nicht, was uns geritten hat. Was mache ich hier eigentlich?«

»Du lässt Mia in deinem Bauch wachsen, leistest mir Gesellschaft und liegst in unserer neu gegründeten Schwangeren-WG rum. Mehr verlangt niemand von dir.« Emily stürzte ihr Glas Wasser herunter, sprang auf und kam wenig später mit einer alten Klingel, einem Stapel Bücher und Leonies Laptop zurück. »Ich schlage vor, du akklimatisierst dich zunächst, bevor du in dein Schlafzimmer umziehst. Natürlich kannst du auch gerne auf der Couch liegen bleiben. Das stört mich nicht. Von hier aus kannst du das Meer so schön sehen. Oder soll ich dir den Kamin anmachen? Das wird dich bestimmt entspannen. Ja, genau. Das mache ich. Zur Sicherheit hier noch ein Kissen, eine Decke und was zu schreiben für wichtige Gedanken. Falls du Musik hören möchtest, hab ich hier die Fernbedienung. Mach dir am besten Walgesänge an, vielleicht kommst du dann von deinem Paniklevel runter. Ich zaubere uns derweil was zu essen. Danach sieht die Welt gleich viel hübscher aus.«

Bevor Leonie protestieren konnte, hatte ihr Emily bereits ein mit Blümchen besticktes Kissen hinter den Rücken gestopft, eine kuschelige Wolldecke über sie gebreitet und den Kamin angefacht. Dann war sie schon wieder verschwunden.

Hilfe. Die Frau war ein als laues Lüftchen getarnter Tornado.

Erst nach etwa einer Minute wagte es Leonie, sich langsam in die Kissen sinken zu lassen. Sie gab es nicht gerne zu, aber sie war so behaglich gebettet wie selten zuvor. Als sei sie in eine Wolke aus Plüsch gefallen. Wenn sie nach rechts blickte, konnte sie über den Strand mit den vielen Steinen bis zum Meer blicken. Links von ihr knisterte das Feuer und …

… Wann hatte Emily die verflixten Walgesänge gestartet?

Tief einatmen, beschloss sie. *Lass dich drauf ein. Trink dein Wasser und bleib cool. Es sind nur ein paar Wochen.*

Sie war gerade eingedöst, als Emilys Ruf sie weckte. »Bist du eigentlich gegen etwas allergisch?«

Fast hätte Leonie »Gegen Rüschen, Vintage und Nostalgie« geantwortet, verbiss sich die Bemerkung jedoch in letzter Sekunde. »Ich esse alles außer Tofu«, antwortete sie brav. Bitte, setzte sie lautlos hinzu, lass es nicht vegan sein. Sie zwang sich, den Gedanken fallen zu lassen, und starrte stattdessen das Meer an. Es sah aus dieser Perspektive ganz anders aus als von ihrer Penthouse-Wohnung. Näher. Dramatischer. Spannender.

»Da bin ich wieder.« Emily stellte mit Schwung zwei Teller auf den Couchtisch. Dazu gesellte sich ein weiterer Krug mit einer grünen Flüssigkeit darin.

Erleichtert erkannte Leonie eine Hähnchenbrust auf ihrem Teller. Sie war schon mal nicht bei einer Vegetarierin gelandet. Sie bewunderte solche Menschen zwar, brauchte selbst aber ab und zu Fleisch. Ohne ging nicht, schon gar nicht in der Schwangerschaft.

»Das ist Bio-Hähnchen mit Pastinakenpüree und Gemüse. Dazu gibt es einen grünen Smoothie für unseren Stoffwechsel.« Emily schenkte Leonie bereits von dem komischen Gebräu ein und grinste breit. »Feldsalat und Spinat«, klärte sie Leonie auf.

»Klingt furchtbar.«

Emily lachte. »Ehrlich gesagt hab ich den Smoothie nur gemacht, um dein Gesicht zu sehen. Ich trinke dieses Gebräu mit Todesverachtung, wobei die roten Smoothies echt lecker sind.« Sie reichte Leonie Messer und Gabel mit silbernen Verzierungen. »Guten Appetit.«

Den hatte Leonie definitiv. Der Tag war anstrengend und aufregend gewesen. Darüber hatte sie glatt das Essen vergessen. »Ich kann mich nicht erinnern, wann ich mal was mit Pastinake gegessen habe, aber es ist echt lecker«, sagte Leonie nach zwei Bissen überrascht. »Um ehrlich zu sein, weiß ich nicht mal, was Pastinaken sind.«

»Das wird sich bald ändern. Mit Pastinaken und weißen Möhren beginnt die Breizeit für unsere Babys. Da freue ich mich schon aufs Kochen.«

»Wozu gibt es Gläschen?«

Emily sah sie einen Moment schweigend an, dann seufzte sie leise. »Wir zwei werden viel Spaß miteinander haben«, murmelte sie.

Leonie antwortete mit einem leisen Lachen. »Das merkst du erst jetzt? Wir werden uns dermaßen auf den Geist gehen, dass du mich nach drei Wochen freiwillig vor die Tür setzt.«

»Wenn wir uns beide bemühen, wird es schon gehen. Es ist schwierig, sich mit mir zu streiten.«

»Und es ist schwierig, sich NICHT mit mir zu streiten. Zumindest, wenn ich schlecht gelaunt bin. Ich neige in solchen Situationen zu frustrationsbedingten Zornausbrüchen, zickigem Benehmen und fiesen Bemerkungen.«

»Dann ist es ja gut, dass die Latte für meine Wutanfälle sehr, sehr hoch hängt. Lass uns einen Pakt abschließen. Du nervst mich nicht absichtlich, und ich bemühe mich, dich nicht mit meiner Fürsorge zu ersticken. Deal?«

»Deal.«

Der Streit mit Tee

EMILY

Sie wurde vom Bimmeln eines Handyklingeltons wach und linste verwirrt auf die Uhr. Sechs Uhr morgens. Wer rief um diese Uhrzeit an? Sie hörte Stimmen aus Leonies Zimmer. Offenbar telefonierte sie. Sprach sie Englisch?

Verschlafen richtete sich Emily auf und gähnte ausgiebig. Mist. Jetzt, wo sie wach war, musste sie auf die Toilette. Genervt über sich und ihre Blase tappte sie möglichst leise in ihr Bad und verfluchte danach die Toilettenspülung. Jetzt wusste ihr Gast definitiv, dass sie aufgestanden war. Dann konnte sie sich auch ein Glas Wasser in der Küche holen.

Sobald sie die Wohnküche ansteuerte, hörte sie es ganz genau. Leonie sprach definitiv Englisch. Gleichzeitig vernahm Emily wildes Tippen auf einer Tastatur. Abrupt blieb sie stehen und lauschte.

Jetzt konnte sie auch die Antworten von verschiedenen Männerstimmen hören. Emilys Englisch war zwar eingerostet, doch es genügte, um den Sinn zu verstehen.

Augenblicklich vergaß sie ihren Durst, stürmte an der Küche vorüber, durchs Wohnzimmer in Leonies Zimmer. Die saß noch im Bett, hatte allerdings einen Laptop auf dem Schoß und einen weiteren seitlich auf Emilys geliebten Nachttisch aufgestellt. Auf ihrem Kopf saß ein monströses Headset, und sie war perfekt geschminkt. Konzentriert tippte sie auf ihrem Computer herum und schüttelte dabei den Kopf.

»It is essential …«, unterbrach sie den Redeschwall eines Mannes, der offensichtlich per Internet zugeschaltet war.

»Bist du verrückt geworden?«, ging Emily dazwischen.

Leonie zuckte erschrocken zusammen. Sie war so vertieft in ihre Arbeit gewesen, dass sie Emily überhaupt nicht bemerkt hatte. Sie entschuldigte sich hastig bei ihren Gesprächspartnern für die Unterbrechung. »Ich arbeite«, sagte sie dann zu Emily.

»Das sehe ich, und genau das meinte ich auch. Bist du irre? Du musst dich ausruhen.«

»Ich liege doch. Ob ich dabei arbeite oder nicht, ist völlig egal.«

»Ist es nicht.«

»Können wir das bitte später diskutieren? Ich habe eine wichtige Online-Konferenz und keine Zeit für Kinderkram.«

»Kinderkram? Was gibt es momentan Wichtigeres als dein Baby? Überhaupt … Wie kommst du an den Laptop? Ist das eine Kaffeetasse da auf deinem Nachtisch? Bist du … Bist du etwa aufgestanden und rumgelaufen? Wie bist du überhaupt an mein WLAN-Passwort gekommen und …«

»Emily, das ist gerade ein ganz schlechter Zeitpunkt. Dieses Meeting ist enorm wichtig für meine Firma, also geh.«

Tatsächlich ging Emily. Wutschnaubend stapfte sie aus dem Zimmer. *Na, warte. Die kann was erleben.* Sie hörte Leonies erleichtertes Aufseufzen und ihre Entschuldigung, dass ihre Kamera und ihr Mikro kurzzeitig ausgefallen seien. Danach machte sie einfach weiter, als sei nichts geschehen.

Emily hatte keineswegs vor, Leonie einfach machen zu lassen. Sie lebte nun unter ihrem Dach. Damit hatte Emily Verantwortung für sie übernommen, und das beinhaltete insbesondere, Mia vor den unmöglichen Eskapaden ihrer Mutter zu beschützen. Entschlossen hielt Emily auf ihren Arbeitsplatzbereich zu, wo der Router stand. Jemand hatte ihn ein kleines Stückchen verschoben. Leonie war also tatsächlich im Wohnzimmer gewesen und hatte herumgeschnüffelt. Emily verstand auch warum. Das Passwort stand auf dem Router.

»Dir zeig ich's«, murmelte Emily und zog den Stecker, bevor sie das Für und Wider abwägen konnte.

Die Reaktion folgte prompt. »Verdammt. Was ist mit dem Internet?«, fluchte Leonie. »Emily? Emily! Hast du öfter mit Internetproblemen zu kämpfen? Ich bekomme keine Verbindung.«

Emily stöpselte schweigend den Router komplett ab und stapfte zurück zu Leonie. Mit Schwung warf sie den kleinen Kasten mitsamt Verkabelung auf Leonies Bett. »Ab und zu fällt bei mir das Internet aus. Immer dann, wenn nur noch radikale Methoden gegen besondere Blödheit helfen.«

»Das hast du nicht gewagt.« Leonie starrte abwechselnd das Kabelwirrwarr und Emily an.

»Siehst du doch. Mein Haus. Meine Regeln.« Ehe Leonie sich wehren konnte, hatte Emily bereits den Laptop von Leonies Schoß genommen und huschte damit aus dem Zimmer. »Du wirst mir dafür noch dankbar sein«, rief sie ihr zu.

»Du bist ja völlig irre.«

»Nein, aber du. Schlaf gefälligst, schau aufs Meer, mach Yoga, entspann dich, aber arbeiten ist nicht der richtige Weg.«

»Wo ist dabei das Problem? Ich liege ganz brav rum. Ob ich jetzt ein Buch lese oder arbeite, ist doch völlig wurscht.«

Emily stellte den Laptop so hart auf der kleinen Küchentheke ab, dass es unangenehm schepperte. Ups. Hoffentlich war nichts kaputt gegangen. Sie warf ihm einen kritischen Blick zu, konnte aber äußerlich nichts feststellen. Und wenn schon … Gerade hatte sie Dringenderes zu tun. Leonie den Kopf waschen, zum Beispiel. Erzürnt stürmte sie zu ihrem unwilligen Gast zurück. »Entspannung beginnt im Kopf, Leonie. Es geht nicht nur darum, dich körperlich zu beruhigen. Du musst das mit dem ganzen Körper tun.«

»Ach, hör mir doch auf mit dem esoterischen Blödsinn.«

»Das ist kein esoterischer Blödsinn, das ist gesunder Menschenverstand. Mann, Leonie. Du machst das doch nicht für mich oder für dich, sondern für Mia. Natürlich ist es ein Unterschied, ob du dich bei der Arbeit aufreibst und von einem bescheuerten Telefon-Call zum nächsten hetzt oder ob du gelassen ein Buch liest, zwischendurch Tee trinkst und ab und zu mal das Meer anschaust.«

»Ich arbeite gerne.«

»Das streite ich auch gar nicht ab. Trotzdem setzt es dich unter Druck. Warum sonst bist du schon um sechs Uhr morgens wach, perfekt geschminkt und von surrenden Computern umgeben? Das macht niemand freiwillig.«

»Nicht jeder kann Hausfrau sein«, erwiderte Leonie bissig.

»Vergiss es. Auf diese bescheuerte Diskussion lasse ich mich nicht ein. Willst du ernsthaft die ›Ich arbeite hart und du liegst faul auf der Haut herum und lebst vom Geld deines Mannes‹-Karte ziehen? Auf diesem Niveau willst du diskutieren?«

Leonie hatte zumindest den Anstand, rot zu werden. Doch noch gab sie nicht auf. »Dafür, dass deine Zündschnur angeblich so lang ist, ist sie ziemlich kurz«, entgegnete sie giftig. »Und radikale Methoden, um anderen Leuten deinen Willen aufzuzwingen, wendest du auch an. Das Internet abzuschalten war unfair.«

»Um Babys zu beschützen, ist alles erlaubt.«

»Du tust gerade so, als sei ich die Rabenmutter der Nation. Das bin ich nicht. Mia braucht keine Beschützerin und schon mal gar nicht dich.«

»Mia braucht eine Mutter, die sich ausruht, und keine, die auf Gedeih und Verderb Karriere machen will.«

»Mia ist nicht die Einzige, die auf mich zählt.«

»Mia ist aber die Einzige, die wirklich zählt.«

»Schönes Wortspiel. Ich habe eine ganze Menge Mitarbeiter, die auf mich angewiesen sind. Ich kann mich nicht von einem Tag auf den anderen auf einen Esoteriktrip begeben und eine Auszeit nehmen. Meine Firma braucht mich. Ich muss zumindest meine laufenden Geschäfte an meine Vertretung übergeben. Wenn du also so freundlich wärst und diesen blöden Router wieder anschließen könntest?«

Emily rührte keinen Muskel und starrte Leonie in Grund und Boden. »Der Dackelblick zieht bei mir nicht«, sagte sie nach gut einer Minute Blickduell.

»Dafür, dass du angeblich so friedfertig bist, kannst du eine ganz schön harte Nuss sein. Ich dachte, du gehst Streit aus dem Weg?«

»Normalerweise schon, doch du hast Pech, dass ich momentan nicht ich selbst bin. Peters Betrug hat meine Prinzipien vernichtet. Du schredderst sie jetzt endgültig.«

»Ich kann auch wieder gehen.«

»Kannst du nicht. Du musst liegen bleiben. Von daher musst du jetzt mit meinem Zorn klarkommen.«

»Weißt du was? Ich habe dich durchschaut. Du redest nur allen Leuten ein, dass du lieb und nett bist, damit sie selbst daran glauben und dir deine unfassbaren Aktionen durchgehen lassen. In Wirklichkeit hast du es faustdick hinter den Ohren. Tickst du noch ganz sauber? Die Konferenz war wichtig.«

»Nicht wichtiger als eure Gesundheit. Tee?«

Leonie blinzelte ob des abrupten Themenwechsels. »Was? Tee? Jetzt?«

»Ja. Tee beruhigt die Nerven und die Gemüter.«

Emily hätte schwören können, dass Leonie ablehnen würde. Sie maßen sich lange Zeit mit Blicken, doch nach und nach verschwand die Glut in Leonies Augen. Sie atmete tief durch und blickte auf die Uhr. »Die Konferenz ist jetzt eh vorbei«, knurrte sie schlecht gelaunt.

»Dann verpasst du ja auch nichts mehr.«

»Trotzdem war deine Aktion nicht in Ordnung.«

»Hass mich ruhig dafür. Damit kann ich leben. Also? Tee?«

Leonie nickte zu Emilys Überraschung. »Meinetwegen.«

Emily vermutete nach wie vor eine Finte, konnte in Leonies Blick jedoch nichts ablesen. Hatte sie einen kleinen Sieg davongetragen? Das war kaum vorstellbar. Oder etwa doch? Bevor es sich Leonie anders überlegen konnte, verließ Emily das Gästezimmer und eilte in die Küche. Erst als sie Wasser in den Teekessel eingoss, bemerkte sie, wie aufgewühlt sie war. Ihre Hände zitterten sogar.

Seltsamerweise fühlte sie sich dennoch lebendiger und erwachsener als zuvor. Als hätte sie etwas immens Wichtiges erreicht. Sie hatte über Leonie triumphiert.

»Ist klar«, murmelte sie genervt zu sich selbst. »Du hast Leonie Tee aufgenötigt. Was für ein Erfolg.« Dennoch blieb es bei der simplen Tatsache, dass sie sich behauptet hatte. Bei Peter war ihr das in letzter Zeit gar nicht mehr gelungen. Wann immer sie gestritten hatten, war er als Sieger daraus hervorgegangen.

Das musste sich ändern.

Leonies Worte geisterten ungewollt durch Emilys Kopf. *Du redest nur allen Leuten ein, dass du lieb und nett bist, damit sie selbst daran glauben und dir deine unfassbaren Aktionen durchgehen lassen. In Wirklichkeit hast du es faustdick hinter den Ohren.* Emily runzelte die Stirn, während sie darüber nachdachte. Sie hielt sich wirklich für eine überaus nette, friedliche Person. Doch in der letzten Zeit war sie selbst erstaunt über ihr Handeln. Die Nummer mit dem Router war nur eine Sache von vielen gewesen. Veränderte sie sich etwa ungewollt in eine neue Richtung? Und war das jetzt gut oder schlecht?

Sie setzte den Wasserkessel auf den Herd und starrte ihn so lange an, bis sie ein Geräusch hinter sich hörte. Leonie war aufgestanden und tappte barfuß, aber dafür mit schickem Businesshemd und Anzughose zur Wohnzimmercouch.

»Wenn du versuchst, deinen Laptop zurückzuholen: Den hab ich weggeschlossen«, sagte Emily zu ihr.

»Keine Sorge. Für den Moment hast du gewonnen. Ich will mich nur auf die Couch setzen, um mich weniger krank zu fühlen. Ständig im Bett zu liegen macht einen kirre im Kopf.« Leonie stutzte, als sie das Fiepen des Wasserkessels vernahm. »Sag bloß, du benutzt noch einen richtigen Kessel? Wozu gibt es Wasserkocher?«

»So ein Kessel ist viel gemütlicher. Darum geht es bei Tee. Um die Atmosphäre. Nicht ums Durstlöschen.« Emily warf Leonie einen warnenden Blick zu. »Lass dich drauf ein.«

»Schon gut, schon gut. Dann her mit deiner Atmosphäre.«

Das ließ sich Emily nicht zweimal sagen. Sorgsam arrangierte sie zwei kleine Teetässchen samt dazu passender Untertassen auf einem Tablett und trug alles zusammen mit Sahnekännchen und Kluntjepott zu Leonies Platz. Dort wartete bereits das Stövchen auf dem Tisch.

Leonie sagte nichts, während Emily alles drapierte, noch zwei mit Rosen bedruckte Servietten dazulegte und eine Kerze anzündete.

»Kluntje?«, fragte Leonie schließlich skeptisch. »Ernsthaft?«

»Es gibt nichts Nervenberuhigenderes als eine ostfriesische Teezeremonie.«

»Ostfriesisch? Du weißt schon, dass wir dafür an der falschen See sind?« Leonie deutete nach draußen auf die schäumenden Wellen. »Heiligenhafen. Das liegt an der Ostsee, nicht in Ostfriesland. Kommt zwar in beidem das Wort ›Ost‹ vor, ist aber ein völlig anderes Meer.«

»Haha. Hör auf zu frotzeln. Ich mag die Teezeremonie, und Seeluft ist Seeluft. Darum geht es auch gar nicht. Es geht um die Atmosphäre, schon vergessen?«

Emily legte sorgsam in jede Tasse ein Zuckerstückchen und wartete geduldig darauf, dass der Tee zog. Die Aggression zwischen den beiden Frauen war verschwunden. Zurückgeblieben war ein leichtes Sich-gegenseitig-Belauern, das aber ebenfalls allmählich in sich zusammenfiel.

Endlich war der Tee so weit. Emily goss ihn in die Tassen und horchte auf das Knacken der Zuckerstückchen. Auch Leonie lauschte. Sie würde es vermutlich nie zugeben, aber Emily meinte bereits an ihrer Körperhaltung zu sehen, dass sie sich entspannte.

»Die Tasse darf nur halbvoll sein, denn der Kandis muss noch herausragen. Wie ein kleiner Zuckerberg. Knackt es, war das Wasser heiß genug. Jetzt lasse ich vorsichtig die Sahne hineinlaufen. Schau in den Tee und sieh zu, wie sich das Wölkchen darin ausbreitet und Muster bildet. Wenn man sich drauf einlässt, hat es eine meditative Wirkung.«

Leonie sah Emily an, als sei sie verrückt geworden. Immerhin tat sie dann wie geheißen und blickte brav in ihre Tasse. Zum ersten Mal an diesem Morgen umspielte ein amüsiertes Lächeln ihren Mund. »Wir lesen also unser Schicksal aus unseren Teetassen? So weit ist es schon gekommen?«

»Nein. Wir genießen lediglich unseren Tee. Halt. Nicht umrühren. Bist du verrückt?«

»Was? Wieso soll ich nicht umrühren? Das schmeckt doch sonst wie eingeschlafene Füße.«

»Die Sahnewolke kommt gleich nach oben, und wir trinken die drei Schichten ab. Von sanfter Sahne zu bitterem Tee zum süßen Zucker. Drei Schichten. Sobald du rührst, machst du alles kaputt. Konzentrier dich darauf.«

»Wenn ich das mache, darf ich dann einen Tag lang meine Korrespondenz regeln? Ich muss dringend meine Projekte an die Kollegen übergeben. Danach gehöre ich ganz dir und deiner … äh … deiner Entspannungsorgie.«

Emily überlegte. Dann nickte sie. »Okay. Du trinkst den Tee mit mir ab sofort jeden Tag. Dafür darfst du heute noch einmal arbeiten. Aber nur heute. Ab morgen ist Schluss damit.«

»In Ordnung, Frau Gefängniswärterin. Dann gibt mir mal die Tasse.«

LEONIE

So ärgerlich der Tag begonnen hatte, so effektiv endete er. Leonie hatte es tatsächlich geschafft, all ihre unerledigten Aufgaben auf die Kollegen zu verteilen, ihre Chefs über ihre Lage zu unterrichten und ihrer Sekretärin genaue Anweisungen zu erteilen. Erstaunlicherweise reagierten alle weit gelassener, als sie das erwartet hatte. Sie hatte gedacht, dass ohne sie totales Chaos ausbrechen würde, doch ihre Mitarbeiter zeigten sich von der professionellsten Seite.

»Sie haben uns doch schon auf diesen Moment vorbereitet«, sagte ihre Sekretärin sanft. »Wir wissen, was zu tun ist. Sorgen Sie sich um Ihr Baby. Alles Gute.«

Irritiert, erleichtert und ein wenig frustriert zugleich legte Leonie auf. Sie hatte sich immer für unabkömmlich gehalten. Dass es auch ohne sie ging, erschütterte ihr Selbstbewusstsein. Allerdings hieß das auch, dass sie alles richtig gemacht hatte. Sie hatte selbst im Notfall alles unter Kontrolle.

Trotzdem war es ein seltsames Gefühl, ersetzbar zu sein.

Dass ihre Nerven nicht die besten waren, zeigte danach das Abschlussgespräch mit ihrem Chef. Normalerweise blieb Leonie stets professionell und ging auf keine seiner üblichen Spitzen ein, doch diesmal war das etwas anders.

»Wir werden Sie vermissen«, sagte ihr Chef in einem seltsamen Tonfall. »Und ich muss zugeben, dass ich ein wenig überrascht bin, dass ausgerechnet Sie sich wegen einer Schwangerschaft ins Beschäftigungsverbot begeben.«

»Was meinen Sie denn jetzt damit?«, fragte Leonie irritiert.

»Na ja, schwanger zu sein ist ja eigentlich keine Krankheit …«

Wow. Der Satz saß. Für einen kurzen Moment hatte sich Leonie noch in der Gewalt. Dann explodierte sie einfach. »Ach ja? Wie oft in Ihrem Leben sind Sie denn schon schwanger gewesen?«

»Ich bin ein Mann.«

»Ach, sagen Sie bloß.«

»Frau Kuhnert. Sie wissen genau, was ich meine.«

»Nein. Tue ich nicht. Klären Sie mich doch bitte auf. Immerhin urteilen Sie gerade über mich und sämtliche Schwangere dieser Welt.«

»So hatte ich das doch gar nicht gemeint.«

»Und wie genau hatten Sie es dann gemeint? Dass ich mich anstelle? Dass ich keine Lust mehr auf meinen Job habe? Dass ich meine Vagina nur fest genug zusammenkneifen muss, damit meine Tochter nicht zu früh zur Welt kommt? Oder dass meine frühzeitigen Wehen nur ein kleiner Ausrutscher sind und vorbeigehen, wenn ich nur lange genug von einer Konferenz zur nächsten jette?«

Ihr Chef kam ins Schwimmen und zeitgleich ins Schwafeln. Leonie hörte sich das noch eine Weile mit finsterer Miene an, dann bohrte sie gnadenlos nach. Als ihm daraufhin klar wurde, in welche Lage er sich selbst gebracht hatte, holte er zum Vernichtungsschlag aus. »Ich fürchte, Frau Kuhnert, Sie sind gerade nicht Sie selbst. Vermutlich die Hormone. Ich schlage vor …«

»Schieben Sie meine durchaus berechtigte Empörung über Ihre anmaßenden Worte ja nicht auf meine Hormone, Sie …«

»Sie hören von unserer Personalabteilung.«

Damit legte er einfach auf und ließ Leonie sprachlos zurück. Was … Was wollte er denn bitte damit sagen? War sie gefeuert? Oder sollte sich die Personalabteilung wegen ihrer Krankschreibung mit ihr in Verbindung setzen? Oder …

Nein. Genug. Sie durfte sich nicht aufregen. Das war das Allerwichtigste. Sie musste sich entspannen. Sofort.

Entschlossen machte es sich Leonie auf der Couch bequem und starrte den Rest des Tages einfach nur aufs Meer, verdrängte die Gedanken an das desaströse Gespräch mit ihrem Chef, an ihre derzeitige Lebenssituation und an alles Schlechte. Stattdessen sah sie den Möwen beim Paddeln zu.

Emily schien zu spüren, dass Leonie derzeit nicht nach Reden zumute war. Sie ließ sie weitestgehend in Ruhe und brachte ihr lediglich etwas zu essen, das sie eher schweigend einnahmen. Danach machte es sich Emily auf der Couch bequem, und Leonie ging ins Bett. Der Tag hatte sie mehr mitgenommen als gedacht.

Am nächsten Morgen wachte sie erst um halb zehn Uhr auf und wunderte sich über sich selbst. Sie hatte ihr Handy ausgestellt, um nicht gestört zu werden, war aber der festen Überzeugung gewesen, so oder so gegen sechs Uhr wach zu werden. Was für ein Irrtum. Sogar ihre innere Uhr spielte in dieser seltsamen Umgebung verrückt.

Verschlafen und leicht desorientiert tappte sie ins Wohnzimmer, wo Emily bereits an ihrem Laptop saß und konzentriert auf die Tastatur einhämmerte. Als sie ihren Gast bemerkte, blickte sie auf und lächelte.

»Guten Morgen, du Langschläferin. Kaffee?«

»Ich dachte, ich werde erst mit deiner Teezeremonie gequält.«

»Nein. Dazu müsstest du wacher sein, denn die muss man genießen und spüren. Ich mach schnell Kaffee. Derweil könntest du dir meine Auswahl an Fachbüchern ansehen. Ich hab sie dir neben die Couch gelegt. Der perfekte Platz, um sich mit Blick auf das Meer auf ein neues Leben vorzubereiten – und das gleich im doppelten Sinn.«

Irritiert blickte Leonie in die angegebene Richtung und riss erstaunt die Augen auf. *Hilfe!* Da stapelten sich mindestens zehn dicke Ratgeber in zwei Reihen auf dem Boden, so hoch, dass die obersten Bände bis zum Couchrand reichten.

Geh nicht hin, dachte Leonie. Das ist eine Falle. Dann übermannte sie jedoch die Neugierde, und sie nahm das oberste Buch in die Hände, kaum dass sie sich gesetzt hatte.

»Der Stapel rechts ist dir vermutlich zu esoterisch. Ich hab ihn dir trotzdem hingelegt. Der links ist eine Mischung aus Fachbüchern und Lebensberichten von Eltern und Hebammen. Der etwas kleinere Stapel davor dreht sich komplett nur um Geburt und wie man sich darauf vorbereiten sollte. Den hab ich selbst noch nicht in Angriff genommen. Wenn du magst, können wir das gerne zusammen tun.«

»Und was ist das?«, fragte Leonie schwach und hob etwas an, das verdächtig wie ein Ringbuchkalender aussah, ein filigranes Teil mit Rosenrändern und hübschen Fransen als Lesezeichen.

»Das ist mein alter Planer, den ich schon mal grob für dich bestückt habe. Darin ist unter anderem eine Liste mit Überlegungen und Anregungen für dein zukünftiges Leben mit Baby. Vorne sind die wichtigsten Fragen, die man als werdende Mutter in Angriff nehmen sollte. Dahinter kommen Listen zum Abhaken. Ich hab es für dich schnell zusammengestellt und möglichst schlicht gehalten. Mein Buch sieht etwas anders aus.« Emily hob ein kunstvoll verziertes Büchlein in die Höhe, das nicht nur äußerst mädchenhaft, sondern auch nach viel Zeit und Mühe aussah.

Leonie klappte ihren Planer vorsichtig auf und machte sich auf das Schlimmste gefasst. In Wirklichkeit musste sie zugeben, dass sich ihr ein durchaus hübscher Anblick offenbarte. Die erste Seite war niedlich und doch schlicht gestaltet.

Mias Weg ins Leben stand dort in geschwungener Schrift. Normalerweise wusste Leonie mit Kalligrafie nicht viel anzufangen, aber diese Buchstaben berührten etwas in ihr. Den Namen ihrer Tochter so hübsch dargestellt zu sehen, gefiel ihr irritierend gut.

»Das müssen die Hormone sein«, murmelte sie leise zu sich selbst und blätterte hastig um. Die nächste Seite war noch fast gänzlich leer. Als Überschrift stand dort in schwarzer Schrift *Mias erstes Ultraschallbild*, und darunter hatte Emily mit Bleistift grob ein Viereck gezeichnet. Vermutlich sollte Leonie dort das Bild einkleben. Daran schloss sich eine Art Fragenkatalog zum Ausfüllen mit verschiedenen Kategorien. Von möglichen Wunschnamen bis zum endgültigen Namen über die Frage, welche Eigenschaften das Baby von Mutter oder Vater übernehmen sollte, bis hin zu guten Wünschen.

Der Bereich mit den To-dos nahm dann einen recht großen Teil ein und war in die einzelnen Schwangerschaftsmonate eingeteilt. Leonie überflog das meiste nur kurz und fühlte dabei einen Klumpen im Magen, der immer größer wurde. Sie musste so ziemlich alles mit *Nein* ankreuzen. Sie hatte sich weder um eine Hebamme gekümmert noch Gedanken über Kliniken oder das Kinderzimmer gemacht. Für sie war das alles noch so weit weg gewesen.

»Ha«, rief sie triumphierend, nachdem sie genervt weitergeblättert hatte. »Einen Schwangerschaftskurs hab ich zumindest gebucht, selbst wenn ich momentan nicht mehr hingehen kann.«

Emily kam mit zwei Kaffeetassen zu ihr und setzte sich ihr gegenüber. Sie wirkte leicht angespannt. »Pfefferst du mir das Buch um die Ohren, oder lässt du dich drauf ein?«, fragte sie zögernd.

»Der Einband ist rosafarben.«

»Den könntest du verzieren, sodass es nicht mehr so auffällt. Ich habe jede Menge buntes Klebeband aus Reispapier oder alternativ wunderschönes Geschenkband, das weniger mädchenhaft ist. Wenn du Stempel magst, dann …«

»Stopp. Um Himmels willen. Du willst mich doch wohl nicht zum Stempeln verdonnern?«

»Stempeln beruhigt die Nerven. Solltest du mal ausprobieren.«

»Ich stempel bestimmt keine Blümchen auf irgendwelche rosafarbenen Einbände.«

Emily seufzte. »Es geht nicht darum, dass du den Einband oder die einzelnen Seiten hübsch anmalst oder deine künstlerische Ader entdeckst. Du sollst dich einfach nur mit dem Thema beschäftigen und zur Ruhe kommen.« Sie sagte das in einem Tonfall, der mehr als deutlich machte, wie albern sie Leonie gerade fand. SIE fand Leonie albern? Das war ja wohl mal mehr als schräg. Bevor Leonie aber etwas Spitzes sagen konnte, redete Emily bereits in ihrem schnellen Sprechsingsang weiter. »Wenn du magst, kannst du auch Tagebuch führen. Ich hab dir hinten ein paar leere Seiten angeheftet. Viel Platz, um dich auszutoben. Oder du führst den Kalender. Der beginnt irgendwo in der Mitte. Das ist das Tolle an solchen Planern. Du kannst ihn so gestalten, wie er dir gefällt und wie er dich widerspiegelt. Ich hab ein bisschen Vorarbeit geleistet, aber das musst du nicht übernehmen. Außerdem …«

»Okay, okay«, unterbrach Leonie Emilys aufgeregtes Geplapper und hob die Hände, als wolle sie sich ergeben. »Ich gebe auf. Beruhige dich. Ich werde in den nächsten Wochen sehr wenig zu tun haben und entsprechend verzweifelt sein. Möglicherweise bin ich offen für Neues, solange du mich jetzt mit deinen Ausführungen verschonst.«

Emily wirkte erleichtert und gleichzeitig beunruhigend kämpferisch. »Ich …«

»Emily, komm schon. Genieß deinen Teilsieg, und lass es jetzt erst mal gut sein.«

»Nur noch das eine«, sagte sie eifrig. »Du kannst auch deine gelesenen Bücher eintragen. Ich habe ein paar Vorlagen dafür mit reingeheftet. Dann weißt du, welchen Ratgeber du gut fandest, und kannst dir Notizen machen.«

Leonie setzte zu einer spitzen Erwiderung an, ließ es dann aber doch bleiben. So viel wusste sie mittlerweile von Emily: Sie meinte es nur gut. Das mochte Leonie auf die Nerven fallen, aber es war kein Grund, gemein zu werden. Also zügelte sich Leonie und nahm stattdessen einen Ratgeber zur Hand. Vielleicht war es wirklich an der Zeit, sich auf Mia vorzubereiten. Selbst wenn sie oft dachte, dass sich die Frauen durch zu viele Informationen selbst verrückt machten. Manche Dinge lagen in der Natur. Sich im Vorfeld darüber zu sorgen brachte ihrer Meinung nach wenig.

Emily blieb noch ein wenig bei ihr sitzen, bis beide ihren Kaffee ausgetrunken hatten. In der Zwischenzeit vertiefte sich Leonie in die verschiedenen Bücher, blätterte immer mal wieder durch den neuen Kalender und fühlte sich dabei immer seltsamer. Einerseits saß da eine tiefe Unruhe in ihr, die aus dem Nichtstun resultierte. Es war ungewohnt, ohne Plan in den Tag hinein zu leben. Andererseits fühlte sie, wie eine enorme Anspannung von ihr abfiel. Ganz langsam. Ganz allmählich. Als hätte sie die letzten Tage den Atem angehalten.

Kein Wunder. Ihr Leben lag schließlich in Trümmern, und sie hatte Zuflucht bei der letzten Person auf Erden gefunden, bei der sie unterkommen wollte.

Emily stellte sich als erstaunlich wenig anhänglich heraus. Sie beschäftigte sich viel mit ihrem Laptop, brach danach immer wieder zu kurzen Strandspaziergängen auf, ging einkaufen, kochte und lebte in den Tag hinein. Sie wirkte dabei erstaunlich zufrieden. Als ruhe sie in sich selbst. Leonie war sich sicher, dass sie auf Dauer wahnsinnig geworden wäre. Wie konnte man nur immer so ziellos herumdümpeln?

Ihr Handy vibrierte lautlos auf dem Tisch. Lustlos nahm sie es hoch und wappnete sich. Sie wollte weder ihren Vater, ihre Mutter noch Peter sprechen. *Urks.* Monika, ihre Halbschwester. Die war sogar noch schlimmer.

Dennoch ging sie ran. Vielleicht war sie doch masochistisch veranlagt. »Monika. Was kann ich für dich tun?«

»Du bist die Trauzeugin deiner Mutter?«, brüllte Monika ins Handy.

Leonie hielt sich hastig ihr Telefon vom Ohr und wartete, bis sich eine Lücke im Gefluche ihrer Halbschwester ergab. »Jetzt beruhig dich erst mal, ja? Selbst wenn ich die Trauzeugin wäre, wüsste ich nicht, was daran so dramatisch ist.«

»Papa ist am Boden zerstört. Er hätte dich gerne zusammen mit mir als Trauzeugin gewählt, hat es aber extra nicht gemacht, damit du nicht wieder zwischen den Fronten aufgerieben wirst. Gleichzeitig war er kurz davor, die Hochzeit für dich zu verschieben. Hörst du? Extra für dich. Damit du in Ruhe dein Kind bekommen und dich dann mit ihm zusammen auf seiner Hochzeit bewundern lassen kannst. Aber wenn du dir sogar zutraust, die Trauzeugin für deine Mutter zu mimen, kann es so dramatisch nicht sein. Ich hab ihm gesagt, er soll auf dich keine Rücksicht mehr nehmen – und genau das werden wir jetzt auch tun. Am besten wäre es, wenn du gar nicht kommst. Als Trauzeugin der Hexe bist du bestimmt schon eingespannt genug. Bemüh dich gar nicht erst.«

Leonie war sprachlos. Die fiesen Angriffe ihrer Halbschwester sollte sie eigentlich mittlerweile gewohnt sein, sie taten aber dennoch weh. Wie immer trafen sie Monikas Spitzen härter, als sie sollten. Sie wusste genau, wo sie ansetzen musste: bei der Beziehung zwischen Leonie und ihrem Vater. Wann immer es möglich gewesen war, hatten sie oder Brigitte einen Keil dazwischengeschoben.

Beruhig dich, dachte Leonie. Denk an Mia. Denk an deine Entspannung. Die können dir doch alle egal sein. Leider waren sie das nicht. Leonie wollte Teil einer Familie sein. Teil von irgendetwas. Stattdessen drängte man sie an den Rand und versuchte sogar, sie in den Abgrund zu stoßen.

Die Wut flackerte wie immer so heftig auf, dass sie nicht mehr klar denken konnte. »Ja, verdammt. Ich bin die Trauzeugin meiner Mutter. Sie ist immerhin meine Mutter. Und nein. Ich lasse mich von der Hochzeit meines Vaters NICHT ausladen. Weiß Papa überhaupt, was ihr da plant? Vermutlich nicht. Also vergiss es. Ich werde kommen, und ich werde dir die Show stehlen. Also mach dich auf was gefasst.«

Mit dieser Kriegserklärung legte Leonie einfach auf und stöhnte gleichzeitig laut. Was hatte sie nur getan? Warum hatte sie sich erneut in diesen Streit hineinziehen lassen? Schließlich hatte sie einen guten Grund, sich aus allem herauszuhalten.

Den Rest des Tages haderte sie mit ihrer Entscheidung und war kurz davor, beide Hochzeiten abzusagen. Letztlich brachte sie es aber doch nicht über sich. Es war ein zu krasses Statement, nicht zu erscheinen. Es würde sie für immer aus der Familie kicken. Aus beiden.

Gegen Abend setzte sich Emily wieder zu ihr, zündete den Kamin an und vollführte ihre seltsame Teezeremonie. Leonie war selbst überrascht, wie dankbar sie für diese Ablenkung war. Außerdem kam sie sich diesmal deutlich weniger bescheuert vor. Es war Emilys Art, den Tag zu begrüßen oder ausklingen zu lassen. Außerdem schmeckte das Gebräu erstaunlich gut.

»Hast du schon was von deinen To-dos in Angriff genommen?«, fragte Emily nach der ersten Tasse Tee. Vermutlich hatte sie sich damit Mut angetrunken.

»Noch nicht. Ich sortiere das momentan im Kopf. Ich …«

Es klingelte. Einmal, zweimal, dreimal. Danach folgte ein Klopfen und abermaliges Sturmklingeln.

»Erwartest du Besuch?«, fragte Leonie erstaunt.

»Nein. Es sei denn …« Emily wurde mit einem Schlag blass und versteifte sich. »Das wird doch wohl nicht Peter sein?«, flüsterte sie.

Leonie warf einen kritischen Blick Richtung Tür und seufzte, als ein weiteres Sturmklingeln einsetzte. »Doch, ich vermute schon.«

»Aber …« Emily quiekte panisch auf und sprang von der Couch in die Luft. Ihr Blick war auf das Panoramafenster geheftet.

Leonie drehte sich um und zuckte erschrocken zusammen, als sie eine dunkel gekleidete Person direkt vor sich stehen sah. Diese hämmerte soeben heftig gegen die Scheibe und brüllte: »Emily, mach endlich auf. Wir müssen reden. Du …«

In der Sekunde erkannte Peter Leonie und sah von Emily zu Leonie und wieder zurück. Pure Fassungslosigkeit breitete sich auf seinem Gesicht aus.

»Leonie«, sagte er gerade so laut, dass sie es noch durch die Fensterscheibe hören konnte. »Aber … Was machst du hier bei Emily?«

Wenn drei sich streiten, freut sich niemand

EMILY

»Was machen wir denn jetzt?«, flüsterte Emily Leonie zu, die noch immer Peter durchs Fenster anstarrte.

»Wir schicken ihn weg.« Gleich darauf zuckte Emily erschrocken zusammen, weil Leonie plötzlich losbrüllte: »Verschwinde, Peter. Du hast hier nichts zu suchen.«

»Du aber auch nicht. Was machst du überhaupt hier? Wieso sitzt du bei Emily? Wieso geht niemand von euch ans Telefon? Ich bin ganz krank vor Sorge.« Peters Stimme klang durch die Scheibe gedämpft, was Emily beruhigte. Als sei da ein Schutzwall zwischen ihm und ihr.

»Du hast das Recht verspielt, dich um uns zu sorgen. Verschwinde«, übernahm Leonie die Gesprächsführung.

»Ihr seid die Mütter meiner Kinder. Ihr könnt mich nicht ausschließen. Kommt schon. Wir sollten uns dringend aussprechen und uns überlegen, wie es weitergehen kann.«

»Wie es weitergeht?« Leonie lachte trocken auf. »Du wirst jedenfalls nicht als Vater meines Kindes in Erscheinung treten.«

Selbst durch die finstere Fensterscheibe konnte Emily sehen, wie Peter blass wurde. Leonies Worte hatten ihn tief getroffen. Tiefer, als sie es jemals für möglich gehalten hätte. Andere Männer wären froh darum gewesen, von Leonie aus der Verantwortung entlassen zu werden. Peter hingegen sah das offensichtlich anders. Er wollte für seine Kinder kämpfen.

Jetzt bloß nicht weich werden, dachte Emily. Er ist nicht der nette Typ, für den du ihn jahrelang gehalten hast. Tu etwas.

»Gib uns einen Moment«, sagte Emily abrupt und drückte gleichzeitig auf den Knopf, der die Rollläden beinahe lautlos hinunterfahren ließ. Peter blieb nichts anderes übrig, als zurückzuweichen. »Lasst uns reden«, schrie er noch, bevor sie ihn endgültig aus dem Blick verloren.

Leonie entließ zischend ihren Atem, drehte sich wieder Richtung Feuer und nahm ihre Teetasse, als sei nichts gewesen. Emily starrte sie verwirrt an. »Sollten wir nicht mit ihm reden?«, fragte sie.

»Worüber? Ich denke, wir haben alles geklärt. Er gehört nicht mehr zu unserem Leben, da er ein Betrüger, Lügner und verantwortungsloser Lüstling ist.« Als Leonie Emilys ungläubigen Blick sah, verharrte sie in der Bewegung. »Jetzt sag nicht, dass du das anders siehst.«

»Ich weiß es nicht. Anders als du bin ich mit ihm verheiratet. Ist er da nicht automatisch auch vor dem Gesetz der Vater meines Kindes? Ich werde es schwer haben, ihn komplett aus meinem Leben zu verbannen. Ich … Oh, Gott.« Emily ließ sich kraftlos neben Leonie auf die Couch fallen und legte die Hände über die Augen, verdrängte die aufsteigenden Tränen. »Ich will keine geschiedene Frau sein. Ich will keine alleinerziehende Mutter werden. Ich … Ich brauche Peter.«

Jetzt ließ sie die Tränen laufen und akzeptierte, dass Leonie all ihre Schwächen sehen konnte, wenn sie sich auch vor ihrem garantiert verächtlichen Blick fürchtete.

Die Stille wurde immer erdrückender, bis Leonie ein leises »Ach, Scheiße«, von sich hören ließ. Emily hörte das Klappern einer Tasse. Vermutlich stellte Leonie den Tee auf den Tisch. Der Stoff der Couch bewegte sich. Rutschte sie etwa näher zu ihr ran?

»Bitte keine Umarmung. Dann bekomme ich mich nie wieder unter Kontrolle«, warnte Emily mit schwacher Stimme.

»Keine Sorge. Ich bin nicht der Typ für Umarmungen. Vielmehr überlege ich gerade, ob ich dich wegen deiner selbstkasteienden Art schütteln oder schlagen soll.«

Das brachte Emily wieder zur Besinnung. Empört nahm sie ihre Hände vom Gesicht. »Ich bemitleide mich nicht selbst. Ich bin lediglich durchaus zu Recht verzweifelt. Mein Leben bricht zusammen.«

»Meins auch, und der Verursacher steht da draußen und will sich mit uns aussprechen. Die Frage ist jetzt, was wir zwei wollen. Wenn ich dich so ansehe, bist du durchaus bereit, Peter zu verzeihen.«

»Ich weiß es nicht.« Emily erschrak über ihren kraftlosen Tonfall und die Hilflosigkeit, die sie erneut zu übermannen drohte. »Ich glaube, mir bleibt gar nichts anderes übrig.«

»Unfug. Du bist eine junge Frau mit einem klugen Köpfchen. Momentan entwickelt sich dein Leben nicht so, wie du das geplant hast, aber so ist das nun mal manchmal. Schlag einen neuen Weg ein.«

»Ich kann nicht. Ich bekomme ein kleines Kind, für das ich entscheiden muss. Es hat ein Recht auf einen Vater, vor allem, wenn der durchaus bereit ist, Verantwortung für sein Handeln zu übernehmen.«

Leonie schnaubte verächtlich. »Das mit der Verantwortung hätte er sich mal lieber vor seinem Seitensprung überlegen sollen. Also? Was machen wir jetzt?«

Emily zögerte lange. Sie wusste selbst nicht, was sie wollte.

Schließlich nickte sie entschlossen. »Wir hören ihn an«, sagte sie.

Das war eindeutig nicht die Antwort, die Leonie hatte hören wollen, doch sie gab nach. »Dann hol ihn rein«, seufzte sie.

Emilys Herz schlug viel zu schnell, als sie aufstand, zur Haustür ging und nach Peter rief. Der kam wie ein Sprinter beim Wettbewerb um die Ecke geschossen und blieb kurz vor Emily stehen.

»Wir wollen mit dir reden«, sagte sie knapp, drehte sich um und stapfte zurück ins Wohnzimmer.

Wow. Leonie hatte es geschafft, sich innerhalb von zehn Sekunden in Szene zu setzen. Ihre vorher leicht wirren Haare hatte sie blitzartig zu einem strengen Zopf hochgebunden und sich von irgendwoher Lippenstift hergezaubert. Dadurch wirkte sie sofort viel erhabener und geradezu unantastbar. Als habe sie nach wie vor alles im Griff.

Das muss ich mir merken, schoss es Emily durch den Kopf. Mit einfachen Tricks hatte Leonie den Raum erobert. Sie saß jetzt aufrecht auf der Couch und balancierte die Teetasse dabei lässig auf der Handfläche. Bei jedem anderen hätte es womöglich altbacken ausgesehen. Leonie zeigte damit hingegen, wie absolut unaufgeregt sie war.

Peter war Emily gefolgt und blieb vor dem Couchtisch stehen. Nervös fuhr er sich durch die Haare.

»Setz dich«, befahl Leonie kühl, woraufhin Emily ebenfalls hastig auf die Couch flüchtete. Als sei sie Gast in ihrem eigenen Haus.

Peter wählte den Sessel ihnen schräg gegenüber, blieb aber auf der Kante sitzen. Dabei zerrte er an seiner Hose herum, als würde sie ihn schrecklich nerven. Sie sah ein wenig zu eng an ihm aus. »Es tut mir leid«, sagte er nach einer kurzen Pause und klang dabei erstaunlich aufrichtig.

Emily entspannte sich augenblicklich. Eine Entschuldigung war schon mal ein guter Ansatz. Viel besser als lahme Erklärungen. Damit konnte sie arbeiten. »Möchtest du einen Kaffee?«, fragte sie als Zeichen des Friedens.

Sowohl Peter als auch Leonie sahen sie irritiert an.

»Kaffee? Der bekommt keinen Kaffee«, schimpfte sie. »Höchstens Teer und Federn.«

»Ich hole dir eine Tasse für den Tee«, entschied Emily schließlich und stand auf, bevor sie jemand aufhalten konnte. Sich als perfekte Gastgeberin zu präsentieren, beruhigte sie.

Als sie mit der leeren Tasse zurückkehrte, saßen Peter und Leonie sich noch in exakt der gleichen Haltung gegenüber und starrten sich wie zwei Cowboys beim Duell an. Emily drückte ihrem Ehemann hastig die Tasse in die Hand und zückte die Zange, um Zucker aus der Schale zu greifen. »Dieses Ritual wird uns helfen …«

»Emily, das ist doch jetzt nicht dein Ernst. Wir halten hier kein Teekränzchen ab, sondern entscheiden über Leben und Tod deiner Ehe. Also setz dich hin, und lass Peter erklären, wie das alles passieren konnte«, unterbrach Leonie sie.

Im ersten Moment wollte Emily protestieren, doch schließlich gab sie nach und setzte sich hin. Leonie hatte ja recht. Es gab Wichtigeres als Tee.

Umgehend nahm Leonie Peter aufs Korn. »Also? Wie konnte das geschehen?«

»Wie meinst du das?«

»Entweder du hast echte Killer-Spermien, bist dümmer, als es dein Doktortitel vermuten lässt, oder hast es darauf angelegt. Ernsthaft? Du schwängerst zwei Frauen im selben Monat? Das kann kein Zufall sein.«

Peter wurde knallrot, während Emilys Herz Richtung Magen verrutschte. Leonie vergeudete keine Zeit, sondern ging direkt zum Angriff über.

»Kekse?«, fragte Emily in die angespannte Stille hinein.

»Es war ein Unfall«, sagte Peter in der gleichen Sekunde.

»Es waren ZWEI Unfälle«, erwiderte Leonie scharf und ignorierte Emilys Ablenkungsversuch. »Ein geplatztes Kondom kann ich ja noch akzeptieren. Aber zwei?«

Oh Gott. Was für ein Thema. Emily hatte mit Peter über die Zukunft diskutieren wollen. Leonie hingegen wollte die Vergangenheit klären. Eine Vergangenheit, die sie alle nur verletzt hatte. Emily musste Leonie stoppen, bevor das alles in einer Katastrophe endete.

»Ich hätte auch noch Quarktörtchen in der Kühltruhe und könnte sie auftauen«, sagte sie schwach. Sie wollte das nicht hören. Auf keinen Fall. Sie wollte nichts über geplatzte Kondome oder heiße Nächte mit ihrem Ehemann wissen. Das verkraftete sie nicht.

Peter sah ähnlich gequält aus, wie sie sich fühlte. Schweißperlen formten sich auf seiner Stirn. »Ein ... Ein Quarkbällchen wäre nett«, brachte er hervor.

»Vergiss die blöden Quarkbällchen. Wir sind bei deinen Super-Spermien. Also?«

Peter räusperte sich. »Das mit deiner Schwangerschaft war wirklich nicht geplant gewesen. Du ... und ich ... Also ... Ernsthaft, Leonie? Müssen wir das vor meiner Frau besprechen?«

»Müssen wir.« Leonie zuckte mit keiner Wimper.

»Aber warum? Was machst du bei Emily? Weshalb ...?«

»Zwei Schwangere, Peter. Hier sitzen zwei Schwangere vor dir. Wir stellen die Fragen und nicht du. Ich habe ein Recht auf Antworten, genau wie Emily. Daher frage ich dich erneut: Wie konntest du uns zeitgleich ein Baby machen?« Leonie war mit jedem Satz lauter geworden und hatte zum Schluss gebrüllt. Das reichte, um Peter zu einer ebenfalls gebrüllten Antwort zu verleiten. »Weil das verdammte Kondom in meinem Portemonnaie über sechs Jahre alt war«, rief er und sprang auf. »Ich bin seit sechs Jahren verheiratet und muss mich seitdem nicht mehr um Verhütung kümmern. Warum auch? Seit fünf verdammten Jahren dreht es sich bei Emily und mir nur noch um den perfekten Zeitpunkt für Babymach-Sex, um Ovulationstests, Zyklusanalysen und den Eisprung meiner Frau. Da brauchte ich kein Kondom. Als du mir dann gesagt hast, dass wir diesmal eins benutzen müssen, hab ich gedacht: wird schon schiefgehen. Ja, das hätte ich nicht tun sollen. Ja, das war unvernünftig von mir. Aber verdammt: Es ist nun einmal passiert.«

»Wird schon schiefgehen?«, brüllte Leonie zurück. »Hörst du dir eigentlich selbst zu? Und … warte … nein! Du willst mir jetzt nicht sagen, dass du mit deiner Frau ein Baby haben wolltest und parallel mit mir was angefangen hast?«

Bei dieser Frage wurde Leonie krebsrot vor Wut, Peter beinah violett vor Scham, und Emily wünschte sich zu ihren Quarkbällchen. Dieses Gespräch war noch viel, viel schlimmer, als sie es sich jemals hätte ausmalen können. Sie fühlte sich seltsam unwirklich. Als ginge sie das alles nichts an. Als sei das nicht ihr Ehemann, der sich vor ihren Augen gerade mit seiner Geliebten zoffte.

Um der Situation zu entkommen, schnappte sie sich die Kanne und goss den dank des Stövchens noch immer heißen Tee über den Zucker in Peters unberührte Tasse. Das Knistern des Kandis war lange Zeit das Einzige, das sie hörten. Alle drei starrten den Tee in der Tasse an, als sei darin die Erlösung zu finden.

»Ich hatte das alles so nicht geplant«, murmelte Peter schließlich.

»Ach? Und was genau hattest du geplant? Was hast du dir denn bitte gedacht? Wie konntest du überhaupt deine Frau so lange verheimlichen? Im Büro weiß niemand, dass du verheiratet bist. Du trägst ja nicht mal einen Ehering«, erwiderte Leonie.

»Ich ertrage Ringe um meine Finger nicht. Da fühle ich mich unwohl. Emily weiß das. Sie hat es akzeptiert.«

»Dass du sie sämtlichen Kollegen verheimlicht hast, fand sie bestimmt auch ganz toll.«

»Ich hab sie nicht verheimlicht. Ich bin nur nicht damit hausieren gegangen, dass ich verheiratet bin. Arbeit ist Arbeit. Privatleben ist Privatleben. Das habe ich strikt getrennt. Und als ich dich kennengelernt habe … Na ja …«

»Da hat dir das richtig gut in den Kram gepasst. Unglaublich. Was war ich für dich? Die Frau, bei der es nicht ums Babymachen ging, sondern um Spaß am Sex? Dein Betthäschen? Die schnelle Nummer?«

»Du warst nichts von alledem. Das mit uns hat mich selbst überrollt. Zwischen Emily und mir lief es schon seit Jahren nicht mehr rund. Sie war so fixiert darauf, eine Familie gründen zu wollen, dass sie mir das Gefühl gab, einfach nicht mehr genug zu sein. Alles drehte sich nur noch um das Baby, das wir nicht hatten. Sie …«

»Sie sitzt direkt neben dir, du Arsch«, brüllte Leonie und deutete hektisch auf Emily, die jetzt hochkonzentriert die Milch in den Tee fließen ließ. »Rede nicht mit mir, rede mit ihr. Jetzt sag doch auch mal was«, fauchte Leonie sie an.

Emily war lediglich in der Lage, stumm den Kopf zu schütteln und Peters Tee vorzubereiten. Sie war zu schockiert über dieses Gespräch. Unfrieden war ihr verhasst. Streit ein Graus. Aber das hier war Folter.

Peter seufzte.

»Sie wird kein Wort sagen. Das macht sie nie. Sobald ich versucht habe, mit ihr zu sprechen, hat sie durch Schweigen abgeblockt und so getan, als sei alles in bester Ordnung. Sie …«

»Wag es ja nicht, sie für dein mieses Verhalten verantwortlich zu machen«, ging Leonie wie eine Berserkerin dazwischen. »DU bist hier derjenige, der alles vermasselt hat.«

»Und das tut mir auch wirklich leid. Emily!« Jetzt wandte sich Peter an sie, machte sogar Anstalten, ihr seine Hand auf den Unterarm legen zu wollen.

Sie zuckte so heftig zurück, dass die Tasse schwankte und Tee aus der Kanne schwappte. Peter zog hastig seine Hand zurück. Er wirkte traurig und erschrocken.

»Wir haben uns auseinandergelebt. Unsere Welten waren wie zwei Planeten auf unterschiedlichen Bahnen. Du wolltest nur noch ein Baby, ich wollte meine lebenslustige Frau zurück. Du musst mir glauben: Ich hatte das mit Leonie niemals so erwartet. Es hat mich eiskalt erwischt. Anfangs habe ich mich gegen dieses Gefühl gewehrt, das sie in mir geweckt hat, aber dann …«

»… dann habe ich böse Verführerin dein Ehegelübde pulverisiert. Du armer, armer Mann.«

»Nein, Leonie. So war es nicht. Natürlich liegt die Schuld bei mir. Ich habe euch beide sehr verletzt, und das tut mir unendlich leid. Aber ich wollte keiner von euch beiden wehtun. Im Gegenteil. Ich habe euch beide geliebt, nur auf sehr unterschiedliche Weise. Ich …«

Das reichte. Sie konnte das Geschwafel keine Sekunde mehr länger ertragen. »Ich glaube, du solltest jetzt besser gehen«, unterbrach Emily Peter recht atemlos. Nur mit äußerster Kraftanstrengung gelang es ihr, sich seinem Blick zu stellen. »Dieses Gespräch bringt niemanden von uns weiter. Im Gegenteil. Wenn wir es fortführen, werden wir uns gegenseitig nie verzeihen können. Also geh!«

»Aber … Emily. Ich wohne hier. Im Gegensatz zu Leonie. Was sie hier macht, verstehe ich noch immer nicht.«

»Sie lebt jetzt hier. Sie ist bei mir eingezogen.«

»Was? Das soll wohl ein Scherz sein?«

Beide Frauen schüttelten schweigend den Kopf, woraufhin Peter erblasste. »Ist das jetzt eure Art, euch an mir zu rächen?«, fragte er kraftlos.

»So wichtig bist du uns nicht«, sagte Leonie verächtlich. »Nicht alles dreht sich um dich, musst du wissen. Die Hintergründe brauchen dich auch gar nicht zu interessieren. Du musst nur wissen, wie es jetzt weitergeht mit dir und uns.«

»Und wie geht es jetzt weiter?«

Auf diese Antwort war Emily genauso gespannt wie Peter. Sie sah Leonie fragend an, die zunächst scheinbar gelassen einen Schluck Tee aus ihrer Tasse trank und sie klappernd zurückstellte. Erst dann bedachte sie Peter mit dem kältesten Blick, den sie jemals bei einer Frau gesehen hatte. »Ich kann nicht für Emily sprechen, doch für mich ist eins klar: Ich werde Mia allein großziehen. Für dich ist in unserer Welt kein Platz mehr. Also verschwinde jetzt aus diesem Haus. Oder siehst du das anders?« Leonie sah Emily herausfordernd an.

Die spürte, wie reine Panik sie überspülte und zu ersticken drohte. Sie wusste nicht, ob sie es anders sah. Sie wusste gerade gar nichts. Doch. Eine Sache wusste sie: Peter musste verschwinden, bevor sie zusammenbrach.

Vehement knallte sie die Kanne zurück auf das Stövchen, dann drückte sie Peter die heiße Tasse in die Hand. »Trink. Dann musst du gehen.«

Ihre Hände berührten sich kurz, was ein seltsam flaues Gefühl in ihrer Magengegend auslöste. Früher war es ein Kribbeln gewesen. Heute sorgten seine Berührungen dafür, dass sie sich elend fühlte. Was war nur aus ihr geworden?

Auch Peter musste etwas gespürt haben. Etwas, das ihm genau wie ihr nicht gefiel. Er kannte sie jedoch auch sehr gut und wusste, wie wichtig ihr die verflixte Teezeremonie war.

Gehorsam nahm er Schluck für Schluck und wurde dabei von Leonie und Emily angestarrt. Es war eine seltsame Stimmung. Die Stille lastete schwer auf ihnen, doch für Emily war sie heilsam.

Während sie Peter beobachtete, wurde ihr unmissverständlich bewusst, dass ihr Traum vorüber war. Sie konnte nicht wieder mit ihm zusammenkommen. Vielleicht würden sie sich eines Tages vertragen. Womöglich sogar verzeihen. Aber dass sie jemals wieder als Paar funktionierten, war unmöglich. Dazu hatte er ihr zu wehgetan.

LEONIE

»Was zur Hölle war denn das gerade?«, fragte Leonie erbost, als Peter endlich aus der Haustür verschwunden war.

Emily sah sie verständnislos an. »Was meinst du?«

»Was hast du nur mit deinem Tee und deinen Keksen? Es ist doch total egal, ob du eine gute oder schlechte Gastgeberin bist. Und du hast kein Wort zum eigentlichen Thema beigetragen. Nichts. Mit mir streitest du dich ständig, und bei ihm bist du stumm wie ein Fisch.« Leonie wusste, dass ihre Wut auf Emily nicht rational war. Aber verdammt. Wieso hatte sie sich nicht eingemischt und stattdessen nur von Tee gefaselt?

Wenigstens hatte Emily endlich die blöde Kanne losgelassen und klammerte sich stattdessen an einem pinken Kissen mit Troddeln fest, als sei das ihr persönlicher Rettungsring.

»Ich habe ihn letztlich rausgeschmissen«, verteidigte sich Emily schwach und bemerkte anscheinend gar nicht, dass ihr die Tränen übers Gesicht liefen. Sie schniefte leise.

»Er wollte wirklich und wahrhaftig ein Baby mit dir haben«, sprach Leonie schließlich das aus, was so offensichtlich zwischen ihnen stand. »Es war bei dir kein Unfall. Das war geplant.«

»Die Sache ist kompliziert.«

»Dann erklärt es mir.«

»Will ich nicht. Ich … bin müde.«

»Emily. Wehe, du gehst jetzt diesem Streitgespräch aus dem Weg.«

»Zwing mich nicht dazu. Ich kann so was einfach nicht.«

»Erzähl das deiner Großmutter. Ich weiß, dass du dich selbst für eher schüchtern und zurückhaltend hältst. Du hast in deinem Kopf ein Bild von dir als graue Maus erschaffen, die sich lieber duckt, statt sich zu wehren. Aber weißt du was? Das ist kompletter Blödsinn. Du kannst streiten. Du kannst dich wehren. Du kannst wüten. Das hast du mir gegenüber schon sehr häufig bewiesen. Also wag es jetzt nicht zu gehen, sondern erklär mir das mit deiner geplanten Schwangerschaft.«

Leonie sah genau, wie in Emilys Augen kurz ein Feuer aufloderte, doch es verging sofort wieder. Sie wischte sich über die Wangen und stand abrupt auf. »Ich gehe ins Bett. Das hier ist mir zu blöd. Lass die Sachen einfach auf dem Tisch stehen. Ich räume sie morgen ab. Gute Nacht.« Mit diesen Worten verschwand sie, ohne noch einmal zurückzublicken.

Leonie sah ihr schweigend hinterher. Was für ein Desaster. Was für ein Abend. Was für ein Tag. Nein. Für eine Woche. Sie fühlte sich zu erschlagen und erschöpft, um weiterzukämpfen. An wie vielen Fronten musste sie sich noch verteidigen? Erst die Sache mit Monika und ihren Eltern, danach der Streit mit Peter, und jetzt hatte sie sich auch noch mit Emily überworfen. War sie vielleicht das Problem? War sie einfach nicht fähig, vernünftig mit Menschen umzugehen? In dieser Sekunde hatte sie das Gefühl, dass die ganze Welt sie hasste.

»Nur du hoffentlich nicht«, flüsterte sie ihrer Mia zu und nahm sich fest vor, für sie die beste Mama der Welt zu werden. Anders als ihre eigene Mutter wollte sie alles dafür tun, um ihr zu helfen. Sie wollte für sie da sein, sie beschützen und ihre Liebe deutlich zeigen. Vor allem wollte sie sich niemals so heftig mit ihr zerstreiten, dass es kaum noch zu kitten war.

Müde stellte sie die Tassen zusammen, brachte sie in die Küche und legte sich danach ins Bett. Dabei fragte sie sich, wie sie jemals wieder schlafen konnte.

Ihr Handy piepte und kündigte eine Nachricht an. Im ersten Moment hatte sie keine Energie nachzusehen. Dann blickte sie doch aufs Display.

Hör die Nachricht nur ab, wenn du allein bist.

Peter. Sofort beschleunigte sich ihr Herzschlag. Was wollte er? Warum schrieb er, sie solle allein sein?

Als eine Sprachnachricht eintrudelte, konnte sie vor Aufregung kaum still sitzen. Peter hatte fast vier Minuten aufgezeichnet, was völlig untypisch für ihn war. Er war noch von der alten Schule und telefonierte lieber, als etwas ins Handy zu diktieren.

Für etwa zehn Sekunden überlegte sie, ob sie die Nachricht einfach löschen sollte. Eigentlich hatte sie Peter alles gesagt, was sie zu sagen hatte. Sie waren getrennte Leute. Ihr gemeinsamer Weg war zu Ende. Doch letztlich siegte ihre Neugierde. Sie klickte die Nachricht an und hörte seine samtene Stimme.

Leonie, das Gespräch gerade ist völlig falsch gelaufen. Ich wollte dir so viel sagen, so viel erklären – aber wie hätte ich das tun sollen, solange Emily direkt neben dir sitzt? Ich hätte ihr wehgetan. Sehr weh. Das konnte ich ihr nicht antun. Meinetwegen hat sie schon genug gelitten – genau wie du. Ich hoffe, du hörst dir diese Nachricht bis zum Ende an, und falls nicht, sage ich es jetzt schon direkt am Anfang: Ich liebe dich. Ja, Leonie. Ich liebe dich seit mehr als einem Jahr so unsterblich, dass ich es kaum glauben kann. Wie hätte ich das ausformulieren sollen, während meine Noch-Ehefrau bei dir sitzt? Lass mich bitte erklären, was genau geschehen ist. Ich weiß, alles, was ich vorbringen kann, hört sich wie eine lahme Ausrede an, aber es ist genau so passiert. Emily und ich versuchen seit fünf Jahren, eine Familie zu gründen. Seitdem dreht es sich bei uns nur noch um das Thema unerfüllter Kinderwunsch. Sie hatte drei Fehlgeburten, nach denen sie wochenlang in ein tiefes Loch gefallen ist. Es war schwierig, sie da wieder herauszubekommen. Sie hat regelrecht aufgehört zu leben, hat ihren Job gekündigt und sich nur noch auf ihr Ziel konzentriert, ein Baby zu bekommen. Ich war so hilflos, so verzweifelt. Einerseits musste ich die starke Person für sie mimen, andererseits sollte ich auch sensibel, verständnisvoll und emotional sein. Es hat mich innerlich zerrissen.

Dann habe ich dich kennengelernt. Du warst so voller Energie und Lebensfreude. Das hat mich sofort angezogen. Ich wusste, dass es falsch war, mich jeden Tag darauf zu freuen, dich im Büro zu sehen. Aber es war wie eine Sucht. Als ich bemerkte, dass du das genauso siehst, konnte ich es kaum glauben. Ich war glücklich und verzweifelt – beides zugleich. Ich wollte dich meiden, aber das hat nicht funktioniert. Dazu wurdest du mir innerhalb kürzester Zeit zu wichtig. Und dann … Emily und ich haben schon drei künstliche Befruchtungen hinter uns. Erfolglos. Ich wusste nichts von ihrem Plan, einen vierten Versuch zu starten. Dafür brauchte sie mich auch gar nicht, denn die Eier waren befruchtet eingefroren, die Unterlagen schon längst eingereicht. Ich dachte nur, wir wären uns einig gewesen, es doch zu lassen. Sie hat alles allein in die Wege geleitet, weil sie wusste, dass ich dagegen sein würde. Ich konnte nicht mehr. Ich wollte dieses ewige Warten und ihre Trauer nach einem Fehlschlag nicht mehr mit ansehen müssen. Ich wäre auch ohne Baby mit ihr glücklich geworden, doch sie offenbar nicht. Diese Erkenntnis tut weh, kann ich dir sagen. Wir haben uns fürchterlich gestritten, ohne dass sie auch nur ein Wort gesagt hat. Du hast sie ja erlebt. Sie schweigt einfach und sieht lediglich schrecklich verloren aus. In der Sekunde habe ich beschlossen, dass ich so nicht mehr weiterleben kann. Ich gebe zu: Ich habe an diesem Abend nicht mit ihr Schluss gemacht. Sechs Jahre Ehe gibt man nicht einfach so auf. Aber ich bin in dem Bewusstsein weggefahren, dass unsere Ehe gescheitert ist.

Ich bin an diesem Abend direkt zu dir gefahren, um dich zu einem Date einzuladen. Den Rest kennst du. Es tut mir leid. Meine Kondome sind als Langzeit-Ehemann einfach in die Jahre gekommen. Ich weiß natürlich, welchen Schmerz dir deine fremdgehenden Eltern in der Vergangenheit bereitet haben. Mir ist auch klar, dass ich mich wie deine Mutter benommen habe und das ein unverzeihlicher Fehltritt von mir ist. Es tut mir sehr leid. Aber nach unserer gemeinsamen Nacht fühlte ich mich wie befreit. Danach fuhr ich auf Geschäftsreise und nahm mir vor, meiner Frau nach meiner Rückkehr die Wahrheit zu sagen. Doch als ich zu ihr kam, hatte sie den positiven Schwangerschaftstest in den Händen und strahlte mich an. Wie hätte ich ihr da sagen können, dass ich gerade fremdgegangen war? Ich beschloss, das mit uns zu beenden. Sofort. Aber ich konnte es nicht. Ich konnte einfach nicht. Ich wollte dich, aber … Emily war schwanger. Monatelang quälte ich mich und überlegte, wie ich es ihr sagen sollte. Schließlich beschloss ich, bei ihr zu bleiben und mit dir Schluss zu machen. Aus Loyalität zu meiner Ehe. Aus Pflichtbewusstsein. Und ja, ich gebe es zu, es war für mich der leichtere Weg. Aber dann hast du vor mir gesessen. Aschfahl und müde und … mit einem positiven Schwangerschaftstest in den Händen. Da warst du schon weit über dem dritten Monat. Was hätte ich tun sollen? Ich weiß, dass die Wahrheit immer der beste Weg ist, aber mal ehrlich: Ich saß so tief in der Klemme, dafür gibt es keine Worte. Ich war vor Schock wie gelähmt und habe es einfach so weiterlaufen lassen. Bis eben zum verflixten Geburtsvorbereitungskurs. Ich habe keine Idee, warum du bei Emily warst. Wirklich nicht. Aber ich ahne, dass es nicht nur ein konspiratives Treffen gewesen sein kann. Im Büro haben sie mir gesagt, dass du krankgeschrieben bist. Leonie. Was ist los? Ich kann vor Angst um Mia und dich nicht mehr schlafen und male mir alle möglichen Szenarien aus. Bitte, bitte, ruf zurück. Lass uns reden. Ich liebe dich und will für euch kämpfen. Gemeinsam finden wir eine Lösung, in der Emily auch ihren Platz hat. Also … ruf an. Ich vermisse dich.

Je länger Leonie Peter beim Reden zugehört hatte, desto heftiger hatte sie weinen müssen. Jedes Wort traf sie tief ins Herz, erschütterte sie bis in die Grundfesten. Sie bemühte sich, an ihrer Wut festzuhalten, doch das wurde immer schwieriger. Auch sie hatte sich vor gut einem Jahr schrecklich verliebt. Ihr war klar geworden, dass er der Mann ihrer Träume war. Der eine oder keiner. Auch sie litt unter ihrer unerwarteten Trennung. Auch sie vermisste ihn.

Aber reichten seine Argumente, um ihr Herz zu erweichen?

Sie hörte sich an diesem Abend die Nachricht noch fünfmal an, machte sich Notizen, eine Pro-und-Contra-Liste und kam doch zu keinem Ergebnis. Zu der Gleichung kam jetzt auch noch Emily hinzu. Sie waren zwar grundverschieden, und viele hielten Leonie für ein egoistisches Biest, doch das Gegenteil war der Fall. Sie sorgte sich durchaus um ihre Mitmenschen. Auf keinen Fall wollte sie Emily den Gnadenstoß versetzen. In ihrer Welt saßen die beiden im selben Boot.

Wenn Leonie zu Peter zurückkehrte, würde sich Emily davon niemals erholen. Was wurde dann aus dem Baby? Wie konnte Leonie mit der Schuld leben, eine Familie zerstört zu haben? Außerdem hatte Emily zugegeben, Peter vielleicht verzeihen und ihre Ehe retten zu wollen. Würde Peter sie zurücknehmen, wenn Leonie ihm weiterhin die kalte Schulter zeigte? Stand sie in der Verantwortung, eine Ehe zu kitten, die durch sie erst endgültig zu Bruch gegangen war? Peter hatte zu Emily zurückkehren wollen und es nur nicht getan, weil Leonie schwanger geworden war.

»Schöne Scheiße«, flüsterte Leonie laut zu Mia und korrigierte sich hastig: »Das ist verflixt unangenehm.«

Sie legte ihr Handy weg, um Peter nur ja nicht zu antworten. Fünf quälende Minuten später nahm sie es jedoch wieder zur Hand und begann mit wild zitternden Fingern zu tippen.

Du hast mir sehr wehgetan. Ob ich dir verzeihen kann, muss ich erst noch herausfinden. Mia und mir geht es gut. Ich hatte vorzeitige Wehen und muss jetzt eine Weile liegen. Deshalb bin ich zu Emily gegangen. Sie kümmert sich um uns. Verstehst du, was das bedeutet? Das mit uns wird immer kom-

plizierter. Ich muss zunächst herausfinden, was ich eigentlich will und was das Beste für alle Beteiligten ist.

Sie las die Nachricht lieber nicht noch mal durch, sondern schickte sie direkt ab. Sonst hätte sie der Mut verlassen. Der Ton darin war so ganz anders als das Streitgespräch von vorhin. Sie hatte sich beruhigt. Stattdessen waren da nur Bitterkeit und der Wunsch geblieben, sich in Peters Arme zu werfen. Wie armselig.

Darf ich dich denn ab und zu kontaktieren und dich fragen, wie es euch geht?, antwortete er.

Leonie atmete tief durch und ließ sich langsam in ihr Kissen zurücksinken. Dann tippte sie nur zwei Buchstaben und hatte dabei das Gefühl, Emily und sich selbst zu verraten.

Ja.

Bloggen ohne Erlaubnis

EMILY

Emily konnte nicht schlafen. Keine Sekunde. Ständig horchte sie auf Geräusche aus Leonies Zimmer. Telefonierte sie? Emily meinte Stimmen zu hören, war sich aber nicht sicher. Sollte sie zu ihr gehen und sich aussprechen? Das Ende ihrer Unterhaltung war genauso unrühmlich gewesen wie die Diskussion kurz zuvor mit Peter.

Sobald sie an die Beziehung zwischen ihm und Leonie dachte, wurde ihr schlecht. Ein Jahr hatte er ein Verhältnis mit ihr gehabt. Ein ganzes Jahr. Das war unfassbar. Wie hatte sie nur so dumm sein und die Anzeichen übersehen können? Es hatte sie durchaus gegeben. Sie hatte sie nur ignoriert. Wie so vieles in ihrem Leben.

Stöhnend drückte sie sich ein Kissen aufs Gesicht und bemühte sich verzweifelt, die unliebsamen Überlegungen fortzuwischen. Allmählich konnte sie das aber nicht mehr. Sie hatte ihr Leben an die Wand gefahren. Als sie Peter geheiratet hatte, war sie voller Zukunftsträume gewesen. Sie wollte Journalistin werden, sich einen Namen machen, für große

Zeitungen schreiben. Stattdessen hatte sie alles hingeschmissen, um sich voll und ganz auf ihre Familienplanung zu konzentrieren. Sie hatte sich neu erfinden wollen, eine perfektere, nettere, liebenswürdigere Emily erschaffen. Eine, die jeder mögen würde. Dabei hatte sie gar nicht bemerkt, dass sie sich damit selbst verleugnet hatte.

Erst Leonie hatte ihr vor Augen geführt, wie seltsam sie sich verhielt. Als würden zwei konträre Personen in ihr miteinander kämpfen. Die löwenartige, kämpferische Emily war in den letzten Tagen immer wieder hervorgekommen, um sich zur Wehr zu setzen. Kein Wunder nach dem ganzen Debakel.

Eine Idee formte sich in ihrem Kopf. Sie hatte einen Kreativschub, der sie kribbelig und nervös werden ließ. Zwei Worte standen vor ihrem inneren Auge geschrieben und ließen sich nicht länger ignorieren. Gleichzeitig spürte sie, dass sie ihrem Instinkt folgen musste.

Sie würde einen komplett neuen Blog starten. Einen Neuanfang. Keine Fortführung ihres alten Lebens, sondern einen Schlussstrich. Und sie hatte auch schon den passenden Namen dafür. Ein Name, der ihrer momentanen Situation alle Ehre machte.

Doppelt oder nichts.

Auf einmal hielt sie nichts mehr in ihrem Bett. Obwohl es mittlerweile beinahe ein Uhr nachts war, stand sie auf, setzte sich an ihren Schreibtisch und klappte den Laptop auf. Dann klickte sie ihre bislang unveröffentlichten neuen Blogeinträge an. Sie hatte immer gespürt, dass ihren Posts das Besondere fehlte. Die Texte hatten sich unvollständig angefühlt. Langweilig. Aber jetzt wusste sie, wie sie sie aufpeppen konnte.

Sie vertiefte sich in den ersten Post. Dann in den nächsten und den nächsten. Zwischendurch machte sie in ihrem kleinen angrenzenden Fotoatelier die passenden Bilder. Sie hatte eine Menge Geld für Equipment ausgegeben, um perfekte Inszenierungen erschaffen zu können. Zuletzt hatte sie nur leider immer das Gefühl gehabt, dass ihre Darstellungen lebloser und uninspirierter geworden waren. Das hatte sich auch in ihren Klickzahlen widergespiegelt.

Aber jetzt war sie auf dem richtigen Weg. Mit Feuereifer fügte sie die Bilder auf der Website ein, fütterte ihren Organizer für die Social-Media-Posts mit weiteren Fotos und überarbeitete in Windeseile ihre Biografie.

Dabei weinte sie. So sehr, dass der Bildschirm vor ihren Augen verschwamm, doch es musste sein.

Ich lebe mit meinem Mann im schönen Heiligenhafen.

Gelöscht.

Zusammen mit meiner Familie unternehme ich viele entspannende Strandspaziergänge.

Gelöscht.

Stattdessen standen da jetzt Worte wie alleinerziehend, geschieden und Eheaus. War das vielleicht zu vorschnell? Leider nicht. Es musste genau so dort stehen, denn es war die reine Wahrheit. Genau wie der erste Post, in dem sie schonungslos mit sich selbst ins Gericht gegangen war.

Erst als sie die Überschrift bei einem ihrer ältesten und nicht mehr beachteten Einträge ändern wollte, kam sie an ihre Grenzen. Es gab bestimmte Bereiche, die hatte Torsten Flocke gesperrt. Emily war eine wilde Herumklickerin und hatte nicht nur einmal den gesamten Blog zerschossen. Daraufhin hatte er ihr einige Rechte weggenommen, um so etwas zu verhindern. Kurzerhand schnappte sie sich ihr Handy und rief ihren Computerspezialisten an. Es klingelte eine gefühlte Ewigkeit. Wo steckte er nur?

Endlich klickte es in der Leitung. »Emily?«, fragte er ungläubig.

»Ja, genau die. Ich brauche deine Hilfe bei einem neuen Blogeintrag. Ja, ich weiß. Das kommt jetzt unerwartet, aber ich habe einen ganz alten Text übernommen, den eh niemand anklickt, und neu bearbeitet. Ich kann die Überschrift nur nicht ändern.«

»Du … Was? Emily. Es ist vier Uhr nachts.«

»Oh.« Ein Blick auf die Uhr bestätigte Torstens Aussage. Hitze stieg ihr in die Glieder. *Wie peinlich.* »Entschuldige. Das hatte ich komplett vergessen. Schlaf gut.« Damit legte sie einfach auf und schrieb die Änderung des Eintrags auf ihre To-do-Liste. Das musste warten, war aber nicht weiter schlimm. Sie hatte auch so noch viel zu tun.

Sie war gerade dabei, einen neuen Social-Media-Account anzulegen, als es an der Tür schellte. Einmal, zweimal, dreimal.

Hastig sprang sie auf und rannte zur Tür, vorbei an Leonies Zimmer. »Emily?«, kam es verschlafen aus dem Raum. »Was ist los? Wer ist das?«

»Keine Ahnung, aber ich finde es gleich heraus.« Vor der Tür blieb sie stehen und fühlte, wie sie ihr Mut verließ. Wieder einmal. »Wer ist da?«

»Ich bin es. Torsten. Zusammen mit einem Seelentröster: Brötchen und Konfekt. Mach auf. Ich komme in friedlicher Absicht.«

Torsten. Aber … Oh, nein. Sie sah bestimmt schrecklich aus. Immerhin trug sie nur ihr viel zu großes Schlafshirt, Bärchenpantoffeln und eine Frisur, die garantiert nicht vorzeigbar war. Nie im Leben konnte sie …

Torsten klingelte erneut. »Ich meine es ernst, Emily. Mach auf. Mit deiner nächtlichen Anrufaktion hast du mir einen riesigen Schrecken eingejagt. Wir sollten reden.«

»Aber ich sehe schrecklich aus.«

»Ich auch. Der Mann an der Tanke hat mich sogar gefragt, ob ich wirklich Auto fahren will. Vermutlich hat er mich für einen besoffenen Penner gehalten. Ich bin unrasiert, ungekämmt, trage meinen Schlafanzug und Gummistiefel, weil die gerade noch von meiner letzten Angeltour im Flur rumstanden. Meine Jacke hab ich in der Eile vergessen, und ich friere. Also mach bitte auf.«

»Soll ich übernehmen?« Das war Leonie, die mittlerweile aus ihrem Zimmer herausgekommen war und geduckt wie ein angreifender Panther hinter ihr stand. In den Händen hielt sie eine große Vase. Wollte sie die etwa als Waffe verwenden?

»Keine Sorge. Torsten ist ein … äh … ein … Typ. Ein Bekannter. Ich meine, er ist mein …«

»Emily. Hör auf zu quatschen und mach auf.«

Ohne weiter nachzudenken, öffnete Emily tatsächlich und stand einem mehr als derangiert aussehenden Torsten gegenüber. Er sah sogar noch schlimmer aus als beschrieben. »Du hast vergessen, den Schlafsand in deinen winzigen Äuglein und die Kissenabdrücke an deiner rechten Wange zu erwähnen«, begrüßte sie ihn.

Torsten verzog das Gesicht, als hätte er Zahnweh. »Lässt du mich trotzdem rein?« Er hob die Brötchentüte in die Höhe.

»Wenn du deine dreckigen Angelstiefel draußen lässt, sehr gerne.«

Sie trat zur Seite, damit Torsten in den Flur huschen konnte. Dabei zog er sich bereits die Stiefel aus, erstarrte aber, als er Leonie im Hintergrund bemerkte. »Oh, hallo. Guten Morgen.«

»Für gut halte ich ihn nicht, eher für verrückt. Hallo. Haben Sie schon mal auf die Uhr gesehen? Es ist halb fünf.«

»Ich weiß. Sagen Sie das nicht mir, sondern ihr.« Er deutete auf Emily, die vor Scham am liebsten im Erdboden versunken wäre. »Sie hat mich um diese Uhrzeit angerufen und wirres Zeug gebrabbelt. Da musste ich einfach herkommen.«

»Aha. Mit Brötchen und … Ist das ein Gurkenglas?«

»Das ist richtig. Ich dachte mir, ich bringe Emilys Kind auch ein Gastgeschenk mit. Gerüchteweise stehen Babys im Bauch doch voll auf Gurken.« Er hielt Emily das Glas hin, die es gehorsam entgegennahm. Torsten und Leonie standen sich derweil reglos gegenüber. Keiner von beiden schien mit dem anderen etwas anfangen zu können. »Wenn Sie lieb fragen, gibt Emily Ihnen bestimmt auch ein Gürkchen ab«, sagte er nach einer Weile in die Stille hinein. »Ich meine, weil Sie ja ebenfalls eindeutig in anderen Umständen sind.«

»Ist das Ihre Art, mir zu sagen, dass ich dick bin?«

»Nein, Hilfe, nein. Sie sehen fabelhaft aus. Ich wollte nur …«

Leonie winkte ab. »Gute Nacht, allerseits«, sagte sie und sah Emily an. »Kann ich dich mit dem Verrückten allein lassen?«

»Er ist nicht verrückt, nur ein Computerspezialist.«

»Was ein und dasselbe ist. Egal. Das ist eure Sache. Ich gehe wieder schlafen.« Kopfschüttelnd verschwand sie in ihrem Zimmer und schloss sorgsam die Tür hinter sich.

»Ist das diejenige, welche?«, flüsterte Torsten.

»Was meinst du?«

»Du weißt schon: die andere Schwangere.« *Ach, verdammt.* Emily hatte glatt vergessen, dass Torsten ihre Geschichte bereits kannte. Er war am Telefon gewesen, als sie ihr Leid dem Polizisten geklagt hatte. Schweigend nickte sie. Dann ging sie voraus zu ihrem Schreibtisch, änderte aber kurz davor den Kurs. »Lass uns in mein Kreativzimmer gehen. Da stören wir Leonie nicht und können in Ruhe reden.« Nervös fuhr sie sich mit der Hand durch die Haare und versuchte, die wirren Strähnen zu ordnen. Vergebens. Auch egal. Im Vergleich zu Torsten sah sie vermutlich wie der blühende Morgen aus.

Torsten folgte ihr in ihr völlig chaotisches Zimmer. Normalerweise hielt sie es absolut ordentlich, doch die letzten

Nächte hatte sie sich ausgetobt. Die Nähmaschine stand in der Ecke, darüber lag eines von Peters Hemden. Sie hatte es zu offensichtlich verändert und es schließlich zerschnipselt, um sich abzureagieren. Kurz danach hatte sie einen ganz bestimmten Brief geschrieben und ihn per Mail verschickt.

Peter würde sich noch wundern.

Emily war aber auch im positiven Sinn aktiv gewesen. Sie hatte fotografiert, was man auf den ersten Blick erkennen konnte. Überall lagen ihre Fotovorlagen herum, Objektive und Dekorationen.

Gegenüber jedem anderen wäre Emily das unangenehm gewesen, doch Torsten zuckte nicht mal mit der Wimper. Im Gegenteil. Er schien sich sofort wohlzufühlen.

Emily ließ die Rollläden hochfahren, sodass sie einen schönen Blick auf die Dünenlandschaft hatten. Zumindest theoretisch. Es war noch immer recht dunkel, aber wenn sie sich nicht irrte, ging langsam die Sonne auf.

Torsten hatte mittlerweile den kleinen Tisch abgeräumt, die Brötchen draufgelegt und das Gurkenglas mit einem leisen Plöpp geöffnet. Aus seinen Hosentaschen zauberte er drei recht lädiert aussehende Marmeladenpackungen, vermutlich vom Hotel oder der Tankstelle, hervor, inklusive einem winzigen Butterstück. Als Teller legte er zwei Taschentücher auf den Tisch und zog ihr den Stuhl nach hinten, damit sie sich setzen konnte.

»Soll ich erst noch Kaffee machen? Teller besorgen?«, fragte sie amüsiert.

»Nicht nötig. Ich hab welchen dabei. Alles für den Fall, dass du mich nicht reinlässt und ich vor deiner Tür campieren muss.«

Erst jetzt bemerkte Emily die kleine Thermoskanne auf dem Tisch. Sie sah reichlich lädiert aus. Der Aufdruck blätterte ab, sie war voller Beulen und etwas windschief. Aber irgendwie sah das charmant aus. Sie erzählte von vielen Kaffees an unterschiedlichen Orten.

Emily setzte sich und ließ es zu, dass Torsten ihr einen tiefschwarzen Kaffee in die ebenfalls verbeulte Kappe der Kanne eingoss. Er selbst nahm mit einem Plastikbecher vorlieb. Vermutlich auch von der Tanke.

»Wieso sollte ich dich nicht reinlassen?«, fragte Emily irritiert nach.

»Weil es halb fünf ist?«

»Aber ich war es schließlich, die dich geweckt hat.«

»Jemanden zu wecken oder zu jemandem zu fahren, um Sturm zu klingeln, sind zwei unterschiedliche Dinge. Aber es ist ja noch mal gut gegangen. Darfst du überhaupt Kaffee trinken? Ich wollte erst noch Tee mitnehmen, hatte aber nur einen abgelaufenen Beutel unbestimmbaren Ursprungs im Schrank. Den hab ich lieber weggeschmissen.«

Emily lachte leise. »Kaffee in Maßen darf auch eine Schwangere trinken. Aber bitte verschone mich um halb fünf mit deinen Gürkchen.«

»Brötchen sind okay?«

»Ja. Sehr.« Ein warmes Gefühl breitete sich in ihrem Magen aus, als sie zusah, wie Torsten ihr ein sehr blasses Brötchen auf die Serviette legte und ihr großzügig die Butter überließ. Sie testete den Kaffee, der definitiv Tote erwecken konnte. Genau das Richtige um diese Uhrzeit.

»Es tut mir leid, dass du dir Sorgen gemacht hast.« Emily mühte sich damit ab, mit dem Plastikmesserchen das gummiartige Brötchen zu schneiden, und nahm schließlich Torstens angebotenes Taschenmesser zu Hilfe. Der Mann war praktisch veranlagt, das musste man ihm lassen.

»Ich mache mir schon Sorgen, seit du mich aus dem Auto angerufen hast. Insofern bin ich eigentlich froh, von dir zu hören – selbst zu dieser Uhrzeit. Du warst fleißig, habe ich gesehen. Während ich hergejoggt bin, hab ich einen Blick auf die von dir vorbereiteten Posts für deinen neuen Blog geworfen. Ich hoffe, es war okay, dass ich mich eingeloggt habe.« Er zog aus dem Inneren seines fluffigen Pullovers ein Tablet hervor und zeigte auf das Display. »Hast du Aufputschmittel genommen?«

»Nein, nur den schrecklichsten Abend meines Lebens gehabt. Ich hab mit den ganzen Posts meine Gedanken sortiert, meine Zukunft geplant und mich neu erfunden. So können die natürlich nicht online gehen, aber wenn ich noch ein wenig mehr Zeit reinstecke, können wir starten.« Emily überlegte, dann gab sie sich einen Ruck. Jetzt musste sie auch ehrlich sein. »Bislang habe ich meinen Blog eher als netten Nebenerwerb gesehen, doch so wie es aussieht, bin ich bald alleinerziehende Mutter. Ich muss mir was einfallen lassen, um für mich selbst sorgen zu können. Mit einem Blog richtig Geld zu verdienen ist beinahe unmöglich, oder?«

»Mit dem Blog allein wird es schwer«, gab Torsten zu. »Aber wenn du dazu noch ein Buch schreibst, es gut vermarktest und dich als Marke breiter aufstellst, könnte es durchaus klappen. Du hast bereits eine Fanbase, die dir treu ist. Schon mal an Lebens-Coaching gedacht?«

Emily verschluckte sich fast an ihrem Brötchen. »Ich? Lebens-Coaching? Ich hab mein Leben gerade vor die Wand gefahren.«

»Aber du lässt dich nicht unterkriegen. Das ist die halbe Miete. Außerdem bist du ausgebildete Journalistin und gut vernetzt. Deine früheren Artikel sind gut. Mit Auftragsarbeiten für Zeitungen könntest du weiteres Geld verdienen. Du musst dich nur trauen.«

»Und parallel noch ein Baby zur Welt bringen, eine griesgrämige Leonie bespaßen, eine Scheidung organisieren und vermutlich umziehen. Das Haus kann ich mir allein nicht leisten.«

Torsten lehnte sich in dem für ihn viel zu kleinen Stuhl zurück und biss in eine Gurke hinein. Dann grinste er breit. »Momentan mag dir das Leben so sauer aufstoßen wie diese Gurken, aber glaube mir: Da kommen auch wieder bessere Tage. Du musst nur die Finger von Computerviren und deinem zukünftigen Ex-Mann lassen. Oder ihr rauft euch wieder zusammen.«

»Gibst du mir jetzt Lebenstipps?«

»Nein. Ich hab nur überlegt, was meine sensible Schwester dir raten würde. Ich bin der Meinung, dass du dem Vollpfosten eine reinhauen und ihn so richtig bluten lassen solltest. So wie das alles klingt, brauchst du dafür nicht einmal ein schlechtes Gewissen zu haben.«

»Ich weiß nicht … Es fühlt sich einerseits richtig an, meine Geschichte mit anderen über meinen Blog zu teilen. Andererseits mache ich mir Sorgen. Gebe ich zu viel preis? Wenigstens weiß ich jetzt, wie mein neuer Blog heißen soll und was ich für ein Logo haben möchte.«

»Klingt spannend. Weih mich ein.«

»Doppelt oder nichts«, stieß Emily atemlos hervor. »Das passt perfekt in meine Situation. Auf einmal sind da zwei Schwangere. Zwei Babys. Alles steht auf dem Spiel. Im Logo sollen dazu noch Kleeblätter auftauchen. Als Kontrast zum Nichts. Es steht für Glück und Neuanfang.«

Torsten überlegte. »Find ich gut«, sagte er nach einer Weile.

»Ich auch.« Emily strahlte und fühlte sich so gut wie nie. Bis ihr die nächste Hürde einfiel. »Ich sollte Leonie fragen, ob es für sie okay ist, dass ich sie im Blog erwähne – und vielleicht auch Peter.«

»Du nennst doch keine Namen. Jetzt zerdenk nicht alles. Wag was Neues. Hier. Iss eine Gurke. Danach siehst du klarer.«

Emily traute sich tatsächlich. Sie nahm die angebotene Gurke und biss hinein.

»Schmeckt ätzend um die Uhrzeit, nicht wahr?« Torsten lachte, als er ihr Gesicht sah.

Emily musste mitlachen. »Zu süßer Marmelade definitiv. Aber ja: Ich muss was wagen. Keine Gurken um halb fünf, dafür ein neuer Blog und neue Wege. Er muss ja auch erst mal Aufmerksamkeit generieren. Bis dahin sehe ich es als mein kleines Projekt an, um wieder klarer zu sehen. Das hat schon viel gebracht.« Sie prostete Torsten mit dem Kaffee zu und lächelte ihn warm an. »Danke für deine Unterstützung.«

»Immer gerne. Du bist meine erste Kundin nach meinem Umzug hierher gewesen und bis heute die treueste. Okay. Und diejenige mit den seltsamsten Aufgaben, aber das macht es auch so spannend. Auf neue Wege.«

Er zwinkerte ihr zu, und das warme Gefühl in ihrem Inneren verstärkte sich. Emily ließ es für den Moment zu, denn sie wusste genau, dass es nicht lange anhalten würde. Denn das nächste Problem, das spürte sie genau, lag nur ein paar Meter von ihr entfernt im Bett.

LEONIE

Leonie war gerade wieder eingeschlafen, als ihr Handy klingelte. Zunächst ignorierte sie es, doch als es nach zwei Minuten wieder anfing, ging sie seufzend ran. Auch ohne auf die Anruferkennung zu schauen, wusste sie, wer dran war.

»Ich dachte, wir hätten zumindest übergangsweise Frieden geschlossen«, sagte Peter vorwurfsvoll als Begrüßung.

»Was meinst du?« Irritiert setzte sich Leonie auf und fuhr sich müde mit der Hand über das Gesicht. Was für eine Nacht.

»Sämtliche meiner Konten wurden gesperrt. Nachdem ich ins Hotel zurückgegangen bin, wollte ich mir noch einen Drink an der Bar gönnen. Zur Beruhigung meiner Nerven. Überraschung! Ich konnte nicht zahlen. Mit keiner einzigen Karte. Also habe ich meine Bank angerufen, und was sagt die? Angeblich hab ich die Sperrung veranlasst, weil meine Geldbörse gestohlen worden ist. Nur ist das nicht der Fall. Findest du das etwa witzig, Leonie?«

»Das bin ich nicht gewesen«, protestierte Leonie schwach.

»Ach, komm schon. Das trägt genau deine Handschrift. Emily würde so etwas niemals tun.«

Autsch. Das tat weh. Sie wusste, dass viele ihrer Bekannten sie für hinterhältig hielten, doch von Peter hatte sie gedacht, dass er sie besser kennen würde. Rache war unter ihrer Würde.

Doch wenn sie es nicht gewesen war, wer dann?

Da fiel ihr eigentlich nur eine Person ein, die ein ähnliches Motiv wie sie hatte. Aber Peter hatte recht – Emily würde so etwas niemals tun. Oder? Plötzlich keuchte Peter auf.

»Meine Mutter ruft mich an«, rief er entsetzt. »Was will die denn um fünf Uhr nachts?«

»Geh ran und frag sie. Nicht, dass was passiert ist«, riet Leonie. »Ich warte so lange.«

Peter hatte sie vermutlich bereits weggedrückt, denn sie hörte die obligatorische Bandansage, dass die Verbindung gehalten würde. Geduldig wartete sie. Und wartete. Und wartete. Hoffentlich war es nichts Schlimmes. Ob es Peters Vater wieder schlechter ging? Er hatte mit hohem Blutdruck zu kämpfen und …

»Scheiße, Leonie. Das war jetzt aber ein echter Tritt unter die Gürtellinie. Das kann doch nicht dein Ernst sein.«

»Ich hab keine Ahnung, wovon du redest.«

»Du hast meiner Mutter eine Mail geschrieben und ihr alles erzählt? Eine Mail. Wie fies. Ich wollte es ihr persönlich beichten, damit sie sich nicht unnötig aufregt.«

»Ich habe nichts dergleichen getan, und überhaupt: Warum ruft sie deswegen um fünf Uhr bei dir an?«

»Weil die Mail gerade erst bei ihr eingetrudelt ist und sie aus dem Schlaf gerissen hat. Offenbar hat sie ihr Handy am Bett liegen und bekommt nicht so häufig elektronische Post. Sie hat sie natürlich sofort gelesen und angerufen. Ich … Scheiße … Verdammt!«

Leonie hörte eine Weile Peters Gefluche zu und dachte sich dabei ihren Teil. Für diese Racheaktion kam nur eine Person infrage. Eine Person, die gerade mit einem merkwürdigen IT-ler zu einer noch seltsameren Uhrzeit frühstückte. Eine Person, der man solche Taten auf keinen Fall zutraute. Die sich sehr sorgsam das Image einer lieben Hausfrau aufgebaut hatte und heimlich ganz anders agierte.

Stille Wasser sind eben meist sehr tief, dachte Leonie für sich.

»Lass uns morgen in Ruhe darüber reden. Ich gehe jetzt wieder schlafen.«

Damit legte sie auf, kuschelte sich ins Bett und musste plötzlich so laut lachen, dass sie sich ihr Kissen aufs Gesicht drückte, damit man sie nicht hörte. Wenn es tatsächlich Emily gewesen war, musste Leonie definitiv das Bild von der elfenhaften Schwangeren ad acta legen.

Am Vormittag hatte Leonie es sich auf der Couch im Wohnzimmer bequem gemacht, als der seltsame Typ von heute Morgen an ihr vorüberging und sich verabschiedete. Emily begleitete ihn bis zur Tür und seufzte leise, nachdem er gegangen war.

»Was ist das zwischen euch?«, fragte Leonie vorsichtig und versuchte sich gleichzeitig vorzustellen, wie in diesem liebreizenden Köpfchen der Masterplan für Peters Erniedrigung hatte entstehen können. Emily wirkte so nett. So harmlos. Leonie war sich mittlerweile sicher, dass das nur Tarnung war.

»Ich glaube, Torsten und ich schließen gerade Freundschaft«, sagte Emily nach einer langen Pause.

»Freundschaft? Beschließt ihr nicht eher mehr?« Sofort erntete Leonie einen bösen Blick. Sie hob beruhigend die Hände. »Schon gut, schon gut. Geht mich ja auch nichts an.«

»Da hast du ausnahmsweise recht.« Emily kam zu ihr und setzte sich ihr gegenüber in den Sessel. Sie wirkte erfreut, als sie das Büchlein in Leonies Händen bemerkte. »Du beschäftigst dich mit meinem Planer?«

Leonie überlegte kurz, ob sie Emily auf die Sache mit Peter ansprechen sollte, verschob das aber auf später. »Ja, ich hab ja sonst nicht viel zu tun, um mich abzulenken. Alles ist besser, als über unsere Situation nachzudenken. Da ist es doch sinnvoller, sich auf die Zukunft vorzubereiten. Ich habe deine Liste für werdende Mütter durchgearbeitet und bin ein wenig schockiert über mich selbst. Es gibt nicht einen Punkt, den ich abhaken kann. Wie gewünscht habe ich priorisiert.« Sie hob eine Broschüre über Hebammen in die Höhe. »Seit heute Morgen telefoniere ich mir die Finger wund, um noch eine Hebamme zu ergattern, aber du hattest recht. Ich bin spät dran.«

»Verdammt spät dran. Aber wie gut, dass ich womöglich eine Lösung habe. Warte kurz. Ich rufe meine an.«

»Was? Nein!«

»Wieso nicht? Sie kommt heute Nachmittag ohnehin zur Kontrolle. Da könnte sie dich als neue Klientin direkt mit abfrühstücken.«

»Lieber nicht.«

»Wieso?«

»Weil wir in so ziemlich allen Punkten im Bereich Schwangerschaft anderer Meinung sind. Deine Hebamme ist bestimmt nicht besonders hilfreich für mich.«

»Komm schon. Du kennst doch Annette. Die ist total nett und macht sich bestimmt ohnehin schon Sorgen um uns. Also? Soll ich anrufen?«

Alles in Leonie sperrte sich gegen den Gedanken, doch letztlich sah sie ein, dass sie keine Wahl hatte. Sie gab nach und lauschte gleich darauf, wie Emily galant mit Annette diskutierte. Als sie auflegte, wirkte sie sehr zufrieden mit sich und der Welt. »Sie spricht mit dir und entscheidet dann, ob ihr überhaupt zusammenpasst«, sagte sie zu Leonie.

»Passen wir nicht. Das weiß ich jetzt schon.«

»Ich sehe das anders, aber … egal. Lass uns nicht schon wieder streiten.«

»Wir streiten doch gar nicht. Wir diskutieren miteinander. Emily, nicht jede Meinungsverschiedenheit ist gleich ein Weltuntergang.«

»Das ist mir durchaus bewusst.«

»Wirklich? Ich habe nicht den Eindruck.« Dein Ding ist eher, passiv-aggressiv vorzugehen, dachte Leonie für sich. Zeit, die Sache mit Peter anzusprechen. »Peter hat mich letzte Nacht noch mal angerufen.«

»Ach, ja? Was wollte er denn?«

»Er hat etwas von einer Mail an seine Mutter und über gesperrte Konten gefaselt.« Leonie sah Emily scharf an. »Er glaubt, ich sei dafür verantwortlich.«

Emily grunzte lediglich leise und mied dabei Leonies Blick.

»Da ich es nicht gewesen bin, bleibt nur noch eine Person übrig«, hakte Leonie unbarmherzig nach.

Emily wurde dezent rot im Gesicht. »Ich weiß nicht, wovon du sprichst.«

»Klar. Die Heinzelmännchen waren es vermutlich auch, die Peters Hemden umgenäht haben, damit sie schlechter sitzen. Das ist mir neulich schon aufgefallen. Und auch sein Geruch. Was hast du angestellt?«

Emily hielt es noch drei Sekunden aus, dann platzte sie heraus: »Er trägt sie wirklich. Unfassbar, dass er das noch nicht kapiert hat.«

»Und die Krawatten erst.« Auch Leonie musste jetzt laut lachen. »Die sind ja viel zu kurz. Wie hast du das gemacht?«

»Geschickt einen kleinen Teil abgeschnitten und neu vernäht. Wer es nicht weiß, sieht es nicht. Bei den Hosen habe ich ähnlich gearbeitet. Die eine ist ein wenig zu eng und kneift garantiert ganz fies im Schritt, die andere hab ich gekürzt, die sieht jetzt richtig doof aus.«

Die beiden lachten so herzhaft, dass ihnen die Tränen in die Augen schossen.

»Und warum stinkt Peter neuerdings?«

»Fischöl. Einen Tropfen in sein Aftershave, einen in sein Duschgel. Er selbst hat sich vermutlich an den Geruch gewöhnt und bemerkt ihn nicht mehr, aber jeder andere denkt sich: Der Typ riecht irgendwie seltsam. Aber mein Meisterwerk sind seine Schuhe: Ich hab in seine Arbeitsschuhe eine leichte Absatzvergrößerung eingefügt, sodass er windschief steht. Nur minimal, aber definitiv zu sehen. Bei seinen Turnschuhen hab ich die Schnürsenkel gekürzt, damit sie hoffentlich ständig aufgehen, und seine Nagelschere habe ich stumpf geschliffen.«

»Bist du fies.«

»Aber es tat sooo gut.«

Die beiden lachten gemeinsam, bis ihnen die Bäuche wehtaten. Fast fünf Minuten alberten sie miteinander herum. »Ich hätte dich nie für eine Rachegöttin gehalten«, prustete Leonie vergnügt.

Das ernüchterte Emily schlagartig. Sie wirkte plötzlich seltsam ernst. »Das waren kleine Sticheleien, um mich abzureagieren. Rache ist etwas völlig anderes. Rache ist das letzte Mittel, um dem anderen so richtig wehzutun. Ihn niederzustrecken oder zu erniedrigen. Das will ich bei Peter überhaupt nicht. Wer sich rächt, schlägt immer auch eine Tür zu – und zwar für immer. Dann gibt es kein Zurück mehr. Ich glaube nicht, dass sich jemand durch Rache besser fühlt. Vielleicht für einen kurzen Moment. Doch danach wird alles nur noch finsterer. Ich hätte Peter vernichten können. Ich habe genug fiese Chatnachrichten von ihm, wo er sich über die gesamte Führungsetage seiner Firma ausgelassen hat. Das könnte ihn seinen Job kosten. Hätte ich mich also wirklich rächen wollen, wäre das mein Mittel der Wahl gewesen. So jedoch habe ich mich für die kleinen Streiche entschieden, die ihn vermutlich nur nerven, aber nicht in die Knie zwingen. Denn sobald das passiert, ist Frieden für immer ausgeschlossen.«

Leonie dachte über Emilys Worte nach. »Das mit dem Brief an seine Mama war aber schon sehr gemein.«

»Ach, was. Die Frau ist so verliebt in ihren Goldjungen, da bekommt er keinen Kratzer ab. Peter ärgert es eigentlich nur, weil sein Image als perfekter Sohn eine Delle bekommen hat. Ein wirklicher Schaden ist nicht entstanden. Vielmehr war mir wichtig, dass seine Familie Bescheid weiß.«

Leonie schluckte. Familie. Ihre hatte keine Ahnung, was momentan geschah. Wenn es nach ihr ging, würde das auch für sehr lange Zeit so bleiben. In der Sekunde wünschte sie sich nichts sehnlicher als Eltern, denen sie sich anvertrauen konnte. Die ihr Rückhalt boten und ihr vergaben, egal, was geschah. So etwas machte Mütter und Väter doch aus, oder?

»Ich hätte auch gerne so eine Mutter«, murmelte Leonie leise.

»Ich auch. Aber weißt du was? Mit unseren Babys können wir das nachholen. Wir werden uns ab sofort immer an diese Worte erinnern und uns bemühen, unseren Kindern so viel Rückendeckung zu geben wie nötig. Vermutlich werden sie uns trotzdem in der Pubertät doof finden, aber wir wissen, dass wir gute Eltern sind. Gebongt?«

»Gebongt. Dir ist aber klar, dass ich dir nach dieser Aktion mit Peter niemals wieder abkaufe, dass du zurückhaltend und artig bist?«

Emily lachte leise in sich hinein. »Ganz ehrlich? Ich hab nie gelogen, wenn ich das gesagt habe. Ich habe es selbst geglaubt. Erst nachdem du mir das so deutlich ins Gesicht gesagt hast, habe ich darüber nachgedacht. Vielleicht hast du recht. Vielleicht bin ich ein klein wenig anders, als ich mich selbst sehe.«

»Ein klein wenig?«

Sie grinsten einander an und begannen danach in seltsamer Harmonie miteinander zu arbeiten. Emily beschäftigte sich mit ihrem Laptop, während Leonie ihren Planer mit Leben füllte. Zunächst hatte sie das alles lächerlich finden wollen, doch es machte ihr verrückterweise Spaß. Sie fand sich im Basteln eher unkreativ. Dank Emilys vielen kleinen Stickern, bunten Bastelvorlagen und Zeichenbeispielen war es jedoch ein Klacks, die Seiten auszufüllen. Auf diese Weise vergingen die Stunden wie im Flug, bis es an der Tür klingelte.

»Ist das schon Annette?«, fragte Leonie entsetzt.

»Vermutlich. Sie ist immer pünktlich.« Emily sprang auf und lief leichtfüßig wie ein Reh zur Tür. Dass sie dabei einen dicken Bauch mit sich herumtrug, schien sie nicht zu stören. Überhaupt machte ihr die Schwangerschaft offenbar keinerlei

Probleme. Als ruhte sie in sich selbst. Kein Wunder. Immerhin hatte sie viele Jahre auf ihr Baby warten müssen und sich entsprechend vorbereitet. Die Schwangerschaft war ihr Lebenselixier, und das strahlte sie auch aus.

Leonie legte ihre Bastelschere zur Seite und zwang sich zu einem Lächeln, als Annette in ihrem Sichtfeld auftauchte. »Hallo, Annette.«

»Leonie. Emily hat mir bereits davon berichtet, dass du hier eingezogen bist. Ich gebe zu, die Nachricht hat mich einigermaßen überrascht, aber manchmal gehen die Schicksale seltsame Wege. Geht es dir denn gut?«

»In Anbetracht der Umstände einigermaßen. Ich muss mich ausruhen, sagen die Ärzte. Viel liegen. Das entspricht nicht so ganz meinem Naturell.«

»Das glaube ich dir gerne.« Annette ließ sich in dem Sessel nieder, auf dem Peter am Abend zuvor gesessen hatte. Aus einem großen schwarzen Koffer zog sie eine Tube Desinfektionsmittel hervor, rieb sich die Hände ein und wartete, bis sich Emily zu ihnen gesellt hatte. »Du suchst also noch eine Hebamme?«

»Das ist richtig.«

»Ich bin mir nicht sicher, ob wir zwei zueinander passen, aber angesichts deiner Notsituation können wir es gerne versuchen. Hast du deinen Mutterpass da?«

Den hatte Emily in weiser Voraussicht bereits aus dem Gästezimmer geholt. Leonie reichte ihn Annette und wartete, während sie die Eintragungen durchging.

»Du hast gut auf die Wehenhemmer angesprochen. Das sind schöne Neuigkeiten. Wenn du jetzt aufpasst und dich ausreichend schonst, darfst du bestimmt in Zukunft wieder etwas länger aufstehen. Hattest du denn noch mal Beschwerden?«

Leonie schüttelte stumm den Kopf.

Annette sah erst sie länger an, dann Emily. »Ich bin mir ehrlich gesagt nicht sicher, ob euer Arrangement hilfreich ist. Normalerweise frage ich meine zu betreuenden Frauen, ob es besondere Vorkommnisse gab, die sie belasten. Das brauche ich bei euch wohl nicht mehr zu tun. Emily. Wie geht es dir denn emotional?«

»Ganz okay. Ich drehe nicht mehr völlig durch, sondern halte mich so halbwegs über Wasser.«

»Machst du denn noch deine Übungen?«

»In letzter Zeit nicht, aber ab morgen fange ich wieder damit an. Vielleicht macht Leonie ja mit.« Emily sah Leonie herausfordernd an, die sofort abwehrend die Hände hob.

»Ich darf mich nicht bewegen. Die Ärzte haben meine Ruhepause sogar noch verlängert. Ich muss jetzt mindestens zwei Monate liegen. Hat mir meine Ärztin vorgestern mitgeteilt.« Die Neuigkeit hatte sie bislang vor Emily geheim gehalten. Die sah sie mit einer Mischung aus Mitleid und Schock an. »Keine Sorge. Ich packe das schon mit dem Rumliegen, denn ich weiß ja, für wen ich das mache.«

»Du musst dich auch gar nicht großartig bewegen, um mit mir zusammen zu üben. Ich arbeite mich in die Themen ›Hypnosegestützte Geburt‹ und in ›Hypnobirthing‹ ein. Da bewegt sich nur dein Geist und nicht du selbst«, sagte Emily sanft.

»Das klingt voll nach mir.« Leonie ließ ihre Stimme absichtlich vor Ironie nur so triefen, doch das prallte an Emily ab.

Die ignorierte ihren Einwand und sah Annette zufrieden an. »Ich werde sie schon zwingen. Das wird super.«

»Da bin ich mir sicher.« Annette klang nicht minder ironisch. »Gut. Dann lass uns mal über dich sprechen, liebe Emily. Bist du mittlerweile weiter, was deinen Geburtsplan angeht?«

»Ja, natürlich.« Emily zückte ihr verziertes Büchlein und schlug eine vollgekritzelte Seite auf. »Peter war ja immer gegen die Hausgeburt, aber da Peter jetzt … nun mal Geschichte ist, darf ich das allein entscheiden. Also: Ich möchte die Hausgeburt.«

»Was?«, rief Leonie entsetzt. »Bist du irre? Wir sind doch nicht mehr im Mittelalter.«

»Was hat das denn mit Mittelalter zu tun? Ich fühle mich in meinem Haus sehr wohl und vertraue Annette vollkommen. In der Klinik kenne ich die Hebammen, die Umgebung und die Gegebenheiten nicht. Wer weiß, ob sie mir eine Betäubung aufquatschen wollen, die ich nicht haben will. Dann bleibe ich doch lieber hier und konzentriere mich ganz auf mich und meinen Körper.«

»Ich hoffe doch sehr, dass sie mir eine Betäubung aufquatschen.«

»Das magst du so sehen. Ich habe mich mit dem Thema hinreichend beschäftigt und kenne die Vor- und Nachteile.«

»Aber wenn was schiefgeht, dann sind wir fast eine Stunde vom nächsten Krankenhaus entfernt. Bist du verrückt?«

»Nicht verrückt. Ich vertraue lediglich meinem Körper.«

»Dem kannst du auch im Krankenhaus vertrauen, wo dir im Notfall genügend Ärzte zur Seite stehen.«

»Ich …«

»Stooop«, rief Annette dazwischen und pfiff auf ihren Fingern, um den Zwist zu unterbinden. »Von eurem Gezanke klingeln mir die Ohren. Hilfe. Wie seid ihr zwei nur jemals auf die Idee gekommen, euch zusammenraufen zu wollen? Da prallen Welten aufeinander. Das Thema Hausgeburt spaltet seit jeher die Gemüter. Akzeptiert bitte die Meinung der anderen, denn es gibt kein Richtig und kein Falsch. Leben und leben lassen, ist meine Devise. Das solltet ihr euch dringend auf die Fahne schreiben. Und zwar alle beide.« Sie sah Leonie streng an. »Wenn du Emilys Meinung nicht akzeptieren kannst, muss ich dich bitten, den Raum zu verlassen. Danach können wir zwei uns miteinander austauschen. Jetzt gerade ist Emily dran. Und Emily ... Lass dir von niemandem einreden, dass deine Geburt der absolute Horrortrip wird. Das wird nicht passieren. Also, Leonie, bist du still?«

Leonie gab zähneknirschend nach und ließ sich in die Kissen zurücksinken. Danach lauschte sie eine Stunde lang der irrsinnigsten Planung, die sie je gehört hatte. Schließlich hielt sie es nicht mehr aus. »Planschbecken im Wohnzimmer? Ernsthaft?«

»Planschbecken im Wohnzimmer«, bestätigte Annette trocken. »Da dein Geburtstermin eine Woche nach dem von Emily angesetzt ist, hast du vielleicht die Möglichkeit, es dir anzusehen und deine Meinung zu ändern.«

Leonie musste sich schwer zusammenreißen, um nicht zu protestieren. In ihren Augen war solch eine Aktion viel zu riskant für Mutter und Kind. Dafür hatte sie von zu vielen Geburten gehört, bei denen Eingriffe notwendig geworden waren.

Emily und Annette planten noch ein wenig länger ihren Wahnsinn, dann wandten sie sich Leonie zu.

»Wie sieht denn deine Geburtsplanung aus?«, fragte Annette.

»Ich gehe in die Klinik, und wenn alles dafür spricht, probiere ich es mit einer natürlichen Geburt. Ansonsten lasse ich eben einen Kaiserschnitt machen. Fertig. Irgendwie bekomme ich Mia schon da raus.«

Annette seufzte tief. »Bist du denn zumindest bereit, dich ein wenig auf das Abenteuer Geburtsvorbereitung einzulassen? Probier es wenigstens.«

»Klar. Ich bin für alles offen.«

»Nur dass deine Meinung eigentlich schon feststeht.«

Leonie lachte leise. »Ich habe nie vorgehabt, ein Kind zu bekommen. Das ist alles Neuland für mich. Ich taste mich langsam heran, aber ja: Wenn ihr bereit seid, einen Schritt auf mich zuzumachen, dann mache ich auch einen Schritt auf euch zu.« Sie hielt Emily die Hand hin, die ohne zu zögern einschlug.

»Ich freue mich auf unser gemeinsames Abenteuer«, sagte Emily in feierlichem Tonfall.

»Ich glaube, wir stecken schon mittendrin«, erwiderte Leonie.

Das Zusammenraufen

EMILY

»Sie betreten jetzt den Tempel der Entspannung. Gehen Sie in Ihren Wohlfühlraum, und sehen Sie sich um. Sanft umschließt Sie der Nebel Ihrer Regenbogenfarbe und hüllt Sie und Ihr Baby in wohlige …«

»Echt, jetzt, Emily? Ich KANN nicht mehr.«

»Sei still und hör zu. Die Frau auf der CD weiß genau, wovon sie spricht.«

»Ich glaube eher, dass sie auf Drogen ist. Was ist das für eine gequirlte …«

»Du hast gesagt, dass du dich darauf einlässt.«

»Ich lasse mich schon seit Tagen darauf ein. Deine Teezeremonie, dein Yogatraining und deine Basteleinlagen lasse ich mir ja noch gefallen, aber das hier überschreitet meine geistige Flexibilität.«

»Mach die Augen zu und halt die Klappe. Noch fünf Minuten, dann sind wir wieder aus dem Tempel der Entspannung raus, und du darfst weiter fluchen wie ein Bierkutscher. Jetzt such dir endlich eine verdammte Regenbogenfarbe aus und hör zu.«

Emily hielt hartnäckig die Augen geschlossen, um Leonies vermutlich vor Empörung krebsrotes Gesicht nicht sehen zu müssen. Dabei kämpfte sie mit einem aufkommenden Schmunzeln. Seit einer Woche zwang sie Leonie nun zur Tiefenentspannung mithilfe dieser CD. Emily gab zu, dass es bessere gab, aber ihr half diese Stimme, sich zu fokussieren. Wenn sich Leonie nur ein wenig darauf einlassen würde, wäre alles nur halb so schlimm. Gleichzeitig hatte Emily sich längst an Leonies ständiges Gemecker gewöhnt. Die andere Schwangere war unfassbar ungeduldig, zappelig und festgefahren in ihrem Denken. Aber wenigstens versuchte sie es. Oder tat zumindest so.

Als die CD zu Ende war und Emily in die reale Welt zurückkehrte, fand sie Leonie auf der Couch liegend und in einer Zeitschrift blätternd vor.

»Das ist deine Vorstellung von Tiefenentspannung?«, fragte sie genervt.

»Absolut. Es entspannt mich jedenfalls deutlich mehr als dieses Geschwafel. Und? Auf welcher Farbe des Regenbogens bist du heute durch den Himmel geturnt?«

»Ich habe mich lediglich mit meinem Baby innerlich verbunden und mich dabei in eine wohlige Farbe gehüllt, die mir inneren Frieden schenkt und mich während der Geburt beruhigen soll. Daran ist nichts Verwerfliches. Und wenn du es unbedingt wissen willst: Mein Nebel ist noch immer rosa mit einem Hauch brombeerfarben darin. Bei dir war es vermutlich schwarz, passend zu deiner sarkastisch dunklen Seele.«

Leonie lachte lediglich und warf ihr mit Schwung die Zeitschrift gegen den Kopf. Emily quiekte und pfefferte ein Kissen mit Troddeln zur Antwort zurück.

»Was bringen mir Farben, wenn mich die Wehen vor Schmerzen schreien lassen?«, fragte Leonie.

»Wellen. Wir sagen doch ab sofort nicht mehr Wehen, sondern Wellen. Das ist viel positiver.«

»Es ist den Wehen egal, wie positiv ich sie nenne. Sie tun WEH! Daher auch der Name.«

»Sie müssen aber nicht schrecklich sein. Lies endlich mal den Ordner mit den schönen Geburtsberichten. Dann wirst du das anders sehen.«

»Traue keiner Statistik oder von Emily zusammengestellten Geburtsberichten. Soll ich dir mal einen Ordner mit grässlichen Geburtsberichten anfertigen? Da kommt sehr schnell sehr viel zusammen.«

»Natürlich. Aber im Gegensatz zu den schönen Berichten bringen dich die Horrorgeschichten nicht weiter. Wir müssen uns darauf konzentrieren, dass wir mit unserem Körper in Harmonie sind, und wieder lernen, ihm mehr zu vertrauen als der modernen Schulmedizin. Dann kommen wir auch ohne Todesqualen da durch.«

»Ich mag die Schulmedizin. Sie hat die Pocken ausgerottet, vielen Gebärenden das Leben gerettet und so manche Schmerzen gelindert. Warum sollte ich nicht die heutigen Möglichkeiten ausnutzen? Bloß um hinterher sagen zu können: Ich habe mein Baby mit vollem Körpereinsatz auf die Welt gebracht. Als ob ich mir erst dann einen Orden für echte Mutterliebe verdient hätte. Hauptsache gesund.«

»Da sind wir uns endlich mal einig. Lass uns nicht weiter darüber diskutieren. Das bringt eh nichts.«

»Ich finde aber, es trainiert dich für Streitgespräche. Du wirst besser.«

Emily war sich nicht sicher, ob das wirklich ein Kompliment war, fühlte sich aber dennoch geschmeichelt. Mittlerweile machte es ihr sogar Spaß, sich mit Leonie zu kabbeln. Sie lernten dabei nicht nur viel über die andere, sondern auch über sich selbst. So manches Mal hatte sie ihre Ansichten danach überdacht und überlegt, ob sie nicht beizeiten zu verbissen war.

»Ich habe heute ein Attentat auf dich vor«, sagte Emily schließlich.

»Oha. Klingt ja ominös.«

»Dreh dich mal in deinem Sessel und guck zum Strand. Was siehst du da?«

Leonie tat wie geheißen, dann grinste sie breit. »Zwei Liegestühle.«

»Ganz genau. Du musst zwar liegen, aber wer sagt, dass du das für immer und ewig auf dieser Couch tun musst? Die Sonne scheint, das Meer ist friedlich, und der Strand lockt. Komm, ich bring dich hin und bedien dich danach von vorne bis hinten.«

Gesagt, getan. Mittlerweile war es Ende Juni geworden, sodass man es draußen gut aushalten konnte. Es waren über zwanzig Grad, der Wind war kaum zu spüren. Emily war mittlerweile in der dreißigsten Schwangerschaftswoche angekommen, und auch Leonie war ganz frisch im achten Monat. Ihre Bäuche hatten ordentlich an Volumen zugenommen, vor allem Leonies. Mia schien schneller zu wachsen als Emilys Baby. Jede Woche war wertvoll und sorgte dafür, dass ihre Überlebenschancen stiegen. Daher feierten die beiden jede neue Schwangerschaftswoche wie einen kleinen Meilenstein. Noch war Leonie allerdings ein ganzes Stück von der sehnsüchtig erwarteten zweiunddreißigsten Schwangerschaftswoche entfernt. Ab da stiegen die Überlebenschancen bei einer Frühgeburt enorm. Aber bereits jetzt war Mia aus dem Gröbsten raus. Das hieß allerdings nicht, dass Leonie nachlässig werden durfte.

Trotzdem. Der kleine Spaziergang würde ihrer Mutter eher guttun als schaden.

Draußen warteten zwei Decken, selbstgemachte Limonade, ein grüner Smoothie, verschiedene Zeitschriften und natürlich ihre jeweiligen Planer samt Stiften auf sie. Leonie verdrehte zwar die Augen, als sie die Planer sah, strahlte aber regelrecht von innen heraus. Zum ersten Mal seit Langem sah sie beinahe glücklich aus.

Emily sorgte erst dafür, dass es Leonie bequem hatte. Danach setzte sie sich und reichte ihr eine Dose. »Kekse gefällig? Die rechten sind mit Dinkelmehl, ohne Zucker und natürlich vegan.« Sie grinste breit, als sie Leonies verblassendes Lächeln sah. »Links davon findest du ganz normale mit der vollen Bandbreite an Fetten, Zucker und Weizenmehl. Die darfst du aber erst probieren, wenn du dir einen Dinkelkeks genommen hast.«

Leonie kannte Emily mittlerweile gut genug, um gar nicht erst zu diskutieren. Sie nahm sich brav von jeder Sorte einen und lehnte sich mit einem Seufzen im Liegestuhl zurück. »Wie cool ist das denn? Du musst die Hütte behalten, Emily. So etwas Schönes bekommst du nie wieder. Den Strand direkt vor der Haustür, und das noch ohne zu viel Publikumsverkehr.«

Sofort wurde Emily traurig. »Das Haus kann ich mir unmöglich alleine leisten. Es gehört zur Hälfte Peter. Wie soll ich ihm das jemals abkaufen?«

»Peter ist stinkreich. Lass ihn bluten.«

»Du sagst das so leicht, aber ich muss ja nicht nur das Haus bezahlen, sondern auch meinen Lebensunterhalt bestreiten. Wenn ich Peter bluten lasse, dann würde das bedeuten, ich müsste einen Rosenkrieg anzetteln. Das will ich nicht.«

»Dann musst du wohl reich und berühmt werden.« Leonie hob das Büchlein in die Höhe, das Emily normalerweise wie einen Schatz hütete. »Kannst du nicht was mit diesen Dingern hier anstellen? Ich kenne eine Menge Frauen, die ganz ähnlich ticken wie du. Es gibt doch einen riesigen Markt für Bastelkram und Tüllgedöns.«

»Einen Markt, auf dem man nichts verdienen kann. Es gibt so viele, die sich in diesem Bereich selbstständig machen und dabei viel kreativer und professioneller vorgehen als ich, und die werden dadurch auch nicht reich. Nein. In diesem Segment ist nichts zu holen.«

»Was hast du denn vorher gearbeitet?«, fragte Leonie.

»Ich war freie Journalistin, habe bei zwei Agenturen gearbeitet, kurz in die Fernsehwelt geschnuppert, bei Fotografen gejobbt und bin letztlich zur Gelegenheitsbloggerin mit einem netten Nebeneinkommen geworden. Alles nichts, mit dem man reich werden kann, und schon mal gar nichts, um dieses wunderschöne Haus am Meer behalten zu können.«

Leonie biss in ihren Zuckerkeks und mampfte mit Blick auf die Wellen vor sich hin. »Peter wird dich nicht vor die Tür setzen. Er mag seine Fehler haben, aber er hat sein Herz am rechten Fleck. Er wird dich sicher hier wohnen lassen.«

»Aber will ich das denn? Dieses Haus ist voller Erinnerungen an meine Ehe.«

»Wenn du mich fragst, ist dieses Haus vollgestopft mit Emily. Peter hab ich nur in seinem Krawattenschrank entdeckt, und selbst die schreien nach Emily-Style. Schmeiß die Sachen von deinem Ehemann raus. Ich helfe dir, sobald ich wieder rumlaufen darf. Wirf jetzt schon Ballast ab. Das haben die doch in diesem komischen kosmischen Geburtskurs zu dir gesagt. Mach dich locker für die Geburt.«

Emily lächelte beim Gedanken an den katastrophalen Chakra-Kurs von letzter Woche. Sie hatte extra ein Online-Coaching herausgesucht, damit Leonie dabei sein konnte. Am Ende hatte selbst sie über die Kursinhalte lachen müssen. Sie hätte sich vermutlich darauf einlassen können, doch sie sah ein, dass es für die verkopfte Leonie zu viel des Guten gewesen war. Als es um Seelen-Chakra und energetisches Gebären des Kosmos gegangen war, hatten sie abgebrochen und sich stattdessen einen Actionthriller reingezogen.

»Das ist für mich übrigens positive Affirmation«, sagte Leonie unerwartet und deutete mit dem Finger aufs Meer. »Wenn mich die Wehen niederstrecken, denke ich einfach an diesen Moment und sehe die Wellen auf mich zurauschen. Da brauche ich keine Traumreise in den Kosmos, um mich mit Mia verbunden zu fühlen. Sie ist gerade sehr zufrieden. Das fühle ich. Und genau dieses Gefühl will ich bei der Geburt in mir hervorkramen. Mir mein Baby in meinen Armen vorzustellen ist mir zu surreal. Das Meer hier ist greifbarer.«

Emily sah Leonie sprachlos an. »Wow. Du hast ja zugehört, als Annette über hypnosegestützte Geburt geredet hat. Leonie, du überraschst mich.«

»Das höre ich des Öfteren. So, und nun habe ich ein Attentat auf dich vor: Wenn ich bereit bin, mit dir nach Planschbecken Ausschau zu halten, solltest du dir auch mal eine Klinik von innen ansehen. Vielleicht ist es ja gar nicht so schlimm, wie du denkst.«

»Sag bloß, du willst mich zu einer Kreißsaalbesichtigung überreden.«

»Jupp. Allerdings mit Hintergedanken. Ich kann nicht hin. Nächste Woche muss ich wieder zur Untersuchung. Viel Hoffnung, dass ich aufstehen darf, habe ich allerdings nicht. Die verlängern meine Rumliegerei garantiert, das hab ich im Gefühl. Daher musst du die Kreißsaalbesichtigung für mich machen und das Ganze heimlich filmen.«

»Soll ich nicht einfach ein paar Flyer mitbringen und dir berichten?«

Leonie lachte laut auf. »Dein Bericht wird so von deiner voreingenommenen Meinung geprägt sein, dass er mir rein gar nichts bringt. Schau. Wir sehen beide aufs Meer. Was würdest du mir am Abend über diesen Moment erzählen?«

»Dass ich endlich mal wieder glücklich gewesen bin. Zur Ruhe kam. Den Tag genießen konnte. Die Wellen plätscherten leise, und es roch nach frischem Wind und Entspannung.«

»Ganz genau. Ich hingegen würde berichten, dass mir deine Zuckerkekse echt gut geschmeckt haben, ich deine Dinkelkekse heimlich im Sand vergraben musste, weil sie ungenießbar sind, im Hintergrund ein riesiges Tankschiff getutet hat und die Seeluft gutgetan hat. Verstehst du, was ich meine?«

»Ja, ich verstehe. Hör gefälligst auf, die Dinkelkekse zu verbuddeln. Gib sie lieber mir. Ich mag die Dinger.« Emily nahm Leonie die Keksdose ab und brachte sie in Sicherheit. Dabei musste sie lachen. »Wir sind schon ein echtes Traumpaar.«

»Absolut. Aber wir haben es jetzt schon einen Monat miteinander ausgehalten, ohne uns zu zerfleischen. Das hätte sonst auch niemand für möglich gehalten. Ich finde, es läuft ganz gut.«

Das stimmte. Emily konnte sich kaum vorstellen, wie es für sie werden würde, wenn Leonie sie verließ. Sie hatten sich unerwarteterweise angenähert und respektierten einander, obwohl sie völlig unterschiedlich dachten. Dank Leonie fühlte Emily die Einsamkeit nicht so stark. Sie gab ihr Halt, selbst wenn sie häufig sehr nervig war. Die beiden Frauen taten einander gut. Emily hatte sogar den Eindruck, dass sie durch Leonie neue Denkweisen lernte. Eine andere Sicht auf die Dinge bekam. Natürlich musste sie ihr Leben selbst in den Griff bekommen, aber das würde niemals von heute auf morgen geschehen. Durch Leonie hatte sie eine Ausrede, es langsam angehen zu können, da Leonies und Mias Gesundheit erst einmal Priorität hatten.

Eine ganze Weile hing jede für sich ihren Gedanken nach. Gemeinsam beobachteten sie die Strandbesucher, dachten sich Geschichten über sie aus und bewerteten die potenzielle Ehedauer von vorbeilaufenden Paaren anhand eines von ihnen erdachten Punktesystems.

Schließlich nahm sich Leonie eine ihrer Fachzeitschriften zur Hand, und Emily schnappte sich ihren Laptop, um an ihren Posts zu feilen. Es lief so gut wie noch nie. Die Wörter purzelten aus ihr heraus. Persönliche Empfindungen verbanden sich mit realen Begebenheiten. Sie schrieb über Peter, über die früheren Schwierigkeiten in ihrem Eheleben, das Auseinanderdriften, den Kinderwunsch und schließlich auch über Leonie. Sie war geradezu in einem Rausch. Sie bezweifelte, dass sich wirklich jemand dafür interessieren würde, aber es tat gut, sich alles von der Seele zu schreiben. Es war ihre Art, sich selbst zu heilen.

Die ersten Posts können trotzdem online gehen, dachte sie und schrieb Torsten eine Mail. Sie wollte unbedingt wissen, ob der neue Blog überhaupt eine Zielgruppe erreichen konnte. Torsten war sich da sicher. Sie bezweifelte es. Vermutlich wollte er nur nett sein, um sie nicht zu entmutigen. So oder so hatte der Blog seinen Zweck bereits erfüllt. Sie fühlte sich besser. Vermutlich war es an der Zeit, sich an ein Buch zu wagen.

Torsten hatte ihr bereits ein wunderschönes Logo entworfen. *Doppelt oder nichts.* Umrahmt von Kleeblättern. Sie hatte sich sofort darin verliebt.

Leg los, schrieb sie ihm mit klopfendem Herzen. *Schalte den Blog frei.*

Selten hatte sie sich so lebendig gefühlt, während sie auf seine Antwort wartete. Sie blickte hinaus aufs Meer, sah die Wellen auf sich zurollen, atmete die frische Luft ein. Dabei wärmten sie ihr Laptop auf dem Schoß und der Gedanke an das neue Projekt, das sie startete.

Als Nächstes wollte sie darüber schreiben, wie wichtig ihr

ihre Brüder waren und warum sie ihnen trotzdem das vermutliche Ende ihrer Ehe verschwiegen hatte. Das brachte sie zu einer interessanten Frage.

»Hast du es eigentlich deiner Familie schon gesagt?«, fragte sie Leonie abrupt.

»Was? Das mit Peter?«

»Was sonst?«

Leonie schob sich zunächst ultracool ihre Sonnenbrille auf die Nase und lehnte sich zurück, bevor sie mit der Sprache herausrückte. Emily hatte längst herausgefunden, dass das ihre Art war, sich auf unangenehme Themen vorzubereiten. Sie gab sich besonders entspannt, ehe sie sich emotionalen Problemen widmete. »Meine Eltern wissen von nichts. Die sind gerade in ihrem eigenen Drama gefangen und hätten dafür ohnehin kein Ohr.«

»Ich hab mich immer gefragt, was mit deinen Eltern ist. Konnten die dich nicht aufnehmen?«

»Nee. Das ging nicht. Meine Mama und mein Vater leben getrennt, und … Es ist kompliziert. Was hat denn deine Mama zu dem Drama rund um Peter gesagt?«

Emily wich sofort Leonies bohrendem Blick aus. *Mist.* Warum hatte sie das Thema anschneiden müssen? Es war schmerzhaft und unangenehm. »Meine Eltern sind verstorben. Autounfall. Vor fast sechs Jahren.«

»Das tut mir leid.«

Emily atmete tief durch. »Die Hochzeit mit Peter haben Mama und Papa noch erlebt. Zwei Monate später waren sie tot. Das war schrecklich«

»Das glaube ich dir. Das muss ja eine furchtbare Zeit gewesen sein.«

»Ja, das war es. Zum Glück hatte ich meine vier Brüder. Gemeinsam haben wir die schwere Zeit überstanden.«

Leonie prustete die Limonade in den Sand, die sie gerade

hatte herunterschlucken wollen, und setzte sich aufrechter hin. »Vier Brüder?«, rief sie entsetzt.

»Vier Brüder«, bestätigte Emily todernst. »Was meinst du, was die mit Peter machen, wenn sie herausfinden, was er getan hat? Sie konnten ihn noch nie leiden. Und sie sind alle vier in Berufen tätig, in denen sie bestimmte Möglichkeiten haben, ihm das Leben zur Hölle zu machen.«

Leonie riss die Augen auf. »Jetzt bin ich aber mal gespannt.«

»Jonathan ist Polizist, Johan beim Zoll, Jona bei der Bundeswehr, und Jo ist Förster. Sie haben Zugang zu Waffen und wurden seit jeher nicht müde, Peter diese Tatsache gegenüber zu erwähnen. Sie haben ihn schon nicht gemocht, als sie noch gar keinen Grund dafür hatten. Ich will mir gar nicht ausmalen, was passiert, wenn ich ihnen jetzt gleich zwei gute Gründe gebe.«

»Deine Brüder heißen ernsthaft Jonathan, Johan, Jona und Jo?«

»Ja. JoJoJoJo. Praktischerweise kann man sich ihre Reihenfolge gut anhand der Länge ihrer Namen merken. Jonathan ist mit sechsunddreißig der älteste, Jo mit dreißig der jüngste der Brüder. Ich bin das Nesthäkchen. Und glaub mir: Sie hatten stets ein Auge auf ihre kleine Schwester. Wer sich mit mir anlegte, hatte nichts mehr zu lachen.«

Leonie hingegen lachte herzlich. Sie lachte so laut, dass ihr sogar die Tränen über die Wangen liefen. »Jetzt verstehe ich so einiges.«

»Ach, ja? Dann klär mich mal auf.«

»Ich habe mich immer gefragt, woher dein fast krankhafter Drang nach Harmonie kommt. Bei vier Brüdern ist das kein Wunder. Entweder man wird selbst zu einem halben Mann oder man mutiert zur guten Seele der Familie. Bei dir tippe ich auf Letzteres.« Sie lachte noch immer, während sie aufs Meer hinausblickte. »Der arme Peter. In seiner Haut will ich nicht stecken. Erzähl es deinen Brüdern doch einfach, und lass sie alles regeln. Danach kannst du zumindest das Haus behalten.«

»Leonie, das ist nicht witzig. Das ist eine ernste Gefahr.«

»Ach, komm. So schlimm können sie doch nicht sein.«

Emily sah Leonie schweigend an, bis deren Lächeln verblasste. »Oh«, sagte sie. »Doch so schlimm?«

»Schlimmer. Wenn die hier auftauchen, bricht die Hölle aus. Dann ist Peter Geschichte, und ich werde zurück nach Münster verschleppt. Ob ich will oder nicht.«

LEONIE

Vier Brüder. Wow. Das musste heftig sein. »Keine Sorge. Sollten deine Brüder hier auftauchen, bin ich im Jonglieren von Katastrophen genau die Richtige. Darin habe ich Erfahrung. Niemand kann sich schlimmer benehmen als meine Mutter«, sagte Leonie tröstend zu ihr.

Emily runzelte die Stirn. »Ist sie wirklich so schlimm? Meine hat mich auch manchmal genervt, vor allem, als ich meinen ersten Freund heimgebracht habe. Aber jetzt würde ich alles dafür tun, um sie noch mal zu umarmen. Das Leben ist zu kurz, um es sich gegenseitig zu versauen.«

»Deine Mutter klingt nach einer völlig normalen Mama. Etwas überbesorgt, behütend, aber liebevoll. Von diesen Eigenschaften hat meine nicht mal einen Hauch. Am liebsten würde ich gar nichts mehr mit ihr zu tun haben.«

Emily fuhr in ihrem Liegestuhl in die Höhe und schmetterte vor Schreck einige Kekse in den Sand. Sie bemerkte es nicht einmal. »Auf keinen Fall darfst du diese Tür für immer hinter dir zuschlagen«, rief sie aufgebracht. »Familie nervt. Familie ist schwierig. Aber Familie ist es auch wert, für sie zu kämpfen. Wenn du deine Mutter komplett aus deinem Leben ausschließt, bedeutet das auch, dass Mia ihre Oma nicht kennenlernt. Willst du das? Willst du nicht für dein Baby alles versuchen, um den Frieden zu bewahren?«

»Ich kann nicht. Sie ... Sie ist einfach anders als normale Mütter.«

»Erklär mir das. Es klingt nach einer Geschichte, die ich gerne hören würde.«

»Klingt eher danach, als wärst du an Klatsch interessiert.« Leonie nahm zunächst einen Schluck von der Limonade und überlegte, wie viel sie preisgeben sollte. Irritiert stellte sie fest, dass sie wirklich in Erzähllaune war. Der Tag war so schön gewesen, dass er selbst durch ihre Familiengeschichte nicht getrübt werden konnte. Außerdem tat es gut, sich mal jemandem anzuvertrauen. »Meine Mutter war schon immer eine notorische Fremdgeherin. Seit ich denken kann, war das bei uns in der Familie Thema. Mein Vater hat sie deswegen ständig verlassen, kam meinetwegen aber immer wieder zurück. Er hat ihr gefühlt ein Dutzend Mal verziehen, bis sie zu weit gegangen ist.«

»Inwiefern?«

»Sie hat mit Onkel Maik geschlafen, dem Bruder meines Vaters. Damit hat sie eine schreckliche Familienfehde ausgelöst. Schon immer fand sie gerade die Männer, die absolut tabu für sie waren, furchtbar anziehend. Mein Vater zog daraufhin aus unserem Haus aus, und mir wurde schon bald klar, dass er diesmal nicht zurückkehren würde. Das war hart für mich. Meine Mutter ist nämlich schwer zu ertragen. Auf einmal hatte ich das zweifelhafte Vergnügen, ihre volle Aufmerksamkeit zu genießen. Sie stellte erst da fest, wie jungenhaft ich war, dass uns so gut wie nichts verband und wir auf unterschiedlichen Planeten lebten. Jedenfalls wurde es sehr ungemütlich für mich. Mit acht Jahren bin ich dann zu meinem Vater gezogen. Aufs Hausboot. Das war vielleicht ein Abenteuer.« Leonie lachte leise, doch darin schwang auch ein wenig Melancholie. »Ehrlich gesagt war das die schönste Zeit meines Lebens. Mit Papa kam ich super klar, wenn nur meine Mutter nicht gewesen wäre. Sie hat uns die Hölle heiß gemacht, damit ich zu ihr zurückkehrte. Ich blieb stur. Bis Papa eine neue Frau kennengelernt hat und alles noch komplizierter wurde.«

»Magst du sie nicht?«

»Doch, Brigitte ist in Ordnung, doch allein ihre Anwesenheit hat bei Mama den Jagdinstinkt ausgelöst. Meine Eltern sind schlimmer als zwei Wölfe. Sie haben sich ineinander festgebissen und können einfach nicht loslassen. Mit der neuen Frau in Papas Leben wurde dieses selbstzerstörerische Verhalten noch schlimmer. Sie steuerten auf eine handfeste Katastrophe zu. Ich musste schlichten, Geheimnisse wahren, Lügen decken und Schlimmeres. Papas neue Freundin zog schließlich die Notbremse. Sie beschwor ihn, mich zurück zu meiner Mutter zu schicken, um ihre eigene Familie vor Schaden zu bewahren. Sie und mein Vater haben eine gemeinsame Tochter, meine Halbschwester Monika. Brigitte muss gespürt haben, dass meine Mutter wirklich gefährlich werden kann, wenn sie gereizt wird. Als ich vierzehn war und Monika vier wurde, gab Papa nach. Ich musste wieder zurück zu Mama. Das habe ich ihm nie verzeihen können, genauso wenig wie ich meine Mutter respektieren konnte. Es knallte ständig zwischen uns. Ein rebellischer Teenager und eine dominante Superdiva sind das reinste Pulverfass. So schnell ich konnte, zog ich fort. Mit Mama und Papa telefoniere ich seitdem nur noch ab und zu. Für einen Besuch fehlte mir bislang der Nerv.«

»Jetzt sag nicht, du hast sie seit Jahren nicht gesehen.«

»Wozu gibt es Skype, Zoom und Co.? Ich habe meine Besuche auf ein Minimum reduziert. Das ist besser für alle Beteiligten. Sobald Mama weiß, dass ich Papa besuche, dreht sie durch. Umgekehrt ist es genauso. Man kann es ihnen nur leider auch nicht verschweigen, weil sie untereinander gerne mit mir angeben. Sobald einer die neueste Info über mich erfährt, muss er das dem anderen sofort auf die Nase binden. Die beiden sind wie Kleinkinder, die sich um dieselbe Freundin zanken. Nur dass es in dem Fall ihre Tochter ist.«

Leonie ließ das Ausmaß dieser Familienstreits unerwähnt. Jeder Geburtstag war ein Spießrutenlauf, jedes Weihnachten der Horror gewesen. Ganz zu schweigen von dem großen Familiengeheimnis, das sie seit jenem verhängnisvollen Morgen mit sich herumschleppen musste. Es hatte ihre Meinung über ihren Vater vergiftet und die Ansicht über ihre Mutter zementiert. All die Jahre hatte sie gedacht, dass er zumindest der normalere von beiden war. Sie hatte ihn vergöttert. Und dann das … Es hatte ihren Glauben in die Ehe endgültig zerstört. Wenn sie jemals Hoffnung auf die ganz große Liebe gehabt hatte, so hatte sie sie in diesem Moment ad acta gelegt. So etwas gab es nur im Film, aber niemals in der realen Welt. Sie hatte sich von da an geschworen, sehr gut mit ihrem Herzen umzugehen und es nicht leichtfertig zu verschenken. Ihre Eltern hatten sich gegenseitig das Leben zur Hölle gemacht. Auf keinen Fall wollte sie genauso enden.

Bis sie Peter getroffen und ihre Meinung überdacht hatte. Wäre sie sich doch mal lieber selbst treu geblieben.

Leonie schüttelte sich bei dem Gedanken und nahm noch einen tiefen Schluck von der fürchterlich sauren, aber garantiert total gesunden Limonade. Diesmal wusste sie wenigstens, warum sie schaudern musste.

»Ich bin auf ihre jeweiligen Hochzeiten eingeladen«, sagte sie schließlich zögernd. Sie ahnte, was jetzt kam. Es ließ auch nicht lange auf sich warten.

»Sie heiraten wieder?«, rief Emily begeistert.

»Oh ja. Meine Eltern heiraten. Und wie es sich für die beiden gehört, machen sie sich auch zu dieser Gelegenheit gegenseitig das Leben schwer. Sie haben absichtlich dasselbe Datum gewählt, um sich gegenseitig die Gäste auszuspannen und mich zur Weißglut zu treiben. Im Übrigen ist der große Tag nur zwei Wochen vor meinem Entbindungstermin. Ein Schelm, der sich keinen Zusammenhang dabei denkt.«

»Aber ich dachte, sie lieben dich.«

Ja, ging es Leonie durch den Kopf. Das dachte ich auch. Eine Weile starrte sie aufs Meer hinaus, dann sah sie Emily an. »Sie haben das mit Absicht getan«, sagte sie mit Grabesstimme.

»Warum sollten sie?«

»Weil keiner von beiden mich auf der Hochzeit haben will. Nicht wirklich jedenfalls.« Leonie hatte diesen Gedanken noch nie ausgesprochen. Nicht mal Peter kannte die Wahrheit. Sie tat einfach zu weh.

Emily wirkte völlig fassungslos und schüttelte ungläubig den Kopf. »Das kann ich mir nicht vorstellen. Du bist doch ihre Tochter.«

»Glaub mir. Es ist so, wie ich es sage. Sie wollen mich nicht dabeihaben. Ich kenne den Grund dafür ziemlich gut, und ein kleiner Teil von mir kann ihn sogar verstehen, aber es tut trotzdem weh. Tatsächlich gibt es sogar mehrere Gründe.«

»Die wären?«

»Zum einen das Wesen meiner Eltern. Mama hofft, dass ich zu Papas Hochzeit gehe und sie mir das ein Leben lang nachtragen kann. Deshalb hat sie mich auch zu ihrer Trauzeugin gemacht. Sie hat nicht wirklich damit gerechnet, dass ich dieses Amt annehme. Sobald ich nicht so handele, wie sie das erwartet, kann sie nörgeln und mich damit unter Druck setzen – genau ihr Ding. Papa weiß, wie Mama tickt. Er hat mir heroisch angeboten, doch lieber zu Mamas Hochzeit zu gehen. Auf diese Weise schlägt er zwei Fliegen mit einer Klappe: Er steht als der Gute da und muss gleichzeitig keine Angst haben, dass ich seine Hochzeit sprenge. Wenn meine zukünftige Stiefmutter, meine Halbschwester und ich sich in einem Raum befinden, geht das selten gut. Wir verstehen uns leider nicht. Und weil sowohl Mama als auch Papa wissen, wie ich ticke, hoffen sie auf die dritte Möglichkeit: Ich wähle keinen und bleibe beiden Hochzeiten fern.«

»Das klingt völlig irre.«

»Glaub mir. Wenn du den wahren Grund wüsstest, warum sie auf mein Fernbleiben bei beiden Hochzeiten hoffen, würdest du es verstehen.«

»Dann sag ihn mir. Ich sterbe vor Neugierde.«

Leonie schüttelte den Kopf. »Vergiss es. Ich schweige und grüble stattdessen darüber nach, was ich jetzt tun soll. Ich kann nicht nur zu einer Hochzeit gehen. Zu Mamas will ich nicht, zu Papas darf ich eigentlich nicht. Gehe ich zu keiner, bin ich die Böse, obwohl sie genau das beabsichtigt haben.«

»Das ist so fies.« Emily hielt es vor Aufregung nicht mehr in ihrem Liegestuhl aus, und sie sprang auf die Füße. »Wir müssen ihnen das Handwerk legen.«

»Das Handwerk?« Leonie musste lachen. »Meine Eltern sind doch keine Schwerverbrecher.«

»Aber sie führen sich so auf. So sollten Eltern nicht mit ihren Kindern umspringen. Das ist ja grässlich. Nein! Du musst sie in die Schranken weisen und ihnen klarmachen, dass das so nicht geht.«

»Das habe ich schon ziemlich oft versucht, und nie ist dabei etwas herumgekommen. Glaub mir. Die haben ein dickeres Fell als ich. Was soll ich denn deiner Meinung nach tun?«

Emily stand jetzt vor Leonies Liegestuhl, die Hände vor Empörung in die Hüften gestemmt, die Füße ein wenig auseinander. Sie erinnerte dadurch an eine Rachegöttin, zumal ihr der Wind die Locken immer wieder ins Gesicht pustete. Leonie ließ sie eine Weile vor sich hin grübeln. Es konnte nicht schaden, sich Emilys Sichtweise anzuhören. Ob sie dann darauf hörte, stand auf einem anderen Blatt.

»Sag bei beiden zu und schockiere sie«, sagte Emily unvermittelt.

Wow. Leonie hatte ja mit vielen Vorschlägen gerechnet, aber damit ganz bestimmt nicht. Schon gar nicht aus Emilys Mund. »Ernsthaft?«, fragte sie verdattert.

»Ja. Du schlägst sie mit ihren eigenen Waffen. Letztlich gehst du aber auf keine Hochzeit, denn du wirst an diesem Tag vermutlich schon deine frischgeborene Mia im Arm haben. Falls nicht, täuschst du einfach vor, dass die Geburt begonnen hat, und sprichst anschließend von einem Fehlalarm. Auf die Weise wirst du nicht die Böse der Geschichte sein.«

»Für so ausgebufft habe ich dich gar nicht gehalten.«

»Mich unterschätzen viele.«

»Und was mache ich mit der verflixten Trauzeuginnen-Sache? Ich habe mich hinreißen lassen und zugesagt, dass ich das übernehme. Kannst du dir mich als Trauzeugin vorstellen?« Leonie lachte humorlos auf.

»Dich nicht, aber mich«, antwortete Emily todernst. »Ich werde dir innerhalb einer Rekordzeit eine Zuckerwatte-Hochzeit herbeizaubern. Wenn ich eines richtig gut kann, dann akribisch planen. Übergib mir die Verantwortung, und kein Auge bleibt trocken.«

Das glaubte Leonie sofort. Emily verströmte Romantik aus jeder Pore. Daher zögerte sie keine Sekunde, das ungewöhnliche Angebot anzunehmen. »Aber du wirst es mit der Brautzilla unter den Bräuten zu tun bekommen«, warnte sie Emily.

»Das Zähmen der Bestie musst du übernehmen. Ich agiere hinter den Kulissen. Keine Sorge. Niemand wird das merken. Alle werden denken, dass sie dich unterschätzt haben. Ich organisiere alles so, dass du nicht mal anwesend sein musst, damit alles läuft.« Sie klatschte in die Hände. »Das wird der Knaller. Jetzt schau nicht so besorgt. Vertrau mir. Es wird funktionieren.«

Leonie musterte Emily eine ganze Weile, dann zückte sie unvermittelt ihr Handy. »Dann los«, sagte sie.

Die beiden tauschten ein diabolisches Lächeln aus. Während Leonie bereits wählte, lief Emily Richtung Meer. Sie wollte ihr ein wenig Privatsphäre gönnen, um die schwierigen Gespräche hinter sich zu bringen.

Leonie klopfte zugegebenermaßen das Herz bis in den Hals. Für einen Rückzieher war es allerdings zu spät. Ihre Mutter nahm soeben ab.

»Leonie, sag bloß, du hast dich daran erinnert, dass es mich noch gibt«, flötete sie gut gelaunt in den Hörer, ließ aber wie immer eine Spur Vorwurf und Eiseskälte in jedes Wort fließen.

»Ich war mit dem Ausbrüten deiner erstgeborenen Enkelin beschäftigt«, erwiderte Leonie in genau dem Tonfall, den sie in solchen Fällen grundsätzlich anschlug. »Aber danke der Nachfrage. Es geht uns beiden in Anbetracht der Umstände ganz gut.« Sie rechnete nicht wirklich damit, dass ihre Mutter nach den Umständen fragte, und behielt damit recht.

»Und was verschafft mir die Ehre, deinen Worten lauschen zu dürfen?«, fragte ihre Mutter bissig.

»Ich wollte dir nur sagen, dass ich dein Angebot, deine Trauzeugin zu sein, natürlich annehmen werde. Ich fühle mich wirklich geehrt. Auf die Hochzeit freue ich mich ebenfalls und kann es kaum erwarten, dich noch mal in Weiß zu sehen.«

Leonies Worte saßen offenbar. Eine ganze Weile herrschte Stille in der Leitung. Dann fing sich ihre Mutter wieder. »Wie schön«, sagte sie gekünstelt begeistert. »Das ist ja mal … eine Überraschung. Weiß es dein Papa schon?«

»Nein. Den rufe ich gleich noch an. Verrat ihm bitte nichts. Ich muss erst noch mit ihm sprechen. Das wollte ich sofort nach diesem Gespräch erledigen.«

»Mach das, Leonie. Ich freue mich. Aber tu uns beiden doch den Gefallen und halte keine Rede, ja? Du bist immer so ungeschickt beim Formulieren und neigst zur Doppeldeutigkeit. Das ertrage ich am Tag meiner Hochzeit nicht so gut. Wie weit bist du denn mit dem Feuerwerker? Oder planst du eine Luftballon-Aktion? Die ist immer so kitschig. Ein Feuerwerk hätte mehr Stil.«

»Geht klar«, würgte Leonie hervor und verabschiedete sich rasch von ihrer Mutter, bevor sie noch etwas sagte, das sie hinterher bereute.

Die Frau hatte wirklich Nerven. »Sollte ich tatsächlich zu deiner Hochzeit gehen, werde ich die Rede des Jahrhunderts halten«, knurrte sie schlecht gelaunt und wählte gleichzeitig die Nummer ihres Vaters. Jetzt kam es auf Schnelligkeit an. Ihre Mutter würde bestimmt nicht lange warten, bevor sie ihrem Ex-Mann die Neuigkeit unter die Nase reiben würde. Diesen Triumph konnte sie sich unmöglich nehmen lassen.

»Du gehst auf die Hochzeit deiner Mutter?«, wurde Leonie prompt von ihrem Vater begrüßt. Er klang traurig und etwas resigniert.

»Wie … Warum … Weshalb weißt du das schon?«

»Sie hat mir eine Textnachricht geschickt mit nur einem Satz. *Leonie kommt auf MEINE Hochzeit.* ›Meine‹ hat sie großgeschrieben.«

Das hat sie garantiert bereits getextet, als wir miteinander gesprochen haben, dachte Leonie. Dieses Biest!

»Du darfst nicht alles glauben, was sie dir schreibt. Ich rufe dich an, um dir zu sagen, dass ich auf deine Hochzeit komme.«

»Oh. Das ist … ja … Damit hatte ich jetzt nicht gerechnet. Wie … schön.«

Freu dich nur nicht zu sehr, dachte Leonie bitter. »Ich kann doch meinen Papa nicht alleine heiraten lassen«, sagte sie laut.

»Das … freut mich. Aber Leonie …«

»Ja?«

»Bitte keine Hochzeitsrede.«

Was hatten die nur immer mit ihrer Hochzeitsrede? »Keine Sorge. Die verkneife ich mir.«

»Fein. Dann sage ich Monika Bescheid, dass du kommst. Die wird total begeistert sein.«

Diesmal gab sich ihr Vater nicht mal die Mühe, den deutlich erkennbaren Hauch von Ironie in seinen Worten zu übertünchen.

»Das kann ich mir vorstellen«, antwortete Leonie genauso offensichtlich sarkastisch.

»Kommst du mit Peter?«

»Ich komme in Begleitung. Also plus eins.«

Falls ihrem Papa die ausweichende Antwort auffiel, kommentierte er das nicht. »Ja, nun … Wo bist du denn jetzt letztlich untergekommen? Seitdem ich deine Bitte ablehnen musste, bei uns zu wohnen, haben wir uns nicht mehr unterhalten.«

Ja, genau. Danke fürs besorgte Nachfragen. Meine Notlage ist ja nur erst ein paar kurze Wochen her, dachte Leonie ironisch. »Eine Freundin hat mich aufgenommen. So weit ist alles gut.«

»Da bin ich froh.«

Sie hielten das Gespräch noch etwa eine Minute aufrecht, bis ihr Vater es in gewohnter abrupter Weise unterbrach, weil seine Zukünftige nach ihm rief. Leonie verabschiedete sich nur allzu dankbar, legte auf und brüllte Emily zu: »Ich hab die schlimmsten Eltern dieser Welt. Ab sofort macht keiner von beiden mehr ein Auge zu, weil sie Angst vor meiner Anwesenheit haben. Geschieht ihnen recht.«

Zumindest redete sie sich das ein. Ganz tief in sich drin war sie jedoch tieftraurig über die Entwicklung der Dinge. Sie wäre gerne auf beide Hochzeiten gegangen – als vollwertiges Mitglied einer Patchwork-Familie. Willkommen. Geliebt. Akzeptiert. Doch so, wie die Dinge lagen, war das reines Wunschdenken.

Sie würde niemals die Vorzeigetochter sein, genauso wenig wie ihr Vater und ihre Mutter die Vorzeigeeltern waren. Stattdessen spielten sie jeweils ihr eigenes gefährliches Spiel. Ein Spiel, das ihnen allen sehr schnell um die Ohren fliegen konnte.

Zusammenbruch im Kreißsaal

EMILY

»Du kannst wirklich etwas sehen?«, fragte Emily erneut.

»Ja, dein Busen ist perfekt geformt, um dein Handy unauffällig im Tal zu beherbergen.«

Emily hörte die leichte Ungeduld heraus, die in Leonies Worten mitschwang. Kein Wunder. Emily hatte die gleiche Frage jetzt bestimmt zum fünften Mal gestellt. Warum war sie nur so schrecklich nervös?

Weil du etwas halb Illegales tust, erinnerte sie sich. Sie hatte Leonies Bitte nachgegeben und war zur Kreißsaalbesichtigung ins Krankenhaus gefahren. Dabei trug sie ihr Handy mit einer Schnur um den Hals direkt vor der Brust. Per Live-Übertragung sah Leonie, was Emily filmte. Vermutlich war die Qualität ziemlich mies und die Bildaufnahmen furchtbar verwackelt, aber Leonie war offenbar zufrieden. Damit sie sich unterhalten konnten, trug Emily kleine schnurlose Kopfhörer.

»Ab sofort darf ich nichts mehr sagen. Sonst denken die Leute, ich unterhalte mich mit mir selbst«, sagte Emily leise.

»Also wunder dich nicht, wenn ich dich nicht mehr anspreche.«

»Ich bitte sogar darum. Deine Nervosität färbt langsam ab. Ich sitze hier schweißgebadet auf der Couch. Niemand wird dich verklagen, weil du deiner schwangeren Freundin hilfst, also entspann dich.«

Das fiel Emily jedoch reichlich schwer. Sie fühlte sich unwohl in ihrer Haut. Warum, wusste sie nicht so recht. Eigentlich sahen die anderen zukünftigen Elternpaare ganz nett aus. Geduldig warteten sie im Flur der Entbindungsstation darauf, dass die Führung begann.

Endlich begriff Emily. Elternpaare. Sie war die Einzige ohne Begleitung. Verstohlen blickte sie nach rechts. Ein strahlendes Paar. Er hatte ihr einen Arm um die Hüfte geschlungen und drückte sie an sich. Emily musste sofort wegsehen, doch in der anderen Richtung war es auch nicht viel besser. Eine andere Schwangere lachte herzlich über den Witz ihres Partners. So viel gemeinsames Glück. So viel …

»Meine Güte, sind das alles superverliebte Vorzeigepärchen. So viel vorgelebte Idylle ist ja kaum zu ertragen. Wo bist du da bloß gelandet?«, wurde sie prompt von Leonie aus den Grübeleien gerissen. Offenbar waren ihre Gedanken in die ähnliche Richtung gegangen.

Emily konnte nicht antworten. Das wäre zu auffällig gewesen. Doch Leonies Worte taten ihr gut. Sie gaben ihr das Gefühl, nicht völlig allein auf der Welt zu sein.

Trotzdem war Emily sehr froh, als endlich eine Ärztin kam und sie zunächst in einen größeren Raum führte. Hier gab es eine Art Werbevortrag darüber, warum eine Schwangere sich auf jeden Fall für eine Entbindung in genau diesem Krankenhaus entscheiden sollte. Es klang alles toll, sehr kompetent und wirklich sehr nett. Trotzdem wünschte sich Emily schon nach wenigen Minuten ganz weit fort. In ihrem Kopf blieben hauptsächlich Formulierungen wie »Gemeinsam schaffen wir das«, »Wenn Ihr Partner Ihre Hand hält« oder »Natürlich darf Ihr Partner mit in den Kreißsaal« hängen.

Ihr Partner.

Emily schluckte immer krampfhafter und starrte die zwei Gläser an, die vor ihr auf dem Tisch standen. Jedes Paar hatte einen Tisch zugeteilt bekommen. Sie saß allein. Völlig allein.

»Schwenk mal unauffällig etwas nach links und rechts«, meldete sich Leonie per Kopfhörer. »Ich will mir die Hebammen am Rand mal kurz angucken.« Emily drehte ihren Oberkörper wie gewünscht recht steif in die Richtung und hoffte, dass das Handy weiterhin gut verdeckt war. Eigentlich hatte man die Eltern gebeten, die Handys auszuschalten und wegzulegen. Emily kam sich deshalb wie eine Schwerverbrecherin vor.

Leonie hatte damit hingegen keine Probleme. »Die sehen ja eigentlich ganz nett aus«, sagte sie. »Danke. Du kannst mich gerne wieder zum Vortrag drehen. Ein bisschen sehr viel Selbstbeweihräucherung, aber eigentlich ganz gut gemacht, oder?«

Emily nickte, was Leonie natürlich nicht sehen konnte. Danach bemühte sie sich darum, weiter zuzuhören, aber das wurde immer schwieriger. Eine Hebamme erzählte nämlich gerade, wie wichtig die Mutter-Kind-Bindung gerade am Anfang war. »Aber natürlich kommt auch der Vater nicht zu kurz«, sagte sie mit einem weichen Lächeln in Richtung Männerschar.

Emily spürte, wie ihr Magen zu kochen begann. Zunächst nur auf Sparflamme, aber es wurde schlimmer. Unruhig rutschte sie hin und her.

»Das war es mit der grauen Theorie. Jetzt geht es in die Kreißsäle. Dafür teilen wir uns in zwei Gruppen mit jeweils vier Paaren auf.«

Emily musste sich regelrecht zwingen, aufzustehen und sich einer Gruppe anzuschließen. In der kleineren Konstellation fiel das Fehlen ihres Partners sogar noch mehr auf. Oder es kam ihr zumindest so vor. Falls die Hebamme es ebenfalls bemerkte, ließ sie sich nichts anmerken. Gut gelaunt winkte sie ihre kleine Truppe hinter sich her und ging voran. Emily bildete absichtlich das Schlusslicht und schlich wie ein geprügelter Hund hinterher.

»So kann ich gar nicht verstehen, was die Hebamme erzählt«, maulte Leonie prompt. »Leg mal einen Zahn zu. Überhol das Turteltäubchen und die Supereltern und frag die Hebamme aus.«

Bestimmt nicht, dachte Emily. Störrisch blieb sie auf ihrer Position, zumal ihr mittlerweile der Schweiß ausbrach. Die Jacke war definitiv zu warm. Sie konnte sie aber auch nicht ausziehen, weil sonst ihr Handy zu sehen sein würde.

Nicht mehr lange, dann bist du hier raus. Halte durch.

Endlich waren sie in einem Kreißsaal angekommen. Emily kannte solche Räume schon gut. Sie hatte sich Dutzende Videos angeschaut und ebenso viele Bücher gelesen, um bestens auf die Geburt vorbereitet zu sein. Das Standardwerk *Der hebammengeführte Kreißsaal* kannte sie beinahe auswendig. Trotzdem war es ein merkwürdiges Gefühl, sich jetzt in der Realität in einem zu befinden. Als hätte sie ihre Buchwelt eingeholt.

Die Hebamme gruppierte die Besucher so um sich herum, dass jeder die Ausstattung im Raum sehen konnte. Dann begann sie ihren Vortrag, zeigte die Geburtswanne und das selbstverständlich supergemütliche und voll verstellbare Bett und sah dabei strafend die Männer an. »Aber nicht zu viel damit spielen«, ermahnte sie. »Sie glauben gar nicht, wie viele Geburtsbegleiter ich schon ermahnen musste, weil sie ständig das Kopfteil verstellten. Eine Geburt kann lange dauern, aber denken Sie daran: Sie sind hier, um Ihre Partnerin zu unterstützen, und nicht, um mit dem Equipment zu spielen.«

Die anderen Paare lachten pflichtbewusst, nur Emily machte nicht mit. Sie stand stocksteif direkt neben dem Bett und hatte nur einen einzigen Gedanken: *Ich glaub, ich muss gleich kotzen.*

»Eine Geburt ist ein unglaubliches, einprägsames Ereignis. Es wird Ihr Leben auf den Kopf stellen. Ein absoluter Ausnahmezustand.«

Die Erkenntnis traf sie mit der Wucht eines Hammerschlages. Die letzten Wochen hatte sie sich davon ablenken können, doch letztlich ließ es sich nicht leugnen: Sie war auf sich gestellt. Im absoluten Ausnahmezustand ihres Lebens würde sie allein sein. Das Wunder des Lebens, auf das sie sich so sehr gefreut hatte, musste sie ohne jemanden an der Seite erleben.

Allein.

Sie musste hier raus. Sofort!

Ohne weiter nachzudenken, drückte sie sich an dem Pärchen zu ihrer Rechten vorbei und eilte Richtung Ausgang, als sei sie auf der Flucht. In ihrem Kopf begann es zu piepen, und ihr war so schlecht wie seit Langem nicht mehr.

»Alles in Ordnung mit Ihnen?«, rief die Hebamme ihr hinterher.

»Ja, ein dringender Anruf von meinem Mann. Ich muss heim«, rief Emily hölzern zurück und schauderte, als ihr die Lüge bewusst wurde. *Von allen Ausreden musst du ausgerechnet die wählen.*

»Emily, was tust du?«, rief Leonie aufgeregt. »Wo rennst du denn hin?«

Emily antwortete nicht, denn sie war damit beschäftigt, ihren Mageninhalt unter Kontrolle zu bringen. Nein. Keine Chance. Pure Galle stieg ihr die Kehle hinauf. Ihr Herz schlug schneller und schneller und schneller. Trotz der Panik erkannte sie das Toilettenschild und stürzte regelrecht dorthin.

»Das ist das Männerklo«, kommentierte Leonie prompt.

Ist mir scheißegal, dachte Emily. Sie sah nur die Toilettentür, riss sie auf, den Klodeckel ebenfalls und beugte sich in letzter Sekunde darüber.

»Ach, herrje«, hörte sie dumpf Leonie sagen, doch das Piepen in ihren Ohren wurde lauter und lauter.

Nicht ohnmächtig werden. Durchatmen. Kontrolle erlangen. Ruhe bewahren. Sie erinnerte sich an die vielen Meditationseinheiten, die sie in ihrem Leben gehabt hatte, und entschied sich letztlich für ihr selbst gewähltes Geburtsbild, das sie beim Kurs für hypnosegestützte Geburten gelernt hatte.

Sie sah sich und ihr kleines Baby im Kreißsaal, wie sie sich gegenseitig vor purer Freude anlächelten. Ihr Kind. Ihr Wunder.

Ihr schönes Bild zerplatzte allerdings, als ihr die Leere im Raum bewusst wurde. Da war niemand anderes mit dabei. Andere waren gerne allein, doch Emily nicht. Sie war mit vier Brüdern aufgewachsen. Ihr Heim war stets voller Leben und Wärme gewesen. Einsamkeit kannte sie nicht. Sie ertrug sie nicht.

»Die scheiß verliebten Pärchen haben dir den Rest gegeben, nicht wahr?«, hörte sie Leonies Stimme in ihrem Ohr. »Verdammt. Daran hätte ich denken sollen. Vergiss die. Wahrscheinlich gehen sie untereinander fremd, und die pausbäckige Mama mit dem verklärten Blick ist in Wirklichkeit schwanger von dem Hippie-Typen mit den Supermuckis. Nichts ist so, wie es scheint. Selbst du nicht. Alle haben gedacht, dass du allein da warst. Dabei hattest du eine Frau im Ohr. Du warst nicht allein. Ich war näher, als dir lieb war. Vergiss das nicht.«

Leonies Worte drangen endlich zu Emily durch. Sie schaffte es, sich langsam auf den Boden vor der Toilette zu setzen und durchzuatmen, bis ihr Magen sich beruhigte. Das Zittern ihrer Hände verebbte, und endlich hörte auch das Piepen im Ohr auf.

»Ich werde bei der Geburt ganz auf mich gestellt sein«, flüsterte sie tonlos.

»Quatsch. Du hast doch mich.«

»Klar. Als ob ich dich dabeihaben will. Du redest doch nur davon, dass ich endlich einen Kaiserschnitt machen lassen soll, damit ich es hinter mir habe.«

»Du enttäuschst mich. Ich mag ein Trampel sein, aber ab und zu kann ich auch Einfühlungsvermögen vortäuschen. Ich atme und meditiere, affirmiere und brumme so lange mit dir, bis das Baby draußen ist.«

»Versprochen?«

»Versprochen.«

Emily wollte Leonie so gerne glauben, doch letztlich blieb es dabei: Die andere Schwangere war kein Ersatz für ihren Ehemann. Sie schluckte schwer. »Ich muss gerade kurz allein sein, Leonie. Mach dir keine Sorgen. In einer Stunde bin ich wieder zurück.«

»Was? Nein. Wehe du schaltest mich jetzt …«

Emily beendete den Anruf und lehnte erschöpft den Kopf gegen die Trennwand der Klokabine. Tränen liefen ihr über das Gesicht. Sie saß in der Falle. In einer selbstgewählten Falle.

Leonies Angebot war gut gemeint und ein großer Schritt für beide in Richtung Freundschaft. Es hatte sich sogar gut angefühlt, nur leider nicht richtig. Noch war Leonie eine Fremde für sie. Eine Fremde, die ganz anders war als sie. Vielleicht würden sie in ein oder zwei Monaten richtig gute Freundinnen werden, verbunden durch einen schrecklichen Verrat. Das wog es aber noch lange nicht auf. Leonie war nur ein schlechter Ersatz für eine Familie.

Ihre Familie.

Endlich wusste Emily, was zu tun war. Entschlossen wählte sie Jonathans Nummer. Als ältester Bruder gab er unter den Geschwistern den Ton an.

»Emily, alles klar bei dir?«

»Jonathan«, brachte Emily noch hervor, bevor sie so heftig schluchzen musste, dass er die nächsten drei Minuten vermutlich kein Wort verstand.

»Emily, Emily, jetzt beruhig dich endlich. Was ist los? Ist was mit dem Baby? Was …«

»Peter hat mich mit einer anderen betrogen, und die ist auch schwanger. Sie wohnt jetzt bei mir, und ich hab mich von Peter getrennt, aber ich will das alles nicht. Ich will keine alleinerziehende Mama sein. Ich schaffe das nicht.«

Jonathan schwieg für drei Sekunden. Dann sagte er lediglich: »Wir kommen. Und zwar sofort.«

LEONIE

Sie war kurz davor durchzudrehen. Wo zur Hölle steckte Emily? Sie ging nicht mehr ans Telefon, reagierte nicht auf Textnachrichten und stellte sich tot. Und jetzt? Auf keinen Fall konnte Leonie einfach abwarten, immerhin hatte sie Emily ins Krankenhaus geschickt und dadurch ihre Panikattacke ausgelöst. Sie fühlte sich verantwortlich.

Nur mit äußerster Willenskraft blieb sie auf der Couch sitzen. Du musst dich beruhigen, dachte sie zum bestimmt tausendsten Mal. Denk nach. Denk nach, verdammt!

Einen Moment erwog sie ernsthaft, Peter anzurufen, doch das verwarf sie schnell wieder. Ihn zu informieren würde Emily rein gar nichts bringen, sondern nur noch mehr Chaos verursachen. Auf wen würde sie sonst noch hören?

Ihre Brüder? Nein. Die wussten von nichts, und sie würde sich hüten, sie zu früh einzuweihen.

Blieb noch dieser komische Typ. Der IT-ler. Er wusste offenbar Bescheid und war eindeutig auch ein Vertrauter von Emily. Aber woher bekam sie seine Nummer?

Ihr Schreibtisch. Natürlich! Die pedantische Emily hatte garantiert irgendwo die Nummer ihres Retters aufgeschrieben. So ganz hatte Leonie noch immer nicht verstanden, was Emily da eigentlich den ganzen Tag an ihrem Computer trieb. Auf entsprechende Nachfragen hatte sie eher zögerlich reagiert, und Leonie war niemand, der andere ausquetschte. Zumindest nicht auf privater Ebene.

Sie bemühte sich, nicht zum Schreibtisch zu rennen, doch kaum war sie dort angekommen, gab sie den letzten Rest Entspannung auf. Hektisch suchte sie Emilys Arbeitsplatz ab und entdeckte schon bald ein grell pinkes Herzchen-Post-IT. Darauf stand Torstens Name mitsamt seiner Handynummer.

»Bingo«, flüsterte Leonie und wählte mit fliegenden Fingern die Nummer. Es dauerte unangenehm lange, bis jemand abnahm.

»Torsten Flocke, Computernerd für jedermann. Was kann ich für Sie tun?«

»Sie sind doch Emilys IT-Spezialist, der neulich mitten in der Nacht hier aufgetaucht ist, nicht wahr?«, platzte Leonie heraus.

»Äh … ja? Und Sie sind vermutlich die Schwangere, die bei ihr wohnt und das gar nicht lustig fand?«

»Die bin ich. Haben Sie was von Emily gehört?«

»Ja, heute Morgen haben wir kurz geschrieben. Da ging es um etwas Berufliches.«

Leonie war gerade herzlich egal, ob die beiden jetzt eher auf professioneller oder auf freundschaftlicher Basis zusammenarbeiteten. Hauptsache, er konnte Emily irgendwie erreichen. »Sie müssen sie anrufen. Bei mir geht sie nicht mehr ran.«

»Was haben Sie denn getan?«

»Nichts! Sie war nur völlig panisch und wollte für sich allein sein, und jetzt kann ich sie nicht erreichen, obwohl sie schrecklich weit weg ist, und ich hab Angst, dass …« Es tutete in der Leitung. Jemand anderes rief an. »Moment! Vielleicht ist sie das.«

Leonie nahm das Handy vom Ohr und warf einen Blick aufs Display. Peter. Warum rief er ausgerechnet jetzt an?

»Gehen Sie ruhig ran. Ich versuche in der Zwischenzeit, Emily zu erreichen. Danach hören wir uns wieder«, sagte Torsten Flocke.

Die pragmatische Art des IT-lers gefiel Leonie. »Bis gleich«, sagte sie erleichtert und nahm in der gleichen Sekunde Peters Anruf an. »Was ist los?« Ihr war klar, dass es etwas Ernstes sein musste. Peter schrieb ihr sonst nur heimlich Nachrichten, um sicherzugehen, dass Emily das nicht mitbekam.

»Was zur Hölle habt ihr getan?« Peter klang seltsam atemlos und vollkommen panisch.

»Wie? Was haben wir getan?«

»Ich bin gerade verhaftet worden mit schönen Grüßen von Emilys Bruder Jonathan. Meinen einzigen Anruf nutze ich, um dich zu kontaktieren und um zu fragen, was zur Hölle das soll. Leonie! Du musst meinen Anwalt anrufen und Emily sagen, dass sie ihre Brüder zurückpfeifen soll.«

»Verhaftet? Aber warum?«

»Frag das Jonathan Altenhagen und seine drei völlig bekloppten Brüder. Die hatten mich schon immer auf dem Kieker. Jetzt, wo ich Emily betrogen habe, holen sie zum Vernichtungsschlag aus.«

»Sag bloß kein Wort, bis dein Anwalt da ist.«

»Keine Sorge. Hier redet ohnehin niemand mit mir. Das ist reine Schikane. Die haben mich im Büro verhaftet. Im Büro.«

Leonie bemühte sich, die Schadenfreude zu unterdrücken, doch vergebens. Schließlich war Peter selbst ein klein wenig schuld an seiner Situation. Das sagte sie aber lieber nicht laut, vor allem, weil es schon wieder in der Leitung tutete. Ein neuer Anruf kam rein. Vermutlich Torsten.

»Emily ist verschwunden. Wir suchen sie momentan.« Sie warf einen Blick auf die Anruferkennung. Tatsächlich war es Torsten. »Peter, da ruft jemand anderes an. Ich muss rangehen.«

»Was? Wehe du legst auf, Leonie. Ich hab nur diesen einen Anruf.«

»Bist du auf der Polizeiwache von Heiligenhafen?«

»Ja, und glaub mir, die behandeln mich wie einen Schwerverbrecher.«

Es klingelte an der Tür. Zeitgleich sprach jemand Peter an, redete auf ihn ein. Leonie verstand nicht, worum es ging, doch sie ahnte, dass er soeben ermahnt worden war. Mit dem Handy am Ohr eilte sie zur Tür und riss sie auf, darum betend, dass Emily davorstand.

Stattdessen sah sie Torsten an, der ebenfalls das Handy in der Hand hatte. »Warum gehen Sie nicht ran?«, fragte er genervt.

»Weil Emilys zukünftiger Ex-Mann im Knast sitzt und gerade mit mir telefoniert«, erwiderte Leonie perplex. »Was machen Sie hier?«

»Wer ist das?«, fragte Peter irritiert. »Was ist wichtiger als dieser Anruf?«

Torsten hörte natürlich nicht, was Peter sagte. »Ich habe Sie nicht erreichen können. Da bin ich hierhergejoggt. Ist ja nicht weit von meinem Strandhaus. Ich wohne da drüben.« Er deutete mit einem Daumen in Richtung Naturschutzgebiet. »Ich habe kurz mit Emily gesprochen.«

»Und? Was hat sie gesagt?«

»Was hat wer gesagt?«, fragte Peter.

»Sie …«

Ein Auto hielt mit quietschenden Reifen vor der Tür, und eine völlig aufgewühlte Emily sprang heraus. »Leonie, ich habe so richtig Scheiße gebaut«, brüllte sie. Dann bemerkte sie den Mann an ihrer Türschwelle. »Torsten. Was machst du denn hier?«

»Ist das Emily? Hol sie sofort ans Telefon«, rief Peter aufgebracht.

Leonie schwirrte langsam der Kopf. »Kommt erst mal rein«, sagte sie zu Emily und trat den Rückzug Richtung Couch an. Sie musste sich dringend hinlegen. Das hier war Gift für Mia.

Emily überholte Torsten und zog ihn dann recht grob ins Haus, um nur Sekunden später die Tür zuzuknallen und zu den Rollläden zu hasten. »Verrammelt alles«, rief sie panisch.

»Emily, was ist denn los?« So langsam färbte Emilys Furcht auf Leonie ab.

Torsten stand noch immer reglos im Flur und wirkte relativ ratlos. Kein Wunder. Er verstand vermutlich noch viel weniger als Leonie.

»Ich habe zwei Stunden meines Lebens damit verplempert, meine Brüder zum Umkehren zu überreden. Erst dann wurde mir klar, dass ich selbst noch gut eine Stunde brauche, um vom Krankenhaus hierherzukommen. Zwischendurch musste ich aber noch aufs Klo und dringend etwas essen, sonst wäre ich umgekippt. Das macht vier Stunden. Vier Stunden, Leonie!« Den letzten Halbsatz hatte Emily geschrien.

»Ja, und? Ich verstehe kein Wort.«

»Leonie, könntest du mir jetzt endlich mal Emily geben? Der Polizist wird ungemütlich. Er sagt, ich müsse auflegen. Jetzt.« Peters Nervosität hatte ebenfalls ein ganz neues Level erreicht.

»Du bist jetzt nicht dran, Peter. Erst muss ich wissen, was mit Emily los ist«, zischte Leonie in den Hörer.

»Peter? Telefonierst du etwa mit unserem Ex?« Emily erstarrte mitten in der Bewegung, den Finger bereits auf dem Knopf, um die Jalousien herunterzulassen.

»Ja, ich telefoniere mit Peter. Er …«

»Leg sofort auf. Peter ist gerade unsere kleinste Sorge.«

»Ich kann nicht auflegen. Peter …«

Es klingelte.

Torsten, der am nächsten zur Tür stand, drehte sich Richtung Ausgang und hob die Hand, um die Klinke herunterzudrücken.

»Nein«, brüllten Emily und Leonie gleichzeitig, als stünden dort tausend Höllenhunde.

Leonie ahnte mittlerweile, was passiert war. Da der älteste Bruder Jonathan über Peters Machenschaften Bescheid wusste und ihm bereits die örtlichen Kollegen auf den Hals gehetzt hatte, war es gar nicht so unwahrscheinlich, dass …

Jemand schlug mit der Faust gegen die Tür. So laut, dass Torsten einen Satz zurückmachte.

»Emily? Emily! Bist du da drin? Mach auf!« Das war definitiv ein Mann. Tiefe Stimme. Befehlsartiger Ton. Unwirsch.

»Sie ist nicht da«, erwiderte Leonie reflexartig.

»Ach, ja? Ich kann euch Schlauköpfe durchs Fenster sehen.« Ein weiterer Mann stand vor der Terrassentür und winkte ihnen zu. Die Ähnlichkeit zu Emily war erstaunlich, mal vom militärisch kurzen Haarschnitt, den Bartstoppeln und den beeindruckenden Oberarmen abgesehen. »Emily, mach auf! Wir müssen reden.«

»Lasst die Irren bloß nicht rein«, rief Peter durch den Hörer. »Oder doch. Lasst sie rein und sagt ihnen gefälligst, dass sie mich hier rausholen sollen. Nein, bitte. Lassen Sie mich noch einen Moment telefonieren. Nur einen Moment. Gerade kommen die Typen, denen ich diesen Schlamassel zu verdanken habe. Ich …«

Tuuut. Jemand hatte für Peter aufgelegt.

Leonie schnaufte und war halb erleichtert, halb beunruhigt. Wenigstens konnte sie sich jetzt voll auf die Szene vor ihr konzentrieren. Emily stand noch immer wie zur Salzsäule erstarrt vor der Fensterfront und starrte ihren Bruder an. Parallel klingelte es erneut, und vom Küchenfenster aus hörten sie jemanden rufen: »Die sind im Wohnzimmer. Bereich gesichert.«

»Die Südseite ist ebenfalls gesichert«, erklang eine weitere dumpfe Männerstimme von draußen.

»Westseite auch gesichert.«

»Wer sind die Typen?«, fragte Torsten jetzt ebenfalls leicht panisch. »Haben die ernsthaft das Haus umstellt?«

Leonie sah Emily fragend an. »Das sind deine Brüder, nicht wahr?«

»Schätze schon. Torsten. Mach die Tür auf, bevor sie die Rambo-mäßig eintreten.«

»Ich lass die Irren bestimmt nicht rein«, krächzte Torsten. Dann dämmerte ihm, was Emily zuvor gesagt hatte. »Deine Brüder?« Seine Augen wurden riesig.

Emily seufzte und ging zur Terrassentür, um sie zu öffnen. »Hallo, Johan«, begrüßte sie den Mann davor. Der nahm sie kommentarlos in die Arme und brüllte dann über die Schulter: »Bin drin. Kommt ums Haus rum.«

Die anderen Brüder brauchten beunruhigend wenig Zeit, um zu ihnen zu kommen. Nur Sekunden später standen sie im Wohnzimmer und umarmten und herzten ihre kleine Schwester. Die ließ alles einfach über sich ergehen, zu sprachlos, um auch nur einen Ton hervorzubringen.

Leonie blieb auf der Couch sitzen und wartete ab. Dabei nutzte sie die Chance, um Emilys Brüder eingehender zu betrachten.

Jonathan erkannte sie sofort. Er wirkte älter und reifer, auf seltsame Weise vernünftiger. Mit dem Blick suchte er ständig den gesamten Raum ab. Er war etwas kleiner als die anderen, dafür aber breiter.

Johan war der zweitälteste und gleichzeitig der größte und schlankeste von allen. Er hatte etwas von einem Triathleten: durchtrainiert, mit keinem Gramm Fett am Körper. Er lächelte Emily herzlich an und wirkte deutlich freundlicher als Jonathan.

Wer allerdings Jona und wer Jo war, konnte Leonie nicht genau ergründen. Die beiden hätten Zwillinge sein können: durchtrainiert, kräftig und stark. Einer von ihnen redete ununterbrochen auf Emily ein, der andere schwieg und musterte stattdessen die Umgebung. Dabei blieb sein Blick an Torsten hängen.

»Und wer sind Sie?«, fragte er ruhig, woraufhin es im gesamten Zimmer schlagartig still wurde.

»Ich bin nur ein IT-ler, der nach Emily schauen wollte.«

»IT-ler?«, hakte Johan sofort nach.

»Jungs, lasst es gut sein. Torsten ist ein Freund von mir. Lasst ihn gefälligst in Ruhe.« Emily warf Torsten ein beruhigendes Lächeln zu. »Danke, dass du nach mir gesehen hast.« Sie starrte ihn so eindringlich an, dass die Botschaft deutlich war: Nimm die Beine in die Hände und flieh!

Doch Torsten rührte sich keinen Millimeter, sondern sah nur Johan herausfordernd an. »Und wer seid ihr Clowns?«

Sofort veränderte sich die Stimmung im Zimmer. Die vier Brüder richteten sich wie elektrisiert auf. »Clowns?«, fragte Jonathan in drohendem Ton.

»Ihr habt uns einen riesigen Schrecken eingejagt mit eurer Aktion. Welcher normale Mensch umstellt ein Haus, schreit ›Gesichert‹ durch die Gegend und schlägt fast die Haustür ein? Mir ist klar, dass ihr Emilys Brüder seid, aber das ist kein Grund, sich wie Großstadtcowboys zu benehmen. Schon mal was von höflich Anklopfen gehört? Hier sind zwei Schwangere anwesend, wovon sich eine auf keinen Fall aufregen darf. Also kommt mal wieder runter von eurem Testosteron-Höllentrip.«

Die Stille danach war ohrenbetäubend. Sie alle starrten Torsten an, der neben den vier bulligen Typen wie der schmächtigste Normalo auf Erden aussah. Trotzdem gab er keinen Millimeter nach. Im Gegenteil. Er lieferte sich mit Jonathan ein grimmiges Blickduell.

»In Ordnung«, sagte Leonie. »Genug mit dem Schwanzvergleich. Wie wäre es mit Tee?« Sie sah Emily herausfordernd an.

»Jetzt?«, fragte die ungläubig.

»Ich glaube, das ist die einzige Möglichkeit, um die schwelende Bombe in diesem Raum zu entschärfen. Doch vorher müsst ihr noch was erledigen.« Leonie hielt Jonathan auffordernd ihr Handy entgegen. »Ernsthaft? Ihr habt Peter verhaften lassen? Ruft sofort die hiesige Polizeiwache an und pfeift eure Kollegen zurück.«

Emily entglitten die Gesichtszüge. »Ihr habt WAS getan?«, rief sie entsetzt, erntete jedoch nur störrische Blicke.

»Peter ist zu weit gegangen. Wir haben ihn gewarnt: Wenn er dir wehtut, wird er es bereuen. Er wusste also, auf was er sich einließ. Was er dir angetan hat, ist unerhört und muss geahndet werden. Er darf ruhig noch ein wenig schmoren.

Geschieht ihm recht. In der Zwischenzeit kannst du schon mal anfangen zu packen«, antwortete Jonathan schließlich.

»Packen? Aber warum sollte ich das tun?«

»Weil wir dich bestimmt nicht allein an diesem schrecklichen Ort lassen. Du kommst mit zu uns nach Hause. Nach Münster. Da kannst du ganz neu anfangen und die Schrecken der letzten Monate hinter dir lassen.«

Abschied von Heiligenhafen

EMILY

Was sollte sie darauf sagen? Emily war ja selbst schuld an dem Schlamassel. Was rief sie auch ihre Brüder an? Es war so klar gewesen, dass sie sofort zu ihr rasen würden, um sie zu retten.

»Ich mache Tee«, sagte sie wie in Trance und eilte in die Küche. Dabei war sie sich der vielen Blicke nur allzu bewusst, die in ihren Rücken stachen. *Jetzt keine Panik. Denk nach.*

Der Schock nach der Kreißsaalbesichtigung hatte etwas nachgelassen. Sie konnte wieder klarer denken und bereute ihren verzweifelten Anruf. Gleichzeitig wusste sie aber auch, dass das womöglich die beste Lösung war. Ihre Brüder würden ihr helfen. Sie standen hinter ihr. Immer. Und Hilfe konnte sie mit einem Neugeborenen definitiv gebrauchen. Sie war nicht völlig allein mit ihrer großen Verantwortung gegenüber ihrem Baby. Vier gestandene Männer hielten ihr ohne Wenn und Aber den Rücken frei.

Trotzdem zitterten ihre Hände, während sie Wasser in den Teekessel einfüllte. So hatte sie das alles nicht geplant. Schließlich war sie nicht ohne Grund aus Münster fortgegangen.

»Kann ich dir helfen?« Torsten war unbemerkt zu ihr gekommen. Dabei warf er immer wieder beunruhigte Blicke Richtung Wohnzimmer.

»Du solltest gehen, solange du noch kannst«, erwiderte Emily im Flüsterton.

»Und dich mit den Irren allein lassen? Bestimmt nicht.«

»Torsten, das sind meine Brüder. Sie übertreiben manchmal, aber im Grunde ihres Herzens sind sie ganz liebe Kerle.«

»Da muss man dann aber ziemlich lange tauchen, bis man zum Grund ihrer ach so lieben Herzen kommt.«

Trotz der angespannten Lage kicherte Emily leise vor sich hin. Dann drückte sie Torsten den Teekessel in die Hände. »Mach mal das Wasser heiß. Ich hole das Geschirr.«

Torsten tat wie geheißen, warf ihr jedoch immer wieder besorgte Seitenblicke zu. »Du siehst völlig fertig aus«, sagte er vorsichtig.

»Es war ein harter Tag, und wie es aussieht, ist er noch lange nicht zu Ende.«

Er stellte den Kessel auf den Herd, dann wandte er sich ihr mit ernster Miene zu. »Was ist passiert?«

»Mir ist heute klar geworden, dass ich bald völlig allein mit einem Neugeborenen sein werde. Da bin ich in Panik geraten.«

»Und dann rufst du ausgerechnet deine Terror-Brüder an? Sie sind bestimmt ganz hilfreich, um einen Putschversuch im Keim zu ersticken, aber bringen sie dich in deiner aktuellen Notlage weiter?«

Emily seufzte leise. »Keine Ahnung. Wir werden sehen.« Etwas zu hastig stellte sie die Tassen auf das Tablett, sodass es unangenehm klirrte. Dabei atmete sie tief durch. »Du kennst sie nicht«, sagte sie dann warnend zu Torsten.

Er nickte schweigend und wandte sich dem Teekessel zu, als müsse er das Wasser darin höchstpersönlich durch Starren zum Kochen bringen.

Emily tat ihre Zurechtweisung bereits leid, hatte jedoch keine Kraft, sich auch noch mit Torsten rumzuschlagen. Leonie zu beruhigen war schon schwierig genug. In eher unangenehmem Schweigen bereiteten sie den Tee vor, dann kehrten sie ins Wohnzimmer zurück.

Ein seltsamer Anblick offenbarte sich ihnen.

Leonie saß nach wie vor auf der Couch, hatte sich jedoch in gewohnter Manier in Szene gesetzt. Sie sah wie eine Königin aus, die von grobschlächtigen Untergebenen belästigt wurde. Ihre Miene sprach Bände.

Jo hatte sich derweil auf den Sessel gefläzt und ließ die Beine lässig über eine Lehne baumeln. Dabei las er interessiert in einer Zeitschrift über sanfte Geburten. Emily seufzte in Gedanken. Jo war sehr gewissenhaft, wenn er eine Aufgabe witterte. Vermutlich bereitete er sich in Gedanken auf seinen Job als möglicher Geburtshelfer vor.

Jona saß im Schneidersitz vor der Couch und redete auf Leonie ein. So wie es aussah, hörte sie überhaupt nicht zu. Sie sah stattdessen hilfesuchend Emily an, die abrupt mitten im Wohnzimmer stehen geblieben war.

»Wo sind Johan und Jonathan?«, fragte sie alarmiert.

»Die packen für dich.« Jo sagte das so gelangweilt, als ginge es um den Wetterbericht.

Beinahe hätte Emily das Tablett fallen gelassen. Torsten packte im letzten Moment zu und nahm es ihr aus den Händen.

Jona musste ihren Gesichtsausdruck richtig gelesen haben, denn er sprang rasch auf die Füße und eilte zu ihr. »Emily, wir wollen dich wirklich nicht überrumpeln, aber so, wie es jetzt läuft, geht es nicht weiter. In Münster hast du deine Freunde, deine Familie um dich. Wir werden dich unterstützen und dir helfen. Hier hast du niemanden. Du bist doch nur wegen Peter hierhergekommen, und jetzt, wo dieser miese Drecksack dich dermaßen hintergangen hat, hast du keinen Grund mehr hierzubleiben. Denk an dein ungeborenes Kind. Momentan mag sich das alles seltsam anfühlen, doch es ist der einzig logische Schritt.«

Emily ließ zu, dass Jona sie fest in die Arme nahm. Gleichzeitig bemerkte sie Jonathan, der mit drei Koffern in ihr Schlafzimmer lief.

Sie löste sich abrupt von Jona und lief ihrem ältesten Bruder hinterher. »Was denkst du eigentlich, was du hier machst?«, fragte sie ihn aufgelöst. Er hatte wie selbstverständlich ihren Kleiderschrank geöffnet und machte Anstalten, ihre Blusen in die Koffer zu werfen.

»Ich helfe dir«, sagte er ruhig.

»Ich … Das kann ich auch selbst.« Hektisch riss sie ihm die Kleider aus dem Arm, um sie aufs Bett zu legen. »Du zerknüllst doch alles.«

»Wofür gibt es Bügeleisen? Soll ich schon mal das da ausräumen?« Er deutete auf ihren Schminktisch.

»Nein«, rief Emily sofort. »Das mach ich lieber allein. Fass hier bloß nichts an, sonst finde ich nichts wieder.«

Umsichtig legte sie ihr erstes Kleid zusammen und bettete es liebevoll in den Koffer. So verfuhr sie auch mit dem zweiten, dem dritten und dem vierten, bis ihr klar wurde, was sie hier tat.

Sie packte.

Aber … Wollte sie das überhaupt? Ihre Brüder handelten so selbstverständlich. Sie taten so, als wüssten sie genau, was gut für sie war. Doch stimmte das?

Emily erstarrte in der Bewegung, was Jonathan natürlich bemerkte.

»Emily, es gibt keine andere Lösung. Du wirst zu Jo ins Forsthaus ziehen. Sobald das Baby kommt, nimmt sich Johan ein paar Wochen frei. Der Gute hat so viele Überstunden, da könnte er sogar ein ganzes Jahr abfeiern. Jona sagt, er kann an den Wochenenden vorbeikommen, und ich kümmere mich, wenn Not am Mann ist. Wir schaffen das. So wie wir immer alles geschafft haben. Zusammen!«

Das war zu viel für Emily. Sie fing so heftig an zu weinen, dass ihr ganzer Körper bebte. All ihre Verzweiflung zerfloss und wurde aus ihr herausgespült. Sie warf sich regelrecht in die Arme ihres großen Bruders und ließ es zu, dass er sie eine kleine Ewigkeit so hielt und wie ein Kind hin und her wiegte.

»Pack erst mal nur das Nötigste ein. Den Rest können wir ein anderes Mal holen«, sagte Jonathan schließlich sanft zu ihr.

Emily nickte und tat wie geheißen. Diesmal ignorierte sie all ihre hübschen Kleider und packte nur die Umstandssachen ein. Auch von den Schminksachen nahm sie nur wenig mit. Wofür musste sie sich schon noch hübsch machen?

Ein Rumpeln ertönte aus dem Zimmer nebenan.

»Was war das?«, fragte sie erschrocken.

»Ich vermute, Johan baut gerade das Babybettchen ab, um es in den Van zu packen. Den Schrank müssen wir auch noch zerlegen, aber das sollte kein Problem sein.«

Emily nickte erleichtert, bis sie lautes Geschrei aus dem Wohnzimmer hörte. War das etwa Leonie, die da so brüllte? Sowohl Jonathan als auch sie lauschten.

»Jetzt gehen Sie schon aus dem Weg«, hörten sie Jo in seiner ruhigen Art sagen.

»Keinen Zentimeter bewege ich mich«, brüllte eine Frau hysterisch zurück. War das Leonie? Sie klang so anders. Völlig außer sich. Beinahe irre. »Stellt sofort das Babybett zurück, ihr Wahnsinnigen.«

»Wer ist hier die Wahnsinnige? Gute Frau, bitte beruhigen …«

»Ich beruhige mich NICHT, und ich bin auch keine gute Frau, du Verrückter. Das Babybett bleibt hier.«

»Das haben Sie nicht zu entscheiden.«

»Du aber auch nicht. Emily? Emily! Komm sofort her. Die nehmen dir hier die Bude auseinander.«

Emily seufzte tief und eilte in den Flur. Das Bild, das sich ihr bot, war bizarr. Leonie stand mit ihrem ausladenden Bauch an der Wohnungstür, die Arme ausgebreitet, die Beine abgespreizt, und versperrte den Ausgang mit finsterer Miene.

»Leonie, lass gut sein«, sagte Emily sanft. »Meine Brüder holen mich heim. Es ist besser so.«

»Besser? Für wen? Für die Testosteronmonster? Fürs Baby? Haben sie dich überhaupt gefragt, was du davon hältst?«

»Sie haben recht. Mich hält hier nichts mehr.«

»Dann sieh mal noch genauer hin«, protestierte Leonie. Aufgebracht deutete sie auf ihre Umgebung. »Du liebst dieses Haus. Deine eigenen Worte. Du liebst das Meer, die Ruhe und die Landschaft. Außerdem magst du deinen komischen IT-ler, für den ich mich zugegebenermaßen auch langsam erwärme … Und natürlich musst du auf mich aufpassen. Was soll ich denn ohne dich machen?« Zu aller Erstaunen fing Leonie an Ort und Stelle an zu weinen. Ihre Schultern bebten, und sie schlug die Hände vor das Gesicht, um ihre Tränen zu verdecken. »Du darfst nicht gehen«, schluchzte sie herzergreifend.

Emily war so schockiert, dass sie einige Sekunden gar nicht reagierte. Leonie weinte? Die toughe, alles beherrschende, furchtbar emotionslose und kaltblütige Leonie weinte? Unfassbar. Rasch eilte Emily auf Leonie zu und wollte sie in die Arme nehmen, doch Johans Schnauben ließ sie innehalten.

»Deine schauspielerische Leistung lässt echt zu wünschen übrig«, sagte er streng. »So soll es aussehen, wenn du weinst?«

»Ich bin total traurig«, erwiderte Leonie mit gepresster Stimme und verdeckte beharrlich ihre Augen mit den Händen.

»Dann zeig uns deine Tränen«, forderte Johan sie heraus.

Seufzend ließ Leonie ihre Hand sinken und präsentierte ein völlig tränenfreies Gesicht. »Mist. Hätte klappen können«, sagte sie mit ihrer gewohnten festen Stimme.

»Leonie«, rief Emily empört. »Mit so etwas spaßt man doch nicht.«

»Sehe ich aus, als hätte ich Spaß? Aber was soll ich denn sonst machen, wenn dich eine Horde wild gewordener Supermachos entführen will?«

»Hier entführt niemand irgendwen. Glaub mir. Emily weiß, was gut für sie ist, und handelt entsprechend vernünftig und verantwortungsvoll. Immerhin hat sie uns angerufen und um Hilfe gebeten«, mischte sich nun Jonathan ins Gespräch ein. Mit seiner volltönenden, autoritären Stimme sorgte er sofort für Ruhe.

Oder zumindest fast.

»Na ja …«, hob Emily zum Protest an, doch Leonie war schneller. »So wie ich das bewerte, ist das hier ein Überfall. Ihr taucht hier auf, breitet vor Emily euren bescheuerten Notfallplan aus, erwartet ihre Zustimmung, packt für sie und haut mit ihr ab, bevor sie überhaupt Piep sagen konnte. Oder habe ich es mit den Ohren? Soweit ich gehört habe, habt ihr nicht einmal gefragt, was sie davon hält.«

Alle Blicke wandten sich Emily zu, die sich sofort unwohl in ihrer Haut fühlte. »Na ja …«, hob sie erneut an.

»Peter hat Emily regelrecht von Münster nach Heiligenhafen gezerrt und ihr kaum eine andere Wahl gelassen. Sie kann froh sein, dass sie ihn los ist. Wir kümmern uns nun um sie. Versprochen. Dafür brauchen wir dich nicht«, erklärte Jona recht ruppig und schulterte die Tasche im Flur. Drohend baute er sich vor Leonie auf. »Wer bist du überhaupt? Was gibt dir das Recht, dich hier einzumischen? Das ist eine Familienangelegenheit. Lässt du mich jetzt durch, oder muss ich dich erst zur Seite schieben?«

»Versuch das mal, du halber Hering.« Leonie hob kampfesmutig die Fäuste hoch. »Ich bin vollgepumpt mit Schwangerschaftshormonen. Da können deine billigen Anabolika einpacken.«

Da sich Leonie tatsächlich nicht rührte, wirkte Jona jetzt zum ersten Mal verunsichert. Etwas ratlos drehte er sich zu seinen Brüdern um. »Und jetzt?«

»Geh doch einfach durch die Terrassentür«, antwortete der pragmatische Jo. Er wollte sich ebenfalls einen gepackten Koffer schnappen, doch Torsten war schneller. Er entriss Emilys Bruder das Gepäckstück und brachte es mit einem heldenhaften Satz aus dessen Reichweite. Dabei schwankte das Tee-Tablett bedenklich. Jo bekam den einen Henkel des Koffers zu packen und zog daran. Das brachte Torsten so aus dem Gleichgewicht, dass das Tablett noch heftiger hin und her wackelte.

Das war der Moment, in dem Emily klar wurde, dass sie auf eine Katastrophe zuschlitterten. Alles entglitt ihr. Sie hatte die Situation längst nicht mehr im Griff. Weder ihre Brüder noch Leonie oder Torsten beachteten sie, sondern fochten ihren ganz eigenen Kampf aus.

Das machte sie traurig. Und wütend. Es reichte. Endgültig. Leonie hatte ihr die ganze Zeit gepredigt, dass ihre zurückhaltende Art nur eine Tarnung war. Dass sie sie als Waffe benutzte, um Konflikte zu vermeiden. Den leichteren Weg zu gehen. Nun war es Zeit, die löwenartige Emily herauszuholen.

»Schluss jetzt«, brüllte Emily. So laut. So bestimmend, dass tatsächlich alle in der Bewegung innehielten und sie erstaunt ansahen. Emily zwang sich, weder zurückzuweichen noch die Schultern hochzuziehen.

Stell dich deinen Brüdern, und zeig Leonie, dass du sie nicht für ihre Kämpfe brauchst. Du kannst das auch allein, feuerte sie sich in Gedanken an. »Ich kann für mich selbst sprechen«, sagte sie scharf und bedachte jeden Einzelnen mit einem bösen Blick.

»Klar kannst du das«, versicherte Jo rasch und hob trotzdem abermals den Koffer an, als wolle er ihn forttragen. Torsten reagierte instinktiv und hielt ihn erneut auf. Das nun folgende Gerangel war zu viel. Das Geschirr auf dem Tablett kam ins Rutschen. Torsten versuchte noch, es auszubalancieren, doch zu spät.

Tassen zersprangen, die Teekanne splitterte, der Kandis kullerte unter den hübschen Schrank, und Milch spritzte quer durch den Raum.

Alle hielten die Luft an und blickten erschrocken zu Emily. Die stand reglos da, starrte ihr heißgeliebtes und nunmehr zerstörtes Porzellan an und dachte für einige Sekunden rein gar nichts.

»Es tut mir so leid«, stammelte Torsten und kniete sich hastig hin, um die Scherben einzusammeln.

»Mir auch«, fügte Jo hinzu.

»Ich besorg Lappen. Vorsicht, schneid dich nicht«, sagte Jonathan.

»Ich hole einen Besen«, erklärten Johan und Jona zeitgleich.

»Scheiße«, sagte Leonie.

Niemand beachtete Emily in dem Durcheinander, die wie betäubt in die Küche ging, zwei Teebeutel in jeweils eine Herzchentasse legte, den Rest heißes Wasser aus dem Kessel darüber goss und damit nach draußen zum Meer verschwand.

LEONIE

Die Männer waren so damit beschäftigt, den Schlamassel wegzuräumen, dass niemand auf die Frauen achtete. Leonie huschte auf Zehenspitzen hinter Emily her. Die lief zügigen Schrittes zu den zwei einsamen Liegestühlen, die noch immer auf dem kleinen Strandbereich vor der Villa standen. Leonie wartete, bis sich Emily gesetzt hatte, dann trat sie zu ihr.

»Darf ich mich zu dir gesellen, oder bist du arg sauer auf mich?«, fragte sie vorsichtig.

»Was meinst du, für wen die zweite Tasse ist?« Emily wartete, bis sich Leonie umständlich gesetzt hatte, dann reichte sie ihr den Tee und nahm selbst einen Schluck. Sofort verzog sie das Gesicht. »Ein billiger Ersatz für meinen guten Tee.«

»Es tut mir so, so dermaßen leid um dein wunderschönes Service.«

»Als ob dir das gefallen hätte.«

»Es mag nicht meinem Geschmack entsprechen, aber du hast es geliebt. Wir haben es zerstört. Das ist unverzeihlich.«

Emily schwieg eine Weile, während sie aufs Meer hinausblickte und in winzigen Schlückchen ihren Tee trank.

»Jetzt sag doch bitte was«, drängte Leonie sie und bemerkte irritiert, dass Emily leise zu lachen begann. Jetzt dreht sie ganz durch, dachte Leonie verzweifelt. »Was ist denn so lustig?«, fragte sie schließlich irritiert.

Emily lachte noch immer und wischte sich eine Träne aus dem Auge. »Das Service habe ich von Peter bekommen. Zur

Hochzeit. Ich finde, sein Ende war ein hübsches Sinnbild für meine Ehe.«

Obwohl es eigentlich gar nicht so witzig war, musste Leonie mitlachen. Sie prosteten sich gegenseitig mit ihrem Tee zu. »Darauf trinken wir. Auf unsere bekloppte Situation«, sagte Leonie feierlich.

»Du sagst es. Prost.« Emily leerte die Tasse. »Ach, Leonie. Mir tut es auch leid.«

»Dir tut es leid? Aber was denn?«

»Ich bin total durchgedreht und habe in einem Moment der Schwäche meine Brüder angerufen. Mir war klar, dass sie zu meiner Rettung eilen würden, und genauso klar war mir auch, was sie für richtig halten: mich heimzuholen.«

»Vielleicht ist das auch wirklich das Beste für dich«, wandte Leonie vorsichtig ein, obwohl ihr die Worte schwerfielen.

»Vielleicht ... Aber was wird dann aus dir? Ich habe dir versprochen, mich um dich zu kümmern. Da kann ich doch nicht einfach abhauen, bloß weil mir alles zu viel wird.«

»Ich entbinde dich von deinem Versprechen. Wir sollten unsere Schwangeren-WG auflösen. Sofort.« Leonie bemühte sich, ihre Stimme möglichst bestimmt und fest klingen zu lassen, obwohl alles in ihr dagegen revoltierte. Sie wollte nicht, dass Emily ging. Auf keinen Fall. Und das nicht nur aus egoistischen Gründen, sondern ... Sie wagte es nicht einmal, den Gedanken zu denken. »Ich möchte natürlich schon, dass du bleibst«, sagte sie zögerlich. »Aber nicht, weil du dich verpflichtet fühlst. Bleib, weil es richtig für dich ist. Ich mag dich, Emily. Ja, verdammt. Ich mag dich wirklich. Und ich glaube, dass wir gemeinsam durch diese schwierige Zeit kommen können, indem wir uns gegenseitig unterstützen. Wir ergänzen uns erstaunlich gut. Dass wir nicht immer einer Meinung sind, macht uns nur viel stärker. Diesen Zusammenhalt will ich nicht verlieren. Ich gelobe auch Besserung und werde weniger rummaulen oder mich querstellen. Im Gegenteil. Ich werde eine Musterpatientin. Hauptsache, du bleibst hier.«

Emily sagte eine Weile nichts, doch als sie schließlich Leonie ansah, hatte sie Tränen in den Augen. »Ich hätte dir so schöne und emotionale Worte gar nicht zugetraut.« Ihre Stimme bebte, und Tränen liefern ihr über die Wangen.

»Siehst du, was du aus mir gemacht hast?«, erwiderte Leonie, und als diesmal ihre Stimme schwankte, war es echt.

»Heulst du etwa?«

»Nur ein bisschen, aber das werde ich auf ewig abstreiten.«

Emily lachte leise und hielte Leonie ihre Hand hin. »Freundinnen?«

»Sind wir doch schon längst.«

»Stimmt auch wieder.«

Emily legte ihre Hand in Leonies und drückte sie. Schweigend blickten sie auf das Meer und genossen die Seeluft und die sanften Sonnenstrahlen auf der Haut.

»Und was machen wir mit der Horde Irrer in deinem Haus?«, fragte Leonie nach einer Weile.

»Keine Ahnung. Vielleicht verschwinden sie ja von allein, wenn wir nur lange genug hier sitzen und sie ignorieren.« Emily kicherte. »Du hast Jona ernsthaft einen halben Hering genannt? Wie kommst du denn da drauf?«

Sie lachten noch, als sie bereits Schritte hinter sich hörten. Die Männer kamen zu ihnen, teilten sich rechts und links von ihren Liegestühlen auf und setzten sich neben sie in den Sand.

»Du kommst nicht mit uns«, stellte Jonathan fest und blickte seine Schwester an.

»Du sagst es. Ich bleibe hier. Das mag euch nicht gefallen, aber es ist das einzig Richtige für mich. Ich bin wirklich nur wegen Peter hierhergekommen, aber mittlerweile hängt mein Herz an diesem Ort. Hier habe ich den Eindruck, mich entfalten zu können. Versteht mich bitte nicht falsch, Jungs. Aber wenn ich in eurer Nähe bin, dann bestimmt ihr beinahe automatisch die Richtung. Ihr bemerkt das nicht einmal. Ich muss jedoch meinen eigenen Weg finden. Ob er jetzt richtig oder falsch ist, wird sich zeigen.« Emily lächelte jeden ihrer Brüder entschuldigend an, dann nickte sie Richtung Leonie. »Außerdem habe ich hier jemanden, der meine Lage wirklich verstehen kann. Ich weiß, dass ihr es nur gut meint, und sollte es nicht funktionieren, seid ihr die Ersten, die ich anrufe. Aber erst einmal muss und will ich hierbleiben. Anna gehört an diesen Ort. Das spüre ich genau.«

»Anna?«, wiederholte Leonie erstaunt.

»Ja, Anna. Es wird ein Mädchen, Leonie. Ich bekomme auch ein Mädchen.«

Die beiden kreischten gleichzeitig wie zwei Teenagerinnen. Wenn Leonie gedurft hätte, wäre sie aufgesprungen und mit Emily hüpfend durch den Sand geturnt. So nahm sie lediglich ihre Hand und jubelte mit ihr im Sitzen wie eine Oma. »Aber … Seit wann weißt du es denn?«, fragte sie schließlich aufgeregt.

»Schon lange, aber Peter wollte es nicht wissen. Daher hab ich es für mich behalten. Er weiß auch noch nichts von dem Namen, aber mit dem muss er einfach leben.«

»Anna ist ein guter Name«, sagte Jonathan, und seine Stimme schien leicht zu brechen.

»Der beste«, pflichteten die übrigen Brüder bei.

Leonie verstand schon allein durch die Blicke, die sich die Geschwister untereinander zuwarfen. Anna. So hatte vermutlich ihre Mutter geheißen.

»Sag mal, Jo, heulst du etwa?«, fragte Jona.

»Du doch auch.«

»Klar. Wie könnte ich auch nicht?«

»Hey, krass! Selbst Jonathan heult.«

»Heul doch selbst.«

»Jungs. Seid mal ernst und hört auf zu streiten. Wir müssen jetzt seriös werden, immerhin bekommen wir eine Nichte. Anna.«

»Ich hab doch gleich gesagt, dass es ein Mädchen wird.«

»Dann darf ich jetzt endlich rosafarbene Strampler kaufen?«

»Als ob du das nicht schon längst getan hättest.«

Leonie hörte nicht mehr zu. Stattdessen blickte sie aufs Meer hinaus und fühlte, wie eine große Anspannung von ihr abfiel. Ihr war natürlich klar gewesen, wie wichtig Emily in ihrem Leben geworden war. Ohne ihre Unterstützung hätte sie wieder ins Krankenhaus gehen müssen. Doch aus der anfänglichen Zweck-WG war etwas erwachsen, das sie niemals erwartet hatte.

Freundschaft.

Doch was sollte mit dieser Freundschaft geschehen, wenn sie weiter den Weg ging, den sie eingeschlagen hatte? Sie chattete mittlerweile fast jeden Abend mit Peter. Natürlich heimlich und diskret. Die Nachrichten fühlten sich wie Balsam für ihre Seele an. Ja, sie war Peter noch immer unendlich böse. Sie wollte ihm nicht verzeihen und ihm ihr Leben lang böse sein. Leider wurde das mit jeder Nachricht schwieriger.

Er war nun einmal ihr Lieblingsmensch. Der eine, für den ihr Herz schlug. Jede Minute versuchte sie, sich dagegen zu wehren, sich zu lösen, doch letztlich fühlte sie sich nur richtig gut, wenn sie mit ihm sprechen konnte.

Dass sie damit Emily aufs Schändlichste verriet, war ihr nur allzu klar. Sie …

»Peter«, rief sie erschrocken, als ihr ein anderer Gedanke dazwischenkam.

Die Brüder stoppten mitten im Streitgespräch und sahen sie wie auf Knopfdruck böse an.

»Was ist mit dem Verräter?«, knurrte Jona.

»Der steckt dank euch noch immer in Schwierigkeiten. Hier. Ruf bei der Polizeiwache an und sorg dafür, dass er frei kommt.« Leonie hielt Jonathan ihr Handy hin.

»Der darf gerne noch ein bisschen schmoren. Geschieht ihm recht.«

»Peter wird sich das nicht bieten lassen. Wenn ihr ihn weiter ohne gute Gründe festhaltet, hetzt er euch die Anwälte auf den Hals.«

»Das darf er gerne versuchen. Glaub mir. Mit uns legt man sich nicht an.«

»Jonathan«, ermahnte Emily ihren Bruder streng. Der Blick, den sie ihm zuwarf, war deutlich. »Ruf an.«

»Muss ich wirklich? So eine Nacht im Gefängnis ist manchmal ganz heilsam.«

»Ruf an!«

»Na gut.« Grummelnd nahm Jonathan das Handy und tat wie befohlen. Dabei warf er Leonie einen Blick zu, der sie alarmierte. Emilys Brüder waren weit aufgeweckter, als man aufgrund ihrer muskelbepackten Körper vermuten würde. Sie musste aufpassen, dass sie sich die vier nicht zu Feinden machte, und noch viel mehr, dass Jonathan keine der Nachrichten las, die sie sich mit Peter hin- und hergeschickt hatte. Ihr Atem stockte vor Schreck. Verdammt. Warum hatte sie ihm das Handy gegeben? Der Anruf war für Leonie der gefühlt längste der Welt. Sie ließ weder Jonathan noch ihr Handy aus den Augen und entspannte sich erst, als sie das Telefon wieder in den Händen hielt.

»Keine Sorge. Eurem Kindsvater geht es gut«, sagte Jonathan mit einem seltsamen Unterton in der Stimme. Dabei sah er hauptsächlich Leonie an. »Aber wenn er Emily noch mal so wehtut, lernt er uns wirklich kennen.«

Die Botschaft war angekommen. Leonie nickte lediglich schweigend und bemühte sich, ihren schnell schlagenden Puls unter Kontrolle zu bekommen. Gleichzeitig verfluchte sie sich und die seltsamen Gefühle, die in ihr wüteten. Warum riskierte sie es, Emily oder ihre Brüder zu verärgern, bloß um Peter zu helfen?

Ausgerechnet Peter.

Doch leider war ihr längst eine Sache schrecklich klar: Sie wollte nicht ohne Peter leben. Nein. Sie konnte es nicht.

Hausgeburt und Dammmassage

EMILY

»Ich finde ja, das hier sieht ganz gut aus.« Emily hob einen Prospekt in die Höhe und zeigte auf ein Planschbecken, das dort abgebildet war.

Leonie wirkte entsetzt. »Emily, wir sind beide langsam Statur Walross. Du bist jetzt erst in der zweiunddreißigsten Schwangerschaftswoche. Wenn wir die vierzigste erreicht haben, werden wir zwei Buckelwale sein. Da passt dann nicht mal dein Oberschenkel rein, geschweige denn, dass du darin dein Kind zur Welt bringen kannst.«

»Irrtum. Ich finde, es ist perfekt. Wir können es hier im Wohnzimmer aufstellen, sodass ich aufs Meer hinaussehen kann. Das wird wunderschön.«

»Ehe Anna in diesem Tümpel zur Welt kommen muss, kaufe ich dir den hier.«

Leonie hob eine andere Zeitschrift hoch und präsentierte ein gewaltiges Monstrum von Pool.

»Und wo sollen wir den hinstellen?«

»Rück die Couch zur Seite, schieb den Sessel weg und den

Schrank ein wenig an die Wand. Fertig. Wo ein Wille ist, ist auch ein Planschbecken.«

Emily nahm zumindest den Prospekt in die Hände und musterte das von Leonie präferierte Teil. Dann gab sie einen erstickten Laut von sich. »Viel zu teuer. Jetzt, wo ich mich von Peter scheiden lassen muss, sollte ich aufs Geld achten.«

»Zur Not kauf ich den dir. Nenn es mein etwas unorthodoxes Geburtsgeschenk. Moment ... Seit wann steht denn fest, dass du dich scheiden lassen wirst?«

Emily kam ein wenig ins Schwimmen. Tatsächlich war der Satz so ganz nebenbei aus ihr herausgepurzelt. Als sei es schon beschlossene Sache. Dabei schwankte sie beinahe jede Nacht von einem Extrem ins nächste. Wenn sie jedoch tief in sich hineinhorchte, gab es tatsächlich nur eine Lösung.

»Ich glaube nicht, dass das noch mal was mit Peter wird. Ausschließen will ich es natürlich nicht, aber im Moment will ich mich ganz auf mich konzentrieren.« Sie überlegte, ob sie Leonie in ihre größte Sorge einweihen sollte.

Gerade entschied sie sich dagegen, da sagte Leonie streng: »Jetzt spuck schon aus, was dich quält.«

Emily seufzte und legte die Prospekte zurück auf den Stapel, den sie bereits seit der Mittagszeit auf der Jagd nach dem perfekten Planschbecken durchforsteten. »Ich frage mich die ganze Zeit, in welche Richtung ich mich ohne Peter bewegt hätte. Statt mich weiterzuentwickeln, bin ich einfach auf der Stelle stehen geblieben. Als hätte ich die Luft angehalten und es nicht mal bemerkt.«

»Meinst du damit deine Karriere? Oder dein Privatleben? Dein persönliches Ego?«

»Ich fürchte fast, ich meine damit so ziemlich alles. Gleichzeitig will ich meinem Ehemann nicht allein den schwarzen Peter zuschieben. Wortwörtlich und sinnbildlich gesprochen. Mir ist klar, dass ich es war, die sich nicht mehr bewegt hat.

Ich hab mich festgefahren, ohne es zu merken. Peter hat allerdings meiner Entwicklung nicht gutgetan, denn er hat meinen Stillstand zunächst unterstützt und mir hinterher Vorwürfe gemacht, ich solle mehr aus meinem Leben machen. Das hat sich furchtbar angefühlt. Vielleicht war er einfach der falsche Mann zur falschen Zeit.«

»Weißt du, was eine sehr weise Frau mal zu mir gesagt hat?«

»Bist diese weise Frau zufällig du?«

»Erraten.«

»Jetzt bin ich aber gespannt.«

»Mein Motto ist: Wenn es dir gerade richtig scheiße geht, solltest du keine lebensverändernden Entscheidungen fällen. Warte erst mal ab, bis du klarer siehst.«

»Das ist ja das Problem. Ich kann nicht abwarten und hoffen, dass sich die Sache mit meinem Mann von selbst löst. Ich muss schon aktiv was tun, um aus diesem Schlamassel wieder herauszukommen. Vor allem muss ich mir überlegen, was ich mit dem Rest meines Lebens anfangen will.«

»Du musst in erster Linie dein Kind bekommen. Alles andere sollte bis dahin warten. Sobald du dich mit Anna eingegrooved hast, kannst du dir überlegen, wie viel Zeit du für Arbeit und andere Dinge übrig hast.«

Emily sah Leonie ungläubig aus. »Dass ich so etwas mal aus deinem Mund höre. Bist du nicht die Erste, die ihr Kind in die Betreuung geben und wieder arbeiten gehen will?«

»Keine Ahnung. Ich glaube, deine altbackenen Ansichten färben langsam auf mich ab.«

»Altbacken?«

»Du musst zugeben, dass eure Rollenverteilung aus den Sechzigerjahren stammte: Frau am Herd und ganz aufs Baby fixiert, der Kerl schafft das Geld ran und schreibt vor, wie es mit der Familie zu laufen hat.«

»Bloß weil es ein altes Rollenbild ist, muss es noch lange nicht verkehrt sein.«

»Bis vor Kurzem hätte ich jetzt voll dagegengehalten und behauptet, dass das alles nicht mehr zeitgemäß und völlig überholt ist. Aber es mag Familien geben, für die das System gut funktioniert und das Beste für alle Beteiligten ist. Wenn alle zufrieden sind, muss man daran nichts ändern, nur weil die moderne Gesellschaft das nicht mehr als Norm empfindet. Nur leider hat das System für dich nicht funktioniert.«

»Weil Peter mir mit dir fremdgegangen ist.«

»Aber du hast gesagt, dass ihr vorher auch nicht mehr besonders glücklich gewesen seid. Als Paar hat es geknirscht. Emily. Nicht explodieren. Ich weiß selbst nicht genau, wie wir auf dieses unangenehme Thema gekommen sind. Vermutlich bin ich die Letzte, mit der du über Beziehungsprobleme sprechen willst. Ich spiegele dir lediglich das, was du immer zu mir sagst: Schau mal über den Tellerrand und überleg, ob andere Ansichten auch was für dich sein könnten. Zumindest in Teilen.«

Emily nahm ihre Teetasse in die Hand und starrte den Kandis darin an, als könne er die Erleuchtung bringen. Statt der hübschen Blümchentässchen trank sie gerade aus einem schnöden Kaffeebecher mit der Aufschrift *Andere Mütter haben auch nette Söhne*. Ein Geschenk von Leonie – per Express über Nacht geordert. Dabei dachte Emily intensiv über Leonies Worte nach. Ihre plötzlich aufgekommene Wut war bereits wieder verraucht. Sobald sie miteinander zu diskutieren anfingen, fühlte sich Emily stets zunächst in die Ecke gedrängt und hatte den Eindruck, sich mit Zähnen und Klauen verteidigen zu müssen. Doch sobald sie einmal tief durchgeatmet hatte, ging es. Streiten war für sie einfach ein ungewohntes Feld, aber so langsam gewöhnte sie sich daran. Nicht immer war es schlecht, anderer Meinung zu sein und diese auch zu vertreten.

»Ich habe mein Arbeitsleben vor die Wand gefahren und bin momentan total in Panik, wie ich das ändern soll«, sagte sie nach einer Weile.

»Aber du hast doch mit Torsten ein Projekt am Laufen. Ich dachte, das hat Potenzial.«

»Ich glaube, ich möchte nur, dass es Potenzial hat. Weil ich das Projekt so mag, aber … Ach, ich weiß auch nicht. Ich bin mir nicht mehr sicher, ob ich damit jemals Geld verdienen kann. Und das mit Torsten finde ich auch langsam seltsam.«

Leonie stöhnte laut auf. »Tu das nicht«, flehte sie. »Erstick doch nicht alles Gute in deinem Leben im Keim.«

»Das muss ich gar nicht mehr selbst tun. Das haben meine Brüder bereits erledigt. Seitdem Torsten mit ihnen zusammengerasselt ist, hab ich nichts mehr von ihm gehört.«

»Dann ruf ihn an.«

»Was soll ich denn schon sagen? Meine Familie ist irre, tut mir leid, dass du da mitten hineingeraten bist. Ich weiß ja nicht mal, was das zwischen Torsten und mir ist.«

»Ihr mögt einander. Wo ist das Problem?«

»Ich bin mit Peter verheiratet.«

»Von dem du dich scheiden lassen willst.«

Emily nahm einen Schluck Tee, um sich von ihren überschäumenden Gefühlen abzulenken. Es war alles so frustrierend. »Ich war mein ganzes Erwachsenenleben noch nie Single und auf mich allein gestellt. Vielleicht ist es an der Zeit, genau das zu tun. Direkt von Peter zu Torsten zu wechseln wäre Wahnsinn.«

»Erstens wärst du nicht die Erste, die so etwas macht, und zweitens wirst du nie herausfinden, was das zwischen dir und dem Hipster ist, wenn du es nicht ergründest.«

»Auch wieder wahr.«

»Du musst ihn ja nicht gleich heiraten. Vielleicht lädst du ihn einfach mal zum Abendessen ein. Wenn alles gut geht, bist du mich ab morgen los und kannst hier tun und lassen, was du willst.«

Diese Worte taten überraschend weh. Bislang hatte Emily den Gedanken erfolgreich weggeschoben, doch jetzt kehrte er mit Macht zurück. Leonie musste morgen zur nächsten Vorsorgeuntersuchung und hatte große Hoffnungen, endlich wieder aufstehen zu dürfen. Seit sie bei Emily wohnte, waren ihre Wehen fast vollständig zurückgegangen. Es ging ihr gut. Warum sollte sie noch länger hier wohnen?

»Vielleicht sollte ich das tun«, murmelte Emily und glaubte selbst nicht dran. Nie im Leben würde sie den Mut aufbringen, Torsten anzurufen. Dafür war ihr der Zwischenfall mit ihren Brüdern viel zu peinlich.

»Du rufst ihn garantiert nie an, du Schisser. Ich glaub dir kein Wort.« Leonie sprang so abrupt auf, dass ihr Tee auf den Wohnzimmerboden schwappte. Gleichzeitig schnappte sie sich Emilys Handy, das wie immer auf dem Tischchen vor ihnen lag. Die PIN hatte Leonie längst herausgefunden und tippte sie rasch ein. Bevor Emily verstand, was sie vorhatte, tutete es bereits. Als sich Torsten meldete, warf Leonie Emily das Handy einfach in den Schoß.

Die quiekte, als sei das Telefon giftig. Es purzelte polternd zu Boden. Trotzdem hörten sie, wie Torsten jetzt lauter in den Hörer rief: »Emily? Emily! Alles in Ordnung?«

»Das wirst du mir büßen«, zischte Emily in Leonies Richtung.

»Gern geschehen«, antwortete die und verschwand hastig in ihrem Zimmer. Kurz bevor sie die Tür schloss, formte sie noch mit den Lippen ein deutliches: »Sprich mit ihm.«

Emily hatte ohnehin keine Wahl. Sie konnte unmöglich einfach wieder auflegen und so tun, als wäre dieser Anruf nie geschehen. Das war Torsten gegenüber mehr als unfair. »Torsten. Hey, entschuldige bitte. Ich hab mein Handy fallen gelassen.«

»Okay …« Torsten klang skeptisch. »Klang eher danach, als hättest du mit Leonie gekämpft.«

»Ich …« Emily unterbrach sich. Sie wollte weder lügen noch die Wahrheit sagen. Also wechselte sie das Thema und verfluchte Leonie dabei. »Das mit meinen Brüdern tut mir echt leid.«

»Kein Ding. Ich hab mit denen längst Frieden geschlossen. Sie waren etwas irritiert, dass du dich noch nicht bei mir gemeldet hast.«

»Sie … Hä? Hast du sie etwa noch mal gesehen?«

»Jeden Tag. Die sind doch in dem Hotel direkt am Meer untergekommen und lieben Kitesurfing genau wie ich. Seitdem ich sie eher zufällig getroffen habe, sind wir jetzt jeden Nachmittag fest verabredet.«

Ich lynche sie, dachte Emily erschöpft und kniff die Augen zusammen. »Davon haben sie kein Wort erwähnt.«

Torsten lachte völlig entspannt. »Das glaube ich gerne. Zugegebenermaßen fühlt sich jedes Treffen mit ihnen wie ein Kreuzverhör an, aber langsam gehen ihnen die bohrenden Fragen aus. Falls du also etwas aus meinem Leben wissen möchtest: Du musst nur deine Brüder fragen. Ich vermute, es gibt mittlerweile sogar eine Akte über mich, inklusive polizeilichem Führungszeugnis und bundesnachrichtendienstlicher Überprüfung.«

»Das tut mir sooo leid.«

»Muss es nicht. Ich hätte mich ja nicht mit ihnen treffen müssen, aber ich war neugierig. Sie sind nur halb so schlimm, wie ich gedacht habe.« Emily hörte, wie Torsten tief Luft holte. »Aber um dich habe ich mir schon ein wenig Sorgen gemacht. Ich hatte den Eindruck, dass dir das alles zu viel geworden ist, und habe dich deshalb in Ruhe gelassen. Richtig hat sich das aber auch nicht angefühlt. Alles okay mit dir?«

»Ich weiß es nicht«, sagte Emily ehrlich. »In letzter Zeit fühlt sich nichts mehr richtig an in meinem Leben.«

»Wie wäre es dann mit einem Eis? Ich könnte dich zu Fuß abholen, und wir gehen zur Seebrücke, lassen uns ein wenig den Kopf von der Meeresbrise durchpusten und sehen den Kitesurfern zu.«

»Klingt toll, aber …«

»Dann bis gleich.«

Torsten hatte aufgelegt, bevor Emily protestieren konnte. Verblüfft starrte sie einen Moment das Display an, dann geriet sie in Panik, sprang auf und stürmte ins Bad. Diesmal wollte sie nicht wie eine Vogelscheuche aussehen. Diesmal würde sie sich hübsch machen und sich endlich wieder wie eine normale Frau und nicht wie eine betrogene Schwangere fühlen.

»Und?«, brüllte Leonie quer durchs ganze Haus, während sich Emily hastig etwas Rouge auf die Wangen tupfte.

»Er holt mich ab, und wir essen ein Eis an der Seebrücke«, rief sie zurück. Dabei kam sie sich wie eine aufgeregte Teenagerin vor, die mit ihrer besten Freundin Jungsgespräche führte.

»Cool. Dann mal viel Spaß. Und Emily?«

»Ja?«

»Locker bleiben.«

Emily verdrehte die Augen, schnappte sich die Handtasche und war fertig, als es klingelte. »Ich bin weg.« Sie riss bereits die Haustür auf und wäre beinahe in Torsten hineingestolpert. Nervös grinsten sie einander an.

»Das ging ja schnell«, sagte Emily.

»Ich wohn ja auch nicht weit weg. Bist du auf der Flucht?«

»Ich? Nein! Ach so, weil ich so herausgetürmt kam. Nee, ich musste nur schnell weg, bevor Leonie zu neugierige Fragen stellt. Wollen wir?«

Torsten nickte und trat zur Seite. Nebeneinander gingen sie zum Strand hinunter. Erst jetzt bemerkte sie, dass er barfuß unterwegs war. Auf seinem Rücken trug er einen alten Leinenbeutel, der schon halb auseinanderfiel. Vermutlich waren da seine Schuhe drin.

Der Anblick seiner nackten Füße irritierte Emily. Peter war nur ungern mit ihr zum Strand gekommen, da er den nassen Sand unter seinen Füßen nicht so recht mochte. Wenn sie ihn doch hatte überreden können, hatte er seine Schuhe grundsätzlich nicht ausgezogen. Dass Torsten das tat, war nun eine ganz neue Erfahrung.

Rasch schlüpfte Emily ebenfalls aus ihren Schuhen. »Du wohnst in der Nähe?«, fragte sie dabei.

Torsten deutete die Dünenlandschaft hinunter. »Die heruntergekommene Villa ganz hinten. Die mit dem nikotingelben Anstrich und dem gammeligen Reetdach.«

Emily sah in die angegebene Richtung und musste lachen. »Ich mag das Haus. Es ist so anders als die aufgehübschten Häuser davor.«

»Das sagt mein Vater auch und nimmt es als Entschuldigung, nichts daran zu renovieren. Es ist von 1901, und das sieht man ihm auch an. Das letzte Hochwasser hat es fast zum Einsturz gebracht. Wenn es nach mir geht, könnte der vorgelagerte Küstenschutz mit den Holzbuhnen nicht früh genug kommen. Sonst schwimmt unsere Villa weg.«

»Du wohnst dort mit deinem Papa?« Zu spät erkannte Emily, wie seltsam ihre Frage geklungen hatte. »Also nicht, dass ich das komisch finde«, setzte sie hastig nach.

»Mein Vater ist beinahe neunzig und ein echter Seebär. Niemals würde er seine Villa verlassen. Leider kommt er allein nicht mehr klar, daher bin ich wieder hierher zurückgezogen. Bereut habe ich es nie, obwohl es manchmal ein wenig einsam wird.«

Emily blieb abrupt stehen. »Jetzt sag nicht, dein Vater ist der Angler, den ich beinahe jeden Morgen sehe.«

»Aber ja. Bei Wind und Wetter ist er draußen.«

»Ich würde ihn gerne mal kennenlernen. Für mich ist er eine Institution. Unglaublich, dass du und ich Nachbarn sind.«

»Na ja … Ganz so zufällig war das ja nicht.«

Emily war einen Schritt zu nah ans Meer getreten. Das Wasser spritzte bis zu ihren Hüften hinauf, doch das bemerkte sie kaum. »Wie meinst du das?«, fragte sie irritiert.

»Ich hab dir damals doch das Verkaufsangebot für eure Villa zugeschickt. Erinnerst du dich nicht mehr? Du hattest mich gerade für deinen ersten Blog engagiert und dich darüber gefreut, dass wir bald im selben Ort wohnen würden. Besonders die Villengegend auf dem Graswarder hatte es dir angetan. Daraufhin hab ich dir die Zeitungsannonce zukommen lassen. Dass eine der historischen Villen verkauft wird, ist selten und ein echter Glücksfall. Ich habe mich sehr gefreut, als ihr den Zuschlag erhalten hattet.«

Ja. Jetzt erinnerte sich Emily wieder. Torsten hatte ihr tatsächlich den Link zugeschickt. Das hatte sie glatt vergessen. Damals war sie so aufgeregt gewesen, dass sich alles wie in einer anderen Welt angefühlt hatte.

»Ich liebe diese Gegend«, sagte sie aus tiefstem Herzen. »Danke für die Hilfe. Du warst damals mein Retter. Durch mein Haus habe ich mich sofort heimisch gefühlt.«

Torsten lächelte sie warm an, woraufhin ihr Herz merkwürdige Dinge tat. Es verpasste einen Schlag und galoppierte danach davon. Emily musste fortsehen, um nicht rot zu werden. Hilfe! Sie benahm sich ja wie ein pubertierender Teenager. Dabei war sie verheiratet.

Noch, erinnerte sie sich selbst streng. Sie musste anfangen umzudenken, doch das fiel ihr sehr schwer. Immerhin war sie erst einige Wochen in diesem seltsamen Zustand. Dass sie jemals wieder Single sein würde, hatte sie nie im Leben erwartet. Single. Schon allein das Wort ließ sie erschaudern.

Sie ließen sich Zeit mit ihrer kleinen Wanderung hinüber zur Seebrücke. Hauptsächlich unterhielten sie sich über belanglose Dinge, warfen Steine ins Meer, suchten nach Muscheln und setzten sich zwischendurch in den warmen Sand in die Sonne. Es war schon lange her, dass Emily einen solch einfachen Strandspaziergang in Begleitung gemacht hatte. Sie hatte glatt vergessen, wie wunderschön das war.

An der breit gepflasterten Strandpromenade kauften sie sich ein Eis. Mittlerweile war es Mitte Juni, und die Sonne hatte richtig Kraft. Was gab es da Schöneres als Spaghettieis mit einer Extraportion Streusel im Becher?

Danach schlenderten sie zur vierhundert Meter langen Seebrücke, wo wie immer viel los war. Als eine der wichtigsten Touristenattraktionen von Heiligenhafen tummelten sich hier die Familien und Urlaubsgäste. Im Zickzack führte die Holzkonstruktion hinein ins Meer. Verglaste Bereiche schützten die Besucher vor dem Wind. Es gab ein Badedeck und sogar eine Strandbar mit Liegestühlen, Musik und Karibik-Feeling. Emily hielt auf ihre Lieblingsbank zu: Sie war breit genug für zwei, elegant geschwungen, und selbst im Sitzen konnte man dank der Verglasung über das Meer schauen. In der Ferne entdeckte sie die Fehmarnsundbrücke, die 1963 eröffnet worden war. Davor flitzten zahlreiche Kiteboarder und Surfer über das Meer.

Torsten setzte sich wie selbstverständlich neben sie und genoss sein Eis mit einem kindlichen Grinsen im Gesicht.

»Das hab ich schon eine Ewigkeit nicht mehr gemacht«, sagte er genüsslich. »Da wohnt man an einem Ort, wo andere Urlaub machen, und verliert den Blick für das Wesentliche. Schau. Da drüben wohnen wir.« Er deutete auf die Halbinsel, die sich vor ihnen erstreckte. Früher war Graswarder noch nicht mit dem Festland verbunden gewesen, doch das Meer hatte nach und nach immer mehr Sand angespült. Dadurch war ein schmaler Landstrich parallel zum Festland entstanden.

Nachdem sie ihr Eis bis zum letzten Klecks verputzt hatten, blieben sie noch eine Weile sitzen und genossen die Sonne auf der Haut. Emily war sich Torstens Anwesenheit dabei seltsam überdeutlich bewusst. Sie lauschte auf jede seiner Bewegungen. Es fühlte sich alles so natürlich zwischen ihnen an. Beinahe vertraut. Sorgfältig umschifften sie heikle Themen wie Peter, ihre momentane Situation oder ihre Zukunftsängste, um die lockerleichte Stimmung zu erhalten. Emily hätte auch ihre Schwangerschaft ausgeklammert, doch Torsten fragte wie selbstverständlich nach dem Baby und freute sich mit ihr, dass es eine Anna wurde.

Zu schön, um wahr zu sein. Diesen Gedanken wurde Emily einfach nicht los. Was wollte Torsten genau von ihr? Er konnte unmöglich wirklich an ihr interessiert sein. Welcher Mann wollte sich auf eine Schwangere im Scheidungskrieg einlassen? Sie trug ein Päckchen mit sich, das jeden erdrückte. Hoffentlich wollte Torsten nicht einfach nur nett zu ihr sein. Bestimmt geht er bald auf die Freundschaftsschiene, dachte sie immer wieder. Der Gedanke machte sie seltsam traurig.

»Okay. Du fängst an zu grübeln. Zeit, den Ort zu wechseln. Soll ich dir mal unser altes Boot zeigen?« Torsten grinste sie mit seiner jungenhaften Art an.

»Du hast ein Boot?«

»Eigentlich gehört es meinem Vater, aber mittlerweile fahre eigentlich nur noch ich damit raus. Es liegt im Jachthafen zwischen den richtig teuren Booten. Zugegebenermaßen sticht es etwas aus der blitzblanken Masse heraus.«

Emily war schon auf den Beinen. »Dann komm. Ich würde mir euer Boot sehr gerne ansehen.« Vergnügt liefen sie zurück zur Strandpromenade, flanierten an den typischen Touristenshops vorbei und sahen den Kindern auf den vielen Spielplätzen beim Toben zu. Danach gelangten sie zum Jachthafen. Hier lagen teure Sportboote neben kleinen Jollen vor Anker.

»Das alte Fischerboot da gehört uns. Papas ganzer Stolz.«

»Hat er damit seinen Lebensunterhalt verdient?«

»Wenn man Papa reden hört, könnte man das meinen. In Wirklichkeit war er ein sehr erfolgreicher Börsenmakler. Er hat richtig gut verdient, doch sobald er genug Geld zur Seite geschafft hatte, gab er seinen Beruf auf und kam hierher, um seinen Traum zu verwirklichen. Er wollte Fischer sein. Natürlich haben ihn die wirklich eingefleischten Fischer nie ernst genommen, aber er hat sich durchgebissen. Meine Mutter fand das zunächst sehr seltsam. Wir dachten alle, er wäre jetzt voll in der Midlife-Crisis angekommen, aber nein.« Torsten lachte leise vor sich hin. »Wenn mein Vater etwas will, dann macht er es einfach. Das habe ich vermutlich von ihm.«

»Seit wann wohnst du denn hier?«

»Ich bin nach dem Tod meiner Mutter hierhergezogen. Das war vor vier Jahren. Als sie starb, verlor Papa jeden Halt. Er kam nicht mehr alleine klar. Als IT-Experte brauche ich zum Arbeiten zum Glück nur gutes Internet. Das war zwar in unserer alten Villa recht kompliziert einzurichten, aber mittlerweile läuft alles. Auch für mich war der Umzug die richtige Entscheidung. In meiner Stadtwohnung in Hamburg bin ich versumpft und verwandelte mich in einen kompletten Computernerd. Hier ist das beinahe unmöglich. Ich bin viel mehr draußen und genieße das Leben ganz anders.«

»Klingt, als wärst du sehr zufrieden.«

Torsten warf ihr einen kurzen Blick zu, den sie nicht ganz entziffern konnte. Dann zuckte er betont lässig mit den Schultern. »Ich bin glücklich, aber ein wenig einsam. Mein Vater ist ein toller Mann. Nur ist er eben auch kein Ersatz für gute Freunde. An manchen Tagen frage ich mich schon, wie mein Leben in der Stadt verlaufen wäre. Vielleicht hätte ich dann schon Frau und Kind. Aber das … ist hier einfach etwas schwieriger.«

Er wich ihrem Blick vermutlich absichtlich aus und konzentrierte sich stattdessen ganz darauf, einen schmalen Landungssteg entlangzugehen. Am Ende dümpelte ein alter Fischerkahn vor sich hin. Das Holz schrie nach einer neuen Lackierung, aber ansonsten sah das Boot stabil und vertrauenerweckend aus.

Torsten sprang wie selbstverständlich hinein und reichte Emily danach seine Hand. »Einfach einen großen Schritt machen. Ich halte dich.«

Emily vertraute Torsten völlig und stand schon einen Atemzug später direkt vor ihm. So dicht, dass ihre Jacken sich berührten. Guck jetzt bloß nicht hoch, dachte sie erschrocken. Sie waren sich viel zu nah, als dass sie das plötzliche Knistern zwischen ihnen ignorieren konnte. Seine Hand in ihrer prickelte auf eine schöne, aber auch beunruhigende Weise.

Torsten hielt ihre Hand für etwa zwei Sekunden länger als nötig, dann ließ er sie los und machte einen Schritt zurück. »Um rauszufahren, ist es zu spät, aber für das Gefühl reicht es schon. Ich mag den Kahn. Man kann ihn auch gut alleine fahren, und er hat schon so manchen Sturm überlebt. Setz dich doch. Ich hole uns ein Wasser.«

Emily ließ sich an der Reling nieder und warf der schneeweißen Jacht neben ihr einen prüfenden Blick zu. Sie ragte wie ein Riese vor ihr auf und war der absolute Kontrast zu dem kleinen Holzboot.

»Wann lädst du mich denn mal zu einer Bootsfahrt ein?«, platzte es aus ihr heraus. Sie liebte das Meer nicht nur als Schwimmerin.

Torsten reichte ihr eine Wasserflasche und grinste. »Jederzeit. Nur dass wir etwas fischen, kann ich nicht garantieren. Wir Flockes tun zwar gerne so, als wären wir Seebären, fangen aber nur ganz selten was für den Grill«, sagte er und lachte laut auf, als Emilys Magen beim Gedanken an frischen Fisch laut knurrte. »Hast du nach dem dicken Eis noch immer Hunger?«

Emily spürte, dass sie rot wurde. »Hey, Anna wächst gerade. Da hab ich eigentlich immer Hunger. Wie wäre es mit einem Fischbrötchen im alten Hafen, sobald ich noch ein wenig das Auf und Ab auf diesem Boot genossen habe.«

»Gerne.« Torsten setzte sich neben sie und schwieg, sodass sie dem leisen Knarren der Boote, dem Klingeln der Wimpel an den Masten und dem Rauschen des Meeres zuhören konnten.

Emilys letzter Rest an Anspannung fiel in diesem Moment von ihr ab. Sie wusste, dass diese schon bald wieder mit aller Macht zurückkehren würde, doch momentan war sie einfach glücklich.

»Ein Computernerd auf einem Fischkutter. Das sieht man auch nicht alle Tage«, sagte sie nach einer Weile und gluckste in sich hinein. »Du bestehst aus interessanten Gegensätzen.«

»Ich bestehe aus noch viel mehr. Was das angeht, darfst du gerne deine Brüder fragen. Sie wissen alles über mich. Selbst nach meinem Duschgel haben sie mich gefragt.«

»Das tut mir ehrlich leid.«

»Sie machen sich eben Sorgen um dich und Anna und sind sehr gründlich.« Ihre Blicke verhakten sich kurz ineinander, und wieder begann das Kribbeln in Emilys Magen einzusetzen, heftiger und deutlicher als zuvor. Sie musste alle Kraft aufwenden, um fortzusehen.

Abrupt stand sie auf. »Anna braucht ein Fischbrötchen«, stellte sie mit einem entschuldigenden Lächeln klar. Sofort war Torsten aufgesprungen und half ihr aus dem Boot. Diesmal ließ er jedoch ihre Hand nicht los, sondern behielt sie in seiner. Wie selbstverständlich.

Emily ließ es so lange zu, bis sie das Ende des Bootsstegs erreicht hatten. Dann entzog sie ihm die Hand, blieb stehen und wartete, bis Torsten sie ansah. »Ich bin mir nicht sicher, was wir hier gerade tun«, sagte sie atemlos. Ihre verräterische Hand prickelte noch immer.

»Ich mir auch nicht«, antwortete Torsten betont lässig. »Lass es uns doch einfach herausfinden.«

»Ich weiß nicht … Torsten. Ich will dir nicht wehtun.«

»Ich garantiere dir: Wenn wir zusammen ein Fischbrötchen essen, wird mich das nicht umbringen. Im Allgemeinen verstecken sich keine Mördergräten darin.«

Emily musste gegen ihren Willen lachen. »Das meinte ich nicht, und das weißt du auch«, sagte sie streng. »Mein Leben ist ein Haufen Chaos mit Sprengstoffpotenzial. Da passt ein … also … so was wie du … ein …« Sie brach ab, denn ihr fehlte das richtige Wort. Alles klang albern.

»Für einen naturbegeisterten IT-ler wie mich gibt es immer einen Platz, denn wir sind eine seltene Spezies«, half ihr Torsten todernst weiter. »Wir genießen das Leben, sind aber gleichzeitig in der Realität fest verankert. Ich weiß genau, was bei dir momentan los ist. Mir ist auch klar, dass unser Timing miserabel ist, aber weißt du was? Wir haben Zeit. Genau wie das Meer immer wieder neue Wellen schickt, könnte ich dir Gurkengläser, Backfisch oder ein Lächeln vorbeibringen. Völlig ohne Plan, denn darin bin ich richtig gut. Mein Vater ist seinem Herzen gefolgt, und genau das mache ich auch mein Leben lang. Viele haben mich für verrückt gehalten, als ich hierherkam. Ich will nicht angeben, aber ich war in Hamburg echt 'ne große Nummer und hätte viel Geld verdienen können. Das war aber keine Option mehr für mich. Manchmal schubst einen das Leben in eine andere Richtung, und es gibt keine andere Möglichkeit, als zu folgen oder so richtig auf die Schnauze zu fliegen. Ich hab mich schubsen lassen und es nicht bereut. Genau das plane ich auch mit dir. Du bist von der ersten Sekunde an meine absolute Lieblingskundin gewesen, und das hat sich bis heute nicht geändert. Da ist etwas zwischen uns, das mich fasziniert. Ich plane herauszufinden, was genau das ist. Also lass uns jetzt für Anna ein Fischbrötchen jagen, den Tag genießen, und danach bringe ich dich wieder nach Hause. Alles völlig unkompliziert. Morgen lade ich dich dann in mein Lieblingsrestaurant ein.«

»Morgen? Da kann ich leider nicht. Morgen fahre ich Leonie ins Krankenhaus zur Untersuchung. Mit etwas Glück darf sie danach wieder aufstehen.« Emily bemühte sich, den kleinen Stich im Magen zu ignorieren. Wann immer sie an morgen dachte, formte sich in ihrer Kehle ein deutlicher Kloß. Sie wünschte Leonie von Herzen, dass sie wieder in ihr altes Leben zurückkehren konnte. Gleichzeitig hatte Emily schreckliche Angst vor dem Moment, wenn sie auszog. Dann war sie ganz allein.

»Dann eben Samstag? Aber es freut mich sehr, dass du nicht kategorisch abgelehnt hast. Es gibt also Hoffnung für mich.«

»Ich bin mir nicht sicher, worauf du hoffst. Ich bin zurzeit nicht für Dates zu haben.«

»Und was ist das hier?«

»Ein schöner Ausflug, um einander kennenzulernen.«

»Nach meiner Definition ist das ein Date.«

»Hast du nicht gerade etwas von völlig zwanglos gefaselt?«

»Hör nicht auf das, was aus meinem Mund kommt. Oft klingt es klüger, als es nach genauem Nachdenken ist. Wenn du dich besser dabei fühlst, unsere feste Verabredung übermorgen nicht als Date zu bezeichnen, dann nenn es eben anders. Nach all dem Mist hast du einen schönen Abend verdient. Findest du nicht?«

Emily war mit Torstens Ausführungen noch nicht ganz einverstanden, gab für den Moment aber nach. Sie wollte wirklich gerne einen Abend mit Torsten verbringen und hatte gleichzeitig Angst davor. Auch ohne ihn war ihr Leben schon kompliziert genug. Da brauchte sie nicht zusätzlich noch jemanden, der ihr Herz völlig aus dem Takt brachte und ihre Gedanken durcheinanderwirbelte.

Andererseits sprühte Torsten vor Lebensfreude, und das färbte auch auf sie ab. Sie fühlte sich gut in seiner Nähe. Gut, aber mit einem schlechten Gewissen.

LEONIE

»Wir sind sehr zufrieden mit Ihren Ergebnissen. Ab sofort dürfen Sie wieder aufstehen und sich ein wenig bewegen. Aber übertreiben Sie es nicht. Kein Joggen, keine langen Wanderungen, eher was Gemütliches, um in die Gänge zu kommen. In zwei Wochen sehen wir uns wieder.«

Leonie strahlte ihre Ärztin an und hätte sie beinahe vor Erleichterung umarmen wollen. Aber nur beinahe. Emily hätte es vermutlich getan. Neun lange Wochen hatte sie liegen müssen. Neun Wochen! Eigentlich hatte Leonie nicht wirklich mit dieser guten Nachricht gerechnet, aber dafür war sie umso schöner. Vergnügt sprang Leonie vom Untersuchungsstuhl auf und streckte sich. »Freiheit«, rief sie wie ein Kämpfer aus den Highlands.

Die Ärztin lachte leise und wünschte ihr alles Gute. Einen Händedruck später war Leonie auch schon aus dem Behandlungsraum und fiel Emily im Wartezimmer direkt um den Hals. »Ich muss nicht mehr rumliegen«, jubelte sie strahlend.

Emily hüpfte mit ihr vor Freude im Zimmer herum und ignorierte genau wie sie die irritierten Blicke der anderen Patientinnen. Schließlich wurden sie von der Sprechstundenhilfe mit einem sanften Lächeln zur Raison gebracht.

»Lass uns flüchten«, sagte Leonie zu Emily und stürmte voraus. Emily folgte etwas langsamer und verabschiedete sich zumindest noch von der Arzthelferin. Sie kam gerade neben Leonie an, als diese bereits in den Fahrstuhl stieg.

»Und was machen wir jetzt?«, fragte Emily amüsiert.

»Wir gehen zum Marktplatz, essen da was und machen eine Schifffahrt auf dem Großen Eutiner See.«

»Im Ernst?« Emily sah Leonie erstaunt an. »Eine Schifffahrt? Machen das nicht nur alte Leute?«

»Ich muss mal was anderes sehen als den kleinen Ausschnitt von deinem Wohnzimmerfenster raus auf das Meer oder den Strandbereich direkt vor deiner Haustür. Versteh mich nicht falsch. Das war grandios. Aber jetzt freue ich mich auf Menschen, Getümmel und ganz viel Leben. Da ich nicht so weit laufen darf, ist so eine Schifffahrt doch perfekt, oder? Aber erst mal essen wir was.« Leonie holte eine kleine Karte hervor, die sie in weiser Voraussicht eingepackt hatte. »Ich hab das alles ganz genau abgemessen. Wenn wir mit dem Auto vom Krankenhaus hierhin fahren, muss ich nicht allzu weit bis zum Schloss laufen. Ich hab da um dreizehn Uhr einen Tisch in der Schlossküche bestellt. Draußen im Burghof. Das sollten wir problemlos schaffen. Danach können wir uns noch ein bisschen im Park umsehen und dann ab aufs Schiff.«

Leonie schnappte sich Emilys Hand und zog sie hinter sich her aus dem Aufzug raus, zum Auto und hinein. Emily schüttelte zwar den Kopf über Leonies überraschende Pläne, gehorchte jedoch. Leonie war während der Autofahrt so vergnügt wie seit Langem nicht mehr. Sie fühlte sich, als sei eine dunkle Decke über ihrem Kopf endlich fortgezogen worden. Ab sofort wollte sie ihre Schwangerschaft, ihre Freizeit und ihre neuen Bewegungsmöglichkeiten voll nutzen.

»Bist du denn weiter krankgeschrieben?«, fragte Emily, während sie nach einem Parkplatz Ausschau hielt.

»Ja. Was das angeht, war mit der Ärztin nicht zu spaßen. Ich darf es auch nicht übertreiben, daher mein omahafter Plan. Einen Stadtbummel sollte ich momentan wohl noch nicht unternehmen, obwohl Eutin sich wirklich lohnt. Ich mag die Innenstadt und besonders die vielen Fachwerkhäuser. Aber das können wir bestimmt mal später nachholen.« Leonie war das ›Wir‹ einfach so herausgerutscht. Auch Emily kommentierte es nicht. Stattdessen stieg sie aus dem Wagen und folgte Leonie zum imposanten Schloss. Es lag auf einer kleinen Landspitze zwischen zwei Buchten direkt am Großen Eutiner See. Um dorthin zu gelangen, mussten sie auf einer Steinbrücke einen Wassergraben überqueren, der voller Seerosen war. Ein hübscher Anblick. Leonie blieb stehen, um den Ausblick zu genießen. Wann hatte sie zum letzten Mal solch einen Ort besucht? In den letzten Jahren war es nur um ihre Karriere gegangen, und in ihren Urlauben hatte sie die extravagantesten Reiseziele gewählt: Malediven, Miami, Bora Bora. Nie im Leben wäre sie auf die Idee gekommen, in Deutschland auszuspannen. Dabei lagen so wunderschöne Orte direkt vor ihrer Haustür.

Obwohl sie zu früh ankamen, war ihr reservierter Tisch im Schlosshof bereits frei. Der Innenhof war freundlich und luftig gehalten: helle Pflastersteine, Korbstühle und bunte Blumen auf den Tischen. Ein Brunnen plätscherte vor sich hin. Um sie herum erhoben sich die hohen Mauern des Schlosses. Die Fassade war hell verputzt und von zahlreichen Fenstern durchzogen. Natürlich durften die obligatorischen Rosen nicht fehlen. Immerhin trug Eutin den Beinamen »Rosenstadt«.

»Ich fühle mich wie im Urlaub«, seufzte Emily. Auf der Fahrt hierher war sie seltsam still gewesen, taute aber langsam wieder auf, vor allem, als sie die Karte sah und von den Speisen träumte, die sie gleich verdrücken wollte.

Leonie ahnte, was Emily beschäftigte. Ihre gemeinsame Zeit war vorüber. Die Schwangeren-WG gab es nicht mehr. Es war Zeit, in ihr altes neues Leben zurückzukehren. Wehmut und Erleichterung rangen in Leonie miteinander. Daher hatte sie sich fest vorgenommen, diesen Tag zu etwas Besonderem zu machen.

Ihr Plan ging tatsächlich auf. Nach einem entspannten Mittagessen besuchten sie den Schlossgarten, genossen die warme Sonne auf einer der vielen Parkbänke und machten danach tatsächlich eine Bootstour. Sie unterhielten sich dabei sehr nett mit älteren Damen und alberten herum. Dabei erwähnten sie das Ende der Schwangeren-WG mit keinem Wort.

Als Emily auf die Toilette ging, sah Leonie zum ersten Mal seit mehreren Stunden auf ihr Handy. Peter hatte ihr fast zehn Nachrichten geschrieben. Er fragte, wie die Untersuchung ausgegangen war.

Rasch sah sie sich um, dann rief sie ihn an. »Alles okay«, flüsterte sie wie eine Spionin ins Handy. »Ich darf wieder rumlaufen.«

»Da bin ich froh. Ich hab mir schon Sorgen gemacht, weil du so lange nichts von dir hast hören lassen.«

»Und ich habe spontan einen Kaiserschnitttermin ausgemacht«, platzte sie heraus. Beim Gedanken, das Emily zu beichten, wurde ihr ganz anders. »Mia kommt am Montag nach den Hochzeiten zur Welt.«

»Oh …« Peter hatte es eindeutig die Sprache verschlagen. Dann fing er sich. »Darf ich dabei sein?«, fragte er vorsichtig.

»Darüber muss ich erst noch nachdenken. Peter … Lass es uns langsam angehen.«

»Ja, ich weiß, aber …«

»Jetzt sag nicht: ›Aber ich bin der Vater.‹ Dann lege ich sofort auf.«

»Schon gut, schon gut. Ich wäre nur sehr, sehr gerne dabei. Überleg es dir, okay? Was ist das überhaupt für ein Lärm da im Hintergrund?«

»Auf unser Boot hat sich ein Shanty-Chor verirrt, und der zeigt gerade, was er kann.«

»Welches Boot?«

»Peter. Du musst nicht alles wissen. Ich entspanne gerade und genieße das Leben. Immerhin darf ich mich endlich wieder frei bewegen. Wenn auch nur in Maßen.«

»Heißt das, ab morgen bist du wieder in deiner Wohnung? Können wir uns treffen?«

Leonie zögerte. Wenn sie jetzt Ja sagte, fühlte sich das wie ein Verrat an Emily an. Auf der anderen Seite würde sie das überhaupt nicht mitbekommen. Und dennoch … »Im Moment ist es schlecht«, sagte sie zögerlich.

»Dann lass mich dich am Samstag zum Essen einladen. Wir gehen schick aus und feiern deine neu gewonnene Freiheit. Komm schon, Leonie. Lass uns miteinander treffen und uns aussprechen.«

Leonie wollte zunächst ablehnen, aber dann blickte sie auf den blauen See hinaus, sah die Schwäne in Gruppen vorbeipaddeln und die vielen Pärchen auf dem Boot. Selbst die Kanuten waren meist in Zweierteams unterwegs.

»In Ordnung. Lass uns reden. Samstag geht für mich in Ordnung«, sagte sie und legte rasch auf, da Emily zurückkam.

Nach dem Telefonat stand Leonie völlig neben sich. Sie schaffte es nicht mehr, in ihre Unbeschwertheit zurückzufinden. Stattdessen hatte sie das Gefühl, etwas Falsches zu tun und es gleichzeitig nicht lassen zu können. Peter, der verheimlichte Kaiserschnitt – das lag ihr auf der Seele. Auf der Rückfahrt schwiegen sie daher beide. Der Tag war wunderschön gewesen und hallte in ihnen nach, doch die Zukunft rückte dadurch nur noch näher. Die Zeit ihrer verrückten Schwangerschafts-WG war vorüber. Es gab keinen Grund für sie, noch länger in der Villa zu bleiben.

»Ich packe morgen früh«, sagte Leonie, sobald sie Emilys Heim betreten hatten. »Heute Abend bin ich zu müde.«

Emily nickte und mied ihren Blick. »Ich helfe dir.«

»Wie wäre es mit einer kleinen Teezeremonie draußen am Meer? Ein letztes Mal? Lass uns den Sonnenuntergang draußen anschauen«, schlug Leonie vor.

Das hellte Emilys Miene sofort auf. Gemeinsam bereiteten sie ein kleines Abendessen vor, schnappten sich eine Picknickdecke und liefen damit Richtung Seebrücke. Sie suchten sich ein schönes Plätzchen im weichen Sand und setzten sich. Bei selbstgemachtem Eistee, mitgebrachten Butterbroten und Obst sahen sie der Sonne zu, wie sie spektakulär im Meer verschwand und den Horizont in ein feuriges Spektakel verwandelte. Das Wasser schien zu brennen und wurde dann vom tiefen Blauschwarz der Nacht gelöscht.

»Ich danke dir für alles«, sagte Leonie feierlich.

Emily versuchte sich an einem Lächeln, doch es verunglückte. »Gern geschehen.« Sie zögerte eine Sekunde. Dann legte sie Leonie einen Arm um die Schultern und zog sie fest an sich. »Wird schon werden.«

In der Sekunde war Leonie so glücklich und gleichzeitig so traurig wie noch nie in ihrem Leben. Vielleicht lag es an den Hormonen. Vielleicht an der gemeinsamen Zeit, die nun zu Ende ging. Und vielleicht auch an der Angst vor der Zukunft.

Als sie am nächsten Abend allein in ihrer Penthouse-Wohnung stand und der Sonne beim Untergehen zusah, fühlte sie sich seltsam allein und losgelöst. Als sei ihr altes Leben vorüber, ohne dass das neue begonnen hatte. Sie starrte in ihrem Glaskasten über die Häuserreihen Richtung Meer und ärgerte sich über ihre eigenen Gedanken. Im Vergleich zu Emilys buntem Heim kam ihr ihre Wohnung plötzlich so leblos und steril vor. Ein Aquarium hoch über der Stadt.

Sie nahm einen Schluck aus ihrer Teetasse und runzelte die Stirn. Ihr Lieblingstee hatte auch schon mal besser geschmeckt. Kurzerhand nahm sie sich vor, gleich morgen früh frischen Tee zu kaufen. Und Kandis. Und einen Wasserkessel. Und ganz vielleicht eine mit Blumen verzierte Schmucktasse.

Der unromantische Abend zu viert

EMILY

Emily hatte bereits geahnt, dass Leonies Auszug sie mitnehmen würde. Wie sehr das der Fall sein würde, hatte sie jedoch unterschätzt. Sie kam sich in ihrem Haus so einsam vor wie auf dem Mond. Zum Glück blieben zwei ihrer vier Brüder noch in Heiligenhafen und machten Urlaub. Sie verbrachten viel Zeit miteinander, was Balsam für Emilys Seele war. Dabei achteten Johan und Jo aber sehr genau darauf, nicht zu viele Fragen zu stellen. Eine geradezu unheimliche Verwandlung.

»In Ordnung, ihr zwei«, sagte Emily gerade streng zu den beiden. Sie hatten sich an diesem Morgen zu einer kleinen Fahrradtour getroffen, wobei klein relativ war. Sie hatte eigentlich nur die rund fünf Kilometer von ihrer Villa nach Großenbrode fahren wollen, doch die beiden Männer waren wie selbstverständlich dem Ostseeküstenradweg gefolgt und bogen Richtung Fehmarnsundbrücke ab. Das war der Moment, in dem Emily an den Rand fuhr und eine Pause einforderte. »Wohin genau wollt ihr eigentlich?«

»Zu der Steilküste bei Katharinenhof auf Fehmarn. Hat uns dein Freund empfohlen.«

»Torsten ist nicht … also … Er ist schon mein Freund. Aber nicht DER Freund.«

Jo grinste breit. »Das haben wir auch nicht behauptet«, sagte er süffisant.

Emily wurde rot und wechselte rasch das Thema. »Ihr wisst, dass ich schwanger bin? Ich meine, ich bin zwar selbst überrascht, wie gut ich mit meinem ausladenden Bauch noch radeln kann, aber bis zur Steilküste schaffe ich es niemals. Ich bin in der dreiunddreißigsten Schwangerschaftswoche, meine Herren! Da kann ich keine langen Touren mehr machen. Ich fahre mit euch zur Brücke und dann wieder zurück.«

»Wir lassen dich bestimmt nicht allein. Dann halt nur bis zum Aussichtspunkt an der Brücke. Wo wir unser Bierchen zischen, ist auch egal.« Johan grinste breit. Er wirkte so entspannt wie selten zuvor. Normalerweise war der Zollbeamte ständig unter Strom, aber der Urlaub schien ihm richtig gutzutun.

Emily überlegte. Über die Brücke zu fahren war immer ein Erlebnis, und mit ihren Brüdern an der Seite traute sie sich eigentlich alles zu. Sie hatte auch zuvor Rücksprache mit Annette gehalten, ob Radfahren noch erlaubt war. Solange sie sich nicht überanstrengte und der Bauch sie nicht störte, hatte die Hebamme keine Einwände gehabt. Im Gegenteil. Sie hatte es sogar begrüßt. Also gab Emily nach. »Dann los«, sagte sie und fuhr wieder an. Der Tag mit ihren Brüdern half ihr, nicht ständig an Leonie zu denken. Sie vermisste ihre Mitbewohnerin so sehr, dass es beinahe albern war. So lange hatten sie schließlich nicht zusammengewohnt. Und dennoch …

Je näher sie der Brücke kamen, desto lichter wurden die Büsche links neben ihr. Rechts brausten die Autos Richtung Fehmarn an ihr vorüber. Der Fahrradstreifen war recht schmal, und langsam spürte Emily den Anstieg. Je höher sie kam, desto besser wurde die Sicht auf grüne Wiesen unter sich, und schließlich tauchte das Meer vor ihr auf, das sich bislang noch verborgen gehalten hatte.

Sofort wurde es windiger und das Fahrradfahren mühsamer. Normalerweise hätten ihre Brüder sie schon längst gedrängt, schneller zu fahren, oder sie überholt, doch sie nahmen ungewöhnlich viel Rücksicht auf sie.

Uff. Endlich war sie auf dem geraden Stück oben angekommen und befuhr nur Sekunden später die Brücke. Windsäcke zeigten an, dass hier ein strammer Wind pfiff. Ein Segelboot glitt unter ihr hindurch, während sich über ihr der gewaltige Netzwerkbogen der Brücke spannte. In dieser Sekunde wurde ihr abermals klar: Es gab keinen schöneren Ort, um Anna großzuziehen. Emily hatte längst vollständig ihr Herz an die Region verloren. Meer, endlose Radwege, Fehmarn und Strände von Steilküsten bis feinen Sandbereichen.

»Du wohnst echt da, wo andere Urlaub machen«, brüllte ihr Johan zu, der direkt hinter ihr radelte. »Das ist so cool.« Er jauchzte vor Glück und lachte lauthals.

Emily grinste mit ihm um die Wette. Danach musste sie sich wieder ganz aufs Radeln konzentrieren. Sie war zwar gut trainiert, aber trotzdem spürte sie mittlerweile deutlich ihren Bauch. Entsprechend froh war sie, als sie endlich auf der anderen Seite angekommen waren und den Weg zum Aussichtspunkt direkt an der Brücke einschlugen.

Sie suchten sich ein schönes Plätzchen auf den dicken Steinen aus und sahen den Segelschiffen zu, die unter der Brücke hindurchglitten.

»Also, Emily. Was bedrückt dich?«, fragte Johan nach einer ganzen Weile. »Ich meine, ich weiß schon, was bei dir los ist, aber das mit Peter meine ich gar nicht. Da ist noch mehr.«

Emily wollte im ersten Moment alles dementieren, gab dann aber doch nach. »Leonie ist ausgezogen. Sie darf sich wieder bewegen und ist in ihre Wohnung zurückgekehrt. Ich vermisse sie und merke immer deutlicher, dass ich nicht fürs Alleinsein geboren bin.«

»Da hätte ich eine sehr einfache Lösung für dich«, warf Johan trocken ein.

Emily seufzte tief auf. »Bitte nehmt es nicht persönlich, aber ich kann nicht nach Münster zurück. Es fühlt sich falsch an. Als hätte ich mein Leben ruiniert und müsste zurück zu meinen Eltern ziehen.«

»Das ist doch albern. Wir …«

»Johan«, ging Jo streng dazwischen. »Emily ist nicht albern, bloß weil sie eine andere Meinung hat als wir und unabhängig von uns sein möchte.« Er warf seinem älteren Bruder einen warnenden Blick zu, der deutlich sagte: *Wir hatten das besprochen*. Danach sah er Emily an. »Ich bin bis heute nicht gerne allein, aber es wird besser. In unserer Kindheit waren wir es gewohnt, dass immer Leben in der Bude war. Die Umstellung ist hart, aber machbar. Ich finde es gut, wenn du erst mal alleine klarkommen willst. Sollte aber was sein, reicht ein einziger Anruf und wir sind da.«

»Das weiß ich doch, und dafür bin ich unendlich dankbar. Es tut mir auch ehrlich leid, dass ich euer großzügiges Angebot so rigoros ablehnen musste, aber wenn ich jetzt hier alles aufgebe, wird es noch komplizierter.«

»Spielt vielleicht ein gewisser Torsten in diese Entscheidung mit hinein?«, hakte Johan unbarmherzig nach.

Emily ließ sich Zeit mit der Antwort, denn sie musste über die Frage erst mal nachdenken. Um Zeit zu gewinnen, nahm sie sich ein Steinchen und warf es mit Schwung ins Wasser. Alle drei sahen zu, wie es mit einem leisen Plöpp versank. »Nein«, sagte sie schließlich. »Torsten hat damit nichts zu tun. Ich mag ihn, aber es ist noch viel zu früh, um überhaupt in diese Richtung zu denken. Wir hatten ja noch nicht mal ein richtiges Date. Außerdem muss ich erst noch herausfinden, was ich Peter gegenüber empfinde. Wir waren so lange verheiratet. Diese Gefühle verpuffen nicht so einfach.«

»Du willst doch wohl hoffentlich nicht zurück zu dem Arsch«, brauste Johan sofort auf und erntete einen weiteren finsteren Blick von Jo. Johan verdrehte genervt die Augen. »Schon gut, schon gut. Wenn du ihm verzeihen möchtest, werden wir das natürlich auch tun und ihn wieder in unserer Familie willkommen heißen.« Er klang, als müsse er bei seinen Worten einen Würgereiz unterdrücken.

Emily musste lachen, obwohl es gar nicht witzig war. »Noch vor einer Woche hätte ich vermutlich gesagt, dass das im Bereich des Möglichen ist. Ich war bereit, mich mit Peter zu versöhnen. Für Anna. Für unsere Familie. Mittlerweile frage ich mich aber, ob das so klug wäre. Wir sind schon lange auseinandergedriftet. Ich glaube nicht, dass wir das wieder kitten können.«

Beide Brüder atmeten erleichtert auf und wirkten mit einem Schlag wieder völlig entspannt. Emily unterdrückte ein Schmunzeln. Die beiden waren so durchschaubar.

»Ich bin wirklich froh, dass ihr hier seid«, sagte sie sanft zu ihnen. »Entschuldigt, dass ich mich zwischendurch so selten gemeldet habe. Ich wollte euch nicht aus meinem Leben verbannen, aber …«

»Du musstest es. Wir haben dir eigentlich keine Wahl mehr gelassen, immerhin können wir echt nerven.« Jo zwinkerte Emily zu und hob seine Flasche in die Höhe. »Auf deine neue Freiheit. Hast du schon eine Idee, was du damit anfangen willst?«

»Keine Ahnung. Ich habe einen Blog, der mehr Hobby als Beruf ist. Ich würde gern ein Buch schreiben, das womöglich niemanden interessiert. Ob ich damit jemals Geld verdiene, weiß ich nicht. Vermutlich bleibt mir doch nur noch übrig, Peter auszunehmen.« Emily lächelte spitzbübisch und erntete zwei tiefe Lacher ihrer Brüder.

»Das ist meine Schwester«, sagte Johan anerkennend. Dann wurde er abrupt ernst. »Du schaffst das alles, Emily. Ich gebe zu, dass wir dir häufiger das Gefühl gegeben haben, nicht allein klarzukommen, aber das Gegenteil ist der Fall. Du weißt genau, was du willst. Gib deinen alten Brüdern noch ein paar Wochen, um das zu respektieren.« Er rutschte näher an sie heran und legte ihr einen Arm um die Schultern. »Nur über Torsten müssen wir mal dringend reden.«

Oh weh, dachte Emily. Jetzt geht es los.

»Der Kerl ist klasse. Ich an deiner Stelle würde ihm eine Chance geben.«

Emily hatte ja mit vielem gerechnet, doch damit ganz bestimmt nicht. Sie sah Johan sprachlos an. »Nicht, dass ich deine Absolution benötige. Peter habt ihr das Leben bereits schwer genug gemacht. Bei Torsten macht ihr das hoffentlich nicht. Aber ja: Wir sind morgen miteinander verabredet.«

»Wissen wir doch schon. Er hat uns ausgefragt, auf was du stehst. So über Restaurants und Blumen und generell und so. Dabei ist uns aufgefallen, dass wir nur so Ideen aus Kindertagen hatten. Ich schätze, du magst mittlerweile auch andere Dinge als Disneyland, kitschige rosafarbene Stoffblumen und Teddybärchen mit Herzchen auf dem Bauch. Uns ist klar geworden, dass wir ein echt veraltetes Bild von unserer Schwester im Kopf haben. Wir haben dich noch immer wie ein kleines Kind behandelt.«

»Sie werden so schnell erwachsen, die lieben Kleinen«, unkte Jo und knuffte Emily in die Seite. »Glaubst du, wir sind schuld daran, dass deine Ehe nicht funktioniert hat?«

Sie hörte deutlich die Sorge aus seinen Worten heraus und schüttelte schnell den Kopf. »Nein. Wenn wir in Münster wohnen geblieben wären, hättet ihr vermutlich euren Anteil daran gehabt, aber so haben Peter und ich das ganz allein gegen die Wand gefahren. Macht euch keinen Kopf. Trotzdem warne ich euch: Haltet euch aus meinen Beziehungen raus.«

Beide nickten eilig. »Keine Sorge«, sagte Johan, stand auf und ließ ein flaches Steinchen über das Wasser hüpfen. Zufrieden nickte er, als es fünfmal aufditschte. Herausfordernd sah er Jo an, der natürlich prompt aufstand, um sich mit seinem Bruder zu messen. Emily seufzte im Stillen. Die würden sich nie ändern. »Wir haben unsere Lektion gelernt. Außerdem schwimmt Torsten voll auf unserer Wellenlinie. Er ist im Kitesurfing sogar besser als Jonathan, Jona und Jo zusammen. Wer uns beeindruckt, darf sogar unsere kleine Schwester daten.«

»Ich date ihn nicht. Wir gehen nur ungezwungen miteinander aus, immerhin bin ich noch verheiratet.«

Jos Stein schaffte nur vier Hüpfer auf dem Wasser, was Johan natürlich mit einem zufriedenen Grunzen quittierte.

»Darf ich dir einen Rat geben?«, fragte Jo.

»Hab ich eine Wahl?«

»Warte das Trennungsjahr ab, lass dich scheiden und finde in der Zeit heraus, wer du bist und sein kannst. Danach heirate Torsten und bekomm noch drei Kinder – für jeden Bruder eines zum Verhätscheln. Guter Plan?«

Emily lachte. »Der beste«, versicherte sie, nahm ein Steinchen und ließ es sechsmal über das Wasser hüpfen.

Schon einen Tag später zweifelte sie an den beruhigenden Worten ihrer Brüder. Sie hatten ihr Mut gemacht, ihr Singleleben auszuprobieren, doch kaum war sie abends wieder allein in ihrer Villa, fühlte sie sich schrecklich.

»Du bist nicht allein. Du hast doch Anna«, sagte sie laut zu sich selbst, während sie sich für den Abend mit Torsten fertig machte. Dann seufzte sie tief. »Wen belügst du gerade? Du bist einfach nicht zum Alleinsein geboren.«

Als es klingelte und Torsten vor der Tür stand, wäre sie ihm beinahe um den Hals gefallen. Natürlich war sie jeden Tag am Strand gewesen, hatte sich gesonnt, war shoppen gegangen, hatte mit ihren Freundinnen telefoniert oder sich mit ihrem Blog abgelenkt. Dennoch fehlte etwas in ihrem Heim.

Torsten hatte einen Strauß Wildblumen mit dabei und drückte ihn ihr breit grinsend in die Hände. Als er sie jedoch genauer gemustert hatte, wurde er ernst. »Du siehst völlig fertig aus.«

»Torsten. Ich habe mich eine Stunde lang geschminkt. Da darf ein Mann doch nicht solche Sachen sagen.«

»Aber wenn es doch wahr ist …«

Emily schnaubte und stellte die Blumen rasch in eine Vase. Dabei machte ihr Herz einen kleinen Hüpfer. Torsten hatte Prachtwinden, Malven, Ringelblumen und Margeriten zusammengestellt. Dazwischen Dünengras und den langstieligen Strandroggen. Es sah hübsch und gleichzeitig wild aus.

»Die sind aus meinem kleinen Garten«, erklärte er und wechselte damit geschickt das Thema. »Nicht aus dem Naturschutzbereich. Mein Vater würde mich erschlagen, wenn ich da auch nur einen Halm abzupfen würde.«

»Der Strauß ist richtig toll. Danke dir. Ich hole nur schnell meine Handtasche, dann können wir los. Gehen wir zu Fuß?«

»Das ist etwas weit. Wir nehmen mein Auto. Nimm aber trotzdem ein paar strandtaugliche Schuhe mit.«

Emily fragte sich seit seiner Einladung, wohin es ging. Da es ihr aber Spaß machte, im Unklaren zu bleiben, schnappte sie sich lediglich ihre Turnschuhe und folgte Torsten hinaus. Es war ein lauer Sommerabend. Perfekt für einen Strandspaziergang.

Eine Viertelstunde später wusste Emily genau, wo Torsten hinfuhr. Normalerweise wäre sie begeistert gewesen, denn sie mochte das urige Restaurant am westlichen Rand von Heilighafen sehr gerne. Um dorthin zu kommen, musste man ein ganzes Stück zu Fuß über die Dünen gehen. Emily hatte sich in das Lokal sofort verliebt, verband damit aber auch direkt Peter. Wenn er sie endlich mal ausgeführt hatte, dann grundsätzlich dorthin.

»Du siehst weniger begeistert aus, als ich gehofft hatte«, sagte Torsten, nachdem er geparkt hatte.

»Ich liebe das Restaurant. Es ist perfekt. Leider ... Ach, weißt du was? Völlig egal. Lass dir von mir nicht die Laune verderben. Komm.« Auf keinen Fall wollte Emily jetzt ihren zukünftigen Ex-Mann erwähnen.

Sie sprang regelrecht aus dem Auto und sprintete, so schnell es ihr Bauch zuließ, Richtung Dünen, um aus der Höhe zum Meer sehen zu können. Ein paar vereinzelte Strandkörbe standen dort und warteten auf ihre Besitzer für den kommenden Sonnentag. Im Hintergrund konnte sie den Leuchtturm erkennen, der vor den gewaltigen Steinklippen warnte. Hier war die See auch gleich viel rauer, wilder, freier. Schäumend warfen sich die Wellen an den Strand. Je weiter es Richtung Klippen ging, desto aufgewühlter war das Meer.

»Ich liebe diesen Ausblick«, seufzte Emily, sobald sie Torsten neben sich spürte. Er schwieg einen Moment und nahm den Anblick ebenfalls in sich auf.

»Wir können auch woandershin«, schlug er sanft vor.

»Nein. In Heiligenhafen gibt es fast an jedem Ort etwas, das mich an Peter erinnern wird. Damit muss ich klarkommen.«

»Aber musst du ausgerechnet an unserem ersten romantischen Nicht-Date-Abend damit anfangen?«

Emily überlegte, dann nickte sie. »Ich fürchte, ja. Wenn du damit nicht klarkommst, beweist das nur, dass wir noch nicht bereit für … das hier sind. Ich weiß selbst nicht, was ich möchte. Ich weiß nur, dass ich mich auf diesen Abend gefreut habe.«

Torsten sah sie durchdringend an. Dann nickte er. »Komm. Unser Tisch wartet.«

Emily war erleichtert. Was hätte sie nur tun sollen, wenn Torsten plötzlich einen Rückzieher gemacht hätte? Sie wäre zu Tode betrübt gewesen. Der Gedanke an diesen Abend hatte sie aufrecht gehalten. Viel mehr, als sie es sich eingestehen wollte.

Torsten hatte einen der seltenen Tische direkt am bodentiefen Fenster ergattert. Von hier aus hatten sie einen ungehinderten Blick auf den Strand und das Meer.

»Sieht man sich daran eigentlich eines Tages satt?«, fragte Emily nachdenklich.

»Menschen ohne Herz vielleicht. Echte Nordlichter tragen das Meer im Herzen und haben es für immer daran verloren.« Torsten zwinkerte ihr zu, und Emily wurde klar, dass das ein ganz bezaubernder Abend werden würde. So schön, dass sie ihr Herz womöglich an etwas ganz anderes verloren hatte. Beziehungsweise an jemanden.

LEONIE

Als Peter Leonie endlich von ihrer Wohnung abholte, war sie ein nervliches Wrack. Mehrmals war sie kurz davor gewesen, ihre Verabredung abzusagen. Was tat sie hier? Peter war der Feind. Peter hatte sie betrogen. Peter war alles, was sie an einem Mann schlecht fand.

Und dennoch kam sie nicht von ihm los.

Zu gerne hätte sie mit jemandem über ihr Dilemma gesprochen, aber mit wem? Ihre Eltern hätten das alles nicht verstanden, blieb nur noch … Emily.

Das war jedoch völlig unmöglich.

Jetzt saß Leonie in Peters Auto und wusste noch immer nicht recht, ob sie richtig handelte. Ihr schlechtes Gewissen wurde allerdings mit jeder Sekunde im Auto kleiner. In Peters Nähe fühlte sie sich einfach wohl.

»Du bist so schweigsam«, sprach Peter sie schließlich vorsichtig an.

»Ich denke nach.«

»Lass mich raten. Du überlegst, ob du nicht doch lieber aus dem Auto flüchten sollst.«

»Könntest du mir das verübeln?«

Er seufzte. »Nein. Ich könnte es durchaus verstehen. Gleichzeitig bitte ich dich, dir meine Beweggründe anzuhören. Ich wollte nicht zum Ehebrecher werden. Es ist einfach passiert.«

»Das ist aber eine ziemlich platte Ausrede. Die habe ich schon ziemlich oft von meiner Mutter gehört.«

»Es ist aber leider die schlichte Wahrheit. Als ich dich gesehen habe, hat es mich kalt erwischt, und mit jedem Tag fand ich dich spannender, attraktiver und anziehender. Gleichzeitig ging es mit meiner Ehe rapide bergab. Im Nachhinein denke ich, dass das eine das andere bedingt hat. Natürlich hätte ich früher einen Schlussstrich ziehen müssen. Natürlich habe ich mich nicht korrekt verhalten. Aber die Grenzüberschreitung war für mich nicht so klar erkennbar wie jetzt. Ich wollte meine Ehe retten und habe gleichzeitig mein Herz an dich verloren. Verklagt mich deswegen. Es ist dennoch passiert.«

Leonie musterte Peters Gesicht im rötlichen Glanz der Abendsonne. Er sah müde und abgekämpft aus, aber absolut ehrlich. »Du hättest es mir sagen müssen«, sagte sie traurig.

Er nickte. »Das hätte ich tun müssen. In der gleichen Sekunde hätte ich dich aber auch verloren. Allein der Gedanke daran lässt mich schaudern.« Er warf ihr einen kurzen Blick zu und sah danach wieder auf die Straße. »Ich bin kein schlechter Mensch. Nur ein Kerl, der sich zur falschen Zeit in eine Frau verliebt und zu spät die Richtung gewechselt hat. Ich habe Fehler gemacht. Große Fehler. Aber ich hoffe trotzdem, dass du mir verzeihen kannst – und Emily eines Tages vielleicht auch.«

»Wenn sie uns jetzt so sehen würde, bezweifle ich, dass das jemals geschehen wird. Sie würde uns beide hassen.«

Offenbar war Peter das ebenso klar. Emily würde ihr Treffen als genau das ansehen, was es war: einen erneuten Verrat an ihr und Anna.

Den Rest der Fahrt schwiegen sie, und die Atmosphäre wurde immer unangenehmer. Leonie beschlich der Verdacht, dass der Abend bereits geendet hatte, bevor er hatte anfangen können. Die Stimmung war hinüber. Dennoch schaffte es Leonie nicht, die so wichtigen Worte zu sagen: *Bring mich wieder heim. Das hier ist ein Fehler.*

Zum ersten Mal verstand sie, was Peter gemeint hatte. Obwohl auch Leonie wusste, dass es falsch war, konnte sie nicht anders. Sie wollte bei Peter sein, so falsch es sich auch anfühlte.

Peter parkte und half ihr zuvorkommend aus dem Auto. Anschließend ließ er ihre Hand los, als sei er sich nicht mehr sicher, ob ihm die Berührung zustand. Er nahm sie auch nicht, als sie ihre Schwierigkeiten hatte, im Sand voranzulaufen. Zu was für einen abgelegenen Ort brachte Peter sie bloß?

Als sich das Restaurant hinter der Düne schließlich offenbarte, blieb sie verblüfft stehen. Es sah gemütlich, stylisch und sehr romantisch aus. Perfekt für solch einen Abend.

Dicht nebeneinander liefen sie zum Eingang. »Das sieht echt toll aus«, sagte sie mit einem Lächeln. Peter wirkte erleichtert, hielt ihr wie selbstverständlich die Tür auf, und Leonie huschte hinein.

Ein Kellner begrüßte sie freundlich und fragte nach der Reservierung. Während Peter die Formalitäten klärte, ließ Leonie ihren Blick durch den Raum gleiten. Die Räumlichkeiten waren schick und mediterran gehalten. Weiß gestrichene Wände, Bögen in den Durchgängen, gemauerte Bereiche und schlichte Blumen auf den Tischen. Mehr brauchte es nicht, denn das Spektakulärste überhaupt waren die bodentiefen Panoramafenster, durch die sie gerade die untergehende Sonne im Meer beobachten konnte.

Bis ihr Blick auf eine schwangere junge Frau fiel, die ebenfalls aus dem Fenster sah und begeistert auf das glitzernde Meer zeigte. Leonie hätte die Silhouette unter Hunderten erkannt und reagierte sofort.

Sie ließ sich an Ort und Stelle auf den Boden fallen und zog Peter gleich mit sich hinunter. Der gab vor Schreck einen erstickten Laut von sich, während der Kellner regelrecht zusammenzuckte.

»Was ist los?«, fragte Peter mit weit aufgerissenen Augen.

»Raus«, zischte Leonie ihn an. Weil er sich nicht sofort rührte, schob sie ihn Richtung Ausgang, zerrte ihn aber gleich wieder zurück. »Nicht aufstehen. Geh hinter der Tischreihe da in Deckung, und dann nichts wie raus.«

»Schon gut. Beruhig dich.« Peter warf dem Kellner einen kurzen Blick zu. »Vergessen Sie die Reservierung für uns. Bitte entschuldigen Sie die Unannehmlichkeiten.«

Unter den ungläubigen Blicken des Kellners traten Leonie

und Peter den Rückzug an. Während Peter sich geduckt zur Tür bewegte, krabbelte Leonie auf allen vieren. Selten zuvor hatte sie sich dermaßen lächerlich gemacht, doch gerade hatte sie keine Wahl.

Sie entspannte sich noch nicht einmal, als sie längst draußen waren. Als Peter sich automatisch aufrichten wollte, zischte sie ihn sofort an. »Bleibst du wohl unten. Los. Nach rechts, aber bleib in Deckung. Wenn sie uns sieht, ist alles aus.«

»Wer zur Hölle ist ›sie‹?«

»Wer ist wohl ›sie‹? Deine Frau natürlich.«

Das sorgte immerhin dafür, dass sich Peter ohne weiteren Protest noch bis weit hinter dem Restaurant geduckt fortbewegte. Dabei ignorierten sie konsequent die fragenden Blicke der neu ankommenden Restaurantbesucher. Sie richteten sich erst auf, als sie hinter der nächsten Düne Deckung fanden.

Peter sah zerstrubbelt und mitgenommen aus. Leonie hätte vor Scham beinahe geweint. Sie fühlte sich schrecklich. Das schlechte Gewissen sprang sie regelrecht an und trieb ihr die Tränen in die Augen.

Als Peter das sah, wirkte er tief betroffen. »Sie hat uns nicht gesehen«, versicherte er Leonie rasch.

»Darum geht es doch gar nicht. Peter. Was zur Hölle machen wir hier? Wir tun der Frau erneut weh, die wir beide sehr mögen. Die dein Kind unter ihrem Herzen trägt und die mir in höchster Not völlig selbstverständlich einen Rettungsanker zugeworfen hat, als niemand sonst es wollte. Sie kannte mich nicht, und doch hat sie keine Sekunde gezögert. Solch einen Menschen können wir doch nicht derart hintergehen.«

»Dann lass uns mit ihr reden. Jetzt und hier.«

»Nein. Nein, das kann ich nicht. Nicht, solange ich mir überhaupt nicht sicher bin, was das zwischen uns ist.«

Peter wirkte schockiert und sichtlich verletzt. »Ich dachte, das hätte ich deutlich gemacht.«

»Für dich mag das alles klar vor dir liegen. Ich hingegen bin mir nicht sicher, ob ich dir jemals verzeihen und eine Beziehung mit dir führen kann. Ich brauche Zeit. Heute Abend hat nur bewiesen, auf was für wackeligen Beinen unsere Zukunft steht. Ich …« Leonie unterbrach sich mitten im Satz, denn mit einem Schlag war ihr klar, was sie tun musste. Die ganze Zeit hatte es tief in ihrem Inneren rumort. Sie hatte schlicht gefühlt, dass ihr eingeschlagener Weg falsch war. Sie nahm Peters Hand und sah ihn fest an. »Du musst jetzt gehen«, sagte sie ruhig. »Ruf mich bitte die nächsten Tage nicht an. Ich verspreche dir, dich auf dem Laufenden zu halten. Sollte etwas mit Mia sein, bist du der Erste, der es erfährt. Doch als Paar funktionieren wir momentan einfach nicht. Geh.«

»Was? Nein. Lass uns erst mal darüber reden. Wir finden eine Lösung.«

»Die habe ich längst.« Leonie wandte sich um und hielt auf das Restaurant zu.

Peter angelte nach ihrer Hand und zog sie zurück. »Bist du verrückt geworden?«, fragte er aufgebracht.

Leonie riss sich los und erwiderte seinen Blick hitzig. »Ich habe nie klarer gesehen. Jetzt verschwinde hier. Ich komme zurecht. Und … Mach dir keine Sorgen«, setzte sie etwas sanfter hinzu.

Peter wollte protestieren, doch sie ließ ihn einfach stehen. Sie musste das tun. Es ging nicht anders. Mit jedem Schritt wurde sie sich sicherer. Sie hatte die einzig wahre Entscheidung getroffen.

Als sie wenig später das Restaurant betrat, wurde sie absolut ruhig.

Der Kellner erkannte sie natürlich, sah sie fragend an und machte einen Schritt hinter seinem Anmeldepult hervor. Leonie ignorierte ihn und hielt stattdessen auf den Tisch zu, an dem Emily mit Torsten saß und sich angeregt unterhielt. Sie bemerkte Leonie erst, als diese direkt neben ihr stehen blieb und sich räusperte.

»Leonie«, rief Emily überrascht. »Was machst du denn hier?«

»Ich habe einen Fehler gemacht. Einen großen Fehler.«

Emilys Augen weiteten sich. Sie warf Torsten einen kurzen Blick zu, der sich sichtbar unwohl in seiner Haut fühlte. »Was ist denn los?«, fragte Emily besorgt.

»Ich hätte nie ausziehen dürfen. Meine Wohnung ist so leer, ich habe das Gefühl zu ersticken, und vor Einsamkeit wird mir ständig schlecht. Ohne dich ist einfach alles momentan doof. Wir haben uns gegenseitig unterstützt und uns geholfen. Natürlich sind wir uns auch mächtig auf die Nerven gegangen, aber trotzdem hat es funktioniert.« Leonie atmete tief durch, um die nächsten Worte hervorzubringen. »Emily? Nimmst du mich wieder bei dir auf? Darf ich bis zur Geburt bei dir wohnen?«

Emily sprang so heftig auf, dass ihr Knie gegen die Tischkante knallte und es laut schepperte. Sofort wandten sich sämtliche Köpfe im Raum ihnen zu. Leonie war das unangenehm, doch Emily war es egal. Sie warf Leonie die Arme um den Hals und drückte sie fest an sich.

»Aber klar. Natürlich. Sofort«, rief sie lachend und weinend zugleich, nahm ihre Hand und hüpfte vor Freude breit grinsend auf und ab. »Total gerne. Du glaubst gar nicht, wie erleichtert ich bin. So schrecklich hab ich mich nicht mal gefühlt, als ich Peter rausgeschmissen habe.«

Leonie tat Emily den Gefallen und hüpfte ebenfalls ein wenig auf und ab. Auch sie musste vor Erleichterung lachen. »Ich habe meine Koffer nie ausgepackt.«

Sie gaben sich noch gut eine Minute ihrem Freudentaumel hin. Dann erst wurde ihnen bewusst, dass alle sie anstarrten.

Leonie räusperte sich unwohl und warf Torsten einen entschuldigenden Blick zu. »Dann … lasse ich euch mal wieder in Ruhe.«

»Ich bitte dich, setz dich. Ihr habt viel zu bereden, und das solltet ihr auch tun. Emily, ich rufe dich morgen einfach an, und wir suchen einen neuen Termin für einen zweiten Versuch. Oder ist es dann schon der dritte?« Torsten verzog das Gesicht, lächelte dabei aber freundlich. »Auf keinen Fall wage ich es, mich zwischen euch zu drängeln. Hier. Mein Autoschlüssel. Der Abend ist noch jung, und ich habe nichts gegen einen Strandspaziergang. Ihr zwei solltet das mit eurem Gepäck im Bauch nicht unbedingt noch machen.«

»Auf keinen Fall. Du kannst doch nicht gehen«, protestierte Emily prompt. »Und schon gar nicht können wir einfach dein Auto nehmen.«

»Lass mir doch die Möglichkeit, mein Auto morgen heldenhaft bei dir abzuholen und mir einen Tee zu schnorren. Dann weiß ich zumindest, dass wir uns wiedersehen.« Er zwinkerte Emily zu und war schon aufgestanden. Mit sanftem Druck zwang er Leonie auf seinen freien Stuhl und beugte sich dann zu Emily hinunter, um ihr einen kurzen Kuss auf die Wange zu geben. »Habt einen schönen Abend.« Mit diesen Worten verschwand er, bevor eine der beiden erneut protestieren konnte.

»Der Typ ist zu perfekt, um wahr zu sein«, seufzte Leonie.

»Jaaa«, sagte Emily gedehnt und mit einem seltsamen Unterton in der Stimme.

Sofort war Leonie alarmiert. »Was? Stimmt was nicht mit ihm?«

»Nein. Er ist der perfekte Kandidat für einen Neuanfang, nur leider entwickelt sich das alles viel zu schnell. Er ist zu früh in meinem Leben aufgetaucht. In einer Zeit, in der mein Herz noch nicht bereit ist, die Vergangenheit aufzugeben und etwas Neues zu beginnen.«

»Ich bin mir sicher, dass Torsten dir diese Zeit geben wird. Du musst es ihm nur sagen.«

Die beiden wechselten einen wissenden Blick. Emily hob ihr Wasserglas an und prostete Leonie damit zu. »Erst mal starten wir unser neues Abenteuer. Die Männer müssen sich einfach hinten anstellen und sich gedulden, bis wir bereit sind.«

Leonie blieb vor Schreck fast das Herz stehen. Was meinte Emily damit? Ahnte sie etwas? Doch so ruhig und entspannt, wie sie aussah, schien sie nicht an Peter und Leonie gedacht zu haben.

Oder?

Gemeinsam durch die Schwangerschaft

EMILY

Leonie zog noch am nächsten Tag wieder bei Emily ein und machte es sich bei ihr gemütlich. Emily fühlte sich seltsam beschwingt und glücklich. Als wäre sie aus einem schwarzen Tümpel aufgetaucht und dem Untergang gerade so entkommen.

Selbst ihre Brüder wirkten erleichtert. Als sie hörten, dass Leonie wieder zurück war, nahmen sie zum ersten Mal das Wort »heimfahren« in den Mund. Offenbar hatten sie sich nur noch hier aufgehalten, um zur Not zur Stelle zu sein. Emily nahm sie daraufhin noch fester in den Arm. Ja, ihre Brüder waren manchmal anstrengend, aber noch viel häufiger sehr wertvoll.

Von Peter hörte sie in all der Zeit nichts, was sie seltsam fand. Immerhin hatte er zuvor mehr als deutlich gemacht, weiter ein Teil ihres Lebens sein zu wollen. Vielleicht war das aber auch ganz gut so. Ein wenig Abstand tat allen gut.

Torsten kam gegen Mittag, setzte sich ein wenig zu ihnen, plauderte völlig ungezwungen und nahm dann sein Auto wieder mit. Dabei verlor er über das so abrupt beendete Date kein Wort. Vielmehr machte er mit seiner lässigen Art deutlich, dass er das alles nicht dramatisch sah.

»Dann lass uns mal die nächsten Monate planen. Da kommt viel auf uns zu«, sagte Emily geschäftig, kaum dass Torsten aus dem Haus war. Vergnügt rieb sie sich die Hände. Nach Leonies Auszug hatte sie zu nichts mehr Lust gehabt, aber jetzt spürte sie den alten Elan. Sie nahm ihren Planer zur Hand und schlug ihn auf.

»Elterngeldantrag fertig machen. Urks. Das ist keine schöne Aufgabe. Lass uns das auf nächste Woche verschieben. Hey! Ich bin ja bald im Mutterschutz. Ganz offiziell. Das bedeutet, dass wir es ab sofort noch entspannter angehen lassen sollten. Ich könnte bei meiner Shiatsu-Praxis anrufen und fragen, ob die noch einen Termin für dich parallel mit meinem haben. Das wird dir bestimmt auch guttun. Bei meinem Pränatal-Yoga-Kurs ist noch ein Platz frei. Das weiß ich aus zuverlässiger Quelle. Da könnten wir dich noch nachträglich anmelden. Und …«

»Wie wäre es mit einem schönen Stadtbummel durch Heiligenhafen? Lass uns doch mal einen Babyladen aufsuchen. Ich war noch nie in einem.«

»Du scherzt, oder? Sag, dass du scherzt.«

»Wenn eine Mitarbeiterin oder Freundin von mir ein Kind bekommen hatte, hat das Geschenk entweder meine Sekretärin besorgt, oder ich habe etwas online bestellt. Babyläden machen mir Angst. Das ist eine Welt, die ich normalerweise meide, der ich mich aber dringend stellen sollte.«

»Dann ist es wirklich gut, dass du wieder bei mir eingezogen bist. Ich bin Expertin in dieser Welt – zwar nur in der grauen Theorie, aber die Praxis können wir dann ja gemeinsam ergründen. Also los.«

Gesagt, getan. Sie machten sich zunächst Listen über die Dinge, die sie noch dringend kaufen mussten, und besuchten dann ein kleineres lokales Geschäft in der Innenstadt. Zumindest in Leonies Fall fehlte noch eine ganze Menge.

»Hast du bislang nicht eine Sache besorgt?«, fragte Emily fassungslos.

»Doch. Den Abstilltee.« Darauf wusste Emily nichts zu erwidern, bis Leonie sie in die Seite knuffte. »Das war ein Scherz. Krieg dich wieder ein.«

»Wenn du solche Sachen sagst, weiß ich nie, ob du es nicht doch ernst meinst. Du denkst da einfach anders. Apropos stillen. Am Montag startet hier in der Elternschule ein Stillkurs. Der geht nur zwei Stunden und ist kostenlos. Soll ich dich anmelden?«

Leonie stöhnte dramatisch, nickte aber und erledigte den Anruf selbst. »Sei offen für alles«, murmelte sie dabei manisch, was Emily ein Lächeln auf die Lippen zauberte, vor allem, weil Leonie ganz spontan einen zauberhaften rosafarbenen Strampler mit einem Einhorn kaufte.

»Ich hätte nie gedacht, dass dir so etwas gefällt«, sagte sie ungläubig. »Wenn mich jemand nach einem Geschenk für Mia gefragt hätte, hätte ich jedem schlichte gelbe Wickelbodys ohne Aufdruck empfohlen.«

»Der ist ja auch nicht für Mia, sondern für Anna. Ich hab für Mia den hier.« Leonie hob einen schlichten gelben Wickelbody ohne Aufdruck in die Höhe.

Sie stiegen lachend ins Auto und fuhren zu einem etwas größeren Geschäft, wo es neben Kleidung auch Kinderwagen, Wickeltische und Babybettchen gab. Leonie kaufte an dem Tag zwar noch nichts, informierte sich aber zumindest und notierte in ihrem Planer, was sie vermutlich brauchen würde.

Emily bemühte sich sehr, ihren kleinen Triumph nicht allzu deutlich zu zeigen. Es war albern, sich dermaßen darüber zu freuen, dass sich Leonie ihre Ratschläge zu Herzen nahm. Aber es untermauerte ihr Selbstbewusstsein auf eine

Weise, wie es kaum etwas anderes hätte tun können. Ja, sie war stolz auf sich und ihr Wissen und schämte sich nicht dafür. Peter hatte ihre akribischen Recherchen in Sachen Babyausstattung immer belächelt. Leonie hingegen nahm ihre Erklärungen bereitwillig an, entschied letztlich aber selbst, was sie umsetzte.

Den Tag ließen sie mit einem gemütlichen Strandspaziergang und anschließendem Kaminfeuer auslaufen. Dort begannen sie endlich auch die Planung für die Hochzeit von Leonies Mutter. Wie sich herausstellte, gab es neben den Adressdaten der Gäste noch jede Menge Listen über Vorschläge, Erwartungen und bereits gestartete Planungen. Das wurde sogar für Emily eine Herausforderung.

»Wir bomben sie einfach mit Vorschlägen zu. Entweder sie nimmt sie an oder sie muss dann doch alles selbst machen«, überlegte Emily laut und begann dann ihr Werk. Leonie sah ihr hauptsächlich bei ihrem Tun zu und staunte, wie schnell sich vor ihren Augen ein hübsches Hochzeitsprogramm entfaltete.

»Vergiss nicht meine Rede. Auf beiden Hochzeiten«, sagte Leonie nach einer Weile.

»Bist du dir sicher? Ich dachte, du willst nur so tun, als ob du wirklich zu den Hochzeiten gehst, und kurz vor knapp absagen.«

»Das habe ich verworfen. Ich gehe hin. Zumindest, wenn Mia das zulässt. Außerdem will ich Mamas und Papas Gesicht sehen, wenn ich tatsächlich dort auftauche. Allein die Ankündigung für meine geplante Rede wird meinen Eltern schlaflose Nächte bereiten. Sie waren so gemein, mich nicht auf ihren Hochzeiten haben zu wollen. Da müssen sie jetzt mit diesem fiesen Manöver leben.«

Emily kniff die Augen zusammen. »Aber du willst die Hochzeit nicht wirklich sprengen, oder?«

»Nein. Damit schneide ich mir nur ins eigene Fleisch. Ich will die beiden nur ein wenig piesacken.«

Das konnte Emily gut verstehen, also trug sie schwungvoll die Rede in den Ablaufplan ein und suchte anschließend nach Brautsträußen. Letztlich entschied sie sich für klassische Rosen und lud ihre Vorschläge in einen Dropboxordner auf Leonies Namen.

Als eine Mail von Torsten aufploppte, klopfte ihr Herz gleich viel schneller. Er hatte ihr die Zahlen zeigen wollen, die ihr Blog mittlerweile erreicht hatte. Nervös klickte sie die Übersicht an und kämpfte gleich darauf mit bitterer Enttäuschung. Der Blog lief gut, aber für Sponsoren definitiv zu schlecht. Mist.

Der Blog muss sich erst mal rumsprechen, hatte Torsten tröstend dazugeschrieben. *Das Thema ist gut, die Posts ansprechend. Gib der Sache Zeit.*

Traurig und deprimiert wechselte sie wieder in die Hochzeitsplanung und konzentrierte sich voll auf die neue Aufgabe. Wenigstens das lag ihr.

Den nächsten Tag begrüßten Emily und Leonie gemeinsam mit einer Runde Yoga am Strand, wobei Leonie hauptsächlich zusah und ihre Kommentare abgab. Sie war noch immer vorsichtig, was Sport anging. Emily verstand das gut, überredete sie aber zumindest zu Atemübungen im Sitzen. Leonie ließ sich tatsächlich darauf ein und präsentierte wenig später einen ausgeklügelten Plan für ihre nächste Woche.

Sie wollte zur Stillberatung gehen, wenn Emily noch einmal mit ihr die Kreißsaalführung mitmachte. Sie war sogar für das morgendliche Yoga offen. Außerdem hatte sie sich eine andere Hebamme gesucht, um Annette aus dem Weg gehen zu können. Ihre Ansichten waren einfach zu unterschiedlich. Als Zugeständnis wollte sie jedoch einen zweiten Anlauf in

Sachen Geburtsvorbereitungskurs machen. Den letzten hatten sie ja aufgrund der sich überschlagenden Ereignisse beide verpasst. Ob Emily noch mal mitkäme?

Emily ging bereitwillig auf die meisten Vorschläge ein, und wo sie sich nicht einig wurden, gingen sie getrennte Wege. Es war ungewohnt für Emily, Kompromisse auszuhandeln, doch bei Leonie fiel es ihr deutlich leichter als bei Peter.

Den Punkt *Mit Peter sprechen* schob sie jeden Tag vor sich her. Sie wusste, dass ein klärendes Gespräch dringend anstand, scheute sich aber davor. Was sollte sie ihm sagen?

Leonie schien wie immer ihre Gedanken gelesen zu haben. »Du musst bald mit Peter reden, um das mit dem Haus zu klären«, sagte Leonie während einer ihrer vielen Strandpicknicks. »Daran hängt viel. Wie viel Geld benötigst du, um allein über die Runden zu kommen? Musst du ihn auszahlen? Kannst du dich anderweitig einigen? Es sei denn, du willst es noch mal mit Peter versuchen. In dem Fall kannst du alles ganz entspannt angehen.«

Emily schüttelte vehement den Kopf. »Ich mag mir über vieles im Unklaren sein, aber was das angeht, bin ich mir sicher. Genauso geht es mir mit diesem Haus. Ich will alles dafür tun, um es zu behalten, und gleichzeitig auch mein Gesicht wahren. Sicherlich fällt mir dazu noch was ein. Das muss einfach funktionieren.«

Wenn sie an die miesen Klickzahlen ihres Blogs dachte, wurde ihr ganz anders. Anscheinend interessierten sich die Leute nicht für ungewöhnliche Schwangerschaftsgeschichten. Oder hatte sie die Sache doch falsch aufgezogen?

Wenigstens lief bei ihrer Schwangerschaft alles rund. Anna wuchs und gedieh prächtig. Nach einer Ultraschalluntersuchung brachte Emily sogar den Mut auf, Peter die Bilder zu schicken. Er rief sofort zurück und fragte, wie es ihr ging, wie sich das Baby entwickelte, ob alles gut sei. Diese Art von Gespräch behielten sie die nächsten Wochen bei. Es waren immer nur kurze Unterhaltungen, um den Kontakt zu halten. Streit gab es nicht. Vielmehr ein vorsichtiges Herantasten, ohne unangenehmere Themen wie das Haus oder ihre endgültige Trennung anzurühren.

Wenn es nach Emily gegangen wäre, hätte es ewig so weitergehen können. Leonie sah das allerdings anders. »Vergiss das mit dem Genießen der Schwangerschaft«, sagte sie nach einer sehr unruhigen Nacht, in der sie vor lauter Sodbrennen nicht hatte schlafen können. »Ich bin durch mit dem sentimentalen Mist. Ich muss ständig pinkeln, die Tritte werden immer brutaler, und ich könnte nur noch heulen. Und jetzt schau dir das hier an.«

Sie hob ihr Hemd hoch und präsentierte einen kugelrunden, makellosen Bauch.

»Was soll ich da sehen?«, fragte Emily verwirrt.

»Ich creme meinen Bauch so fleißig ein, wie du gesagt hast, und mache diese bekloppten Zupfübungen. Trotzdem hab ich jetzt das hier.« Sie deutete auf einen kaum erkennbaren, schmalen helleren Streifen auf der Haut.

»Ernsthaft? Darüber machst du dir Sorgen? Das ist doch kein Schwangerschaftsstreifen.«

»Ach, was soll es denn sonst sein?«

Emily hob ihr Hemd hoch, woraufhin Leonies Augen größer und größer wurden. »DAS sind Schwangerschaftsstreifen. Dagegen ist kein Kraut gewachsen«, sagte Emily. »Aber weißt du was? Ich sehe sie als Auszeichnungen.«

»Ich finde, die sehen eher wie Kriegsnarben aus.«

Emily verdrehte die Augen und notierte sich die kleine Episode in Gedanken als nächsten Anreiz für einen Post. »Wir sind wunderschön«, bekräftigte sie.

»Ach, ja? Ich hab mir neue Unterwäsche kaufen müssen. In Elefantengröße. Kein einziger BH passt mehr, ich heule ständig wegen dieser verflixten Pamperswerbung, und ich hab immerzu Hunger.«

»Aber du hast auch fantastisches Haar, einen Granatenbusen und makellose Haut.«

»Emily, ich habe mir heute beim Lachen in die Hose gepinkelt. In die Hose! Egal, wie hübsch ich möglicherweise aussehe: Ich bin eine inkontinente Oma im Watschelgang mit beginnender Demenz.«

»Pinkelst du dir in die Hose, musst du mehr Beckenübungen machen.«

»Ich weiß, ich weiß. Womöglich hab ich mich auch nur auf eine nasse Bank gesetzt, aber trotzdem: Es zeigt, was so eine Schwangerschaft mit einem anstellen kann. Sie verwüstet meinen Körper. Von der Demenz ganz zu schweigen.«

»Das ist hormonell bedingt. Mach dir keinen Kopf. Du sollst dich nur einzig und allein auf die Geburt vorbereiten und alles andere vergessen. Das geht vorüber, sobald dein Kind da ist. Wobei … Möglicherweise wird es direkt von der Stilldemenz abgelöst.« Emily hob sofort die Hände. »Jaja, verschone mich mit deinen Ansichten übers Stillen. Ich habe durchaus gesehen, was du zuletzt bestellt hast.«

»Seitdem ich Babyfläschchen, Flaschenwärmer, Schnuller und Babynahrung im Haus habe, geht es mir besser«, verteidigte sich Leonie. »Jede wie sie mag. Du darfst gerne Stillhütchen und Brustwarzencreme anhimmeln.«

Emily lachte darüber und gab das Diskutieren auf. Gleichzeitig wurde ihr bewusst, wie sehr sie das Leben mit Leonie genoss. Es war luftig, schräg und einfach anders – und gerade dadurch so besonders.

LEONIE

»Ich rühre in mir doch nicht rum wie ein Rührbesen im Sauerteig. Jetzt mal ehrlich, Emily, das kann doch nie im Leben irgendetwas bringen.«

Sie saßen beide auf einer Picknickdecke am Strand und lasen sich die Gebrauchsanweisung für eine Dammmassage durch. Es waren nur noch vier Wochen bis zur Geburt. Für die Dammmassage war es langsam Zeit, und Emily stimmte Leonie gerne vorsichtig auf anstehende unbequeme Dinge ein.

»Die Dammmassage ist immens wichtig, um dein Gewebe auf die bevorstehende Geburt vorzubereiten. Sie macht alles da unten weicher und dehnbarer. Glaub mir. Du wirst mir noch dankbar dafür sein. So einen Dammriss willst du nicht haben.«

»Ha. Du hast das Wort gesagt. Das macht fünf Euro in die ›Negative-Geburtsgedanken-Box‹.«

»Seit wann steht auf unserer Liste denn Dammriss drauf?«

»Ha. Zehn Euro.«

Emily verdrehte die Augen und zückte ihren Planer. Prüfend ging sie die Liste der verbotenen Wörter durch. Unter anderem stand dort mittlerweile Plazentaablösung, scheiß schmerzhafte Geburt, HELLP-Syndrom, Blasensprung, Melone, ›Ich hab das mal gegoogelt‹ und Thrombozytopenie. Aber kein Dammriss. »Das steht da nicht.«

»Dann schreib es drauf, und vermerk gleich, dass das doppelt zählt. Positiv denken. Schon vergessen?« Leonie sagte das absichtlich, um Emily zu ärgern. Sie konnte mittlerweile nicht mehr zählen, wie oft Emily genau das zu ihr gesagt hatte. Je näher die Geburt rückte, desto nervöser war Leonie geworden. Sie träumte ständig davon, dass sie Mia während einer Präsentation bekam – wahlweise als riesige Live-Übertragung für alle gut sichtbar. Auch der Traum, dass sie Mia im Einkaufszentrum vergaß und deshalb das Sorgerecht verlor, tauchte ständig auf. Den hatte Emily zumindest auch schon gehabt.

»Gut. Ich trage Dammriss, Dammschnitt und Saugglocke mit ein.«

Leonie horchte auf. »Saugglocke?«

»Zangengeburt auch?«

»Gott, Emily. Was redest du denn da? Was ist eine Saugglocke? Klingt ja nach Klemptnern.«

»Liebe Leonie, hast du die Geburtsberichte, die ich dir in deinen Planer geheftet habe, noch immer nicht gelesen? Das solltest du dringend tun. Wir müssen vorbereitet sein. Auf alles.«

»Wenn du das so sagst, klingt das eher nach einem militärischen Angriff als nach der angeblich natürlichsten Sache der Welt. Ich kann die Geburtsberichte nicht lesen, ohne dass mir schlecht wird.« Leonie atmete tief durch. Es war wohl Zeit, mit der Wahrheit herauszurücken. »Weißt du, Emily, ich muss dir etwas gestehen.«

Jetzt hatte sie Emilys volle Aufmerksamkeit. »Ich bin ganz Ohr.«

»Ich … also … Ich habe einen Kaiserschnitttermin ausgemacht. Es geht einfach nicht anders. Allein, was du da gerade von dir gegeben hast, klingt gruselig und grausam. Ich habe wirklich versucht, mich darauf einzulassen, aber alles sperrt sich in mir. Ich weiß, ich weiß. Eine natürliche Geburt ist dem Kaiserschnitt immer vorzuziehen. Das hat mir selbst der Arzt gesagt. Aber ganz ehrlich? Das ist DEIN Weg. Nicht meiner. Schon allein beim für dich mit Wundern behafteten Wort ›Plazenta‹ sträubt sich alles in mir. Wahrscheinlich bin ich falsch gepolt oder so, aber … nein. Ganz einfach nein. Ich weiß, dass du jetzt wahrscheinlich schrecklich enttäuscht von mir bist. Das tut mir auch ehrlich leid. Aber …«

Emily unterbrach sie, indem sie sie einfach in die Arme nahm und fest drückte. Leonie hielt instinktiv die Luft an und wagte es nicht, sich zu rühren. Gleich schlägt sie mich, dachte Leonie. Das ist eine Finte.

Doch als Emily sie wieder losließ, wirkte sie vollkommen gelassen. »Weißt du, Leonie, bevor ich dich kennengelernt habe, hätte ich jetzt mit dir diskutiert und dich überreden wollen. Mittlerweile weiß ich aber, dass ich bestimmte Ansichten akzeptieren muss, selbst wenn ich es anders sehe. Es ist deine Entscheidung. Dein Körper. Wer bin ich, dir das auszureden? Zumal du dich wirklich bemüht hast, meine Sicht der Dinge zu verstehen. Allein das zählt.«

Leonie starrte Emily entgeistert an. Wirklich? Konnte es so einfach sein? »Ich bin froh, dass du das so siehst«, sagte sie nach einer Weile.

»Aber …«, setzte Emily an und machte eine Kunstpause.

Jetzt geht es los, dachte Leonie panisch.

»Aber … Glaub ja nicht, dass du um MEINE natürliche Geburt herumkommst. Du musst meine Geburtsbegleiterin sein. Bitte, bitte, bitte. Du musst mir mein Mantra vorbeten, mich ans Atmen erinnern, mich bedauern und anfeuern. Du hörst mit mir die bescheuerte Hypnose-CD, kletterst zur Not mit in die Wanne und schreist die Hebamme an, wenn sie mir eine PDA aufquatschen will. Ja? Machst du das für mich?«

Leonie lachte erleichtert. »Natürlich mach ich das. Allerdings musst du Anna dann sagen, dass sie nicht am Montag nach der Hochzeit meiner Eltern auf die Welt kommen darf.

Für den Tag ist nämlich der Kaiserschnitttermin angesetzt. Da musst du übrigens auch mit. Geburt ist Geburt.«

»Es ist mir eine Ehre.« Emily umschlang Leonie erneut, drückte sie glucksend an sich und sprang nur Sekunden später auf die Füße. »Ich gehe schwimmen. Du auch?«

»Nee, lass mal. Sonst faselst du wieder was von Wassergeburt und Fruchtwasser.«

Emily lachte und war schon im Meer, bevor Leonie sich möglichst lässig ihre Sonnenbrille auf die Nase geschoben hatte. Uff. Das Gespräch war deutlich besser gelaufen als gedacht. Sie beobachtete Emily, wie sie langsam tiefer watete. Dann nahm sie sich wieder die Gebrauchsanleitung vor und las sie deutlich unbeschwerter als zuvor durch. Ab sofort konnte sie sich zurücklehnen und Emily bei ihrem Tun bewundern. Mit der Dammmassage hatte sie abgeschlossen. Erst recht, nachdem sie sich die Anweisungen durchgelesen hatte. Sie fand das alles gruselig.

»Na, ihr zwei. Was treibt ihr so?«

Torsten hatte es sich zur Angewohnheit gemacht, immer mal wieder bei ihnen vorbeizuschauen. Dabei war er Leonie mittlerweile richtiggehend ans Herz gewachsen.

Bereitwillig machte sie ihm Platz auf ihrer Picknickdecke und zeigte ihm das Blatt Papier. »Ich studiere ein Horrorwerk, das gruseliger ist als so mancher Steven King. Schon mal was von Dammmassage gehört?«

Wie immer war Torsten offen für Neues. Bereitwillig nahm er den Zettel und las. Dabei lachte er leise in sich hinein. »Du hast echt ein gestörtes Körperbewusstsein«, sagte er danach. »Dann massierst du dich da halt ein wenig. Ist doch nicht schlimm.«

»Ich massiere nicht. Ich dehne bis zur Unendlichkeit, damit … Lassen wir das. Kein Thema für dich. Wie läuft es bei der Arbeit? Hat sich mein Chef bei dir gemeldet?« Leonie hatte mit viel Elan die Werbetrommel für Torsten gerührt und ihn bei den verschiedensten Leuten in den Himmel gelobt. Wenn sie eins konnte, dann netzwerken. Torsten half sie gerne. Er hatte sein Herz am richtigen Fleck.

»Ja, und wie du schon angekündigt hast, hat er mir zunächst ein wirklich freches Angebot gemacht, das ich dankend abgelehnt habe. Aber wir sind uns dann einig geworden. Damit werde ich zukünftig den Online-Auftritt eurer Unternehmensberatung übernehmen. Danke für die Vermittlung.«

»Immer wieder gerne.«

Danach schwiegen sie und sahen Emily zu, die tief in Gedanken versunken im Meer schwamm. Ab und zu ragte ihr mittlerweile recht ansehnlicher Bauch aus dem Wasser heraus.

»Ich wünschte, wir hätten uns erst ein Jahr später angenähert«, sagte Torsten unvermittelt. »Jetzt habe ich alles auf eine Karte gesetzt und verloren.«

»Quatsch. Eure Zeit wird kommen.«

»Das glaube ich nicht mehr. Wir sind jetzt auf der Freundschaftsschiene. Da wieder runterzukommen, halte ich für beinahe unmöglich.«

»Nichts ist unmöglich, solange Emily mitmischt.«

»Trotzdem fühlt es sich anders an als zuvor. Diese spezielle Aura zwischen uns erlischt.«

»Torsten. Das Gehirn dieser Frau ist von Schwangerschaftshormonen so vollgepumpt, dass da kein Platz mehr frei ist für Liebesgedöns. Ihr Verstand ist gerade völlig durcheinander. Neulich habe ich das Waffeleisen im Kühlschrank und die frischen Waffeln im Regal gefunden. Das sagt ja wohl alles.«

Torsten lachte. »Das beruhigt mich etwas«, gab er zu.

»Außerdem turnen wir ständig den bekloppten herabschauenden Hund, damit sich unsere Babys drehen. Da kann man ja nur wuschig im Hirn werden. Gib ihr Zeit, vom Hormonchaos runterzukommen. Emily ist einfach Emily. Ich meine, sie hat es sogar hinbekommen, dass ich eine natürliche Geburt für den Bruchteil einer Sekunde in Erwägung gezogen habe und mittlerweile bereit bin, Mia für etwa eine Woche zu stillen. Oh. Kolostrum muss auch noch auf die Liste der verbotenen Wörter.«

»Was zur Hölle ist das?«

»Die Vormilch.«

Torsten lachte laut auf. »Aus deinem Mund klingt das, als sei damit die Vorhölle gemeint. Meine Güte.« Er winkte Emily zu, die ihn erst in diesem Moment erblickt hatte.

»Siehst du das Strahlen auf ihrem Gesicht, lieber Torsten?«, sagte Leonie daraufhin zufrieden. »Du hast noch längst nicht verloren. Du hältst eure Beziehung für gescheitert, doch das ist keineswegs der Fall. Sie entsteht nur auf eine ganz andere Art und Weise als so manche Liebschaften. Langsam und ruhig. Ein vorsichtiges Herantasten mit viel Raum zum Entfalten. Das mag in der heutigen Zeit nicht mehr modern sein, aber irgendwie ist es ganz süß.« Sie warf ihm einen ernsten Blick über den Rand ihrer Sonnenbrille zu. »Also vermassele es nicht.«

Torsten kam zu keiner Antwort, denn Emily war aus dem Wasser gekommen und trat zu ihnen. Sie nahm sich ihr Handtuch und trocknete sich gründlich ab. Anschließend huschte sie kurz ins Haus, um sich etwas Trockenes anzuziehen. Eine Villa am Strand war wirklich praktisch.

Leonie wollte gerade wieder ein lockeres Gespräch mit Torsten aufnehmen, als ihr Handy klingelte. Monika. »Meine Halbschwester ruft an. Hochzeitsdrama.« Sie verdrehte die Augen, nahm sich rasch das Handy und entfernte sich von der Picknickdecke, um in Ruhe sprechen zu können. »Monika. Was verschafft mir die Ehre?«

»Deine Mutter blockiert die gesamte hintere Terrasse. Karin muss den Hotelchef bestochen haben, um das zu erreichen.«

»Wie gemein«, sagte Leonie ironisch und verschwieg bewusst, dass das Manöver auf Emilys Mist gewachsen war. »Und was jetzt?«

»Sag ihr, dass das so nicht geht. Wir haben den hinteren Saal gemietet, dann gehört uns auch die Terrasse.«

»Ihr könnt doch auf die vordere Terrasse ausweichen.«

»Aber von da hat man keinen Blick aufs Wasser.«

Ganz genau, dachte Leonie für sich. »Ich spreche mit Mutter. Da lässt sich bestimmt eine Lösung finden«, sagte sie großspurig und genoss den kleinen Triumph in vollen Zügen.

»Gut. Und Leonie? Bitte reiß dich auf der Hochzeit zusammen.«

»Du dich auch. Schenkt Papa eigentlich meiner Mama was? In dem Fall sollte ich meine Mutter vorwarnen, damit sie auch etwas besorgt.«

»Ich frage ihn«, antwortete Monika kühl und machte eine Pause, in der sich Leonie automatisch versteifte. Bestimmt kam jetzt etwas fürchterlich Gemeines. »Ich habe Angst vor diesen Hochzeiten. Wir steuern auf eine schreckliche Katastrophe zu«, sagte sie stattdessen ehrlich.

Leonie war zu verblüfft, um sofort etwas zu erwidern. »Dann lass uns alles dafür tun, damit dieser Abend ruhig über die Bühne geht. Ohne Skandal. Ohne Drama. Gemeinsam sollten wir das schaffen.«

»Ja, vielleicht.« Monika klang nicht überzeugt, was Leonie ihr nicht verdenken konnte. Auch sie wurde schrecklich nervös, sobald sie an die Hochzeiten dachte. Fast noch nervöser, als sie es beim Gedanken an die Geburt oder an die Zeit danach war.

Die Hochzeit

EMILY

Sie musste zugeben, dass Leonies Mutter ein echter Drachen war. Dabei war sich Emily so sicher gewesen, dass Leonie übertrieb, doch das war keineswegs der Fall. Schon bei ihrer Ankunft hatte sie ihr Gift versprüht und Emily wie eine lästige Kakerlake gemustert. »Wo ist Peter?«, hatte sie ihre Tochter pikiert gefragt.

»Peter wurde ersetzt. Emily ist jetzt meine Plus eins. Mama, sei höflich und sag Hallo«, hatte Leonie lapidar erwidert.

Kaum waren sie auf ihrem Hotelzimmer angekommen, sah Emily Leonie streng an. »Du hast das mit Peter verschwiegen?«

»Das geht sie nichts an. Außerdem hatte ich keine Lust, DAS Gesprächsthema auf beiden Hochzeiten zu sein. Meine Verwandtschaft hätte sich das Maul darüber zerrissen.«

»Und was sage ich denen, wenn sie mich neugierig löchern?«

»Dass du eine Freundin von mir bist und Peter nicht kommen konnte. Er sei ein waschechter Businessmensch und hatte eben Geschäftstermine, die er nicht verschieben konnte. Da musst du nicht mal lügen.«

Emily seufzte tief, gab sich aber geschlagen. Letztlich war es Leonies Sache. Sie schob ihr stattdessen einen dicken Ordner zu. »Gib den einfach deiner Mutter. Da hab ich alles Wichtige über den geplanten Ablauf der Hochzeit abgeheftet. Als Trauzeugin musst du eigentlich nur noch dirigieren.«

Leonie nahm den Hefter mit spitzen Fingern entgegen und schlug ihn auf. Natürlich kannte sie ihn bereits in- und auswendig, schließlich hatten sie die Planung gemeinsam festgelegt. »Wenn wir heute Abend den Junggesellinnenabschied überleben, kann uns morgen nichts mehr schocken«, sagte sie trocken. »Bist du dir sicher, dass du mitkommen willst? Ich meine: Du bist schließlich genauso hochschwanger wie ich. Für dich sind es nur noch wenige Tage bis zum Geburtstermin. Andere Frauen trauen sich da nicht mal fünf Kilometer von ihrem Zuhause weg, weil es jederzeit losgehen kann. Leg doch lieber die Beine hoch.«

»Ich hab dir versprochen, bei allem an deiner Seite zu sein. Dann mache ich das auch. Wie schlimm können die Freundinnen deiner Mutter schon sein?«

Sehr schlimm, dachte Emily wenige Stunden später. Eine Horde gackernder und aufgeplusterter Hühner war nichts dagegen. So viele Bussis von fremden Damen hatte sie noch nie bekommen. Und sie alle waren mit unterschiedlichen Parfums eingesprüht, sodass Emily bereits nach kurzer Zeit mit Übelkeit zu kämpfen hatte. Dabei musste sie gut aufpassen, was sie sagte. Die Frauen waren nicht nur schrecklich neugierig, sondern eindeutig gierig nach Klatsch und Tratsch.

Den Junggesellinnenabend in einem Weinrestaurant direkt neben dem Hotel abzuhalten, war Emilys Idee gewesen. So kurzfristig hatten sie keinen passenden Termin gefunden, wo die meisten Freundinnen ihrer Mutter Zeit hatten. In ihrer Not hatten sie sich für den Tag vor der Hochzeit entschieden.

Das Restaurant war perfekt. Es war urig, aber schick. Stilvoll, aber nicht zu hip. Als Erstes stand Anstoßen mit Prosecco auf dem Programm, danach gab es schicke Häppchen, eine Weinprobe, Spielchen und eine Menü-Auswahl, die sich sehen lassen konnte. Geld spielte in dem Fall keine Rolle. Leonies Mutter war reich und hatte deutlich gemacht, dass sie sich nicht lumpen lassen würde.

Emily fühlte sich furchtbar unwohl. Nur eine einzige andere Frau hielt sich ähnlich wie Emily aus allem raus und stand abseits vom Trubel. Leonie hätte sich bestimmt ebenfalls gerne zu ihnen gesellt, leider musste sie als Trauzeugin mitten im Sturm sein. Zwischendurch warf sie Emily immer wieder flehende Blicke zu.

Emily näherte sich der einsamen Frau in der Ecke und überlegte gerade, ob sie einen Kontaktversuch wagen sollte, da sprach die sie von selbst an. »Fühlst du dich auch ein wenig unwohl?«

Sie stach in Alter und Stil deutlich heraus. Emily schätzte sie auf Mitte zwanzig. Statt eines ausgefallenen Cocktailkleides trug sie eine eng anliegende Jeans und ein schickes Glitzer-Oberteil mit weitem Rückenausschnitt. Sie war definitiv besser für einen Discobesuch als für eine Weinprobe gerüstet.

»Das kannst du laut sagen«, sagte Emily und bemühte sich, sich ihre Erleichterung über eine Gesprächspartnerin nicht zu sehr anmerken zu lassen. »Wir zwei fallen mit unserer Kleiderwahl ein wenig aus dem Rahmen.«

Emilys Bauch war mittlerweile so gigantisch, dass sie in jedem Cocktailkleid wie der Korken in der Flasche ausgesehen hatte. Daher hatte sie ein sackähnliches bequemes Outfit gewählt, das Leonie ihr stundenlang hatte ausreden wollen. Sie hatte nicht auf sie gehört. Jetzt musste sie damit leben.

Die junge Frau neben ihr lachte leise. »Vermutlich wird uns dieses Gefühl den ganzen Abend begleiten. Ich hasse Wein, du darfst nicht trinken. Das wird der perfekte Abend für uns zwei.« Sie prostete ihr mit einem Glas Whiskey zu.

»Bist du verwandt mit der Braut?«, fragte Emily neugierig.

»Nicht richtig. Ich weiß selbst nicht, wie ich zu der Ehre gekommen bin, hier eingeladen worden zu sein. Vermutlich soll ich den Altersdurchschnitt senken.« Sie kicherte mädchenhaft. »Ich kenne die Braut schon seit Jahren, und weil ich neugierig war, hab ich zugesagt. Allmählich bereue ich das, aber mitgehangen, mitgefangen.« Erst dann wurde ihr klar, wie abwertend sie gesprochen hatte, und sie riss erschrocken die Augen auf. »Und du? Sag nicht, ihr seid beste Freundinnen?«

»Keine Sorge. Ich kenne Karin erst seit heute. Ich bin Emily und mit einer Freundin hier. Als Rückendeckung sozusagen. Leonie. Sie ist die Trauzeugin.«

Die Augen der anderen weiteten sich, als sie eins und eins zusammenzählte. »Sag Leonie bitte nicht, was ich über ihre Mutter geredet habe«, bat sie nervös.

»Meine Lippen sind versiegelt. Ich vermute, sie würde dir sogar in Teilen beipflichten.«

»Und woher kennst du Leonie so gut, dass du mit ihr auf die Hochzeit ihrer Mutter gehst? Wo steckt denn Peter?«

Aha. So unbekannt konnte die fremde Frau also nicht sein, wenn sie sogar Peter kannte. »Der ist geschäftlich verhindert. Leonie und ich kennen uns vom Geburtsvorbereitungskurs in Heiligenhafen. Wir wohnen beide dort und haben seit Kurzem so was wie eine Schwangeren-WG aufgemacht.«

»Ihr wohnt zusammen?«

»Ja. Wir wollen uns gegenseitig unterstützen. Unsere Babys werden etwa zeitgleich zur Welt kommen. Leonie hat noch knapp zwei Wochen, ich noch eine bis zur Geburt.«

Die junge Frau pfiff leise durch die Zähne. »Dann wird es ja bald spannend bei euch beiden. Das heißt, Peter und Leonie sind noch immer nicht zusammengezogen? Die Frau hat echt mit Bindungsängsten zu kämpfen. Kein Wunder. Bei der Familie.«

»Du kennst ihren Vater und die Familiengeschichte?«

»Ja. Zumindest in Teilen. Ich finde es noch immer unglaublich, dass die beiden ihre Hochzeiten zeitgleich in diesem Hotel feiern wollen. Das kann doch niemals gut gehen.«

Da konnte Emily nur beipflichten. Den Rest der Zeit unterhielten sie sich über Belanglosigkeiten. Sie sprachen ein wenig über Emilys Schwangerschaft, über das Hotel und wie schön das Ambiente war. Emily erfuhr, dass die junge Frau Anwaltsgehilfin war, und erzählte ihr ein wenig von ihrem Blog, der nach wie vor vor sich hin dümpelte. Leider mussten sie sich trennen, da die Weinverkostung begann. Emily verlor ihre neue Bekannte dabei aus den Augen.

Die nächste halbe Stunde beschäftigte sie sich mit ihrem Traubensaft, während die Gesellschaft um sie herum immer lauter und beschwipster wurde. Ob sie sich heimlich davonstehlen konnte? Sie warf einen Blick auf ihr Handy und runzelte die Stirn.

Vier unbeantwortete Anrufe von Torsten. Seltsam. Wenn er so oft anrief, musste es dringend sein. Er hatte auch eine Mail geschrieben.

Ruf mich dringend an. Es geht um den Blog.

Oh, weh. Sie sah sich nach einer stillen Ecke um, fand aber keine. Hier zu telefonieren war unmöglich. Vielleicht war das ein Zeichen, dass sie diese unsägliche Party endlich verlassen sollte, um sich auf dem Hotelzimmer zu verkriechen. Vorher musste sie aber noch Leonie Bescheid sagen.

Wo war bloß Leonie? Da! Ihre Freundin stand am Ausgang und unterhielt sich mit einer jungen Frau, die sich sehr schnell als ihre Gesprächspartnerin von zuvor herausstellte.

Seltsam war nur, dass Leonie mit hochrotem Kopf auf sie einredete und dabei immer wieder Richtung Ausgang zeigte. Die jüngere Frau antwortete recht hitzig, stöckelte dann aber tatsächlich los und verschwand wenig später aus dem Raum.

Beunruhigt stellte Emily ihr Glas auf den Tisch und winkte Leonie heran. Die wirkte dabei noch immer aufgebracht und wütend. »Was war los?«, fragte Emily leise.

»Das Drama beginnt. Papa hat seine Spitzel geschickt, um Mamas Junggesellenabschied auszuspionieren. Die beiden schrecken vor nichts zurück.«

Emilys Magen sackte ab. »Die junge Frau war gar nicht eingeladen?«

»Monika? Bestimmt nicht. Mama und sie hassen sich wie die Pest. Meine Schwester war nur hier, um anschließend alles haarklein ihrer Mutter zu berichten. Papa bekommt dann nur die köstlichen Häppchen zu hören.«

»Das … war deine Schwester?«

»Ja, genau. Das war Monika.« Leonie musterte Emily eingehend. »Warum wirst du so blass? Ist dir nicht gut?«

»Na ja … Ich habe mich eine ganze Weile mit ihr unterhalten.«

Leonie wirkte mit einem Schlag nicht mehr zornig, sondern beunruhigt. »Solange du nichts über Peter erzählt hast, ist doch alles gut«, sagte sie zögerlich.

»Ich habe aber verraten, dass wir eine Schwangeren-WG aufgemacht haben.« Emily zog den Kopf ein und wartete auf eine scharfe Ermahnung von Leonie, doch die blieb aus.

»Sei es drum. Das ist ja kein Staatsgeheimnis, selbst wenn es Fragen aufwerfen könnte. Egal. Wir befinden uns mitten in einem Haifischbecken. Da wird man auch mal gebissen. Vergiss es einfach und genieß den Abend so gut es geht. Prost.«

Emily ließ ihr Glas gegen Leonies klirren und zwang sich zu einem Lächeln, doch ihr ungutes Gefühl blieb und steigerte sich sogar noch. Hatte sie Monika etwas verraten, das sie gegen Leonie verwenden konnte?

Erst gut eine Stunde später fiel ihr Torsten wieder ein. Sie huschte hinaus und rief ihn dort zurück. Er ging sofort ran.

»Emily«, rief er aufgeregt. »Der Blog geht durch die Decke.«

»Was? Wie? Weshalb?«

»Die Chefredakteurin einer der größten Tageszeitungen hat ihn für sich entdeckt und in ihrer Kolumne vorgestellt. Das Thema hat wiederum ein Magazin aufgegriffen, und dann ging es richtig rund. Ich ertrinke in Anfragen. Deine Posts gehen viral, Emily.«

»Aber …«

»Ich weiß, dass das gerade ein schlechter Zeitpunkt ist. Die Hochzeit, eure Geburten, aber, Emily, sobald du wieder zurück bist, müssen wir dringend an deiner Vermarktung feilen. Ich bereite alles vor. Du bist berühmt, Emily. Berühmt.«

Wie betäubt legte Emily auf und starrte blicklos in die Dunkelheit. Berühmt. Eigentlich sollte sie sich freuen. Stattdessen bohrte sich ein ungutes Gefühl in ihre Magengegend. Sie hatte längst gelernt, dieses Bauchgrimmen zu fürchten. Da braute sich etwas zusammen, das ihr Leben erneut verändern könnte. Ein für alle Mal. Die Frage war nur, ob zum Positiven oder zum Negativen.

LEONIE

Die feierliche Hochzeitszeremonie ihres Vaters hatte sie wie befürchtet verpasst. Ihre Mutter hatte Stunden gebraucht, um sich in ihr sündhaft teures Brautkleid zu zwängen, dann einen Tobsuchtsanfall wegen einer falschen Naht bekommen und nach einer Schneiderin verlangt. Alles Auf-sie-Einreden hatte nichts bewirkt. Erst nachdem die Schneiderin die Naht umgesetzt hatte, beruhigte sich Karin wieder. Da war es aber bereits zu spät für Leonie gewesen, in den Stadtpark zu gehen, um bei der Trauung ihres Vaters dabei sein zu können.

Egal. Wie sagte man doch so schön? *Man kann nicht auf allen Hochzeiten tanzen.*

Bis zur Zeremonie ihrer Mutter dauerte es zum Glück noch gut drei Stunden. Genug Zeit, um zumindest kurz bei ihrem Vater vorbeizuschauen und zu gratulieren. Da konnte sie auch gleich ein paar Häppchen abstauben, um ihren Kreislauf in Schwung zu bekommen. Irgendwie war der heute nicht der beste. Vor lauter Aufregung war ihr ganz flau, und eine tiefe Unruhe sorgte dafür, dass sie kaum stillstehen konnte.

Ihr Handy vibrierte. Peter. Er rief jetzt schon zum vierten Mal an, und wie die Male zuvor ignorierte sie ihn. Er wusste doch, was heute für ein Tag war. Warum nervte er bloß so rum? Da sie aber momentan keine Kraft hatte, sich auch noch mit ihm zu befassen, stellte sie ihr Handy auf stumm.

Emily folgte ihr lautlos aus dem Ankleideraum, was Leonies Mutter überhaupt nicht bemerkte. Sie war umschwirrt von ihren zehn Brautjungfern, wovon einige bereits bedenklich beschwipst waren.

»Zum Glück muss ich nicht diese grässlichen sonnengelben Kleider tragen«, brummte Leonie schlecht gelaunt, während sie den Hotelflur entlanghasteten.

»Eigentlich solltest du das durchaus tun. Du hast dich nur geweigert.« Emily lachte. Ihre positive Einstellung sorgte dafür, dass Leonie nicht völlig durchdrehte.

»Ich hätte nicht mehr nur wie ein Planet ausgesehen, sondern wie ein ganzes Sonnensystem. Lass mal. Gelb steht mir eh nicht.« Leonie huschte in den Aufzug und lehnte sich erschöpft gegen die verspiegelte Wand. Dabei fächelte sie sich Luft zu. »Ist nur mir so warm?«

»Es ist September. Was erwartest du? Außerdem drücken die Babys auf das Zwerchfell. Mist. Jetzt muss ich aufs Klo. Anna turnt wieder auf meiner Blase herum.«

Beide machten noch einen Abstecher auf die Toilette und hielten dann auf den Parkbereich des großzügigen Hotels zu. Es lag direkt an der Kieler Förde. Von hier aus konnte man den eindrucksvollen Hafen mit den vielen Yachten erspähen, wovon eine beeindruckender war als die nächste. Auch der Park war hübsch angelegt – eine Mischung aus englischer Strenge und wildem Naturerlebnis.

»Hoffentlich kommt Mama nicht ausgerechnet jetzt auf die Idee, hier Fotos machen zu wollen«, brummte Leonie genervt. »Sie weiß genau, dass Papa gerade den Sektempfang hat.«

»Die ist beschäftigt, immerhin muss sie jetzt die Gunst der Stunde nutzen, um über uns zwei mit ihren Freundinnen zu lästern. Jetzt, wo wir endlich weg sind.«

Leonie blieb abrupt stehen und sah Emily entsetzt an. »Meinst du das ernst?«

»Aber klar. Hast du die Blicke nicht gesehen? Die waren so intensiv, dass einige von den Grazien vermutlich unsere Babys als Ultraschallbild erkennen konnten. Sie sterben vor Neugierde, was ich auf dieser Hochzeit verloren habe. Oh. Schau! Da ist der Sektempfang.« Zwischen Büschen und Bäumchen gab es einen kleinen Pavillon, um den sich die Hochzeitsgesellschaft ihres Vaters versammelt hatte. Weiße Lampions, Wimpel und Fähnchen waren rundherum verteilt. Die Gäste saßen auf den nahe stehenden Bänken oder plauderten in Grüppchen miteinander. Sie alle hatten Sektgläser in der Hand und waren eindeutig bester Laune. Zum Glück spielte das Wetter mit.

»Da ist Papa.« Leonie deutete auf einen hochgewachsenen Herrn mit silbernem Haarschopf. Trotz seiner Falten im Gesicht sah er noch immer attraktiv aus. Neben ihm stand seine neue Ehefrau. Brigitte hatte sich für ein hochgeschlossenes weißes Kleid mit Ärmeln bis zur Armbeuge entschieden. Der Schnitt war elegant, aber eher simpel. Keine Schnörkel, kein Tüll, keine Schlitze.

Leonie atmete tief durch, um Mut zu fassen. Dann näherte sie sich entschlossen dem Brautpaar, wurde aber mit jedem Schritt langsamer. »Was starren die uns denn so an?«

Auch Emily musste die veränderte Atmosphäre gespürt haben, denn sie sah sich beunruhigt um. »Ist was mit unseren Kleidern?«, fragte sie leise und sah an sich hinunter.

Ihr Vater hatte sie entdeckt. Anstatt ihr zuzuwinken, nickte er jedoch lediglich und bedeutete seiner Tochter, nicht näher zu kommen. Von Brigitte erntete sie den Todesblick der Todesblicke.

»Oh weh. Irgendwas ist hier los«, murmelte Leonie. Ihr Puls beschleunigte sich ins Unermessliche, und ihr wurde heiß und kalt zugleich. Eine Hochzeit an sich war für sie bereits der pure Horror, aber auch noch im Mittelpunkt der Aufmerksamkeit zu stehen behagte ihr gar nicht. Sie gab gerne den Ton an und dominierte die Szene, aber dann bitte als Hauptperson und nicht als Objekt des Tratsches.

»Ich brauch ’nen Schnaps«, murmelte Leonie und hielt eine Kellnerin auf, um sich zwei mit Orangensaft gefüllte Sektgläser zu schnappen. Ein Glas drückte sie Emily in die Hand. »Dann haben wir wenigstens etwas, an dem wir uns festhalten können.«

Gleich darauf stöhnte sie leise. »Dramaqueen auf zwölf Uhr.«

Monika glitt durch die Menge wie der Hai durch einen Schwarm Heringe. Dabei genoss sie sichtlich die neugierigen Blicke, die ihr folgten. Sie kam sich außerordentlich wichtig vor. Leonie umfasste ihr Sektglas fester.

»Was immer sie gleich zu dir sagt: Wehe, du kippst ihr den Orangensaft ins Gesicht«, zischte Emily ihr zu und nahm ihr zur Sicherheit gleich das Glas weg.

Leonie kam zu keiner Antwort, denn Monika war bei ihnen angekommen. »Wir müssen reden«, sagte sie düster. »Aber nicht hier in der Öffentlichkeit. Lasst uns ein Plätzchen suchen, an dem uns nicht alle sehen können.«

Als ob dir das was ausmachen würde, dachte Leonie finster. Im ersten Moment wollte sie bockig sein und Monika nicht folgen, gab sich aber letztlich geschlagen. Lustlos trottete sie hinter ihrer Halbschwester her, begleitet von Emily, die mittlerweile beide Gläser geleert und beiseitegestellt hatte.

Kaum waren sie hinter einen Busch gegangen, der sie mehr schlecht als recht vor Blicken schützte, ging es auch schon los. »Ihr zwei habt ja Nerven, hier aufzukreuzen«, zischte Monika sie an.

»Äh …«, brachte Leonie schwach hervor. »Warum auch nicht? Wir sind schließlich eingeladen.«

»Du warst mit Peter eingeladen und nicht mit dieser … dieser Person, die unsere Familiengeschichte in der Öffentlichkeit breittritt und uns als Furien darstellt. Wie kannst du überhaupt die Nähe dieser Frau ertragen? Dass sie ebenfalls mit Peters Baby schwanger ist, ist schlimm genug. Dass du sie hier aber herumschnüffeln lässt, um neue Informationen über uns zu sammeln, ist ungeheuerlich.«

Leonies Magen sackte buchstäblich in die Knie. Sie wissen es, dachte sie panisch. Sie wissen von Peter, den Babys und unserer Trennung. Sie wissen … sie … aber WOHER? »Was meinst du?«, fragte sie laut und warf dabei Emily einen irritierten Blick zu. Was war hier los?

Emily war aschfahl und wirkte so, als müsse sie sich übergeben. Pure Panik glänzte in ihren Augen. Ein Umstand, der Leonie noch mehr beunruhigte.

Monika tat erschrocken und legte in einer übertriebenen Geste die Finger auf den Mund. »Du weißt es nicht?«, fragte sie gespielt schockiert und holte ihr Handy aus einer perfekt auf ihr Kleid abgestimmten Tasche. Herrisch tippte sie auf dem Display herum. Dann hielt sie Leonie das Handy vor die Nase. »Lies selbst.«

Leonie nahm das Handy in Empfang und blickte auf eine wunderschön gestaltete Homepage. *Doppelt oder nichts* hieß die Domain. Die Farben. Die Bilder. Die ganze Darstellung. Leonie erkannte sofort Emilys Handschrift. Man fühlte sich sofort wohl und wie zu Hause.

Gleich darauf stockte ihr jedoch der Atem. Allein die Übersicht der einzelnen Posts war bezeichnend.

Wenn Männer fremdgehen.

Die Babywelt bricht zusammen.

Die andere Schwangere.

Der doppelte Verrat.

Das fremde Baby meines Mannes.

Familiengeheimnisse und Verwicklungen.

Ungläubig scrollte sie durch die Posts. Las nur einzelne Sätze, manchmal ganze Passagen. Dabei fühlte sie sich, als könne sie niemals wieder Atem schöpfen.

»Leonie, ich kann das erklären«, sagte Emily schließlich vorsichtig.

»Ich denke, das musst du nicht mehr«, antwortete Leonie tonlos. Sie starrte ein hübsches Strandfoto an, auf dem die Wellen perfekt in Szene gesetzt waren. Sie hatte Emily dabei zugesehen, wie sie es mit einer Engelsgeduld geschossen hatte, und sie dabei bewundert. Dass es allerdings dafür verwendet wurde, um ihr Leben zu untermalen, hätte sie niemals erwartet. Mit Tränen in den Augen sah sie Emily an. »Wie konntest du nur?«

»Ich hätte nie gedacht, dass man uns erkennt, immerhin war ich so vorsichtig. Das Impressum ist nicht auf mich zurückzuführen, und ich habe nie Namen genannt oder Gesichter gezeigt. Ich …«

»Ich denke, du solltest jetzt besser gehen«, unterbrach Monika Emily. Dann sah sie Leonie kalt an. »Das Gleiche gilt für dich.«

»Was? Warum sollte ich das tun?«

Monika lachte freudlos. »Du hast es mal wieder geschafft, dass sich alles um dich dreht statt um meine Mutter. Du bist das Gesprächsthema Nummer eins, denn jemand hat den Blog in Papas Freundeskreis rumgezeigt. Herzlichen Glückwunsch, Emily. Du hast heute bestimmt eine Menge Klicks zu verzeichnen.« Sie musterte Emily verächtlich von oben bis unten.

Erneut stieg Hitze in Leonie auf und spülte jeden rationalen Gedanken fort. Stattdessen wurden sie von kalter Wut ersetzt. »Was kann ich denn dafür, wenn die Hochzeitsgäste mein Privatleben spannender finden als das Brautpaar?«, fragte sie böse und hätte wohl noch ein paar saftige Beleidigungen hinzugefügt, wenn in dieser Sekunde nicht ihr Vater neben sie getreten wäre.

»Leonie, ich bitte dich. Mach keine Szene.«

»Ich mache eine Szene? Wer hält mir hier in aller Öffentlichkeit die schlimmsten Momente meines Lebens unter die Nase? Das ist ja wohl Monika.«

»Was? Jetzt bin ich die Böse? Vergiss es. Dafür darfst du Emily und dich selbst zur Verantwortung ziehen.«

»Ich mich selbst?«

»Jeder bekommt, was er verdient.«

»Genug!« Ihr Vater trat entschlossen zwischen die Schwestern und drückte sie vehement auseinander. »Das reicht jetzt, ihr zwei.« Traurig sah er Leonie an. »Es ist wohl tatsächlich besser, wenn du jetzt gehst.«

»Ich? Was? Warum denn? Was hab ich verbrochen, außer hintergangen worden zu sein? Von meinem Freund, im Übrigen dem Vater meines Kindes, meiner Leidensgenossin und meiner Halbschwester.«

»Sie kann nichts dafür, dass du unsere Familiengeschichte weitergetratscht hast. Mach nicht Monika dafür verantwortlich.«

»Ach? Glaubst du etwa, es ist Zufall, dass der Blog ausgerechnet heute in deinem Freundeskreis geteilt wird? Das ist doch garantiert auf Monikas Mist gewachsen.«

»Warum sollte ich so etwas tun? Das hast du garantiert selbst erledigt, um alle Aufmerksamkeit auf dich zu lenken«, protestierte Monika.

Leonie versuchte, ihren Vater beiseitezuschieben, um einen drohenden Schritt auf ihre Halbschwester zuzumachen. »Du …«

»Du gehst jetzt besser, Leonie. Sofort!« Ihr Vater legte all seine Autorität in diese Worte. Sie trafen Leonie an ihrer empfindlichsten Stelle.

»Du schickst mich also fort. Schon wieder. Das passt dir bestimmt richtig gut in den Kram«, sagte sie leise und wandte sich zum Gehen, machte allerdings nur einen Schritt. Langsam drehte sie sich noch einmal zu ihm um. »Sei lieber froh, dass ich dein größtes Geheimnis bis heute bewahrt habe, selbst wenn ich daran ersticke. Ich werde es auch weiter für mich behalten, aber seit heute ist mir klar, wo ich stehe. Ich werde niemals einen Platz in dieser Familie haben. Mittlerweile will ich das auch gar nicht mehr. Ihr habt einander verdient. Ihr alle.«

Sie ging weiter. Als sie bemerkte, dass Emily ihr folgte, wandte sie sich ihr abrupt zu. »Bleib mir bloß vom Hals. Wir zwei haben einander nichts mehr zu sagen. Wie konntest du nur?«

Damit ließ sie alles hinter sich. Die Hoffnung, sich doch noch mit diesem Zweig der Familie auszusöhnen und ein Teil von ihr zu werden. Die Freude an Hochzeiten. Und letztlich auch ihren Glauben an Freundschaft.

Die Eröffnungsphase

EMILY

Emily weinte dicke Kullertränen und ließ sich mit letzter Kraft auf einer Bank in einer entlegenen Ecke des Parks nieder. Dass man sie dennoch gut sehen konnte, war ihr völlig egal. Sie fühlte sich fürchterlich.

Allein. Verlassen. Gedemütigt.

Und an allem war sie selbst schuld.

Warum nur hatte sie Leonie nicht von Anfang an eingeweiht? Ihr vom Blog erzählt? Das hätte womöglich die Katastrophe verhindert. Wieso war sie nicht auf die Idee gekommen?

Weil du nie gedacht hättest, dass dein Blog erfolgreich wird, erinnerte sie sich. Verdammt! Warum musste er das ausgerechnet so kurz vor der Hochzeit werden? Warum …

Sie atmete tief ein. Selbstkasteiung brachte nichts. Die Katastrophe war passiert. Statt auf ihr Herz zu hören, war sie über das Ziel hinausgeschossen. Sie hatte Leonie wehgetan. Sehr weh. Und sie hatte eine Freundschaft zerstört, aus der etwas Lebensveränderndes hätte erwachsen können.

Dann erst bemerkte sie, dass ihr Handy unablässig brummte. Sie hatte den Klingelton ausgestellt, den Vibrationsalarm aber angelassen. Für Notfälle.

Hoffnung keimte in ihr auf. Hastig holte sie ihr Handy hervor und betete, dass es Leonie war. Doch die Enttäuschung war groß. Fünf unbeantwortete Anrufe von Torsten, neun von Peter. Er klingelte gerade das zehnte Mal an. Emily haderte mit sich, doch wenn Peter so oft anrief, blieb ihr wohl keine Wahl.

»Hey«, brachte sie schwach zwischen zwei Schluchzern hervor.

»Was hast du getan?«, brüllte Peter sie prompt an.

Emilys Magen sackte noch eine Spur tiefer, falls das überhaupt noch möglich war. Wusste er ebenfalls über den Blog Bescheid? »Was meinst du?«, fragte sie vorsichtig.

»Du hast einen Blog über unsere Dreiecksbeziehung gestartet? Einen Blog, den du groß vermarktest und mit dem du Geld verdienst? Bist du von allen guten Geistern verlassen?«

Der Vorwurf saß. Sofort kämpfte Emily mit den Tränen. Ihr war nur allzu klar, was für ein Drama auf sie zukam. Leonie war schrecklich wütend auf sie und Peter … Moment! Der hatte gar kein Recht, sich zu beschweren. Ein für Emily unbekannter Kampfgeist erwachte in ihr, und heiße Wut loderte auf. »Du hast doch immer gesagt, man könne mit meinen dummen Träumereien nichts erreichen. Da du ja angeblich immer recht hast, bin ich theoretisch kein Risiko eingegangen. Ich habe den Blog für mich gestartet. Sozusagen als Therapie. Dass er jetzt so durchstartet, war auch für mich eine Überraschung.«

»Hast du auch nur eine Sekunde darüber nachgedacht, was du uns damit antust?«

»Uns? Meinst du damit speziell dich?«

»Uns ALLE! Mia, Anna, Leonie, mich und dich. Wir sind alle davon betroffen, wenn du dich als Klatschreporterin verdingst.«

Emily atmete tief ein und aus. Die Verachtung in Peters Stimme traf sie bis ins Mark. In einem früheren Leben wäre sie jetzt sofort in die Defensive gegangen und hätte sich kleinlaut entschuldigt. Doch das war früher. Jetzt heftete sie ihren Blick auf das blaue Wasser vor ihr, das von der Parkanlage aus zu erkennen war. Sie tankte durch den Anblick Kraft und Energie und startete den Gegenangriff. »Hast du die Posts überhaupt gelesen?«, fragte sie scharf. »Das ist kein Klatsch und Tratsch. Das sind meine Gefühle. Meine Gedanken. Meine Welt, die DU zum Einsturz gebracht hast. Mach mich nicht zur alleinigen Täterin, denn das bin ich nicht. Und vor allem wag es ja nicht, dich jetzt als Opfer hinzustellen. Mir tut es ehrlich leid, dass Leonie darunter zu leiden hat, aber was dich angeht, bereue ich nichts. Lies dir die Posts durch. Dann verstehst du vielleicht endlich, was du getan hast.«

Einen Moment herrschte Stille in der Leitung. Peter war es einfach nicht gewohnt, dass sie sich gegen ihn wehrte. Dann seufzte er. »Okay. Ich hab das vielleicht verdient, aber der Rest von uns nicht. Was hast du dir nur dabei gedacht?«

»Ich wollte unabhängig sein. Auf meinen eigenen Füßen stehen und meine Talente nutzen. Der Blog trifft einen Nerv. Dabei geht es nicht nur um unsere ungewöhnliche Geschichte, sondern um die Aspekte dahinter. Patchworkfamilien, Eheprobleme, fehlende Anerkennung, Druck von allen Seiten der Gesellschaft, Freundschaft und vor allem um die Liebe zu meinem Baby. Er bedient so viel mehr als nur Voyeurismus. Das spüren die Leute, und deshalb folgen sie mir.«

»Nur dass Monika dich überführt hat.«

Das hatte Emily bereits befürchtet. Doch wie war ihr das gelungen? »Ich verstehe das einfach nicht. Wie …?« Natürlich. Wie hatte sie nur so dumm sein und diese Kleinigkeit vergessen können? Emily hatte Monika auf dem Junggesellinnenabschied von ihren neuen beruflichen Perspektiven erzählt. Sie hatte zwar das Thema ihres Blogs zu keiner Zeit erwähnt, doch wer gründlich genug suchte, fand ihn sicher. »Bleib mal kurz in der Leitung«, sagte sie zu Peter und klickte den Internetbrowser an. Danach suchte sie nach Blog, Heiligenhafen und Schwangerschaft. *Doppelt oder nichts* war gleich der dritte Treffer von oben.

»Ich bin so doof«, sagte Emily zu sich selbst. Sie hatte Monikas Groll gegen Leonie vollkommen unterschätzt. Vermutlich hatte sie nur aus Neugierde nachgesehen und war dabei auf eine Goldader gestoßen. »Leonie wird nie wieder ein Wort mit mir reden. Monika hat den Link heimlich überall verteilt, sodass jeder Leonies Geschichte lesen konnte. Ich muss den Blog sofort offline stellen.«

»Tu das. Ich bin auch in etwa einer halben Stunde bei euch in Kiel.«

»Du kommst her?«

»Ich halte es keine Sekunde länger zu Hause aus und muss einfach bei euch sein, um gemeinsam eine Lösung zu finden. Emily, bitte. Lass uns endlich reden. Das alles ist doch schon schlimm genug zwischen uns. Anstatt uns gegenseitig zu bekriegen, müssen wir offener werden. Die vielen Geheimnisse bringen uns noch um und zerstören alles, was möglich sein könnte.«

Was wollte er denn jetzt damit andeuten? Emily wollte verwirrt nachfragen, doch die Verbindung rauschte fürchterlich. Sie konnte kaum noch etwas verstehen. Außerdem hatte sie im Moment größere Probleme. Sie musste dringend Schadensbegrenzung bei Leonie betreiben. Und zwar schnell.

»Ich stelle jetzt erst mal den Blog offline. Fahr vorsichtig«, sagte sie und drückte Peter weg. Danach öffnete sie das Dashboard ihrer Homepage und legte ihren gesamten Blog auf Eis. Mit einem einzigen Klick brach ihre Welt erneut in sich zusammen.

Sie stand wieder am Anfang. Nur dass sie jetzt von allen gehasst wurde.

LEONIE

Leonie hatte sich eigentlich auf ihr Zimmer verziehen wollen, um zu weinen und zu packen. Leider lief sie ihrer Mutter auf dem Hotelflur in die Arme.

»Dein Vater hat mir alles gesagt«, sagte Karin mit finsterer Miene zu ihr. Mit stahlhartem Griff packte sie ihre Tochter und zerrte sie hinter sich her in einen leeren Konferenzraum. »Peter hat dich hintergangen? Und dann auch noch eine andere geschwängert?«

»Ja und ja«, antwortete Leonie erschöpft. Ihre Mutter war die Letzte, mit der sie über so etwas sprechen wollte.

»Dieser miese Schuft«, ereiferte sich ihre Mutter prompt. »Wie konnte er nur?«

Leonie verkniff sich die Bemerkung, dass sie ihrem Vater gleich mehrmals Ähnliches angetan hatte. Gut. Sie hatte sich nicht von einem anderen schwängern lassen, war aber nur allzu oft fremdgegangen. Aber was brachte es, die alten Geschichten wieder ans Licht zu zerren? Ihre Mutter würde sich so oder so nicht ändern.

»Lass es gut sein, Mama. Ich möchte nicht darüber reden. Eigentlich will ich nur schnell packen und verschwinden.«

»Was? Nein. Auf keinen Fall. Du bist meine Trauzeugin, und als solche trägst du Verantwortung. Du kannst doch nicht immer, wenn es kompliziert wird, verschwinden.«

Leonie glaubte, sich verhört zu haben. »Was sagst du da?«, fragte sie scharf. »Mama, das kann doch nicht dein Ernst sein. Monika hat überall herumerzählt, was mir Peter angetan hat. Papas gesamte Hochzeitsgesellschaft zerreißt sich das Maul über mich. Mein Leben liegt in Trümmern, und jetzt beschwerst du dich darüber, dass ich verschwinden will? Du bist es doch, die immer und immer wieder alles zerstört und anschließend die letzten Reste in Flammen aufgehen lässt. Du wolltest mich doch nicht mal auf deiner Hochzeit haben.«

»Wie kommst du denn darauf?«

Leonie musste zugeben, dass die Empörung im Gesicht ihrer Mutter wirklich bemerkenswert gut geschauspielert war, doch so schnell ließ sie sich nicht beirren. »Du und Papa habt so sehr Angst, dass ich euer Geheimnis heute ausplaudere, dass ihr mich lieber ganz weit weg von allem wünscht. Ich bin hier nicht willkommen. Nein. Streite es nicht ab. Es ist, wie es ist. Und nur damit wir uns richtig verstehen: Ich laufe sonst nie vor etwas weg. Im Gegenteil. Ich gehe viel zu oft auf Konfrontationskurs und ecke damit überall an. Nur du und Papa schafft es, dass ich vor Verzweiflung die Flucht antrete. Immer und immer wieder. Ihr macht mich wahnsinnig mit euren Machtspielchen. Statt mich zu lieben, zerrt ihr nur an mir herum. Ihr benutzt mich für eure eigenen Zwecke, seit ich ein kleines Kind bin. Aber das mache ich nicht länger mit. Es reicht mir.«

Leonie wollte aus dem Zimmer stürmen, doch ihre Mutter vertrat ihr vehement den Weg. »Wag es ja nicht, mich einfach so stehen zu lassen – erst recht nicht an meinem Hochzeitstag.«

»GERADE an deinem Hochzeitstag sollte ich das tun, sonst mache ich nämlich doch noch richtig dumme Dinge. Du denkst, ich weiche Problemen aus? Wie sehr du dich irrst. Ich möchte nichts lieber tun, als euer größtes Problem zu werden, doch dann gebe ich euch die Munition dafür, mich aus gutem Grund aus eurer Familie auszuschließen. Nein, danke. Dann wirke ich lieber schwach und willenlos.« Leonie kniff die Augen zusammen und ließ pure Kälte zwischen ihnen fließen. »Wir sind hier fertig, denke ich. Es ist wohl besser, wenn ich beiden Hochzeiten fernbleibe. So, wie ihr es von Anfang an geplant hattet.«

Als Leonie diesmal passieren wollte, ließ ihre Mutter sie gehen.

Auf dem Weg zu ihrem Zimmer blickte Leonie möglichst nicht auf. Wer sie ansprach, wurde von ihr ignoriert. Trotzdem war sie ein Nervenbündel, als sie endlich angekommen war. Ihr ganzer Körper schmerzte vor Anspannung. Ihr war übel. Sie schaffte es gerade noch aufs Klo, bevor sie sich übergeben musste. Ihr Magen rebellierte. Vermutlich die Reaktion auf zu viel Stress.

Durchatmen, dachte Leonie immer wieder. Denk an die Atemübungen, die dir Emily beigebracht hat. Denk daran, wie du dich selbst regulieren kannst. Zur Ruhe kommst.

Nach etwa zehn Minuten ging es ihr etwas besser. Trotzdem blieb sie noch eine weitere halbe Stunde sitzen und bemühte sich, ihren Körper zur Raison zu bringen. So schlimm hatte sie sich zuletzt gefühlt, als sie am Meer mit Wehen gestrandet war.

Schließlich schaffte sie es zum Bett, legte sich darauf und schloss die Augen. Und jetzt? Was sollte sie tun?

Packen kam in ihrem jetzigen Zustand nicht infrage. Ihr tat alles weh. Vor allem der Bauch und das Herz. In ihr saß eine so tiefe Trauer, dass sich regelrecht ein schwarzes Loch auftat.

Wie hatte Emily ihr nur so etwas antun können? Ausgerechnet die liebe, herzensgute Emily? Die …

Leonie runzelte die Stirn. Dann nahm sie ihr Handy zur Hand und begann zu lesen. Einen Post nach dem nächsten. Bei einigen Abschnitten kamen ihr die Tränen, bei anderen wurde sie wütend. Sehr wütend.

Am Ende richtete sie sich auf und ließ ihren Blick über die Kieler Förde wandern, wo jede Menge Schiffe, von Segel- bis Motorbooten, großen Frachtern und Personenfähren, zu sehen waren. Es erinnerte sie an die See direkt vor Emilys Villa. Auch dort war viel los, wobei die Schiffe in deutlicher Entfernung zum Ufer zu sehen waren. Wie gerne wäre sie wieder dort. Ihr kleiner persönlicher Hafen. Ihr Zufluchtsort. Doch den gab es nicht mehr. Womöglich hatte es ihn nie gegeben.

In dieser Sekunde entschied sich Leonie. Alle hielten sie für ein Biest. Für eine gnadenlose Geschäftsfrau, die sich nur für ihre eigenen Belange interessierte. In all den Jahren hatte sie dieses Image nie ablegen können. Gut. Dann würden sie jetzt lernen, wozu sie wirklich fähig war.

Leonie sah die pure Panik in Monikas Augen aufblitzen, als sie entschlossen Richtung Rednerpult lief. Bislang hatte sie sich auf ihrem Zimmer aufgehalten und die Rede ihres Lebens eingeübt. Eine Abrechnung mit ihren Eltern. Mit der Familie, die ihr nie den Rückhalt gegeben hatte, den sie sich so ersehnt hatte.

Ihrer Mutter hatte sie eine kurze Nachricht geschickt – mit genügend Andeutungen, dass sie garantiert zu diesem Anlass kam. Selbst wenn sie dazu ihre eigene Hochzeit verlassen musste. Doch das, was Leonie zu sagen hatte, konnte nicht länger warten.

Die Gäste saßen noch an ihren Tischen, vollgefressen und zufrieden. Die Stimmung war gerade eher mau, denn das Suppenkoma hatte sie alle erreicht. Der DJ bemühte sich und wirkte regelrecht erleichtert, als er Leonie zum Rednerpult treten sah. Kurz zuvor hatte ein Freund ihres Vater eine zu Herzen gehende Ansprache über das Brautpaar gehalten. Vermutlich wartete bereits der Nächste auf sein Startzeichen, doch Leonie kam ihm zuvor.

Seltsam ruhig nahm sie sich das Mikro und bedeutete dem DJ, es freizuschalten. Das war die Sekunde, in der ihr Vater erbleichte. Doch Leonie war nicht mehr aufzuhalten. Jetzt war sie am Ziel.

»Liebe Hochzeitsgesellschaft«, begann Leonie hastig, bevor Monika zu ihr rennen und ihr das Mikro entreißen konnte. Wenn sie das jetzt noch tat, war der Skandal so oder so angerichtet.

Leonie zwang sich zu einem Lächeln und winkte dem Brautpaar zu. »Lieber Papa, liebe Stiefmama, liebe Halbschwester. Ich bin so froh, dass ich auf diese Hochzeit eingeladen worden bin.« Die erste Spitze war versprüht. Wer auch nur entfernt ihre Familiengeschichte verfolgt hatte, verstand die Anspielung nur zu deutlich.

Monika trat nun hinter ihrem Tisch hervor, zögerte aber noch, voranzustürmen. Womöglich machte sie es dadurch nur noch schlimmer. Leonie sah ihren Vater, der warnend mit dem Kopf schüttelte und ihr gleichzeitig einen flehenden Blick zuwarf. *Tu es nicht.*

»Wie wir alle wissen, ist mein Vater schon etwas geübter darin, vor den Traualtar zu treten. Seine erste Frau starb kaum zwei Jahre nach der Hochzeit, seine zweite Frau wünschte ihm zwischendurch dasselbe Schicksal, aber wie sagt man so schön? Aller guten Dinge sind drei.« Sie machte eine Kunstpause und genoss das empörte Raunen im Saal. »Doch starten wir besser von Beginn an. Um zu verstehen, was mich zu dieser Rede animiert hat, solltet ihr drei Dinge über meine Eltern wissen …«

Erneut pausierte sie und warf einen Blick in die Runde. Aha. Wie erwartet war ihre Mutter ihrem Ruf gefolgt und stand im Türrahmen des Saals, zur Salzsäule erstarrt. Sie sah seltsam verloren aus in ihrem schicken weißen Kleid und dem kecken Blumenkranz samt kleinem Schleier im Haar. Von ihrem Bräutigam war weit und breit nichts zu sehen.

Zufrieden grinste Leonie in sich hinein. Perfekt. Zeit, ihren Eltern den Gnadenstoß zu geben.

In der Sekunde bemerkte sie jedoch eine zierliche Person seitlich vor ihrer Mutter. Eine Frau, deren Kleid sich auffällig über ihrem Bauch beulte. Eindeutig ein Schwangerschaftsbauch. Statt wie eine Schwangere zu strahlen, wirkte sie jedoch verzweifelt und traurig.

Emily.

Sie war ebenfalls hier, um sich die schrecklichste Rede dieser zwei Hochzeiten anzuhören. Vermutlich ahnte sie genau wie Leonies Mutter, was gleich kam. Sie sah besorgt und schockiert aus. Beinahe unmerklich schüttelte sie den Kopf und sandte ihr eine stumme Warnung zu.

Tu es nicht.

Du hast mir gar nichts zu sagen, dachte Leonie grimmig und wollte weiter im Text fortfahren, doch sie konnte nicht.

Emilys Posts kamen ihr in den Sinn. Die Texte waren voller Schmerz, aber auch versöhnlich gewesen. Voller Liebe und guter Erinnerungen. So düster die meisten Posts begonnen hatten, so positiv waren sie geendet. Emily sah die Welt viel heller und freundlicher. Statt Rache schrieb sie über Vergebung.

Unwillkürlich erinnerte sich Leonie an eine Szene vor einigen Monaten. Leonie hatte Emily wegen Peters zu kurzer Krawatten, der schiefen Hemden und der Mail an seine Mutter zur Rede gestellt. Sie hatte deutlich gemacht, was sie von Rache hielt. Nämlich nichts.

Rache ist das letzte Mittel, um dem anderen so richtig wehzutun. Ihn niederzustrecken oder zu erniedrigen. Das will ich bei Peter überhaupt nicht. Wer sich rächt, schlägt immer auch eine Tür zu – und zwar für immer. Dann gibt es kein Zurück mehr. Ich glaube nicht, dass sich jemand durch Rache besser fühlt. Vielleicht für einen kurzen Moment. Doch danach wird alles nur noch finsterer.

Leonie schluckte und blickte auf das Papier hinunter, sah ihre eigene Handschrift, die immer krakeliger geworden war, je mehr sie sich in Rage geschrieben hatte. Dieser Brief strotzte vor Rache und dem Wunsch, sich ein für alle Mal von ihrer Familie loszusagen. Wenn sie das jetzt vortrug, gab es definitiv keinen Weg zurück mehr für sie.

Das Tuscheln im Raum war lauter geworden. Leonies Sprechpause zog sich dahin, dehnte sich, bis es unangenehm wurde.

Als sie die Gäste anblickte, sah sie die Gier nach Drama und Klatsch. In den Augen ihrer Eltern hingegen entdeckte sie hauptsächlich Sorgen und Tränen. Sie hielten sie schon seit Jahren für zu allem fähig. Für sie war sie unberechenbar. Gefährlich.

Doch das war sie keineswegs.

Leonie hatte doch eigentlich immer nur dazugehören wollen. Nicht mehr und nicht weniger. Die Einzige, die von Anfang an hinter ihre Fassade geblickt hatte, war Emily. Sie hatte sofort erkannt, dass hinter ihrer kühlen Ausstrahlung Unsicherheit und Einsamkeit steckte. Im Gegensatz zum Rest aller Anwesenden hatte sie ihr eine Hand hingehalten und sie aus dem Sumpf gezogen. Sie hatte für Leonie gekämpft, als es kein anderer getan hatte. Sie hatte an sie als gute Mutter geglaubt. Genau das wollte sie auch sein – und nicht die Rachegöttin, die ihrer Familie den Gnadenstoß gab.

Nein. Sie wollte für Mia ein Vorbild sein und nicht die Tür

zu den Großeltern für immer zuschlagen. Gerade in diesen Zeiten war Familie wichtiger denn je. Ein neues Leben bedeutete auch immer einen neuen Anfang.

Schweigend schob Leonie das Blatt Papier zur Seite und räusperte sich.

»Eine gute Freundin hat zu mir gesagt, dass Familie manchmal nervt und manchmal schwierig ist. Aber sie ist es auch wert, um sie zu kämpfen und sie niemals aufzugeben. Egal wie holperig es wird. Ich denke, so ziemlich jeder in diesem Raum weiß um die schwierige Situation zwischen meinen Eltern. Meine Mutter heiratet zur selben Zeit in diesem Hotel einen anderen Mann. Seltsam, oder?« Leonie lachte humorlos. »Aber vielleicht war es auch nötig, genau das zu tun. Um sich voneinander zu lösen und einen Neuanfang zu wagen. Einen wirklichen Neuanfang. Als mein Vater Brigitte das erste Mal zu uns aufs Hausboot brachte, habe ich mich sehr gefreut. Er war so verliebt. So hibbelig wie ein kleiner Junge. Vor allem war er nervös. Würde ich Brigitte ablehnen? Gemein zu ihr sein? Sie gar fortjagen? Nichts lag mir ferner. Vielmehr war ich froh, dass mein Vater endlich jemanden gefunden hatte, der herzlich zu ihm war und ihm die Liebe gab, die er verdient hatte. Meine kleine Halbschwester kam eineinhalb Jahre später zur Welt. Ich war mindestens so aufgeregt wie mein Vater. Sie war so niedlich und süß, und ich hoffte auf den heiß ersehnten Neuanfang. Eine richtige Familie. Doch leider ist das Leben kein Märchen. Es gab Reibereien und Schwierigkeiten. Zwischen meiner Mama und meinem Vater, zwischen Brigitte und mir, zwischen uns allen. Das passiert in den besten Familien. Die Frage ist nur, wie man damit umgeht und was man daraus macht. In unserem Fall mussten wir getrennte Wege gehen. Damals war ich schrecklich böse auf dich, Papa. Ich fühlte mich verstoßen. Im Nachhinein glaube ich aber auch, dass es für dich keine andere Lösung gab. Du hast für Brigitte und Monika gekämpft und wolltest mir die Möglichkeit geben, mich wieder Mama anzunähern. Theoretisch ein guter Plan, aber Mütter und Töchter sind nun mal so eine Sache. Vor allem, wenn sie sich furchtbar ähnlich sind. Unsere Familie driftete auseinander. Auch das ist kein Geheimnis. Wir richteten uns unsere eigenen Leben ein, und auch das ist in Ordnung. Familie heißt auch, sich manchmal zu trennen, um sich nicht vollständig zu zerstreiten. Auch ein lockeres Band ist ein Band. Solange es nicht zerreißt, kann man sich daran noch immer näher ziehen. Und jetzt sind wir hier. In diesem Hotel. Auf diesen Hochzeiten. Ich wusste lange nicht, auf welche von beiden ich gehen sollte, und habe mich letztlich für die Mitte entschieden. Dadurch fehle ich zwar auf jeder Hochzeit ein wenig, aber vielleicht ist das genau unser Ding: lose Bänder, die trotzdem halten. Das Band zwischen Brigitte und dir ist hingegen in all den Jahren stark geblieben. Es hat sich nie gelockert, egal wie schwierig es geworden ist. Wir wissen beide, dass es manchmal wirklich kompliziert war. Gleichzeitig wurde genau das die Konstante in meinem Leben: Egal, was sich in meinem Leben veränderte: Brigitte gehörte zu dir. War ein Teil von dir, genau wie Monika. Ich habe euch oft dafür beneidet und hätte so gerne dazugehört, doch das hat nicht geklappt. Bis vor Kurzem fand ich das gemein und schrecklich, doch heute habe ich es endlich verstanden: Ich habe längst meinen festen Platz in dieser Familie. Er mag manchmal ungemütlich sein, aber ihr räumt ihn mir jederzeit ein. Bald gründe ich meine eigene Familie. Sie ist kleiner, als ich gedacht habe, aber dafür umso kostbarer. Ich hoffe gleichzeitig, dass ihr uns weiterhin festhalten werdet. Locker, aber stets vorhanden. Gerade so, dass wir einander nicht verlieren und gut miteinander auskommen können. Papa. Du warst immer mein Held. Der liebste und beste Vater auf der Welt. Zugegeben, als du mich fortgeschickt hast, bröckelte mein Bild von dir. Aber manchmal ist auch das nötig, damit man erwachsen wird und den Menschen hinter dem Vater sehen kann. Du glaubst gar nicht, wie wichtig mir deine Anrufe sind. Sie kamen immer. Mal mehr, mal weniger regelmäßig. Ich wünsche mir für mein Baby auch so einen liebevollen Vater. Brigitte. Ich weiß, dass unser Verhältnis manchmal schwierig war und auch noch ist, aber trotzdem hast du meinen Vater nie gezwungen zu wählen. Du standest treu an seiner Seite. Ich hoffe sehr, eines Tages einen Mann zu finden, den ich genauso lieben kann wie du meinen Vater. Weißt du eigentlich, dass du es bist, die mir den Glauben an die Ehe vermittelt hat? Den Glauben daran, dass Liebe tatsächlich unendlich sein und Bestand haben kann? Ich mag dich sehr, auch wenn du das nicht glaubst. Denn du hast meinen Vater so unendlich glücklich gemacht. Als ich von eurer geplanten Hochzeit gehört habe, habe ich mich sehr gefreut. Gut. Der Zeitpunkt hätte besser sein können, aber so ist unsere Familie eben. Ein wenig irre, immer etwas anders und manchmal auch ein wenig fies. Ich bin gespannt, was das Leben mit euch an der Seite noch so mit sich bringen wird, und freue mich darauf, ein Teil davon sein zu dürfen. Auf das Brautpaar. Auf meinen Vater und Brigitte.«

Da sie kein Glas hatte, hob Leonie lediglich die Hand in die Höhe. Der Rest der Gesellschaft tat es ihr gleich – und wenn sie sich nicht irrte, machte sogar ihre Mutter mit. Waren das Tränen in ihren Augen? Sie konnte es nicht genau erkennen.

Brigitte weinte jedenfalls, und selbst ihr Vater wischte sich übers Gesicht. Nur bei Monika war sich Leonie nicht sicher. War sie gerührt? Oder doch eher ablehnend? Ihre Halbschwester war schwer zu durchschauen.

Sie trat vom Rednerpult zurück und hielt auf den Ausgang zu. Auf keinen Fall wollte sie auf ihre ungeplante Rede angesprochen werden. In ihren Händen zerknüllte sie den verräterischen Brief, der ihrer Familie beinahe zum Verhängnis geworden wäre. Es war besser, wenn ihn nie jemand zu Gesicht bekam.

Sie hielt auf Emily zu, die sich geradezu ängstlich gegen die Wand drückte. Vermutlich hatte sie Angst vor einer erneuten Konfrontation. Kein Wunder. Ihr letzter Zusammenprall war fürchterlich gewesen. Um sie zu beruhigen, lächelte Leonie und übersah dabei einen Mann, der wie aus dem Nichts direkt vor ihr auftauchte. Sie rannte direkt gegen ihn und fluchte. Gleich darauf verschlug es ihr die Sprache.

Peter!

Sie erstarrte vor Schock. Was machte er hier? Und … Hilfe. Wollte er sie etwa in den Arm nehmen? Tatsache. Er hob die Arme, breitete sie vor ihr aus. Panisch versuchte Leonie auszuweichen, doch zu spät. Peter zog sie ganz ungefragt in eine feste Umarmung. »Ich habe mir solche Sorgen um dich gemacht.«

Leonie versuchte sich gegen das Gefühl zu wehren, das seine Berührung in ihr auslöste. Sie durfte sich nicht freuen. Nicht erleichtert sein oder sich gar in seine Arme stürzen. So viele Leute beobachteten sie. Vor allem Emily. Gleichzeitig spürte sie, wie gut ihr die Umarmung tat. Endlich ein Mensch, der ihr das Gefühl gab, wichtig zu sein. Geliebt zu werden. Peter roch noch immer leicht nach Fischöl, und seine Krawatte war verzogen und zu kurz, doch das alles war nebensächlich. Er war hier.

Genau wie Emily.

Verdammt. Emily.

Leonie durfte die Umarmung auf keinen Fall zulassen. Was sollte Emily davon halten? Hastig löste sie sich von Peter und funkelte ihn warnend an. »Was machst du hier?«, fragte sie scharf.

»Ich weiß, dass Emily deine Geschichte enthüllt hat und was diese Hochzeiten für dich bedeuten. Da bin ich sofort aufgebrochen. Leonie, ich will ohne dich nicht leben. Schick mich nicht fort. Lass mich dir helfen. Dir beistehen.«

Wie sehr hatte sich Leonie genau diese Worte ersehnt. Seit Wochen. Vielleicht klammheimlich auch schon seit Jahren. Schon immer hatte sie insgeheim davon geträumt, von einem Prinzen in goldener Rüstung gerettet zu werden. Jetzt war der Moment gekommen, doch statt sich zu freuen, fühlte sie sich, als hätte ihr Peter einen Kinnhaken und gleichzeitig einen Tritt in den Magen versetzt. Der Schmerz war scharf und so real, dass sie beinahe in die Knie gegangen wäre.

Das Gefühl verstärkte sich noch, als Emily neben sie trat. Ihr Gesicht war versteinert. Sie hatte eindeutig geweint und sah schrecklich mitgenommen aus. Einsam. Verlassen.

»Emily«, wandte Peter sich an sie und sah seine Frau fest an. Er wollte doch nicht … Nein, bitte nicht … nicht hier. Nicht so! »Du solltest wissen, dass …«

»Ich muss kotzen«, unterbrach Leonie Peter abrupt und stellte erschrocken fest, dass das keineswegs gelogen war. Ihr war wirklich schrecklich übel. Ihr Magen zog sich wieder und wieder zusammen, und sie bekam kaum Luft. War das eine erneute Panikattacke? Hoffentlich nicht.

Sie drängte Peter zur Seite und erreichte endlich den rettenden Ausgang. Im Flur war es deutlich kühler, trotzdem traten ihr Schweißperlen auf die Stirn. Da. Das Toilettenzeichen. Sie stolperte regelrecht durch die Tür und rettete sich in eine Kabine. Jetzt erst spürte sie, wie dringend sie musste. In genau dem Moment drehte sich ihr der Magen um, und sie übergab sich geräuschvoll. Gleichzeitig drückte ihr Mia unangenehm auf die Blase. Sie …

Nein, sie hatte es nicht mehr geschafft. Eine warme Flüssigkeit rann ihr die Beine hinunter und tropfte zu Boden. Gott sei Dank war sie auf dem Klo, doch ihr Kleid war ruiniert, von ihrem Stolz ganz zu schweigen.

Fluchend zog sie sich die Unterhose herunter und hörte in der gleichen Sekunde Emily rufen: »Leonie? Bist du hier drin? Leonie.«

Leonie antwortete zunächst nicht, denn sie war mit ihrem Mageninhalt beschäftigt. Emily verstand das jedoch falsch.

»Ich weiß, dass ich vermutlich gerade die letzte Person auf Erden bin, mit der du sprechen willst. Leonie. Das mit dem Blog tut mir so unendlich leid. Ich hätte …«

»Ich bin hier«, platzte Leonie dazwischen. »Auf dem Klo, und es geht mir echt mies.« Gleich darauf quietschte sie erschrocken auf, als Emily die unverschlossene Kabinentür mit Schwung aufriss. »Das heißt nicht, dass du hier reingestürmt kommen musst.«

Emily musterte die Lache unter Leonie und sah sie an. »Scheiße. Deine Fruchtblase ist geplatzt.«

»Quatsch. Ich hab mich eingepieselt.«

»Dann riech mal dran.«

»Iiiih. Ich schnüffel doch nicht an meiner nassen Unterhose.«

»Wenn es süßlich riecht und farblos ist, dann …« Emily musste nichts mehr sagen. Ein ganzer Schwall Wasser strömte aus Leonie heraus. Einfach so.

»Kacke«, fasste Leonie den gesamten Tag zusammen.

»Wenigstens ist dir das nicht während deiner Rede passiert«, antwortete Emily trocken. »Das hätte diese Hochzeiten endgültig unvergesslich gemacht.«

Die beiden sahen einander schweigend an. So viel stand zwischen ihnen. All die ungesagten Worte. Die Entschuldigungen. Und von Leonies größtem Geheimnis ahnte Emily vermutlich nicht mal etwas. Sie dachte, sie wäre die Einzige, die der anderen etwas verschwiegen hatte. Wie sehr sie sich da irrte.

»Es tut mir leid«, sagten sie beide gleichzeitig, woraufhin Emily sehr verwirrt aussah.

»Was tut dir denn leid? Ich hab das alles hier vermasselt. Ich und mein blöder Blog. Hätte ich doch nur ...«

Leonie musste erneut erbrechen. So heftig und abrupt, dass sie es nicht aufhalten konnte. Emily fluchte und fasste Leonies Haare zusammen, damit sie nicht ins Klo hingen.

»Dein Körper reinigt sich gerade von selbst. Er bereitet sich auf die Geburt vor«, sagte sie sanft und streichelte beruhigend ihren Rücken.

»Sag doch so was nicht«, krächzte Leonie schwach. »Das machen die in den Filmen nie.«

»Dann ist es ja gut, dass wir bestens auf die Realität vorbereitet sind – oder ich zumindest. Komm jetzt. Wir schaffen dich erst mal auf unser Zimmer.«

»Was? Nein. Auf keinen Fall. Ich will direkt ins Krankenhaus und einen Kaiserschnitt. Sofort.«

Emily seufzte tief. »Du wirst dein erstes Kind nicht im Taxi bekommen. Das geschieht nur äußerst selten und meist nur in deinen erwähnten Filmen. Du wäschst dich erst mal, ziehst dir etwas an, und wir fahren danach ins Krankenhaus nach Kiel. Vergiss jetzt mal deinen Plankaiserschnitt im Eutiner Krankenhaus am Montag. Bis dahin ist deine Mia ohnehin schon da. Deine Kliniktasche liegt ja zum Glück noch in meinem Auto. Komm.« Emily zögerte. »Oder willst du mich lieber wegschicken? Ich meine ... Ich könnte das verstehen. Wegen dem Blog und so ...«

»Bist du irre? Du bist jetzt die Einzige, die ich hier haben will. Ich hasse kotzen, aber mit dir dabei habe ich zumindest den Eindruck, die Lage unter Kontrolle zu haben. Wehe, du gehst.«

»Natürlich bleibe ich, wenn du das willst. Aber ich möchte mich trotzdem noch mal entschuldigen für ...«

»Ich vergebe dir. Okay? Bitte, Emily, lass uns später unsere Herzen ausschütten und uns mit Entschuldigungen überhäufen. Die Aussprache muss gerade warten, bis wir Mia aus mir herausbekommen haben.«

Anscheinend war sie bis zu Emily durchgedrungen, denn die schaltete abrupt in den Krisenmodus um. »In Ordnung. Hier. Bind dir deine Strickjacke um die Hüften, damit man dein nasses Kleid nicht so sieht.«

Leonie kam zwei Schritte weit, dann blieb sie wieder stehen. Voller Panik ergriff sie Emilys Hand. »Ich will einen Kaiserschnitt und eine doppelte PDA. Nein. Eine dreifache. Sag das den Ärzten in Kiel, falls ich nicht mehr dazu in der Lage bin.«

»Leonie, du wirst zwischen den Wehen Pausen haben und dich unterhalten können. Beruhig dich bitte. Denk an das, was wir in dem zweiten Geburtsvorbereitungskurs gelernt haben.«

»Bei mir ist nur hängen geblieben, dass Geburten beschissen wehtun und es sich am Ende anfühlt, als müsse man sein Kind auskacken.«

Emily lachte laut auf. »Das wird monumental«, versprach sie Leonie tröstend und lotste die noch immer tropfende Schwangere aus dem Klo. Dass sie dabei eine Spur hinterließen, ignorierten beide.

»Sag denen, dass ich einen Plankaiserschnitt will.«

»Natürlich mach ich das. Versprochen. Aber erst mal müssen wir dich in die Klinik bekommen.«

Peter stand auf dem Flur und sah sie mit weit aufgerissenen Augen an. »Du siehst ja aus wie der Tod«, rief er entsetzt.

»Bitte, Peter, verschon mich«, antwortete Leonie gereizt und blieb stehen, um in sich hineinzulauschen. »Mein Bauch wird so hart wie ein Brett. Oh Gott. Das Baby kommt.«

»Wenn du erst noch in dich hineinlauschen musst, um die Wehe zu spüren, ist es keine Wehe«, wandte Emily ein.

»Ach, ja? Wie viele Geburtswehen hattest du denn schon?«

»Keine, aber im Gegensatz zu dir höre ich den Hebammen zu. Glaub mir. Du stehst hier noch viel zu entspannt, als dass du echte Presswehen hättest. Wir haben noch Zeit.«

Peter wurde aschfahl. »Leonie hat Presswehen? Wir müssen sofort ins Krankenhaus. Ich … Ich rufe einen Krankenwagen.«

»Ich haue euch gleich alle beide«, ging Emily dazwischen. »Adrenalin ist das Schlimmste bei einer natürlichen Geburt. Statt sich zu entspannen, schaltet der Körper auf Alarmsystem und Fluchtmodus um. Auf diese Weise wird Mia niemals natürlich auf die Welt kommen. Also beruhigt euch beide.«

»Natürliche Geburt?«, krächzte Leonie. »Ich will das nicht. Pumpt mich mit Adrenalin voll, um die Geburt zu verhindern.«

»Oh Gott. Ich glaube, mir wird schlecht«, sagte Peter.

»Peter! Hol den Wagen. Wir kommen etwas langsamer hinterher«, sagte Emily und ignorierte Leonie dabei vollkommen.

Peter war nur allzu dankbar, irgendetwas tun zu können. Er wirbelte auf dem Absatz herum und rannte beinahe Leonies Mutter um, die in diesem Moment in den Flur kam. Beide quiekten hochfrequent, doch anders als Leonies Mama blieb Peter nicht stehen, sondern raste weiter.

Leonie wollte Peter folgen, doch Emily hielt auf die Aufzüge zu. »Wohin willst du?«

»Ich will Peter entkommen und dich aufs Zimmer bringen. Vertrau mir. Es ist besser, wenn Peter gerade nicht um uns herumwuselt oder uns gar ins Krankenhaus fährt.«

»Leonie, auf ein Wort.« Ihre Mutter trat entschlossen neben sie. Ihr Make-up wirkte eine Spur verwischt, als hätte sie geweint. Selbst ihr kleiner Schleier saß nicht mehr so akkurat wie vorhin noch. Doch vor allem der Blick irritierte Leonie. Er erschien beinahe sanft. »Wir sollten reden.«

»Später, Mama.«

»Nein, ich denke, es ist jetzt an der Zeit. Wir müssen endlich all diese Missverständnisse aus der Welt schaffen und …«

»Leonie!« Ihr Vater Rainer kam aus dem Saal gestürmt und sah noch derangierter aus als ihre Mutter. Seine Krawatte saß völlig schief, von seinen Haaren ganz zu schweigen. »Ich hab dich schon überall gesucht. Wir müssen … oh. Karin. Was machst du denn hier? Solltest du nicht bei deiner eigenen Hochzeit sein?«

Jetzt geht es los, dachte Leonie trübsinnig. Kaum trafen ihre Eltern aufeinander, flogen die Fetzen. Es war echt unglaublich.

»Ich muss mit *meiner* Tochter sprechen«, antwortete ihre Mutter verschnupft.

»Ich auch, und da das auf dieser Seite des Hotels *meine* Hochzeit ist …«

»Schluss jetzt, ihr zwei. Das hier ist *meine* Entbindung, also habt ihr gerade gar nichts zu melden. Geburten schlagen Hochzeiten. Das versuche ich euch schon die ganze Zeit zu sagen. Wenn ihr also nichts dagegen habt, würde ich gerne erst Mia aus mir herauspressen und mich danach mit euch streiten. OKAY?« Das letzte Wort hatte sie geschrien.

Ihre Mutter starrte sie schockiert an. »Mia kommt? Ausgerechnet jetzt? An meinem Hochzei…«

»Wag es nicht, den Satz zu vollenden«, drohte Leonie scharf und mit hochrotem Kopf. »Ich …«

»Wie wäre es, wenn einer von Ihnen schon mal das Auto holen würde?«, ging Emily freundlich dazwischen.

»Das Auto? Ja. Natürlich. Ich bin schon unterwegs.« Leonies Vater wirbelte genau wie Peter vor nicht mal zwei Minuten herum und rannte kopflos los.

»Vergiss es. Ich parke viel näher als du. Immerhin hab ich früher gebucht und den VIP-Platz bekommen«, brüllte ihre

Mutter hinterher und folgte Rainer trotz der High Heels in großen Sätzen.

Der Fahrstuhl ging hinter Leonie und Emily auf. Beide machten, dass sie reinkamen, und atmeten erst auf, als sich die Tür mit einem leisen Pling schloss.

»Gute Idee«, sagte Leonie. »Mal sehen, wer von den Verrückten das Rennen macht.«

Sie mussten beide lachen, was in Leonies Fall jedoch in ein Schnaufen überging. »Bist du dir sicher, dass wir noch Zeit haben? Mein Bauch tut echt weh.«

»Ich hab die Zeit zwischen den Wellen gestoppt. Du bist noch lange nicht bei Fünf-Minuten-Abständen, also mach dir keinen Kopf. Wenn wir zu früh ins Krankenhaus kommen, schicken die uns eh wieder weg.«

»Das sollen sie mal versuchen. Aber schön zu hören. Mehr Zeit für den Kaiserschnitt«, grummelte Leonie. »Und bitte nenn die Wehen so, wie sie heißen: Wehen. Wellen klingt zu kuschelig für diese Tortur.«

»Aber es sind Wellen. Deine Gebärmutter zieht sich als gut funktionierender Muskel in regelmäßigen Abständen zusammen und …«

»Verschon mich bitte damit. Es tut weh. Das ist alles, was zählt.« Leonie stockte in der Bewegung. Dann sah sie Emily ernst an. »Nein. Du bist bei mir. *Das* ist alles, was zählt.«

Die Geburt

EMILY

Sie hatten es problemlos aus dem Hotel und ins Krankenhaus geschafft. Vermutlich suchten Leonies Eltern und Peter die beiden Schwangeren noch immer am Vordereingang. Emily hatte jedoch zum Glück ganz hinten in zweiter Reihe geparkt, sodass sie unbemerkt durch den Hinterausgang hatten entkommen können.

Im Krankenhaus angekommen, machte Leonie deutlich, was sie von einer natürlichen Geburt hielt. »Ich will einen Kaiserschnitt«, waren die ersten Worte, die sie mit der Hebamme wechselte.

»Lassen Sie uns Sie erst mal untersuchen. Dann sehen wir weiter«, antwortete die gelassen und dirigierte Leonie auf eine Liege in einem kleinen Zimmer direkt neben den Kreißsälen. Eine Frau kreischte darin herum. So laut und hysterisch, dass es selbst Emily mulmig wurde.

Leonie hatte das natürlich ebenfalls gehört. Entschlossen sah sie die Hebamme an. »Hören Sie das? Ich will einen Kaiserschnitt!«

Die Hebamme blieb gelassen, runzelte allerdings während der Untersuchung ganz leicht die Stirn. Emily und Leonie hatten es beide gesehen.

»Was?«, fragte Leonie jetzt vollkommen hysterisch.

»Sie sind schon bei acht Zentimetern angekommen. Für einen Kaiserschnitt ist es zu spät. Das Kind kommt früher als der Arzt. Buchstäblich.«

»Was? Nein! Das war so nicht geplant! Das …«

»Leonie. Tiiief durchatmen. Denk an dein schönes Geburtsbild. Das Meer. Wie du Mia in den Armen hältst. Der blaue Strom, der dich umgibt. Der Friede in dir. Denk an die positive Affirmation, die wir eingeübt haben.«

»Ich will jetzt nicht affirmieren. Ich will einen Kaiserschnitt, und ich will, dass das aufhört.«

»Sie haben doch schon das Schlimmste hinter sich. Acht Zentimeter ist beeindruckend dafür, dass Sie hier noch so aktiv herumfluchen. Die meisten Frauen schreien kurz vor der Geburt nach einem Kaiserschnitt. Das ist ganz normal«, mischte sich die Hebamme ein.

»Dann holen Sie mir endlich einen Arzt mit einem Skalpell.«

»Ich glaube, sie muss die Nachricht vom Arzt hören«, sagte Emily entschuldigend. »Das hat nichts mit Ihren Kompetenzen zu tun, sondern mit dem vermeintlich rettenden Skalpell.«

»In Ordnung. Ich hole einen Arzt. Vorher bringe ich Sie aber noch in den Kreißsaal.«

»Nein. In den OP!«

»Das machen wir später. Jetzt kommen Sie.« Die Hebamme redete beruhigend auf Leonie ein und geleitete sie dabei zu einem sonnig gestrichenen Kreißsaal. Ein riesiges Bett stand an der Stirnseite, gegenüber gab es eine große Geburtswanne und Seile zum Dranhängen, große und kleine Gummibälle und eine blaue Matte. Die Hebamme hielt auf das Bett zu, doch Leonie hockte sich abrupt in die Mitte des Raumes und schnaufte wie ein Wal. »Ich glaub, ich muss aufs Klo!«

»Das fühlt sich momentan nur so an. Wenn ich Sie jetzt auf die Toilette bringe, kommt Mia da auf die Welt.«

»Dann doch kein Klo.«

»Dachte ich mir. Kommen Sie. Das hier nennt man einen Geburtshocker. Setzen Sie sich darauf. Sie werden merken, dass ... okay. Auf allen vieren geht es auch. Hören Sie auf Ihren Körper und ...«

»Im Moment höre ich nur Sie quatschen. Los. Ich komme klar. Holen Sie das Skalpell.«

Erneut blickte die Hebamme fragend Emily an, doch die zuckte nur mit den Schultern. »Ich an Ihrer Stelle würde losflitzen und schnell den Arzt holen. Vielleicht kann der ja helfen.«

Die Hebamme wartete die nächste Wehe noch ab, dann hastete sie aus dem Raum. Emily hockte sich derweil vor die knieende Leonie und sah sie ernst an. »Du schaffst das, Leonie. Für einen Kaiserschnitt ist es zu spät. Vertrau deinem Körper. Komm. Lass uns zusammen atmen.«

Genau das taten sie für die nächsten Minuten, bis der Arzt reinkam und einen ungebetenen Gast mitbrachte. Peter.

Bevor irgendjemand etwas sagen konnte, hob er die Arme. »Schickt mich nicht weg, jetzt, wo ich euch endlich gefunden habe. Ich komme in Frieden.«

Der Arzt und die Hebamme wechselten einen besorgten Blick. »Sie sagten, Sie seien der Kindsvater und würden erwartet«, sagte der Arzt scharf zu ihm.

»Das ist er auch«, bestätigte Leonie mit zusammengebissenen Zähnen. »Von beiden Kindern.«

»Wir können ihn wegschicken, wenn Sie das wollen.«

»Ich … aaaaah! Das tut so verdammt weh! Der Kaiserschnitt, Herr Doktor. Der Kaiserschnitt!« Leonie ging erneut in die Hocke und danach in den Vierfüßlerstand.

Emily wusste nicht recht, was sie jetzt tun sollte, und sah den Arzt verzweifelt an. »Bringen Sie sie zur Vernunft«, bat sie ihn.

Der Arzt hockte sich zu ihnen und verscheuchte Emily von ihrem Platz. Dann untersuchte er Leonie. Peter wurde in der Zwischenzeit noch blasser und wusste nicht recht, wo er hinsehen sollte. Vermutlich bereute er seine Entscheidung, hier hereinzuplatzen, bereits.

»Das Baby kommt jeden Moment. Für einen Kaiserschnitt ist es definitiv zu spät«, fasste der Arzt das zusammen, was alle in diesem Raum bereits wussten.

Als sei das der Startschuss gewesen, kam Bewegung in Peter. Er zog hektisch seine Jacke aus, schmetterte sie unbeachtet in die nächste Ecke und krempelte sich geschäftig wie ein Handwerker die Ärmel hoch. Dann hockte er sich vor Leonie und sah ihr tief in die Augen.

»Sieh mich an, Leonie. Du musst jetzt atmen. So, wie du es in dem Gebärkurs gelernt hast, ja, Schatz? Atme. Atme mit mir.« Wo auch immer Peter die Technik gelernt hatte, er wandte sie perfekt an und beruhigte Leonie dadurch etwas. Dabei legte er ihr seine großen Hände auf die Schultern, so vertraut, so selbstverständlich, dass es beinahe schön anzusehen war.

Emily stand etwas abseits und sah auf die beiden hinunter. Hörte das Wort »Schatz«. Noch verstand sie nicht recht, was los war, doch spätestens, als Peter Leonie liebevoll eine Strähne aus dem Gesicht strich und sie auf diese ganz besondere Weise ansah, mit der er früher Emily bedacht hatte, begriff sie endlich.

Peter war nicht wegen Emily und dem Blog nach Kiel gekommen. Er war nicht wegen der Hochzeit und dem ganzen

Drama angereist. Er war einzig und allein hier, um Leonie beizustehen. Leonie. Seine Geliebte.

»Du kannst das«, sagte er mit seiner samtenen Stimme. »Du kannst alles, vergiss das nicht.«

»Nein. Das hier kann ich verdammt noch mal nicht.«

»Doch. Sieh mich an, Schatz. Alles wird gut. Wir zwei schaffen das. Denk an Mia. Denk an dein Baby. Vergiss die Schmerzen. Leonie, ich liebe dich. Ich liebe dich so sehr, und ich glaube an dich. Ganz fest.«

Emily spürte, wie ihr ganz langsam das Blut aus dem Gesicht floss. Nein. Das hatte Peter gerade nicht gesagt. Er … Leonie …

Als sie Leonies Gesicht sah, die gerade nur Augen für Peter hatte und ganz auf sich und ihre kleine Welt konzentriert war, auf eine Welt mit Mia und dem Mann an ihrer Seite, wurde Emily erst richtig klar, wie lächerlich sie sich die ganze Zeit gemacht hatte. Sie war die andere Frau. Der Störenfried.

Ein Piepen setzte in ihren Ohren ein. Sie musste sich von der Szene abwenden, fortsehen. In ihrem Inneren fing es an zu ziehen. Schmerzhaft und heftig. Es begann in ihrem Herzen und setzte sich über ihren Bauch in den Rücken fort. Gleichzeitig wurden ihre Beine wie Wackelpudding.

Mit letzter Kraft flüchtete sie sich aus dem Kreißsaal. Leonie und Peter. Wie hatte sie das nur übersehen können? Die beiden liebten sich. Sie liebten sich noch immer.

Sie schleppte sich in den Kreißsaal nebenan und hatte schlicht Glück, dass hier gerade keine andere Frau Geburtswehen hatte. Der Raum war leer. So leer wie ihr Innerstes. Wie betäubt sank sie auf das Kreißsaalbett und bemühte sich um eine ruhige Atmung und klares Denken. Doch das Bild von Leonie und Peter hatte sich in ihr Gehirn gebrannt.

So vertraut. So selbstverständlich. Diesen Gedanken konnte sie einfach nicht abschütteln. Wie lange ging das schon wieder zwischen den beiden? Hatten sie sich heimlich hinter ihrem Rücken getroffen? Über Emily und ihre Naivität gelacht? Sie versank in ihren dumpfen Überlegungen und bemerkte überhaupt nicht, wie die Zeit verging. Stattdessen starrte sie stumpfsinnig auf einen Fleck an der Wand und fühlte, wie reine Trauer sie übermannte.

LEONIE

Ihre Welt stand still. In einem Moment hatte Leonie noch Peter in die Augen geblickt und gefühlt, dass alles gut werden würde. Dann hatte sie Emily aus dem Raum gehen sehen, und alles brach in sich zusammen.

Emily. Sie hatte das zwischen Peter und ihr gesehen und die richtigen Schlüsse gezogen. Sie musste sich schrecklich fühlen. Verraten und ausgestoßen. Erneut.

Die aufkommende Panik überspülte sie regelrecht, und sie spürte, wie ihr gesamter Körper verkrampfte. Ein reißender Schmerz sauste durch sie hindurch. So heftig und schlimm wie noch nie. Instinktiv krümmte sie sich zusammen und schrie vor Schock und Pein laut auf.

»Gleich kommt Mia«, sagte Peter beruhigend zu ihr, doch das nahm Leonie nur wie durch einen Nebel wahr.

»Emily«, stöhnte Leonie unter Schmerzen.

»Vergiss Emily. Nur Mia und du zählen jetzt.«

Das war nicht wahr. Emily zählte, genau wie Anna. Leonie

löste sich aus Peters liebevollem Griff und wollte aufstehen, ihrer Freundin hinterhergehen.

»Was tun Sie denn da?«, rief die Hebamme erschrocken.

Es brach eine Art Handgemenge aus, aus dem Leonie als Verliererin hervorging. Die nächste Schmerzwelle zwang sie in die Knie. Wie aus weiter Ferne hörte sie die Hebamme beruhigend auf sie einreden, vernahm die Stimme des Arztes.

»Legt sie aufs Bett. Was ist denn passiert? Es lief doch so gut.«

»Keine Ahnung. CTG. Sofort. Die Mutter atmet viel zu hektisch.«

»Leonie? Leonie! Hören Sie mich? Atmen Sie bitte jetzt tief ein. Denken Sie an Ihr Baby. Es dauert jetzt nur noch Minuten, bis Sie es in den Armen halten werden.«

»Das gefällt mir nicht. Die Herzfrequenz des Kindes sackt ab.«

Weitere Fachwörter flogen durch den Raum. Der Arzt verabreichte Leonie eine Spritze, die ihr den Schweiß auf die Stirn trieb.

»Emily«, brachte Leonie erneut hervor. »Wo zur Hölle ist sie?«

EMILY

Emily überlegte gerade, sich still und heimlich davonzuschleichen, doch die Sorge um Mia hielt sie davon ab. Sie wollte, nein, sie musste unbedingt wissen, wie es dem Baby ging. Fünf Minuten haderte sie mit sich und kam zu keinem Ergebnis. Bis Peter im Türrahmen des Kreißsaals auftauchte. Emily sah schon allein an seiner Haltung, dass etwas nicht in Ordnung war.

»Emily. Gott sei Dank bist du noch da. Du musst sofort kommen.«

»Ich? Wieso ich?«

»Leonie dreht durch. Sie sagt, sie kann das nicht ohne dich, und hat eine waschechte Panikattacke. Die Geburt ist komplett zum Stillstand gekommen, und es ist ernst. Es geht um Mia.«

Mehr brauchte Emily nicht zu hören. Sie sprang regelrecht vom Bett auf und hastete so schnell, wie es nun einmal eine Hochschwangere konnte, zu Leonie. Die lag mittlerweile auf dem Rücken im Kreißsaalbett, umgeben von piependen Monitoren, Ärzten, Hebammen und einem gruseligen Gestell, das ihre Beine spreizte.

So viel zu einer natürlichen Geburt.

Doch am allerschlimmsten war die reine Panik in Leonies Augen. Ihr Blick huschte hektisch durch den Raum. Sie war leichenblass. Schweißtropfen rannen ihr über die Stirn.

»Wir müssen die Sauerstoffsättigung Ihres Babys überprüfen. Dafür pieken wir einmal in den Kopf, um einen Blutstropfen zu entnehmen. Sie müssen sich beruhigen«, sagte der Arzt am Fußende des Bettes und werkelte bereits herum.

Emily trat hastig zu Leonie und nahm ihre Hand, zwang sie, sie anzusehen. »Du beruhigst dich jetzt mal endlich«, sagte sie streng zu ihr.

»Emily, da bist du ja. Ich dachte … Scheiße. Peter … Das alles … Es ist nicht so, wie es aussieht. Ich …«

»… Das sieht nicht gut aus. Sofort OP bereitmachen. Wir müssen einen Kaiserschnitt machen. Jetzt«, unterbrach der

Arzt Leonies Gestammel. Sofort hatte er all ihre Aufmerksamkeit. »Ihrer Tochter geht es gerade sehr schlecht. Wir müssen jetzt schnell handeln und Sie in den OP bringen. Wir werden Sie dafür in Vollnarkose versetzen müssen. Für alles andere ist es jetzt zu spät.«

Die Hebammen und Krankenschwestern hatten bereits das merkwürdige Gestell abgebaut und ein zweites Bett hereingeschoben. Das alles war so schnell gegangen, dass Emily der Kopf schwirrte.

In der Sekunde kam die alte Kämpferin Leonie zurück. Sie packte Emilys Hand so fest, dass die erschrocken aufschrie. »Ihr wollt mich komplett wegschießen?«, rief sie wie irre. »Ohne mich. Ich will mit meiner Mia kuscheln. Den Kaiserschnitt nehme ich mit Kusshand, aber nur bei Teilnarkose.«

»Dafür ist keine Zeit mehr.«

»Dann lassen Sie mich noch einmal pressen. Noch einmal«, brüllte Leonie mit hochrotem Kopf.

»Es ist zu spät da… Okay. Das Kind kommt.«

Der Arzt ließ das Instrument, das er gerade in den Händen hatte, einfach fallen und zog die Hebamme zu sich heran. In der gleichen Sekunde presste Leonie die Augen zusammen und ließ ein langgezogenes, gutturales Stöhnen ertönen. Exakt so, wie sie es all die Zeit über mit Emily geübt hatte.

»Ich affirmiere. Ich affirmiere«, murmelte Leonie dabei und klang mit einem Mal gar nicht mehr so, als sei sie kurz vorm Herztod durch zu viel Schmerz.

»Jede Welle bringt dich zu deinem Kind«, fiel Emily mit ein. Das war ihr persönliches Mantra für die Geburt. Vielleicht half Leonie das ja auch. »Denk dran: Lippen öffnen, Kiefer entspannen, öffne deinen Beckenboden …«

»Meine Mama hatte mit meinem Papa eine Affäre, als sie längst mit ihren neuen Partnern zusammen waren«, stieß Leonie hervor.

Emily wirkte verwirrt, genau wie der Rest im Raum. »Ist doch gerade egal. Konzentrier dich aufs Pressen.«

»Nein. Das ist nicht egal. Wenn ich das hier nicht überlebe, musst du sie damit erpressen.«

»Leonie, du redest wirr.«

»Nein. Ich bin völlig klar. Meine Mama hat Geld wie Heu, genau wie mein Papa. Quetsch sie aus wie eine Zitrone. Für Mia. Für Anna. Die müssen bluten. Die beiden haben es nicht besser verdient. Sie … aaaah!«

»Der Kopf ist draußen. Noch einmal genau so wie gerade eben«, vermeldete der Arzt und erntete dafür böse Blicke von sämtlichen Anwesenden.

»Ich weiß«, fauchte Leonie ihn an. »Lassen Sie mich affirmieren!«

Und dann, keine zehn Sekunden später, kam Mia auf die Welt. Emily konnte nicht widerstehen und stellte sich auf die Zehenspitzen, um besser sehen zu können. Klein, zerknubbelt, blutbesudelt und recht blau lag sie in den großen Händen des Arztes. Sie verzog das Gesicht, als wolle sie schreien, nur leider kam kein Laut über ihre Lippen.

Sofort wusste Emily, dass etwas nicht stimmte.

LEONIE

Ihre Tochter. Sie war geboren und auf der Welt. Sie war da! Doch etwas stimmte nicht. Leonie stellten sich sämtliche

Härchen am Körper auf, als sie den Blick zwischen Hebamme und Arzt sah. Besorgt. Alarmiert.

Dann brach plötzlich Hektik aus. Das medizinische Fachpersonal sprang auf und hastete mit Mia im Arm zur Wärmelampe in der Ecke. Noch immer war es seltsam still. Eine kleine Ewigkeit verging, in der Ärzte und Hebammen konzentriert arbeiteten.

Nein. Bitte nicht, dachte Leonie panisch und fasste Emilys Hand fester, klammerte sich regelrecht an sie. »Was ist los?«, fragte sie.

»Ich weiß es nicht. Ich …«

Eine Ärztin kam in den Raum gestürmt. Sie zog einen Glaskasten auf Rollen hinter sich her. Ein Inkubator. Nicht gut. Als sie Mia hineinlegten, rollte sich Leonie entschlossen im Bett herum, machte Anstalten aufzustehen.

»Hey«, protestierte eine Hebamme. »Die Nachgeburt ist noch nicht da.«

»Aber mein Baby, und das wird gerade weggebracht. Die blöde Nachgeburt muss im Gehen kommen.«

»Sie bluten. Sie sind verletzt. Sie …«

»Leonie, leg dich wieder hin, verdammt noch mal.« Emily drückte Leonie entschlossen zurück Richtung Bett. »Wenn du gleich umkippst, hilfst du Mia auch nicht.«

»Dann geh du mit. Lass Mia ja nicht aus den Augen. Egal, was passiert: Du musst bei ihr bleiben und mir berichten.«

Emily zögerte, nickte dann jedoch. »In Ordnung. Aber du benimmst dich. Klar?«

»Jaja. Jetzt geh!« Leonie schob Emily regelrecht hinter der Ärzteschar her und war dankbar, als sie sofort hinterherwackelte. Da erst bemerkte sie Peter, der entschlossen hinter Emily herging. Auch er wollte seine Tochter nicht allein lassen.

Leonie atmete auf. Wenigstens war Mia nicht allein. Emily und Peter würden auf sie aufpassen. Garantiert.

»Was ist denn nur passiert?«, flüsterte Leonie leise zu sich selbst.

»Ihr Baby hat schwere Anpassungsstörungen, aber es lebt und ist in guten Händen. Wir kümmern uns um Ihr Kind.«

»Mia. Sie heißt Mia.«

»Natürlich. Mia packt das schon, doch jetzt müssen wir uns um Sie kümmern, ja?«

Leonie ließ es willenlos über sich ergehen und war in Gedanken ganz bei ihrem Baby. Du schaffst das, Mia, dachte sie die ganze Zeit und fühlte sich in diesem Moment so einsam und hilflos wie noch nie. Statt ihr Baby im Arm zu halten, musste sie bangen. Ein schreckliches Gefühl. Schrecklicher als alles, was sie bislang gespürt hatte.

Die Nachwehen

EMILY

Die Ärzte wollten sie fortschicken, doch Emily blieb genau wie Peter stur. Man hatte Mia auf die Intensivstation gebracht und kümmerte sich jetzt um sie. Hinein durften Emily und Peter nicht, doch sie blieben hartnäckig vor der verschlossenen Stationstür stehen. Emily war völlig verkrampft, ihr Gesicht vor Schmerz und Sorge verzerrt, und sie hielt die Hand an ihren Bauch.

Nachdem etwa zehn Minuten verstrichen waren, sah Peter Emily von der Seite an. »Wir sollten reden«, sagte er zaghaft.

»Bestimmt nicht jetzt. Erst will ich wissen, was mit Mia ist. Danach haben wir noch immer Zeit, uns gegenseitig anzuschreien.«

»Aber ich will gar nicht schreien. Ich will mich entschuldigen. Dir alles erklären. Dich in den Arm nehmen und mich vertragen.«

Emily atmete tief durch, bevor sie Peter ansah. »Das will ich auch, aber momentan bin ich noch nicht so weit. Gib mir noch Zeit, okay?«

Peter nickte mit bekümmerter Miene. »Ich wollte dich nie verletzen. Ein Teil von mir liebt dich noch immer von Herzen. Du bist mit der wichtigste Mensch in meinem Leben, und ich will dich nicht verlieren. Du …«

»Manchmal kann man nicht alles haben, Peter«, unterbrach Emily seine Ausführungen. »Manchmal muss man sich entscheiden.«

Peter kam zu keiner Antwort, denn ein fremder Arzt kam zu ihnen. Er wirkte mit seinen grauen Haaren und dem flauschigen Bart recht väterlich. »Sind Sie die Eltern?«, fragte er freundlich.

»Das ist der Vater. Ich bin die … äh … Tante«, sagte Emily.

»Ihr Baby …«

»Mia«, warf Emily ein.

Der Arzt nickte verständnisvoll. »Mia hatte offenbar sehr viel Stress während der Geburt und leidet nun an einer Anpassungsstörung. Die Werte bessern sich etwas, doch noch ist die Lage nicht vollständig unter Kontrolle. Wir geben ihr momentan Sauerstoff und mussten sie zum Glück nicht beatmen, obwohl es knapp war. Das ist gut. Sehr gut sogar. Die nächsten Stunden müssen wir Mia beobachten und dann entscheiden, wie es weitergeht.«

»Darf ich zu ihr?«, fragte Emily.

Diesmal war der Blick des Arztes irritiert. »Im Moment nicht. Mia braucht so gut es geht Ruhe, um den Stresspegel runterzufahren. Das ist im Moment das Wichtigste. Daher haben wir sie auch noch nicht gewaschen.«

»Aber Kuscheln ist doch bekanntlich die beste Medizin.«

»In dem Fall leider nicht. Natürlich dürfen Sie so schnell wie möglich zu ihr. Geben Sie uns nur noch etwas Zeit. Mia ist nicht in Lebensgefahr, muss aber beobachtet werden.«

Emily wollte erneut protestieren, gab dann jedoch nach. Es brachte nichts, sich mit den Ärzten anzulegen. Sie nickte.

»Das heißt, in den nächsten Minuten passiert ohnehin nichts?«

»Vermutlich nicht. Wieso?«

»Weil ich dann jetzt endlich zugeben kann, dass ich echt krasse Wehen habe. Ich kann kaum stehen. Wäre es möglich, dass Sie mich in den Kreißsaal bringen könnten? Mir ist so komisch.«

Die Augen von sowohl dem Arzt als auch von Peter wurden kugelrund. »Warum sagst du das erst jetzt?«, rief Peter schockiert.

»Weil wir andere Sorgen hatten. Mia ging vor. Außerdem wird es sicher noch etwas dauern, bis die Geburt wirklich losgeht, aber jetzt … Jetzt würde ich mich gerne an ein Seil hängen und laut schreien, wenn es recht ist.«

Sie brauchten recht lange, um zum Kreißsaal zurückzukommen. Immer wieder musste Emily stehen bleiben und ihre Wehen veratmen. Wellen, ermahnte sie sich. Denk dran. Das ist positiver. Leider fiel es ihr recht schwer, in dieser Sekunde ruhig und konzentriert zu bleiben. Ihr tat alles weh. Diese Geburt hatte so gar nichts von der ihr erdachten Romantik. Kein Geburtshaus. Kein Planschbecken daheim. Nicht mal eine Kerze war in Sicht.

Mit letzter Kraft erreichte sie den Kreißsaal, wo sie dieselbe Hebamme untersuchte, die auch bei Leonie dabei gewesen war. »Der Muttermund ist vier Zentimeter geöffnet. Da haben Sie noch etwas Zeit«, beruhigte sie Emily, doch die fand das gar nicht witzig.

»Vier Zentimeter? Auf einer Skala bis zehn? Machen Sie Witze?«

»Die Eröffnungsphase kann manchmal recht beschwerlich sein, aber Sie machen das ganz toll. Kann ich etwas für Sie tun?«

Bring mir Leonie her, dachte Emily, sagte das jedoch nicht laut. Ihre Freundin hatte gerade andere Sorgen. Erst jetzt bemerkte sie Peter, der sich sichtlich unwohl in seiner Haut am Rand des Kreißsaals herumdrückte.

»Du kannst ruhig zu Leonie gehen«, fauchte sie ihn an. »Ich brauche dich hier nicht.«

»Aber ich kann dich doch nicht allein lassen.«

»Vielleicht könnten Sie den Vater des Kindes informieren?«, warf die Hebamme sanft ein.

»Ich *bin* der Vater des Kindes«, erwiderte Peter.

Die Reaktion der Hebamme war unbezahlbar. Sie bemühte sich sichtlich, die Information zu verarbeiten und sich möglichst nichts anmerken zu lassen. Letztlich musste sie jedoch nachfragen. »Aber ich dachte, Sie seien Mias Vater.«

»Bin ich auch. Ich … Es ist eine lange Geschichte.«

Die Hebamme wirkte noch verwirrter. Dann sah sie Emily fragend an. »Soll ich bei Ihnen bleiben?«

»Wenn Sie Peter vorher rausschmeißen, dann gerne.«

Gesagt, getan. Peter ließ sich nicht noch einmal bitten. Er verschwand wie ein Geist und ließ Emily mit ihren Schmerzen zurück. Sofort ging es ihr deutlich besser. Sie hatte gar nicht bemerkt, wie sehr sie sich in seiner Anwesenheit verkrampfte.

Die Hebamme zeigte ihr verschiedene Positionen, um die Wehen besser veratmen zu können. Sie dimmte das Licht, zündete Kerzen an und sorgte für eine gemütlichere Atmosphäre. Trotzdem kam Emily nicht zur Ruhe. Die ganze Zeit musste sie an die kleine Mia und an Leonie denken. Wie es den beiden wohl gerade ging?

In der Sekunde wurde die Tür kraftvoll aufgestoßen.

Leonie im Krankenhaushemdchen kam hereingestürmt. »Du fängst deine Geburt ohne mich an?«, rief sie empört.

»Ich konnte schlecht auf dich Rücksicht nehmen. Hat dir Peter von Mia erzählt?« Emily saß im Moment auf einem Gummiball und bemühte sich, ihren Beckenboden zu entspannen.

»Ich war sogar schon bei ihr und durfte ihr Händchen halten. Sie ist … sie ist …« Leonie fing an zu weinen. Vor Rührung, überquellenden Emotionen und vermutlich auch Angst. »Sie ist so süüüß.«

Emily stimmte direkt ins Weinen ein und hielt Leonie die Hand hin, damit sie sich gegenseitig Halt geben konnten. »Alles wird gut«, sagte sie.

»Natürlich, aber jetzt sorg ich erst mal dafür, dass dein Geburtsplan umgesetzt wird.« Leonie lief an der Hebamme vorbei und ließ entschlossen Wasser in die Badewanne ein. »Das hier ist ihre komische Traum-CD, um sich selbst in Trance zu versetzen. Angeblich hilft das total. Ich bezweifle das weiterhin, aber könnten Sie sie bitte anschmeißen?«, sagte sie zur Hebamme.

»Natürlich. Gern.« Die Hebamme hatte sich mittlerweile gefangen und anscheinend damit abgefunden, dass die beiden Gebärenden nicht nur gute Freundinnen waren, sondern auch denselben Kindsvater hatten.

Emily brauchte nur noch fünf Minuten, um sich endlich richtig zu entspannen. Sie fühlte geradezu, wie sich die Verkrampfungen in ihr auflösten und sie freier atmen konnte. Als sie dann endlich in der Badewanne saß, seufzte sie erleichtert auf. Bis ihr etwas einfiel.

»Dein positives Mantra zur schmerzlosen Geburt ist ›Ich affirmiere‹?«, fragte sie Leonie leise lachend.

»Alles andere fand ich total kitschig. ›Bald liegst du in meinen Armen‹ war zu lang, ›Alles geht vorbei‹ zu negativ und ›Scheiß Wehen‹ hatte man mir verboten. ›Ja, wir schaffen das‹ hätte ich von Bob der Baumeister klauen müssen. Da blieb mir nur noch eine Möglichkeit übrig.«

Emily lachte noch immer, als sie von der nächsten Wehe erfasst wurde. Diesmal schaffte sie es, sie besser und ruhiger zu veratmen. »Und deine Eltern hatten eine Affäre? Ist das

das große Geheimnis, weswegen sie dich nicht auf der Hochzeit haben wollten?«

»Ja. Die beiden können es nicht lassen, sich gegenseitig das Leben zu versauen. Ich habe sie erwischt und musste schwören, kein Wort darüber zu verlieren. Das hab ich auch nicht, aber es stand immer zwischen uns dreien. Sie wussten, dass ich ihr jeweiliges neues Glück zerstören konnte. Ehrlich gesagt hätte ich das bei meiner Rede auch fast getan. Sie haben meinen Glauben an die Liebe und die Ehe für immer zerstört. Das verzeihe ich ihnen nie.«

»Vergiss deine Eltern, Leonie. Du bist nicht wie sie. Im Gegenteil. Du bist der treueste Mensch, den ich kenne. Dein Herz ist am rechten Fleck, und du kämpfst für dich und deine Familie. Du wirst eine tolle Mutter sein. Die beste.«

Die beiden sahen sich an und weinten gemeinsam. Alles war gut. Alles war in Ordnung. Mia lebte, und schon bald würde Emily ebenfalls ihr kleines Wunder in den Armen halten dürfen.

Zumindest, wenn sie diese verteufelt schmerzhafte Eröffnungsphase hinter sich hatte.

LEONIE

Die Stunden zogen sich dahin, was Emily vermutlich gar nicht richtig mitbekam. Peter und Leonie wechselten sich regelmäßig bei ihr ab, um zwischendurch nach Mia sehen zu können.

Leonie hätte es niemals laut ausgesprochen, doch sie empfand eine seltsame Leere in sich. Statt sich ganz in das Betrachten ihres Neugeborenen zu verlieren, tigerte sie durch endlose Krankenhausflure und war ständig hin- und hergerissen. Die Geburt hatte sie völlig ausgelaugt und erschöpft, ihr Körper fühlte sich zerschunden und zerschlagen an. Doch vor allem blutete ihr Herz. Sie machte sich schreckliche Sorgen um ihre Familie. Um Mia, um Anna, um Emily.

War sie bei Mia, dachte sie an Emily. War sie bei Emily, fragte sie sich, ob bei Mia alles in Ordnung war. Ihre kleine Welt stand still. Als hielte sie innerlich den Atem an. Vielleicht war das alles ja doch nur ein Albtraum, aus dem sie bald erwachen konnte?

Sie zückte ihr Handy und rief jemanden an, der hier schon seit langer Zeit fehlte. Vermutlich würde Emily das gar nicht recht sein, aber Leonie sah keine andere Möglichkeit mehr.

»Torsten? Kannst du Blut sehen?«, fragte sie statt einer Begrüßung.

»Äh … wenn es nicht mein eigenes ist, dann ja.«

»In dem Fall schwing deinen Hintern ins Auto und fahr nach Kiel ins Krankenhaus. Emily bekommt gerade ihr Kind. Wir brauchen jetzt einen Computernerd ohne Handwerkertalent mit dem Herz am rechten Fleck.«

»Ich komme.«

Torsten hatte aufgelegt, bevor Leonie ihn ermahnen konnte, vorsichtig zu fahren. Halb erleichtert, halb beunruhigt atmete sie tief durch, dann ging sie wieder zu Mia.

Der Kleinen ging es noch nicht nennenswert besser, aber die Ärzte waren vorsichtig optimistisch. Nur dass das Personal sie wie ein rohes Ei behandelte, gefiel ihr ganz und gar nicht. Ein schlechtes Zeichen. Sie versuchte, aus dem Arzt mehr Informationen herauszukitzeln, hatte jedoch keinen Erfolg. Stattdessen schickte der sie fort, damit sie sich hinlegte.

Immerhin hatte sie gerade eine Geburt hinter sich. Sie musste dringend ihren Beckenboden schonen.

Guter Witz. Statt auf ihr Zimmer ging sie zu Emily in den Kreißsaal. »Ich will dich ja nicht hetzen, aber du hast nur noch drei Minuten, damit unsere Babys am selben Tag zur Welt kommen«, sagte sie zur Begrüßung.

Emily öffnete erschöpft die Augen. Selbst nach Stunden in der Geburtswanne weigerte sie sich, wieder herauszukrabbeln. Die Hebammen überließen ihr die Entscheidung.

»Ist doch super. Dann können wir ein zweitägiges Festival zu ihren Geburtstagen steigen lassen, und jede hat ihren eigenen Ehrentag.«

»Okay. Dann warte noch ein bisschen mit den Presswehen.«

Sie lachten, obwohl Leonie das Herz schwer war. Emily bemerkte das sofort, denn sie kannte Leonie einfach zu gut. »Ist mit Mia alles in Ordnung?«, fragte sie besorgt.

»Die Ärzte sind so komisch. Ich glaube, denen gefallen die Werte ganz und gar nicht. Ich durfte sie auch noch nicht wie versprochen halten. Dabei ist das doch so wichtig.« Obwohl sie sich dagegen wehrte, begann Leonie zu weinen. »Entschuldige«, schniefte sie. »Du hast gerade ganz andere Probleme.«

»Nein. Wir sitzen alle im gleichen Boot. Mia ist stark, und sie hat die toughste Mama, die ich kenne. Sie packt das.«

»Ich bin nicht tough. Ich tue nur gerne so. Das hast du in deinen Posts schon richtig erkannt. Du hast mich ziemlich gut durchschaut.«

»Jaaa«, sagte Emily gedehnt. »Der Blog. Leonie. Es tut mir ehrlich leid, was ich da geschrieben habe. Ich hätte dich echt fragen müssen und ... Moment. Erst mal die Wehe.« Sie atmeten gemeinsam, bis Emily wieder sprechen konnte. »Ich hab den Blog offline gestellt.«

»Das ist doch bescheuert. Die Katze ist jetzt eh aus dem Sack. Ich mag deine Posts. Gut. Du hättest mich fragen müssen, aber dafür habe ich dir das mit Peter verschwiegen.«

»Oh ja. Darüber müssen wir zwei noch mal reden. Dringend.«

»Ich weiß. Ich …«

»Warte. Deine Entschuldigung will ich unbedingt hören, aber erst mal muss ich veratmen.«

Die nächste Wehe war da, und diesmal veränderte sich die Atmosphäre im Raum. Die Hebamme stand lautlos auf, knipste die Wärmelampe über dem Wickeltisch an, legte Tücher bereit und ließ Emily nicht mehr aus den Augen. Daran erkannte Leonie, dass das Baby bald kommen würde.

Und tatsächlich. Emily nahm eine hockende Haltung ein und fluchte leise. »Ich weiß jetzt, was die Hebamme mit deinem Klogang meinte«, sagte sie zu ihr.

Leonie wollte noch etwas darauf erwidern, doch dann sah sie den seltsamen Ausdruck in Emilys Gesicht.

»Sie kommt«, flüsterte sie und atmete tief ein.

Leonie stellte sich auf schreckliches Schreien und wildes Fluchen ein, doch Emily war ganz bei sich und dem Baby, zog sich in sich selbst zurück. Anders als im Film gab es keine Hektik, kein Drama. Nur Stille, durchbrochen von der nervigsten Trance-CD der Welt. Leonie schwor sich, sie feierlich zu verbrennen, wenn das hier vorbei war. Doch Emily half es. Sie brauchte noch drei Atemzüge.

Nach dem ersten war der Kopf draußen.

Mit dem zweiten kamen die Schultern.

Nach dem dritten lag das Baby im Wasser.

Panisch wollte Leonie aufspringen und Anna herausfischen, doch das machte Emily selbst. Wie selbstverständlich nahm sie ihr Baby in den Arm und hob es an die Luft. In der gleichen Sekunde kam der Schrei, den sie alle so sehr vermisst hatten.

Der Schrei nach Leben. Der Schrei nach Liebe. Der Schrei, der sagte: Ich bin hier.

Leonie musste fortsehen, als sie das pure Glück in Emilys Augen sah. Die Liebe und die Zuversicht, die Freude und die Erleichterung. Anna war bei ihr. Es ging ihr gut, und sie durften kuscheln und sich kennenlernen.

Im Gegensatz zu Leonie. Was sollte sie nur tun, wenn es Mia weiter so schlecht ging? Nie im Leben hätte sie gedacht, dass ausgerechnet sie völlig die Nerven verlor. Sie. Die rationale, krisenerprobte Geschäftsfrau. Doch auf diese Krise hatte sie niemand vorbereitet. Sie hatte nie ein Kind haben wollen, doch jetzt, wo Mia auf der Welt war, wusste sie: Wenn der Kleinen etwas zustieß, würde sie das für immer zerstören.

Weil sie erneut zu weinen begann, machte sie Platz für Peter, der in diesem Moment den Raum betrat. Er beugte sich sofort zu Emily und Anna, um sie zu umarmen. Dass er dabei vollkommen nass wurde, bemerkte er offenbar gar nicht.

Leonie hingegen verließ den Kreißsaal, um den dreien die Gelegenheit zu geben, einander kennenzulernen. Für sie hatte eine neue Zeit begonnen, während sie für Leonie stillstand.

Doppelt oder nichts

EMILY

Emily verlor sich ganz in die Betrachtung ihres Babys und bemerkte erst sehr viel später, dass Leonie nicht mehr bei ihr war. Wie lange sie schon fehlte, konnte sie gar nicht genau sagen. Peter war zwischendurch kurz hinausgegangen, um nach Mia zu schauen. Als er zurückkam, wirkte er besorgter als zuvor, wollte aber nicht mit der Sprache herausrücken.

»Darf ich mich zu euch legen?«, fragte er vorsichtig.

»Klar. Gerne.« Emily rückte zur Seite, sodass Peter Platz hatte. Das Kreißsaalbett war zum Glück groß genug. »Willst du sie halten?«

Ihm traten Tränen in die Augen, als er seine kleine Tochter zum ersten Mal in die Arme nahm. »Wie kann man gleichzeitig so glücklich und so besorgt sein?«, fragte er leise.

»Mia schafft das schon.«

»Ja … natürlich. Sie ist in guten Händen.« Er streichelte das Gesicht seines Babys und sah dann Emily traurig an. »Ich weiß, dass ich dir sehr wehgetan habe. Es tut mir leid. Ich habe deinen Blick gesehen, als ich mit Leonie während der

Wehen gesprochen habe. Es war dumm von mir, dir gegenüber nicht offen zu sein.«

»Du liebst sie, nicht wahr?«

Peter nickte. »So sehr, dass ich für sie meine andere große Liebe aufgegeben habe. Emily, ich habe dich geliebt. Von ganzem Herzen. Das musst du mir glauben. Doch manchmal kommt das Leben dazwischen und zerstört das, was man für selbstverständlich gehalten hat. Wir haben uns auseinandergelebt, obwohl ich das nie für möglich gehalten habe. Du bist noch immer einer der wichtigsten Menschen in meinem Leben, und ich möchte nicht, dass du mich hasst.«

»Ich hasse dich nicht. Ein wenig verstehe ich dich sogar. Leonie geht unter die Haut.«

»Sie hat mit mir Schluss gemacht, nachdem sie dich in dem Restaurant am Meer mit Torsten gesehen hat. Ihr wurde klar, dass sie sich zwischen dir und mir entscheiden muss. Sie hat sich für dich entschieden.«

Emily glaubte, sich verhört zu haben. »Du warst an dem Abend *auch* da? Mit *ihr*?«

»Ja. Sie schickte mich fort und ging geradewegs zu eurem Tisch, um dich zu fragen, ob sie wieder bei dir einziehen kann. Plötzlich war ich das fünfte Rad am Wagen, aber damit komme ich klar. Ich erzähle dir das nur, um dir zu sagen, wie wichtig ihr die Freundschaft mit dir ist. Sie hat panische Angst, dich zu verlieren.«

»Ich weiß. Mir geht es ähnlich. Die Sache mit dem Blog ist völlig aus dem Ruder gelaufen. Das war so nicht geplant.«

»Vielleicht redet ihr in Ruhe darüber. Es findet sich bestimmt eine Lösung.«

Emily seufzte. »Ja. Hoffentlich.« Müde legte sie ihren Kopf an Peters Schulter und begriff erst da, was sie tat. Sie ließ den Kopf trotzdem, wo er war. Peter war der Vater ihres Kindes. Sie konnte und wollte ihn nicht aus ihrem Leben verbannen.

Obwohl sie sich zwischendurch fürchterlich böse waren, liebten sie sich noch immer. Sie mussten eine Möglichkeit finden, einander nah zu bleiben, ohne sich ständig Vorwürfe zu machen. Allmählich glaubte sie, dass das gelingen konnte.

In der Sekunde wurde die Tür des Kreißsaals mit einem Rumms aufgestoßen, und Torsten stürmte herein, verfolgt von einer schimpfenden Hebamme. »Ich bin da, ich bin da«, rief er und stockte im Schritt, als er Peter neben Emily im Bett sitzen sah. Seine Augen wurden riesig, sobald er das Baby sah. »Ich korrigiere: Ich bin zu spät.«

»Torsten«, rief Emily überrascht. »Was machst du denn hier?«

»Ich wollte dich bei den Presswehen unterstützen und dich anfeuern, dich halten und dich wie ein Held in schimmernder Rüstung retten. Okay ... Jetzt, wo ich das laut ausspreche, merke ich, wie dämlich das war. Ich ... geh dann mal.«

»Nein. Bitte nicht«, rief Emily erschrocken. Sie streckte ihm die Hand entgegen und kämpfte gleichzeitig mit den Tränen der Rührung. »Das ist total süß von dir.«

»Süß? Ich wäre lieber heroisch.« Torsten verzog das Gesicht und bemühte sich ganz offensichtlich sehr, den Mann neben Emily nicht allzu böse anzustarren.

Peter hatte dennoch verstanden. Er machte rasch Platz und nickte Torsten beim Rausgehen nur kurz zu. »Ich muss noch mal nach Mia sehen«, sagte er entschuldigend.

»Ich weiß. Geh ruhig. Ich kuschel für dich mit«, sagte Emily und hatte dabei doch nur Augen für Torsten. Er war hier. Er war blitzartig ins Auto gesprungen und zu ihr gefahren. Wie viel ihr das bedeutete, konnte sie kaum in Worte fassen. Sie winkte ihn hektisch heran und klopfte neben sich auf die Matratze. Torsten zögerte. »Jetzt zier dich nicht. Wenn du etwa eine Stunde eher gekommen wärst, hättest du mich splitterfasernackt in der Badewanne hockend gesehen.«

»Jetzt, wo du das sagst, merke ich erst, wie wenig Gedanken ich mir gemacht habe.« Torsten setzte sich vorsichtig aufs Bett und lächelte, als er Anna glückselig schlummernd an Emilys Brust liegen sah. Eine warme Decke war über sie gebreitet, sodass nur Annas Gesichtchen zu sehen war. »Sie sieht wunderschön aus.«

»Sie ist perfekt. So süß. So …« Emily brach in Tränen aus, woraufhin Torsten ihr die Arme um die Schultern legte und sie an sich zog. »Ich bin so froh, dass du da bist«, flüsterte sie. »Mir war gar nicht klar, wie sehr du gefehlt hast.«

»Das höre ich gerne. Ich war mir nämlich nicht so ganz sicher, wie willkommen ich sein würde. Ständig habe ich Angst, dich zu sehr zu bedrängen und dich dadurch zu verlieren.«

»Ach, Torsten. Es tut mir so leid, dass ich so kompliziert bin.« Sie sah ihm tief in die Augen und sammelte all ihren Mut, um die nächsten Worte sagen zu können. »Ich glaube, das mit uns kann etwas ganz Besonderes werden.«

»Das sehe ich genauso.« Torsten lächelte warm und zog sie noch fester an sich. »Endlich kapierst du es auch. Anna weiß das schon längst. Schau! Sie zwinkert mir zu.«

Tatsächlich gähnte das Baby lediglich herzhaft und blinzelte verschlafen in die Runde. In der Sekunde war Emily so glücklich wie selten zuvor. Anna lag sicher und geborgen in ihren Armen, und Torsten war bei ihr. Egal, was die Zukunft auch brachte: Mittlerweile hatte sie keine Angst mehr, dass sie sich Hals über Kopf in eine neue Beziehung stürzen und es hinterher bereuen könnte. Das mit Torsten fühlte sich gut und richtig an.

Emily durfte noch für mehrere Stunden im Kreißsaal bleiben, bevor sie ihr Stationszimmer bezog. Dank Peters Zusatzversicherung hatte sie eines für sich allein und genoss die Ruhe um sich herum. Gleichzeitig wünschte sie sich, dass Mia und Leonie hier bei ihr sein könnten. Wenigstens leistete ihr Torsten Gesellschaft. Gerade war er nach draußen gegangen, um ihr einen Tee zu holen.

»Deiner Schwester geht es nicht so gut«, sagte Emily leise zu ihrer kleinen Tochter und betrachtete ganz verzückt den winzigen Mund, die schrumpeligen Händchen und die rudernden Ärmchen. Anna machte nach ihrer ersten Mahlzeit bereits ihr zweites Nickerchen.

Emily hingegen war hellwach. Obwohl es mittlerweile Abend war und das gesamte Krankenhaus wie ausgestorben wirkte, konnte sie nicht schlafen. Die Geburt mochte noch so hart gewesen sein: Sie war im Glücksrausch. Und gleichzeitig spürte sie, dass da noch etwas war, das sie erledigen musste.

Etwas Wichtiges.

Der Gedanke kam so plötzlich, dass sie ihn zunächst als völlig absurd zur Seite schob, doch er ließ sich nicht vertreiben. Nein. Das war Wahnsinn. So etwas durfte sie nicht machen. Oder doch?

Was, wenn sie es nicht zumindest versuchte? Würde sie es sich jemals verzeihen? Auf der anderen Seite …

Nein! Sie hatte ihr Leben lang immer alles gut durchdacht, ständig Pläne geschmiedet und war doch so häufig gescheitert. Die Male, in denen sie nicht auf ihr Herz gehört hatte, waren gewaltig schiefgegangen. Jetzt schrie es sie regelrecht an.

»Wir zwei machen jetzt was Dummes«, sagte sie zu Anna. Ungeduldig wartete sie auf Torstens Rückkehr. Als er mit fünf verschiedenen Teebeuteln ins Zimmer kam, stand sie hastig auf. Sie war noch etwas wackelig auf den Beinen, und ihr Körper fühlte sich völlig derangiert an, aber sonst ging es ihr erstaunlich gut.

»Ich wusste nicht, was für einen Tee du wolltest. Da hab ich den Teewagen geplündert. Was du nicht magst, lass ich verschwinden.« Er hielt sein Diebesgut in die Höhe und sah sie fragend an.

Emily ignorierte den Tee. Sie hatte andere Probleme. »Du musst mir noch mal helfen, etwas unglaublich Dummes zu tun. Bist du dabei?«

»Nur wer Dummes tut, hat anschließend etwas zu erzählen. Bin dabei. Was planst du?«

»Wir müssen zur Baby-Intensivstation. Sofort.« Emily horchte kurz in sich, ob ihr Kreislauf stabil genug war, dann lief sie los und trat hinaus auf den Flur. Torsten folgte ihr seltsamerweise auf Zehenspitzen. Emily musste trotz der ernsten Lage schmunzeln, zwang sich dann aber zur Konzentration. Als Erstes mussten sie an den Schwestern der Station vorbei.

»Wir könnten uns ninjamäßig am Schwesternzimmer vorbeimogeln«, schlug Torsten vor. »Mit einer Rolle oder einem Flick-Flack. Alternativ könnten wir jetzt so schnell es geht vorbeihuschen. Es guckt gerade keiner.«

Genau das taten sie dann auch. Die Neugeborenen-Intensivstation lag ein Stockwerk über der Geburtsstation. Als sie ankamen, wären sie beinahe in ihr Verhängnis gelaufen. Die Station war hermetisch abgeriegelt. Es gab sogar eine Überwachungskamera. Hastig zogen sich Emily und Torsten hinter eine Ecke zurück und überlegten.

»Was jetzt?«, fragte Torsten mit hochgezogenen Augenbrauen.

Emily haderte mit sich, während Anna ganz friedlich in ihren Armen schlief. Allmählich spürte sie die Erschöpfung. Sie musste sich dringend ausruhen, aber erst …

Die Tür ging auf, und eine aschfahle Leonie kam heraus. Sie taumelte regelrecht und blieb einfach mitten im Flur stehen, um einen Punkt vor ihren Füßen dumpf anzustarren.

»Pst, Leonie«, rief Emily leise.

Leonie sah sich verwirrt um und entdeckte sie mit Torsten hinter der Ecke. »Was macht ihr denn hier?«, rief sie erstaunt.

»Sei leise. Ich bin auf Mission.«

»Auf welcher Mission?«

»Vertraust du mir?«

»Klar.«

»Dann schmuggele uns auf die Intensivstation, und sag mir vorher genau, wie ich zu Mia komme.«

»Bist du verrückt geworden?«

»Nein. Ich weiß genau, was ich tue. Also? Wie komme ich zu Mia?«

»Erste Tür rechts. Peter ist gerade da und hält ihr Händchen. Ich musste kurz raus, weil mir schlecht geworden ist. Vermutlich muss ich was essen. Aber, Emily, was hast du …«

»Später. Jetzt hör auf zu quatschen, und lass uns das durchziehen.«

»Du musst dich aber vorher noch sterilisieren.«

»Ernsthaft?«

»Ich will jedenfalls nicht schuld sein, wenn du Keime hier einschleppst.«

»Ich schleppe gleich ein Baby hier rein, das da drin eigentlich nichts zu suchen hat, aber … egal. Her mit dem Zeug.« Emily folgte Leonie brav zu einem Spender mit Desinfektionsmittel, rieb sich nach ihren Anweisungen ordentlich ein und ging danach wieder zu ihrem Plan über.

»Also gut. Du musst das Personal für mich ablenken, damit ich zu Mia gelangen kann. Hier. Blockier die Tür mit der Babysocke.« Sie zog Anna das rechte Söckchen aus und drückte es Leonie in die Hand.

»Und was mache ich?«, fragte Torsten dazwischen.

»Du rufst einen Anwalt an, sollte ich verhaftet werden. Ansonsten halte dich bitte zurück. Es reicht, wenn ich Ärger bekomme.« Emily sah ihn ernst an, dann stellte sie sich auf die

Zehenspitzen und gab ihm blitzschnell einen Kuss auf die Wange. »Allein dass du hier bist, lässt mein Herz schneller schlagen«, raunte sie ihm ins Ohr.

Torsten wurde feuerrot im Gesicht und lächelte das jungenhafteste Lächeln, das sie je an ihm gesehen hatte. »Meins auch«, antwortete er verschämt und hätte vermutlich noch etwas hinzuzufügen gehabt, doch Emily hatte es eilig.

Sie wandte sich ihrer Freundin zu. »Also, Leonie? Kann es losgehen?«

»Aber wie soll ich denn das Personal ablenken?«

»Denk dir was aus.«

Emily hätte nicht gedacht, dass ihre Freundin tatsächlich mitmachte, doch Leonie fragte nicht weiter nach, sondern drehte sich um, klingelte erneut an der Tür und blockierte wie gewünscht den Eingang mit der winzigen Socke.

Emily wartete mit angehaltenem Atem, bis sie Leonie laut sprechen hörte. Als gleich zwei Frauen aufgeregt antworteten, huschte sie los. Das Söckchen hatte seinen Dienst getan, sodass sich die Tür mühelos öffnen ließ. Mit Anna auf dem Arm trippelte Emily an einer Art Empfangstresen vorüber. Leonie sank dort gerade theatralisch zu Boden und lenkte das Personal damit hinreichend ab. Selbst der an Emily vorbeieilende Arzt hatte nur Augen für die vermeintlich zusammenbrechende Mutter.

Also los.

Die erste Tür rechts hatte sie schnell erreicht. Sie huschte hindurch und atmete erleichtert auf, als sie Peter entdeckte. Er stand vor einem Inkubator und hatte die Hände durch zwei kreisrunde Öffnungen in der Seite gesteckt. Seine Rechte lag auf dem Rücken seines zierlichen kleinen Babys, das nur mit einer Windel bekleidet seltsam verloren in dem Glaskasten aussah. Mit der anderen Hand streichelte er über Mias winzige Wange.

Als er Emily bemerkte, riss er erstaunt die Augen auf. »Was machst du denn hier?«

»Wie geht es Mia?«, stellte Emily eine Gegenfrage.

»Noch immer keine Besserung. Sie hat weiter Atemprobleme, ihr Blutsauerstoffgehalt ist zu gering und ihr Puls zu schnell.«

Emily überlegte kurz, musterte die Schläuche, die in den Kasten führten. »Gibt es lebensnotwendige Zugänge?«

»Sie wird nicht beatmet, falls du das meinst. Aber sie bekommt prophylaktisch Breitbandantibiotika und Sauerstoff durch einen kleinen Schlauch direkt in den Inkubator geleitet.«

»Mach den Kasten auf, damit ich Anna hineinlegen kann.« Emily stand bereits neben Peter und musterte den Kasten kritisch. Wie ließ sich das Ding öffnen?

»Anna? Aber …« Peters Augen wurden noch größer. »Du hast unsere Tochter auf die Intensivstation geschmuggelt?«

Emily öffnete ihren weiten Morgenmantel und präsentierte die schlafende Anna in einem Tragetuch. Mit noch etwas ungeübten Griffen nestelte sie das Baby heraus. »Jetzt mach schon. Bevor uns einer aufhält.«

»Aber …«

»Peter. Mach!«

Endlich reagierte ihr Mann. Er zog die Hände aus den Kubusöffnungen und ließ mehrere Schnappverschlüsse am oberen Teil des Kastens aufspringen. Warme Luft stieg ihnen entgegen. Mit dem Fuß trat er auf ein Pedal, um das gesamte Gestell nach unten zu fahren. Emily stellte sich auf die Zehenspitzen und hob ihr Baby über den Rand. Anna war ebenfalls nur mit einer Windel bekleidet.

Zum Glück war Mia deutlich kleiner als Anna, sodass ihre Halbschwester bequem neben ihr auf die Matratze passte. Ein Handtuch war um Mia herumgelegt worden, vermutlich als

Begrenzung gedacht. Emily zog es so zurecht, dass es nun beide Kinder umrahmte.

»Pass auf den Sauerstoffschlauch vom Inkubator auf, und Achtung … Nicht, dass die Manschette an ihrem Arm verrutscht, die hält doch …«

»Psst! Sei still und mach den Deckel zu.« Emily hatte nur Augen für die Babys, die sich instinktiv zueinander drehten. Mias Bewegung war schwach, aber vorhanden, während Anna seitlich lag und ihrer Schwester zum ersten Mal eine kleine Patschhand gegen die Schulter schlug.

Und dann passierte es. Mia schien aufzuhorchen, öffnete schläfrig die Augen und sah ihre Schwester an, die sie erneut anstupste. Beinahe spielerisch. Mia reagierte darauf, indem sie ihr die noch immer schrumpeligen Ärmchen entgegenstreckte. Die beiden berührten sich erneut, bewegten sich aufeinander zu. Ganz langsam. Im Babykriechtempo durch kleine Strampelbewegungen, bis sie dicht an dicht lagen.

Sie kuschelten miteinander. Haut an Haut.

»Sie sind zwar keine Zwillinge im eigentlichen Sinn, aber sie spüren, dass sie zueinander gehören. Eine Familie sind. Leonie und du, ihr dürft noch nicht mit Mia kuscheln, aber ihre kleine Schwester schon. Schau nur. Mia wird ruhiger«, sagte Emily.

»Der Puls verlangsamt sich«, ertönte von hinten eine leise, ungläubige Stimme. Leonie stand dort und starrte die Monitore an. Emily sagte das Gepiepe nicht viel, doch Leonie war bereits Expertin darin. Ihr Gesicht sprach Bände, als sie zu lächeln begann. »Es geht ihr besser.«

Emily winkte Leonie heran, die sofort zu ihnen eilte und die Hände auf das Plexiglas legte. Staunend sahen die drei dabei zu, wie Anna sich wie selbstverständlich an Mia kuschelte und erschöpft die Augen schloss. Zwei kleine Babys. In Liebe vereint.

»Die haben wir schon gut hinbekommen«, sagte Peter mit Tränen in den Augen.

»Da gebe ich dir ausnahmsweise mal recht«, antwortete Leonie. Sie legte erst Emily, danach Peter einen Arm um die Hüfte. »Die Schwangerschaft und der Start ins Leben waren zwar ziemlich holperig und dramatisch, aber es hat sich gelohnt. Wir drei schaffen es. Für Mia. Für Anna. Nicht wahr?«

»Aber so was von. Wir sind eine Familie. Es wird wahrscheinlich noch viele Konflikte geben, viele Unstimmigkeiten, aber für die beiden vollbringen wir das Unmögliche. Wir vertragen uns. Nicht wahr?« Emily nahm erst Leonie fest in die Arme, danach Peter.

»Danke«, flüsterte der ihr ins Ohr. »Für alles.«

Emily lächelte erleichtert und spürte, wie eine schwere Last von ihr abfiel. Durch Leonie hatte sie gelernt, nicht mehr jedem Konflikt auszuweichen, doch nicht jeder Kampf musste mit Worten ausgefochten werden. Manchmal musste das Herz sprechen.

So wie Anna es bei Mia getan hatte.

Epilog

»Hast du die Einladungskarten bekommen?« Die Stimme ihrer Mutter überschlug sich, wie immer, sobald sie aufgeregt war. »Sind sie nicht toll geworden?«

»Äh … ja. Wirklich ganz hübsch. Aber Mama … An dem Tag bin ich bereits verplant, genau wie du. Da heiratet Papa schon.«

»Ich weiß. Das ist doch der Clou.« Ihre Mama lachte fröhlich ins Telefon.

Anna sah ihre Zimmergenossin fassungslos an, während sie das Telefon kurz vom Ohr nahm. »Mama ist irre geworden«, sagte sie zu ihr. »Jetzt dreht sie völlig durch.«

»Gib mal her.« Mia entriss Anna das Telefon und schaltete auf Lautsprecher. »Emily? Hier ist Mia. Danke für die Einladung, aber ist das dein Ernst? Torsten und du seid seit zehn Jahren dauerverlobt. Was ist denn aus ›Ich heirate niemals wieder‹ geworden?«

»Das hat dein Papa auch seit deiner Geburt behauptet, und trotzdem heiratet er jetzt. Warum darf ich das nicht?«

»Das darfst du natürlich. Theoretisch würde ich mich auch für euch freuen, ich meine: wurde ja auch langsam mal Zeit. Aber warum muss das ausgerechnet an dem Tag sein, an dem auch Mama und Papa heiraten?«

»Weil das Tradition ist. Eltern müssen ihre Kinder in den Wahnsinn treiben. Das macht sie stark und unabhängig. Erst haben wir euch genervt, weil wir uns nicht verloben wollten. Dann waren wir verlobt und haben das mit der Hochzeit nicht auf die Reihe bekommen – und jetzt, wo es so weit ist, gehen wir auch hier nicht den üblichen Weg. Sonst wäre es ja langweilig. Nur wer flexibel bleibt und von der Norm abweicht, erlebt auch was.«

Sowohl Mia als auch Anna verdrehten genervt die Augen. Seitdem Emily mit ihren Erziehungs- und Familienratgebern erfolgreich war, haute sie ständig solche Sprüche raus.

»Mama wird dich umbringen«, prophezeite Mia düster. »Apropos Mama. Die ruft auch gerade an, auf meinem Handy. Wahrscheinlich hat sie ebenfalls deine Hochzeitseinladung bekommen. Warte. Ich stelle sie laut.«

Eine quiekende Leonie war zu hören. »Mia, schau mal in den Briefkasten. Da ist die total kitschige Hochzeitseinladung von Emily und Torsten drin. Ich sag nur: Glitzerflitzeralarm, also halt den Staubsauger bereit.«

»Die Karten liegen vor uns, und nur zur Warnung: Emily hört mit. Sie ist auf Lautsprecher gestellt.«

»Oh«, machte Leonie nur und fing sich sofort wieder. »Emily? Hörst du mich?«

»Klar und deutlich. Na? Findest du meine hübschen Karten ausreichend hässlich?«

»Du hast dich wie immer selbst übertroffen.«

»Ich weiß.« Emily kicherte wie ein kleines Mädchen.

»Mama? Hast du auch schon das Hochzeitsdatum gesehen? Und den Ort?«, schaltete sich Mia wieder ein.

»Aber ja. Das wird bombastisch. Diesmal bleiben wir aber bis zum Ende auf der Doppelhochzeit, oder, Emily?« Leonie lachte lauthals los.

»Das ist der Plan. Diesmal sind wir ja auch nicht schwanger.«

Endlich begriffen die beiden Mädchen, was ihre Mütter ihnen sagen wollten. »Ihr habt das von Anfang an so geplant? Als Doppelhochzeit? Aber … Wie soll das funktionieren?

Mama, deine Hochzeit wird rosa und shabby-chic und kitschig und bunt und romantisch, und Tante Leonie … Du kommst vermutlich im Hosenanzug. Das klappt niemals«, rief Anna.

»Deswegen feiern wir ja auch getrennt und gleichzeitig zusammen. Hört mal, ihr Süßen. Wir haben da jahrelange Erfahrung mit – schon allein deshalb mussten wir so lange bis zu unseren Hochzeiten warten. Quasi als Vorlauf. Das klappt garantiert. Wir geben einander die Freiräume, die wir brauchen, und rücken gleichzeitig zusammen, um miteinander Zeit zu verbringen. Selbst euer Papa ist damit einverstanden. Er wollte lieber eine ruhige Zeremonie, immerhin ist es seine zweite Hochzeit, aber als er von Emilys Plänen gehört hat, hat er nachgegeben. Wenn sie noch mal groß feiert, will er das auch.«

Mia und Anna verdrehten erneut die Augen. »Hören die beiden jemals auf, sich zu kabbeln?«

»Hey, sie sind ein Ex-Paar. Die dürfen das. Also? Kommt ihr aus eurem ungemütlichen Studentenwohnheim rüber und feiert mit?«

»Und seid ihr unsere Trauzeuginnen?«, warf Emily rasch ein.

Die Mädchen zögerten keine Sekunde. »Klar«, riefen sie zeitgleich und warfen die Hände in die Höhe. Jetzt erst trauten sie sich, sich zu freuen. »Das wird großartig. Ich rufe gleich Onkel Jona, Jonathan, Johan und Jo an. Die helfen uns garantiert.«

Das schockierte Schweigen in der Leitung sprach Bände. »Äh«, brachte Emily schwach hervor. »Lass mal lieber, Anna. Im Gegenteil. Egal, was die vier planen: Ihr müsst das verhindern.«

»Okay. Verstanden«, sagte Anna grinsend und zeigte Mia dabei ihre überkreuzten Finger. »Und Mama … Ich freue mich sehr für dich und Torsten. Das wurde ja langsam echt mal Zeit.«

»Wunder dauern eben manchmal etwas länger«, antwortete Emily gelassen. »Aber jetzt haben wir ja unser doppeltes Glück und müssen es nur ganz doll festhalten. Wir sind eine Familie, und das bedeutet …«

»Oh, Mama. Die Verbindung wird gerade ganz schlecht. Wir … Ich … Wir verstehen dich kaum noch.« Anna drückte ihre Mutter abrupt weg. »Puh. Ich kann ihre Vorträge über Familienbande und doppelt oder nichts nicht mehr hören.«

»Ich höre euch dafür noch sehr gut«, merkte Leonie trocken an. »Aber ihr habt Glück. Ich muss aufhören. Emily ruft mich auf der anderen Leitung zurück. Bis später, Mädels. Bleibt anständig.« Sie legte auf, wodurch es seltsam still im WG-Zimmer wurde.

»Wir haben echt die schrägste Familie der Welt«, stellte Anna nach einer Weile fest und stand auf. »Komm schon. Wir müssen zwei Hochzeiten vorbereiten.«

»Das wird schrecklich.«

»Natürlich. Ohne Drama geht es halt nicht.«

Die beiden Mädchen grinsten sich an. Ja, sie hatten die schrägste Familie der Welt, aber gleichzeitig auch die einzigartigste.

Danksagung

Dieses Buch ist in einer für mich ganz besonderen Zeit entstanden. Kurz nachdem ich die Geschichte begonnen habe, erfuhr ich, dass ich tatsächlich schwanger war. Mir ist klar, dass jede Schwangerschaft anders ist. Deshalb seht es Emily und Leonie nach, wenn sie nicht so agieren, wie ihr das getan habt. Auch ich habe mich des Öfteren über beide gewundert.

Mein erster Dank ist daher aufgrund meiner Schwangerschaft etwas ungewöhnlich: Ich danke der Hebamme und der Ärztin im Gemeinschaftskrankenhaus Herdecke, die trotz eskalierender Lage völlig entspannt geblieben sind und mir das Gefühl gaben, alles im Griff zu haben. Dadurch konnte ich nicht nur vom OP-Tisch wieder runterhüpfen (danke auch an den Anästhesisten, der zwar einigermaßen irritiert war, aber sofort reagiert hat), sondern habe meinen kleinen Sohn auch nicht auf dem Flur bekommen (wie mein Mann bereits befürchtet hatte). Von daher: danke für den ultracoolen Einsatz!

Ein dickes Dankeschön geht direkt danach an meine Testleserinnen. Ohne Julianna Grohe und ihre Tochter wäre so manch fieser Schnitzer noch zu finden. Danke auch an Pac, die Torsten am Ende sehr vermisst hat. Durch sie hatte er noch mal einen Gastauftritt. Danke an meinen Mann, der das Buch zwar noch nicht gelesen hat, aber tausend Variationen davon kennt. Und obwohl ich ihm versprochen hatte, keine Bücher im Mutterschutz zu schreiben, hat er es seufzend hingenommen, dass alles anders kam. Danke für dein Verständnis. Ich liebe dich.

Vielen Dank auch an meine Lektorin Anna Hoffmann, die von Anfang an meinen Schreibstil und meinen Humor mochte. Ohne dich gäbe es viele Bücher nicht.

Mein letzter Dank geht wie immer an die Leser. Ich finde es noch immer unglaublich, dass sich jemand die Zeit nimmt, meine Geschichten zu lesen. Das ist für mich ein kostbares Geschenk.

Eure Liane